莫泊桑

(1850 — 1893)

Guy de Maupassant

莫泊桑
情爱小说选

归来

Le Retour
Contes sentimentaux

〔法〕莫泊桑 —— 著
张英伦 —— 译

人民文学出版社
PEOPLE'S LITERATURE PUBLISHING HOUSE

Guy de Maupassant
Contes sentimentaux

图书在版编目(CIP)数据

归来:莫泊桑情爱小说选/(法)莫泊桑著;张英伦译.—北京:人民文学出版社,2022
ISBN 978-7-02-016703-6

Ⅰ.①归… Ⅱ.①莫…②张… Ⅲ.①中篇小说—小说集—法国—近代②短篇小说—小说集—法国—近代 Ⅳ.①I565.44

中国版本图书馆 CIP 数据核字(2020)第 211837 号

责任编辑	黄凌霞
装帧设计	刘 远
责任印制	王重艺

出版发行	人民文学出版社
社　　址	北京市朝内大街 166 号
邮政编码	100705
印　　刷	三河市鑫金马印装有限公司
经　　销	全国新华书店等
字　　数	271 千字
开　　本	850 毫米×1168 毫米　1/32
印　　张	13.625　插页 2
印　　数	1—6000
版　　次	2022 年 1 月北京第 1 版
印　　次	2022 年 1 月第 1 次印刷
书　　号	978-7-02-016703-6
定　　价	45.00 元

如有印装质量问题,请与本社图书销售中心调换。电话:010-65233595

目 录

译者前言	1
西蒙的爸爸	1
一个女雇工的故事	14
一个春天的晚上	41
劈柴	48
牧人跳	55
一个儿子	61
一个女人的供述	74
月光	81
一个寡妇	87
衰退	95
修软垫椅的女人	104
宽恕	115
月光	124
遗嘱	131
巴蒂斯特太太	138

觉醒	147
在旅途中	154
被诅咒的面包	163
马丹姑娘	172
遗憾	181
父亲	189
归来	202
一封来信	212
完了	221
失事的船	231
珍珠小姐	247
在树林里	269
拉丁文问题	277
佃农	290
爱情	300
克洛榭特	307
新年礼物	315
离婚	324
奥托父子	336
布瓦泰尔	354
橄榄园	365
无用的美貌	402

译者前言

这套莫泊桑中短篇小说五卷本,包括《假面具——莫泊桑世态小说选》《归来——莫泊桑情爱小说选》《米隆老爹——莫泊桑战争小说选》《健康旅行——莫泊桑诙谐小说选》和《火星人——莫泊桑奇异小说选》。它是笔者在长年研究和翻译这位杰出的法国作家的作品的基础上,对其全部三百余篇中短篇小说进行鉴赏和遴选的果实,也可以说是一套莫泊桑中短篇小说的集锦。

莫泊桑首先是一位社会风俗画家。他的世态小说恪守写实的根本原则,主要写他最熟悉的两个阶层:他度过青少年时代的诺曼底的农民和他成年后工作的巴黎的小职员。在他的笔下,小人物占据了文学的中心;他们的生活,他们的困苦和绝望,袒露无余。尤其难能可贵的是,作家对最下层苦难者的深挚的同情。

情爱小说也是世态小说,但莫泊桑以情爱为题材的中短篇小说数量之大,为它赢得独特的一席。情爱是永恒的主题,莫泊桑的情爱小说写了堪称齐全的典型,有喜乐,但更多的是泪与血,还留有一些法兰西骑士传统的余音。

莫泊桑的战争小说数量有限，却出了不少脍炙人口的名篇。他只做过短暂的后勤兵，从未真正参战，也许因此他的战争小说少有战场的硝烟；但他擅长写战争时期各个阶层人们的心态和动态，深刻揭示了面临战争的人性。反映一八七〇年普法战争的文学作品不乏鸿篇巨制，莫泊桑精悍的战争故事却能深入人心，为人们长久地记忆。

法国文学艺术具有鲜明的喜剧性特色，从中世纪的帕特兰笑剧，经过拉伯雷的《巨人传》和博马舍的喜剧，直到今日的单口相声，喜剧性传统长盛不衰。而在小说创作中，笔者以为，当推莫泊桑的诙谐小说，诙谐而不猥亵，嘲弄而又鲜少恶意，让人莞尔一笑而又耐人寻味，把这一优秀传统发挥得淋漓尽致。

注重写实的莫泊桑，在法国奇幻小说史上也有浓重的一笔。他的某些奇异小说诡谲神秘，令人叫绝；但他更多的奇异小说，虽然情节诡异，却旨在阐明超自然的虚妄，揭示现实生活的真相，也独树一帜，别具一格。

有人说莫泊桑的作品渗透着悲观主义。是的，他写照的主要是社会的丑恶，袒露的主要是人性的缺点，而且他避免直言光明在何处，指点哪里是迷津的出路。但是在他的嬉笑、嘲讽、针砭和挞伐里，聪慧的读者细加琢磨，总能获得正面的启迪。

莫泊桑善于在短篇小说的珍贵有限的篇幅里尽情施展卓越的艺术才华。他的短篇小说经常以聚会讲古的形式开场，引入的却是现实的大千世界，变幻多多。不仅内容丰富，故事的结构、人物的勾勒、景物的描绘,也笔墨凝练,精彩纷呈,兴味盎然的内涵和匠心独运的艺术表现,相得益彰。

所以法国文学家法朗士誉之为"短篇小说之王"!所以美国小说家毛姆坦承"我再也找不到更好的老师了"!所以他的小说频现于各国的文学教科书中!所以他的作品在世界范围内为广大的读者喜闻乐见!

这套选集以分类形式全面介绍莫泊桑的中短篇小说,是一个没有先例的尝试。希望它能在彰显天才作家莫泊桑在这一领域的成就丰富多姿的同时,开辟一个新的视角,有助于读者获得更多新发现和新感受。

张 英 伦
二〇二〇年六月二日于巴黎

西蒙的爸爸[*]

中午十二点的铃声刚刚敲响,学校的大门打开了,孩子们你推我搡,争先恐后地涌出来。但是,他们并不像平日那样迅速散去,各自回家吃饭,而是在不远的地方停下,扎堆儿说起悄悄话来。

原来这天上午,布朗绍大姐的儿子西蒙第一次来上课。

他们在家里全都听人谈起过布朗绍大姐。尽管人们在公开场合对她挺有礼貌,可是母亲们私下谈到她却是同情心里夹杂着一点轻蔑。这种情绪也感染了孩子们,虽然他们根本不知道为什么。

西蒙呢,他们并不了解他,因为他从来不出家门,也不跟他们在村里的街道上或者河边嬉闹。他们不大喜欢他,所以

---

[*] 本篇首次发表于一八七九年十二月一日的《政治、文学、哲学、科学和经济改革》;一八八一年收入维克多·阿瓦尔出版社出版的小说集《泰利埃公馆》。一九〇二年收入保尔·奥朗道尔夫出版社出版的插图版莫泊桑全集《泰利埃公馆》卷。

听一个十四五岁的伙伴说:"你们知道吗……西蒙……嘿,他没有爸爸。"他们都有些幸灾乐祸,同时十分惊奇,听完了又互相转告。那个男孩子一边说着一边还神兜兜地挤眉弄眼,似乎他知道的多着哩。

布朗绍大姐的儿子这时也走出校门。

他约有七八岁,脸色有点苍白,很干净,样子很腼腆,甚至有些手足无措。

他正要回母亲家。这时,成群结伙的同学,一面小声议论着,一面用孩子们策划坏招儿的时候常有的机灵而又残忍的目光盯着他,逐渐从四面八方走过来,最后把他团团围住。他停下脚步,呆呆地站在他们中间,既感到惊讶又觉得尴尬,不明白他们要对他做什么。这时,那个因为披露秘密获得成功而深感自豪的男孩问他:

"喂,你叫什么名字?"

"西蒙。"

"西蒙什么?"那男孩追问。

西蒙完全被弄糊涂了,他重复说:"西蒙。"

那男孩对他嚷道:"人家都是叫西蒙再加上点什么。西蒙……这,可不是一个姓呀。①"

他,几乎要哭出来了,第三次回答:"我叫西蒙。"

小淘气们哄然大笑。得胜的那个男孩提高了嗓门:"你们看到了吧,他果真没有爸爸。"

----

① 西蒙是名,法国人的姓名通常是名在前,加上父姓组成。

顿时鸦雀无声。孩子们被这件异乎寻常、无法想象、骇人听闻的事惊呆了。一个男孩居然没有爸爸！他们像看一个怪物、一个违反自然的东西一样看着他,感到母亲们一直没有挑明的对布朗绍大姐的轻蔑,在自己的心里突然增强了。

西蒙呢,他连忙靠在一棵树上才没有栽倒;他待在那里,仿佛被一场无法挽回的灾难惊呆了。他想辩解。但他不知道该说什么来回答他们,否认他没有爸爸这件可怕的事。最后,他面无血色,只能随口对他们大喊:"我有,我有爸爸。"

"他在哪儿?"还是那个男孩问。

西蒙哑口无言;他确实不知道。孩子们都很兴奋,笑个不停。这些乡下孩子经常接近动物。鸡栏里的母鸡见一个同类受伤,就马上把它咬死。他们竟也觉得有这种残酷的需要。这时,西蒙忽然发现一个邻居家的小孩,是一个寡妇的儿子,他总看见他跟自己一样,孤单一人和妈妈在一起。

"你也一样呀,"他说,"你也没有爸爸。"

"我有,"那孩子回答,"我有爸爸。"

"他在哪儿?"西蒙反击道。

"他死了,"那孩子趾高气扬地说,"我爸爸,他躺在坟墓里。"

淘气鬼们发出一片低低的赞许声,好像有个死去的父亲躺在坟墓里,这一事实已经把他们的伙伴变得伟大,足以压扁那个根本没有父亲的孩子。这些捣蛋虫,他们的父亲大都是些恶棍、酒鬼、小偷,并且惯于虐待老婆。他们有样学样,互相推挤着,把包围圈缩得越来越严实,就好像他们这些合法的儿子要施放出一种压力,把那个不合法的儿子闷死似的。

突然,站在西蒙对面的一个孩子,带着嘲弄的神情冲他伸伸舌头,对他高喊:

"没有爸爸!没有爸爸!"

西蒙揪住他的头发,使劲踢他的腿,同时狠狠咬他的脸。场面乱作一团。等两个打架的被拉开,西蒙已经被打得不轻,衣服撕破了,身上青一块紫一块,在拍手称快的小淘气们的包围中,蜷缩在地上。当他站起来,下意识地用手拂拭沾满灰尘的白罩衫时,有个孩子冲他大喊一声:

"去告诉你爸爸好了。"

这一下他心里感到全垮了。他们比他强大,他们打败了他。而他却根本无法反击他们,因为他意识到自己真的没有爸爸。他自尊心很强,起初竭力忍住难过的眼泪;可是没有几秒钟,他就憋得透不过气来。接着,虽然没有叫喊,但他大声地哭泣起来,身子也不由得剧烈地颤动。

敌人们发出一阵残忍的哄笑。就像欣喜若狂的野人一样,本能地牵起手,环绕着他一边跳舞、一边像唱叠句般地反复叫喊:"没有爸爸哟!没有爸爸哟!"

可是西蒙突然停止抽泣。他勃然大怒。脚边有几块石头;他捡起来,使劲向那些虐待他的人扔去。两三个孩子被石块击中,号叫着抱头逃窜。他那么气势汹汹,其余的孩子也大为惶恐。人多也怕红脸汉;他们胆怯了,顿时散伙,逃之夭夭。

只剩下他一个人了,这没有父亲的小男孩撒开腿向野外跑去,因为他想起一件事,让他在头脑里做出一个重大的决定:他要投河自尽。

原来他想起一个星期以前,一个靠乞讨维生的穷汉,因为已经身无分文,跳了河。把他的尸体捞起来的时候,西蒙正好在那里。这个不幸的人,平时西蒙觉得他很可怜,又肮脏又丑陋;但这时他的脸变得白皙了,长长的胡须湿润了,睁开的两眼很宁静,那副安详的神情给他留下了深刻的印象。周围有人说:"他死了。"又一个人补了一句:"他现在倒是很幸福了。"西蒙也想跳河,因为他没有父亲,就像那个不幸的人没有钱一样。

他来到河边,看着流水。几条鱼在清澈的流水中迅疾地窜游嬉戏,不时地轻盈一跃,衔住在水面上飞舞的小虫。他不再哭,而去看那些鱼,它们的表演引起他的强烈的兴趣。不过,正像暴风雨平息的过程中偶尔会突然掠起几阵狂风,吹得树木咔吱作响,然后才消逝在天边,"我要跳河,因为我没有爸爸",这个念头伴着一股剧烈的悲痛又涌上他的心头。

天气很热,很晴朗。温柔的阳光照晒着青草。河水像明镜似的闪着光。有那么几分钟的时间,西蒙觉得舒服极了,也感到痛哭之后常有的困倦;他恨不得就在那里,在那草地上,在温暖的阳光下睡上一会儿。

一个绿色小青蛙跳到他的脚边,他试图捉住它,青蛙逃开了。他追它,一连抓了三次都失败了。最后他总算抓住它的两条后腿。看着这小动物竭力挣扎想要逃脱的样子,他笑出声来。那青蛙先是蜷拢两条大腿,然后用力一弹,两腿猛地一伸,像两根棍子一样挺直;与此同时,它那带一道金箍的眼睛瞪得圆圆的,两只像手一样舞动的前爪向空中扑打着。这让他联想到一种用窄窄的小木片彼此交叉钉成的玩具,就是通过同样的运动,牵动着插在上面的小兵操练的。这时,他想到了家,想到了妈妈,一阵心酸,又哭起来。他浑身颤抖着,跪下,像临睡前那样念起祈祷文。但是他没法念完,因为他抽泣得那么急促,那么厉害,他已经神昏意乱。他什么都不再去想,也不再去看周围的一切,只顾着哭。

突然,一只壮实的手搭在他的肩膀上,一个厚实的声音问他:"什么事让你这么伤心呀,小家伙?"

西蒙回过头去。一个长着黑胡须和卷曲的黑头发的大个子工人和善地看着他。他眼泪汪汪、喉咙哽噎地回答:

"他们打我……因为……我……我……没有爸爸……没有爸爸。"

"怎么会,"那人微笑着说,"每个人都有爸爸呀。"

孩子强忍悲伤,语不成声地接着说:"我……我……我没有。"

这时那工人变得严肃起来。他认出这是布朗绍大姐的孩子,虽然他刚到此地不久,也隐约耳闻些她过去的事。

"好啦,"他说,"别难过啦,孩子,跟我回去找妈妈吧。你会有……一个的。"

他们上路了,大汉挽着小孩的手。那汉子又露出了微笑。去见见据说是当地数得着的漂亮妹子布朗绍大姐,他不会不开心;也许他心里还在对自己说失过足的姐儿很容易重蹈覆辙呢。

他们来到一个干干净净的白色小房子前面。

"就这里,"孩子说,然后叫了声,"妈妈!"

一个女子走出来。她神情严肃地停在门口,仿佛在防止一个男人跨进门槛,因为她已经在那座房子里遭到另一个男人背弃。工人顿时敛起笑容,因为他立刻明白:跟这个脸色苍白的高个儿姑娘是开不得玩笑的。他有些不知所措,手捏着鸭舌帽,结结巴巴地说:

"瞧,太太,我把您的孩子送回来了。他在河边迷路了。"

可是西蒙扑上去搂住母亲的脖子,一边又哭起来一边说:

"不是的,妈妈,我是想跳河,因为别人打了我……打了我……因为我没有爸爸。"

年轻女子脸红得发烫,心如刀割;她紧紧搂住孩子,眼泪唰唰地流到面颊上。工人深受感动,站在那里,不知怎样走开才好。这时,西蒙突然跑过来,对他说:

"您愿意做我的爸爸吗?"

一阵沉默。哑口无言、脸羞得通红的布朗绍大姐,身子倚着墙,两手按着胸口。孩子见那工人不回答,追问道:

"您要是不愿意,我就回去跳河。"

工人只当是说着玩,笑着回答:

"我当然愿意喽。"

"你叫什么?"孩子于是问,"别人再问起你的名字,我好回答他们呀。"

"菲利普。"男子汉回答。

西蒙沉默片刻,好把这名字牢牢记在心里,然后张开双

臂,十分欣慰地说:

"好啦!菲利普,你是我的爸爸啦。"

工人把他抱起来,猛地在他双颊上吻了两下,就迈着大步快速离去。

第二天,西蒙走进学校,迎接他的是一片恶意的笑声。放学时,那个大孩子正想故技重演,西蒙像扔一块石头似的,劈头盖脸扔过去这句话:"我爸爸叫菲利普。"

周围响起一片开心的号叫。

"菲利普谁?……菲利普什么?……菲利普是个啥呀?……你这个菲利普是从哪儿弄来的?①"

西蒙根本不屑于回答;他怀着坚定不移的信念,用挑战的目光望着他们。他已经做好了准备,宁愿被欺凌死,也不愿在他们面前逃跑。老师替他解围,他才回到母亲家。

在此后的三个月里,大个子工人菲利普经常在布朗绍大姐家附近走过,有时见她在窗边做针线,就鼓起勇气走过去和她搭话。她礼貌地回答他,不过总是很庄重,从来不跟他说笑,不让他进她的家门。然而,像所有的男人一样,他也有点儿自命不凡,总觉得她跟他说话的时候,脸儿比平时红一些。

可是,名声一旦坏了是很难恢复的,即使恢复了也依旧十分脆弱。尽管布朗绍大姐谨言慎行,当地已经有人在说长道短了。

西蒙呢,他非常爱他的新爸爸,几乎每天晚上都要在他下

---

① 菲利普是名不是姓,所以调皮的孩子们继续嘲弄西蒙。

工后和他一起散步。他天天按时上学,从同学们中间走过的时候态度非常尊严,根本不去理睬他们。

然而,有一天,曾经带头攻击他的那个大孩子对他说:

"你撒谎,你没有一个叫菲利普的爸爸。"

"为什么没有?"西蒙气呼呼地问。

大孩子搓着手,接着说:

"因为你要是真有这样一个爸爸,他就应该是你妈妈的丈夫。"

面对这个正确的推理,西蒙心慌了,不过他还是回答:"反正他是我的爸爸。"

"也许吧,"大孩子嘲笑着说,"不过,他不完全是你的爸爸。"

布朗绍大姐的孩子低下头,若有所思地向卢瓦宗老爹的铁匠铺走去。菲利普就在那里干活。

那铁匠铺就好像淹没在树丛里。铺子里很暗,只有炉膛里熊熊的红色火光照亮了五个赤着臂膀的铁匠,在铁砧上击打着,发出震耳的叮当声。他们站在那里,仿佛一群燃烧的精灵,注视着他们正在任意改变形状的铁块;他们沉重的思想也随着铁锤一起一落。

西蒙进去的时候谁也没看见他,他悄悄走过去拉了拉他的朋友的袖子。后者回过头来。工作戛然而止,大家都关心地看着。就在这不寻常的寂静中,响起西蒙细弱稚嫩的声音:

"喂,菲利普,米绍大婶的儿子刚才对我说,你不完全是我的爸爸。"

"为什么?"那工人问。

孩子十分天真地回答:

"因为你不是我妈妈的丈夫。"

谁也没有笑。菲利普伫立着,两只硕大的手挂着立在铁砧上的锤柄,脑门贴在手背上。他在沉思。四个伙伴看着他。在这些巨人中间显得很渺小的西蒙,焦虑地等待着。突然,一个铁匠发出了所有人的心声,对菲利普说:

"布朗绍大姐的确是个善良勤劳的姑娘,又能干又稳重,尽管遭到过不幸;对于一个正直的男人来说,她倒是个挺体面的媳妇呢。"

"这个,倒是真的。"另外三个人说。

那工人继续说:

"如果说这姑娘失过足,难道是她的过错吗?人家原来口口声声要娶她的。我就认识不止一个女人,从前有过类似的经历,如今很受人敬重哩。"

"这个,倒是真的。"那三个人齐声回应。

那人又接着说:"从那以后,她除了上教堂,从来不出家门,这可怜的姑娘一个人拉扯孩子,受了多少苦,又流过多少泪,只有善良的天主知道了。"

"这也是真的。"另外几个人说。

这以后,除了风箱扇动炉火的呼哧声,就什么也听不见了。突然,菲利普弯下腰,对西蒙说:

"去告诉你妈妈,今天晚上我要去跟她谈谈。"

说罢他就推着孩子的肩膀送他出去。

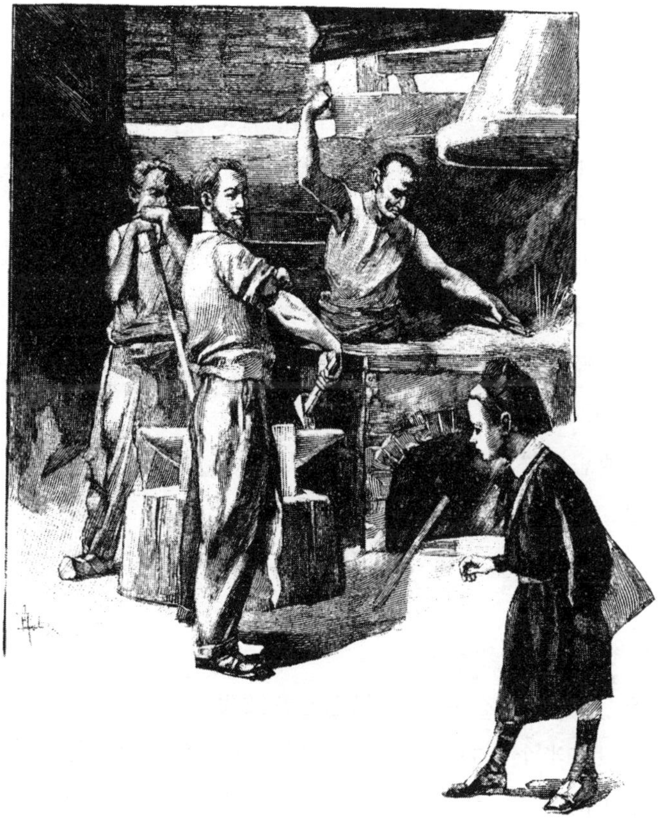

他又走回来干活。不约而同地,五把铁锤一起落在铁砧上。他们就这样锤打,直到天黑,个个都像那些得心应手的铁锤,坚强,有力,而又欢快。不过,就像在节日里,主教座堂大钟的鸣响总要胜过其他的教堂,菲利普的铁锤有节奏地击打,发出震耳的铿锵,盖过了其他的锤声。而他本人呢,站在飞溅的火花里,热情洋溢地锻造着,两眼耀动着光芒。

他来叩响布朗绍大姐的家门时,已经是满天星斗。他身着星期日才穿的那件罩衫和一件鲜亮的衬衣,胡须刚刚修剪过。年轻女子出现在门口,带着为难的表情对他说:"菲利普先生,天都黑了到这里来,可不好呀。"

他想回答,可是结结巴巴不知道怎么说才好,尴尬地面对着她。

她接着说:"再说,您一定明白,再也不能让人说我的闲话了。"

这时,他毅然地说:

"那又有什么关系,如果您愿意做我的妻子!"

没有半个字的回答,不过他听到在昏暗的屋子里有个人倒下去的声音。他连忙走进去。已经睡在床上的西蒙,听出一次亲吻的声音和母亲的几句轻声细语。接着,他突然被他朋友的双手抱了起来,后者用他大力士的臂膀举着他,大声对他说:

"你告诉他们,你的同学们,你的爸爸是铁匠菲利普·雷米;谁要是欺负你,他就揪谁的耳朵。"

第二天,同学们都到齐了,就要开始上课,小西蒙站了起来,脸色苍白,嘴唇战栗着,用清脆的声音说:"我的爸爸是铁匠菲利普·雷米,他说谁要是再敢欺负我,他就揪谁的耳朵。"

这一次,再也没有人笑了,因为大家都认识这个铁匠菲利普·雷米;有他这样一个爸爸,人人都会感到骄傲的。

一个女雇工的故事[*]

1

天气非常好,农庄里的人午饭比平常吃得快,已经下地去了。

只剩下女雇工萝丝一个人,待在宽敞的厨房里。盛满热水的锅下面,炉膛里的余火正渐渐熄灭。她不时从锅里舀出些水来,不慌不忙地洗着餐具;偶尔停下来,望望太阳透过窗户投射在长桌上的两个明亮的方块。玻璃窗上的缺损污迹,在这两个方块里显露得一清二楚。

三只大胆的母鸡在椅子底下寻觅着面包屑。家禽饲养场

---

[*] 本篇首次发表于一八八一年三月二十六日的《政治与文学杂志》(又名《蓝色杂志》);同年收入维克多·阿瓦尔出版社出版的小说集《泰利埃公馆》;一九〇二年收入保尔·奥朗道尔夫出版社出版的插图版莫泊桑全集《泰利埃公馆》卷。

的气味,牛圈里发酵的热气,从半开半掩的门那儿钻进来。炎热的中午一片寂静,只听见公鸡的啼声此起彼落。

姑娘洗完餐具,又擦桌子,清扫壁炉,把盘子码在厨房尽头的餐具架上;那餐具架很高,紧挨着一个嘀嗒声很响的木壳钟。她深深吸了一口气,不知道为什么,感到有点头晕目眩,憋闷得慌。她望了望发黑的黏土墙、天花板上熏黑了的木梁,以及木梁上挂着的蜘蛛网、熏腓鱼和一串串洋葱。接着她便坐了下来。踩得很实的泥地面,长年累月,有多少东西撒在上面又干了,在这炎热的天气里蒸发出陈腐的气味;这气味,又加上放在隔壁那间阴凉的屋里结奶皮的牛奶的酸味,熏得她很不舒服。她想跟平时那样做点针线活,无奈没有力气,便走到门口去透透气。

在炽热的阳光抚爱下,她感到一股暖流渗透心脾,一种快意充满她的身体。

门外的厩肥堆不断地冒着一层轻微的蒸气,像镜面一样闪闪烁烁。几只母鸡悠闲地卧在肥堆上,侧着身子,用一只爪子扒拉着,找虫子吃。母鸡群里,有一只漂亮的公鸡傲然独立,每隔一会儿就从母鸡中挑选一只,一边围着它打转,一边发出咯咯的召唤声。那只母鸡就懒洋洋地站起来,曲下腿,用翅膀托着那只公鸡,从容不迫地接待它;完事后,母鸡抖抖羽毛,把尘土抖落,重又卧在肥堆上。这时候公鸡便放声高歌,炫耀它的业绩。附近院子里的公鸡也都群起而呼应,就好像从一个农庄向另一个农庄传递着爱情竞赛的挑战。

女雇工望着这些鸡,什么也没有想。接着她抬头向苹果园眺望。花儿盛开的苹果树就像挂满扑了粉的小脑袋,白晃晃、亮晶晶,她的眼睛都看花了。

突然,一匹马驹撒欢,在她面前飞奔而过。它围绕着树木夹岸的圩沟来回跑了两趟,又猛然停住,回头张望,似乎感到奇怪,不知为何只有它独自一个优哉游哉。

她也有一种奔跑的欲望,活动的需要。但同时她又渴望能够躺下来,四肢舒展,在这静止、和暖的空气中好好休息一下。她闭上眼,迟迟疑疑地走了几步,感到一种强烈的纯属兽性的满足。然后,她就不慌不忙地到鸡窝去拣鸡蛋。一共有十三个鸡蛋,她捡起来,带回厨房。她把鸡蛋放进橱柜,厨房里的气味又让她感到不舒服,于是她走出去,到草地上坐一会儿。

树林环绕着的农庄的院子好像在酣睡。草很高,绿绿的,是春天那种鲜嫩的绿色;黄色的蒲公英在草丛里就像一盏盏闪亮的小灯。苹果树的影子在树根旁缩成一团。屋脊上长着叶子像长剑似的鸢尾。房舍的麦秸顶微微地冒着热气,想必是马棚和草仓里的湿气在透过麦秸散发。

女雇工来到车棚底下。那里摆放着各种载人运货的车辆。圩沟里有个大坑,绿荫覆盖,开满了紫罗兰花,浓香四溢。越过沟沿向远处望去,可以看到原野,一片广袤的平原上长着庄稼,散落着一片片树林,以及一群群远远的、小得像布娃娃似的干活的人,还有玩具一样的白马,拖着儿童车一般的犁,后面有个手指头那么高的小人推着。

她去仓房抱了一捆麦秸,扔在那个坑里,便在上面坐下。

后来她感到还不够舒服,索性把麦秸捆解开、摊平,头枕着两条胳膊,伸直了两条腿,仰面躺下。

她渐渐合上眼睛,在懒洋洋、甜滋滋的感觉中昏昏欲睡。正当她快完全睡着的时候,忽然感到有两只手抓住她的乳房,她一下子蹦起来。原来是雇工雅克,一个个子高高、体格匀称的皮卡第①人。雅克最近一段时间一直在追求她。他这天正在羊圈里干活,看见她躺在阴凉地里,就蹑手蹑脚地走过来,屏住呼吸,目光闪闪,头发里还夹杂着几截干草。

他试图吻她,但是她跟他一样健壮,扇了他一个耳光。他很滑头,向她求饶。于是他们并排坐下,友好地聊起天来。他们谈到天气,说这天气对收庄稼有利;谈到年景,今年收成一定不错;谈到他们的主人,一个正直可敬的人;然后又谈到邻居,谈到所有的乡里乡亲;谈到他们自己,他们的村庄,他们的童年,他们的往事,他们离别很久也许再也见不到的父母。想到这里,她心里难受起来;他呢,早就盘算好了,向她挪过来,紧贴着她;他兴奋得直打哆嗦,情欲已蔓延到他的全身。

"我已经很久没见到我妈了;分开这么久真叫人难受。"

她两眼出神地凝视着远方,穿越空间,朝着那边,那边,一直向北,直到被她离弃的村庄。

突然间,他又搂住她的脖子要吻她。不过她挥起拳头狠命一拳,打得他鼻血直流。他站起来,走去把头靠在一棵树干上。这时她心软了,走到他跟前,问道:

---

① 皮卡第:法国北方的一个大区,下属三个省:埃纳省、瓦兹省和索姆省。

"打痛了吧?"

但是他笑起来。没有,没什么;不过她这一拳正好打在中间。他低声说:"好家伙!"一边用钦佩的眼光看着她。因为他对她产生了敬意,产生了另外一种完全不同的爱,对这个如此结实的高个子姑娘开始有了一种真正的爱。

血止住以后,他向她提议去转一圈;他害怕如果再这样并肩待下去,会再领教她一记重拳。但是她自己却主动挽起他的胳膊,就像那些已定终身的男女晚上在林荫道散步时一样,她对他说:

"这样不好呀,雅克,对我这么不尊重。"

他表示不能接受。不,他不是不尊重她,而是爱上了她,就是这么回事。

"那么,你愿意跟我结婚吗?"她问。

他犹豫了一下;后来,趁她出神地望着远方,他斜着眼睛瞅了瞅她。她两颊红润饱满,丰腴的乳房在印花棉布的短衫里高高耸起,肥厚的嘴唇十分鲜艳,几乎完全裸露的脖子上布满细小的汗珠。欲望再一次控制了他。他把嘴凑近她的耳朵,低声说:

"是的,我愿意。"

她于是伸出双臂搂住他的脖子亲吻他,吻的时间那么长,以至两个人都喘不过气来了。

从这时起,那永恒的爱情故事在他们之间开始了。他们在隐蔽的角落里调情,在月光下的草垛后面幽会,用他们钉着铁掌的大皮鞋在饭桌底下互相在腿上留下一些青痕。

天长日久,雅克对她好像渐渐地厌倦了;他躲着她,很少跟她讲话,也不再想方设法和她单独在一起。这让她心里充满了怀疑,深感焦虑。不久以后,她发现自己怀孕了。

她起初惊慌,继而愤怒,而且一天比一天强烈,因为他千方百计躲着她,她怎么也找不到他。

最后,一天夜里,等农庄里的人都睡了,她穿着衬裙,光着脚,悄悄溜出去,穿过院子,推开马棚的门。雅克正睡在他饲养的几匹马的上边、一个垫满麦秸的大木箱里。他听见她来了,假装打着呼噜;但是她爬上去,跪在他旁边,不停地摇晃他,直到他抬起身子。

他坐好以后,问:"你要干什么?"她气得直打哆嗦,咬紧牙说:"我要,我要你娶我,你答应过跟我结婚的。"他笑起来,回答:"喔唷,要是发生过关系的姑娘都得娶的话,那还得了。"

但是她扼住他的喉咙,把他扳倒,紧紧地压住他,让他不能挣脱,然后一边掐住他的喉咙,一边贴近他的脸,大声嚷道:"我肚子大了,听见没有,我肚子大了。"

他透不过气来,吁吁直喘。他们两人就这样一动不动、一声不响地待在黑夜的寂静中,只有马从草料架上扯下干草,然后慢慢咀嚼的声音打破这寂静。

雅克明白她的力气比他大,只好结结巴巴地说:
"好吧,既然这样,我就娶你。"

但是她已经不相信他的许诺。她说:
"你马上去让教堂公布结婚告示。"

他回答：

"我马上就去。"

"向天主发誓。"

他犹豫了几秒钟，打定了主意，才说：

"我向天主发誓。"

她于是松开手，没有再说一句话，就走了。

她有几天没有机会跟他说话，马棚的门从那以后每天夜里都锁着；她怕张扬出去丢脸，也不敢作声。

后来，有一天上午，她看见另外一个男雇工进来吃饭，便问道：

"雅克走了吗？"

"是的，"那个人说，"我代替他了。"

她战栗得那么厉害，连挂在铁矛钩上的汤锅都取不下来了。等大家都去干活了，她上楼到了自己的屋里，怕别人听见，把脸埋在枕头底下痛哭不已。

这一整天，她想方设法打听消息而又尽量不引起人们怀疑；但是她心里老想着自己的不幸，因而总以为每一个被问到的人都在狡黠地暗笑。再说，除了他肯定已经离开当地以外，她什么也打听不到。

2

对她来说，连续不断的折磨人的生活从此开始了。她像机器一样干活儿，根本不去想她是在做什么，脑子里只有一个固定的悬念:"要是让人知道了,怎么办?"

这个悬念时时刻刻苦恼着她,她完全失去了思考能力,甚至也不去想想有什么办法可以避免闹出丑闻;她已经感觉到这丑闻正一天天迫近,无法挽回,而且像死一样注定要临头。

她每天早上起得比别人早得多。一起来,就像着了魔似的,在她梳头用的一小片破镜子里没完没了地使劲儿打量自己的腰身,急于知道今天会不会让人看出来。

白天,她经常放下手上的活儿,从上往下观察,看看是不是自己的大肚子把围裙拱得太高了。

一个月又一个月过去了。她几乎不再说话,有人问起什么的时候,她也听不懂,而且惊慌失措,目光呆滞,两手颤抖。因此主人有一天问:

"可怜的姑娘,你近来怎么变得笨手笨脚啦!"

去教堂,她也总是躲在柱子后面,再也不敢去忏悔;她生怕遇见本堂神父,因为她认为他有一种超人的力量,能够看透人心里的隐秘。

在饭桌上,工友们的眼光如今会使她惶恐得昏过去;她总是疑心被那个早熟而又阴险的放牛的男孩看破了,因为他那双贼亮的眼睛老是盯着她。

一天早上,邮差交给她一封信。她从来没有收到过信,因此十分惊慌,不得不坐下来。也许是他写来的吧?可是她不识字,对着这张涂满墨迹的纸愁眉不展,紧张得发抖。她把信塞进口袋,不敢把自己的秘密托付给别人。干活时她常常会停下来，久久地望着那几行行距相等的字，以及末尾的签名，隐约地想象着这样就可能会突然看出信里的意思。她焦急、苦恼得几乎发疯了，最后决定去找小学老师。他让她坐下，念道：

亲爱的女儿，来信是要告诉你，我病得很重；我们的邻居当蒂老板代笔，望你可能的话就回来一趟。

你亲爱的母亲
代笔人：村长助理塞赛尔·当蒂

她没说一句话就走了；但是，等到她一个人的时候，她两腿发软，立刻瘫倒在路边；她在那里一直待到天黑。

回来以后，她把家里的不幸告诉了农庄主人。他允许她回去一趟，而且她愿意待多久就待多久；还答应找一个打短工的姑娘来干她的活，等她回来继续用她。

她母亲已经病重垂危，就在她到家的那一天死了。第二天，萝丝生了个怀了才七个月的男孩；产儿瘦得就像一副可怕的小骨头架子，叫人不寒而栗；而且那双干瘪得像蟹爪似的可怜的小手痛苦地抽搐着，好像他不断地受着折磨。

但他还是活下来了。

她说她已经结婚了，但是没法自己带孩子；她把他留在邻居家，他们答应好好照顾他。

她又回到那个农庄。

但是，从这时候起，在她那长久以来备受折磨的心里，一种陌生的爱，对留在家乡的那个瘦弱的小东西的爱，像一片曙光似的升起；不过这种爱反而给她带来新的痛苦，每时每刻都要经受的痛苦，因为她和他分在两地。

最使她痛苦的是她热切地需要吻他，抱他，用自己的肉体去感受他的小身体的温暖。她夜里再也睡不着；她整天都想着他；到了晚上，干完活以后，她就坐在壁炉前面，像那些思念远方亲人的人一样，痴痴地望着炉火。

人们甚至开始议论起她来，说她一定有了心上人，跟她开玩笑，问她：他是不是很漂亮，他个子高不高，他有没有钱，什么时候结婚，什么时候行圣礼？这时她往往都躲开，去独自一人哭泣，因为这些问题像针扎似的让她难受。

为了摆脱这些烦扰，她就拼命地干活。她时刻惦记着自己的孩子，想方设法要为他多积攒些钱。

她决定加倍地努力工作，叫人不得不给她增加工钱。

于是，她渐渐地把周围的活儿都揽了下来，结果一个女佣工被辞退了，因为自从她一人付出两个人的艰辛以后，那个女佣工变成多余的了。她在面包上，在菜油上，在蜡烛上，在人们通常过于大手大脚地撒给鸡吃的谷粒上，在人们平时难免会糟蹋一点的牲口饲料上，都尽量节省。她花主人的钱就像花自己的钱一样斤斤计较；而且，她做买卖很精明，本农庄的产品经她的手总能卖出高价，而农民在出售产品时耍的花招她也都能识破，因此买进卖出、雇工的管理、柴米油盐账目，全由她一个人负责；没多长时间，她就变成不可缺少的了。她对周围一切都照料得很周到，农庄在她的管理下出奇地兴旺。

方圆两法里①以内的人都在谈论"瓦兰老板的女雇工";农庄主人也逢人就说:"这姑娘,真是千金难买。"

然而,时间匆匆过去,她的工钱却仍旧和原来一样。她的辛勤劳动都被看作是任何一个忠于职守的女佣工的分内之事,仅仅是一种忠诚的表示。不过,一想到农庄主人靠了她,每月都多收入五十到一百埃居②,而她却仍然不多不少,一年只挣二百四十个法郎,她开始有些寒心了。

她决定要求增加工钱。她找了主人三趟,可是每次到了他面前,谈的却是另外的事。跟人要钱,她感到难为情,好像这是件丢脸的事。终于,有一天,趁农庄主人单独一个人在厨房里吃饭,她神情尴尬地对他说,她希望跟他单独谈谈。他十分诧异地抬起头,两只手一直在桌子上,一只手拿着刀,刀尖朝上,另一只手拿着一小块面包,直盯盯地看着这个女雇工。她被他看得心慌意乱,竟然说她有点不舒服,想回家乡一趟,请求给她一个星期的假。

他立刻就答应了;接着,他也有些尴尬地说:

"等你回来我也要跟你谈谈。"

3

孩子快八个月了,她简直认不出他了。他的小脸红扑扑

---

① 法里:法国古里,一法里约合四公里。
② 埃居:法国旧时钱币,种类很多,价值不一,最流行的一枚值五法郎。

的、胖嘟嘟的,浑身都是圆滚滚的,就像一小包活的油脂。他的小手儿肉鼓鼓的,合都合不拢,慢慢地抓挠着,一看就知道他非常心满意足。她像饿狼扑食似的猛扑过去,使劲地亲吻他,把他吓得号啕大哭。这时候她也哭了,因为孩子不认识她;而他一看见奶妈,却立刻朝奶妈伸出两手。

不过,第二天他就熟悉了她的脸,咯咯笑起来。她抱着他到田野里去,两手高高举起他,发疯似的奔跑;接着她坐在树荫下,有生第一次向一个人敞开心扉,尽管他听不懂,她还是对他倾诉她的悲伤、她的工作、她的烦恼、她的希望,一边不停地热烈而又莽撞地抚爱他,惹得他厌烦。

她用手捏他、揉他、给他洗澡、替他穿衣裳,从中得到无限的愉悦;甚至给孩子洗屎洗尿,她都感到幸福,好像对儿子的这种私密的照料是对她母亲身份的一种确认。她常常端详他,奇怪他怎么会是她的。她一边抱着他使劲摇晃,一边一迭连声地低唤着:"我的小宝贝,我的小宝贝。"

她是一路啜泣着回农庄的。她刚到,主人就叫她去他的屋里。她走了进去,不知道为什么又吃惊、又激动。

"你坐在这儿。"他说。

她坐下。他们有好一会儿就这样并排挨着坐在那里,都有些局促,手臂好像失去了活力,变得笨拙,而且像乡下人那样,他们谁也不看谁。

农庄主人是个四十五岁的大胖子,两次丧偶,性格乐观而又固执。他显然有些拘谨,这是他平时不曾有过的。他终于下了决心,眼睛望着远处的田野,含含糊糊、吞吞吐吐地说。

"萝丝,你从来没有想到过成家吧?"

她脸色变得像死人一样苍白。他见她不回答,就接着说:

"你是个好姑娘,规矩,勤劳,节俭。娶你这样一个妻子,会让男人发财的。"

她仍然一动不动,眼神慌乱,甚至不想去弄明白他这话是什么意思,因为她脑子里已经乱成一团,就像大祸临头似的。他等了一会儿,然后继续说:

"你看,一个农庄没有女主人,总是不行的,就算是有你这样一个女雇工。"

然后他就沉默不语了,因为他再也不知道该说什么了。萝丝万分惊恐地望着他,就像一个人面对一个杀人凶手,只要他稍有动作,就准备立刻逃跑。

他等了五分钟,最后问道:

"你说呀!这样行吗?"

她表情迟钝地回答:

"什么,老板?"

他于是毅然决然地说:

"当然是说嫁给我啦!"

她一下子站了起来,不过马上就瘫在椅子上,一动不动,就像受到了什么巨大不幸的打击。农庄主人终于失去耐心了。

"喂,你说呀,你还要什么?"

她惊恐万状地看着他;接着,突然,眼泪夺眶而出,张口结舌,只连说了两遍:

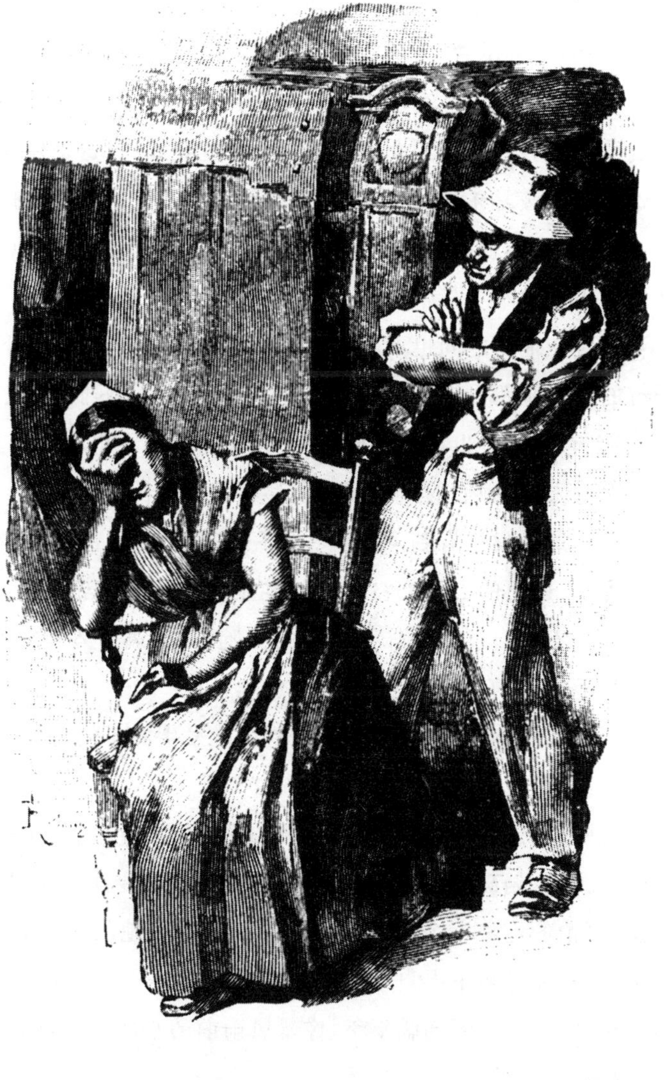

"我不能！我不能！"

"为什么不能？"他问，"好啦，别犯傻啦；我让你考虑考虑，咱们明天再说。"

他赶紧走了。办完了这件让他很感到为难的事，他如释重负，而且他相信，他的女雇工第二天一定会答应；这个建议，对她来说应该是求之不得；对他来说，这也是一桩极好的交易，因为这样他就把这个女人一辈子拴住了，这个女人给他带来的收入会比本乡最丰厚的陪嫁还要多。

况且在他们之间也不会有门户不当的顾虑，因为在乡下，所有的人几乎都是平等的。农庄主人像他的雇工们一样干活，雇工有朝一日也可能变成农庄的主人；女雇工也随时可能变成女主人，连她们的生活和习惯都不需要做任何改变。

萝丝这一夜没有躺下睡觉。她一屁股坐在床上；她已经精疲力竭，连哭的力气都没有了。她坐在那里，呆若木鸡，甚至都感觉不到自己的身体了。她的头脑纷乱，就好像有人用扯松羊毛床垫的工具把它扯碎了似的。

当她偶尔把思想集中一下，想到可能发生的事的时候，她就不寒而栗。

她的恐惧有增无已；每当厨房的那座大钟慢悠悠地敲响报时的钟声，划破农庄的沉寂，她都会吓出一身冷汗。她神情恍惚，可怕的幻象一个接着一个。蜡烛熄了。她的精神开始错乱起来，那是乡下人自以为中了魔法时常会产生的莫名其妙的精神错乱，一种面临不幸、像暴风雨前的小船一样拼命逃走、躲避、奔跑的愿望。

一只猫头鹰叫了一声;她打了个哆嗦,站起来,用两只手摸摸脸,摸摸头发,周身上下地摸着,像个疯子一样;然后她挪着梦游症患者似的脚步走下楼。她来到院子里,为了不让还在外面游荡的粗鲁人看见,便弓着身子前进。快要沉落的月亮还在向田野投射着明亮的光芒。她没有打开栅栏门,而是从沟沿翻出去;她到了田野边,就出发了。她迈着富有弹性的急促的小快步朝前走,间或无意识地发出一声尖锐的叫喊。她的身影老长老长的,躺在她身边的地面上,跟随她一同前进。偶尔有一只夜鸟飞到她头顶盘旋。一座座农庄的院子里,狗听见她走过,汪汪地叫着;有一条狗跃过圩沟,追过来想咬她;但是她转过身去,朝它大吼一声,吓得它连忙逃走,蜷缩到窝里,一声也不响了。

有时一窝小野兔在地里嬉戏;但是,当这个奔跑的疯女人像发狂的狄安娜①似的冲来时,这些胆小的动物便四处逃窜,小兔子和兔妈妈钻到垄沟里不见踪影;兔爸爸连蹦带跳地飞奔,竖着大耳朵一蹦一跳的剪影偶尔映现在沉落的月亮上。这时月亮已经降落到地球的尽头,犹如一盏巨大的灯笼摆在天边的地面上,用它斜射的光芒普照着原野。

星星已经消失在天穹的深处;几只鸟叽叽喳喳地叫着,天开始亮了。姑娘跑得力尽筋疲,呼哧带喘。太阳从红色的朝霞中喷薄而出时,她停了下来。

她脚都肿了,往前跑不动了。但是她远远看到一片水塘,

---

① 狄安娜:罗马神话中的女神,掌管狩猎等。

一片很大的水塘,静止的水在朝霞映照下殷红似血。她手按着胸口,迈着小步,一瘸一拐地走过去,想在水塘里浸一浸她的两条腿。

她坐在草丛上,脱掉满是尘土的肥大的鞋子,扯掉袜子,把已经发青的小腿浸在不时冒着气泡的静止不动的水里。

一股清凉宜人的感觉从脚跟一直窜到喉咙;她目不转睛地望着这深深的水塘,突来一阵昏眩,一种想把整个身子投进水里的强烈的欲望。那样,她的痛苦就结束了,永远结束了。她不再顾念她的孩子;她需要安宁,需要彻底的休息,无尽期的长眠。于是她站起来,举起胳臂,往前迈了两步。她的大腿已经浸到水里,她已经准备扑下去了,这时踝骨上一阵尖锐的刺痛,她不由得往后一跳。她发出一声绝望的叫喊,原来从她的膝盖直到她的脚尖,叮满了很长的黑色的蚂蟥,胀鼓鼓的,紧贴在肉上,正在吸她的血。她不敢碰,吓得拼命叫喊。她的绝望的呼喊声引来一个赶着大车在远处经过的农民。他帮她一条一条地把蚂蟥拽出来,用青草紧压伤口,又驾着大车把姑娘一直送回她主人的农庄。

她在床上躺了半个月。后来,在她起来的那天上午,她正坐在门口,农庄主人突然走过来,站在她面前。

"怎么样,"他说,"这事情就这么决定了,是不是?"

她起初没有回答;后来因为他一直站在那里,执拗地盯住她,她才好不容易蹦出几个字:

"不,老板,我不能。"

他一下子火了。

"你不能,姑娘,你不能,为什么?"

她哭起来,一遍一遍地说:

"我不能。"

他逼视着她,冲着她的脸嚷道:

"是因为你已经有情人了?"

她羞得浑身发抖,咕咕哝哝地说:

"就算是吧。"

他脸涨得通红,气得话也说不清楚了。

"啊!你到底承认了,你这个骚货!那家伙是干什么的?叫花子,穷光蛋,流浪汉,饿死鬼?说呀,他是干什么的?"

见她不回答,他接着说:

"啊!你不肯说……那么我就来替你说,是让·波迪?"

她大声说:

"啊!不,不是他。"

"那么是皮埃尔·马丹?"

"噢!不是他,老板。"

他气急败坏地把当地所有小伙子的名字都一一点了出来。她连连否认着,难过极了,不停地撩起蓝围裙的裙角擦着眼睛。但是他任着没教养的人的牛脾气发作,还是不依不饶地追问;为了发现她的秘密而刮着她的心,就像猎狗闻到洞里有动物,就一整天挖个不停,非把它抓住不可。他恍然大悟似的叫了起来:

"见鬼,是雅克,去年的那个雇工;有人说他常跟你闲扯,而且说你们说好了要结婚。"

萝丝急得喘不过气来,一股血往上涌,脸涨得通红。她的眼泪突然枯竭了;泪珠就像水珠落在烧红的烙铁上,在她的面颊上一下子就干了。

"不,不是他,不是他!"

"你敢肯定不是他?"那狡猾的乡下人嗅出了一点真相,追问道。

她急忙回答:

"我可以向你发誓,我向你发誓……"

她想要找出个什么来发誓,可又不敢提那些神圣的东西。幸好他打断她的话:

"可是他老跟着你到那些犄角旮旯去,而且每次吃饭的时候,他都拿眼睛盯着你,就像要把你吞下去似的。你是不是答应他了,嗯?说呀。"

这一次,她正视着主人的脸,说:

"不,从来没有,从来没有,我可以指着仁慈的天主向您发誓,就是他今天来求我,我也不会要他。"

她的态度是那么诚恳,不免让农庄主人犹豫起来。他自言自语似的说:

"那么,怎么回事呢?你也并没有遇到什么不幸的事呀,否则大家也会知道的。既然没有什么大不了的事,一个女雇工是不可能拒绝主人求婚的。看来里面一定有什么事儿。"

她不再回答,她已经痛苦得透不过气来。

他又问:"你真的不愿意吗?"

她叹了口气,说:"我不能呀,老板。"他转身就走。

她以为已经摆脱了这桩麻烦事,这个白天余下的时间她过得还算平静。不过,她感到腰酸腿痛,身心交瘁,就好像她代替那匹老白马,从清早起就被套在打麦机上转了一天似的。

她尽可能早地睡下,而且立刻就睡着了。

半夜里,有两只手摸她的床,把她弄醒了。她吓了一跳,但是立刻听出了农庄主人的声音在对她说:"别怕,萝丝,是我,来找你谈谈。"她起初只感到惊讶,后来他想往她被窝里钻,她这才明白他要干什么,立刻剧烈地战栗起来,因为她感到自己在黑暗里孤立无援,刚从梦中惊醒,还睡意蒙眬,并且一丝不挂,而想要得到她的那个男人就在身边。她不情愿,这是肯定的;但是她只是有气无力地抵抗着,因为一方面她自己还得跟自己的本能做斗争,而在天性纯朴的人身上,本能偏偏又特别强烈;另一方面她又得不到自己意志力的保护,因为性格迟钝软弱的人偏偏又优柔寡断。她的脸时而转向墙壁,时而转向外面,躲避着农庄主人硬要嘴对嘴向她表示的爱意。她挣扎得筋疲力尽,身体只能在被窝里微微地扭动了。他呢,在性欲驱使下,却变得非常粗野。他突然一把掀开她的被窝。这时她明白自己再也无法抗拒了。出于羞耻心,她像鸵鸟那样用两手蒙住脸,停止了自卫。

农庄主人这一夜就待在她身边。他第二天晚上又来了,以后每天晚上都来。

他们一块儿生活了。

一天早上,他对她说:"我已经让教堂公布结婚预告。我们下个月就结婚。"

她没有回答。她能说什么呢？她也没有抗拒。现在还能做什么呢？

4

她嫁给了他。她感到自己掉进一个够不到边的深坑里，永远也爬不出来了；各种各样的不幸像巨大的岩石悬在她的头顶，随时都有可能落下来。她的丈夫，她总觉得自己像是偷了他的什么，总有一天他会发现的。她还想到自己的孩子，她的所有不幸都来自这个孩子，而她在这人世上的全部幸福也都来自这个孩子。

她每年去看他两次。每次回来都变得更加忧郁。

然而她渐渐习惯以后，她的顾虑消失了，她的心也平静下来了；她的生活过得比较有信心了，虽然她心头还隐隐约约浮动着一丝恐惧的余波。

几年过去了；孩子已经六岁。她现在几乎可以说是幸福的了，没想到农庄主人的心情却突然变得郁闷起来。

两三年来，他好像一直有什么心事，愁眉不展，一块心病在日渐加重。吃完晚饭他总在饭桌边呆坐很久，手捧着脑袋，长吁短叹，恓恓惶惶，好像深受着一件烦恼的事的折磨。他说话变得比以前急躁，有时甚至很粗暴。他好像对妻子有某种不便明说的看法，因为他对她说话时会突然发狠，甚至动不动就发火。

有一天，一个女邻居的孩子来买鸡蛋，她正忙着，对这个

孩子有点儿不耐烦,她丈夫突然冲过来,恶声恶气地对她说:

"他要是你的孩子,你就不会这样对待他了。"

她惊诧了好一会儿,不知怎样回答才好。后来她回到屋里,以往的种种忧虑又都被唤醒了。

吃晚饭时,农庄主人不跟她说话,连看也不看她;他好像厌恶她,瞧不起她,好像终于知道了什么似的。

她不知所措,吃完晚饭不敢留下来单独跟他待在一起。她溜出去,径直朝教堂跑去。

夜晚降临了,狭窄的中殿里十分晦暗;但是在寂静中,她听见圣坛附近有人走来走去的脚步声,原来是圣器室管理人在点燃圣体龛前的那盏夜间照明的油灯。那一点抖动的灯光非常微弱,几乎淹没在拱顶下的黑暗中,但对萝丝来说却像是最后的一线希望。她眼睛望着那灯光,扑通跪了下来。

那盏小灯随着一阵拉链子的响声重新升到空中。紧接着在石板地上响起了木鞋均匀的踢踏声,继而是绳子拖地的窸窣声。小钟敲响晚祷的钟声,穿过越来越浓的暮霭,传向远方。那个圣器室管理人要出去的时候,她追上了他。

"本堂神父先生在家吗?"她问。

他回答:

"我想在吧,他总是在晚祷敲响的时候吃晚饭的。"

于是她战战兢兢地推开本堂神父住宅的栅栏门。

教士正在吃饭,他立刻请她坐下。

"嗯,嗯,我知道,您今天到这儿来要谈的事,您丈夫已经跟我谈起过您。"

可怜的女人简直要昏过去了。神父接着又说：

"您想要什么，我的孩子？"

他一勺一勺快速地喝着汤，一滴又一滴汤水洒在他腹部圆鼓鼓、脏兮兮的道袍上。

萝丝不敢再说什么，也不敢提出什么要求或者请求了。她站起来要走；神父对她说：

"加把劲……"

她便走了出去。

她回到农场，已经不知道自己在做什么了。农庄主人在等她；她不在的时候，干活的人都已经走了。她扑通一声跪倒在他前面，泪如雨下，呜咽不止。

"你为什么生我的气？"

他连呲带骂地大声嚷道：

"因为我没有孩子，他妈的！一个人娶老婆，可不是为了两个人到死还这样孤孤单单的。就是因为这个。一头母牛不下小崽，就一钱不值。一个女人不生孩子，也一钱不值。"

她哭着，结结巴巴地反复说：

"这不是我的错！这不是我的错！"

他的态度稍微缓和了点儿，接着说：

"我没有说是你的错，但这总是让人不开心的事。"

5

从这天起她只有一个念头：生一个孩子，再生一个孩子，并且向所有的人吐露自己的愿望。

有个邻家女子教她一个法子:每天晚上让她丈夫喝一杯水,水里加点儿炉灰。农庄主人欣然同意。但是这个法子并没有见效。

他们想:"也许会有什么秘方吧。"于是他们四处打听。有人告诉他们十法里以外住着一个牧羊人,于是瓦兰老板有一天套上他的轻便双轮马车,动身去向那个人求教。牧羊人交给他一个面包,面包表面画上一些记号,面包里面掺进了药草。他们应该在夜间行房事前后各吃一块。

可是面包吃光了也没有获得成果。

一位小学教师向他们透露了一些奥秘,一些农村人不知道而据他说是万无一失的做爱技巧。他们还是失败了。

本堂神父建议他们到费康①去朝拜"宝血"。萝丝跟着一大群人匍匐在修道院里,把她的心愿和那些农民心里发出的庸俗的愿望混杂在一起。她恳求大家都在祈求的"那一位"保佑她再怀一次孕。结果还是徒劳无益。于是她想这肯定是对她前一次犯罪的惩罚,心里痛苦极了。

她愁得人都消瘦了;她丈夫也衰老了,正像人们说的,"忧心如焚",随着希望的落空,他一天比一天憔悴。

终于,战争在他们中间爆发了。他骂她,打她。白天跟她吵闹;晚上在床上,他恨得直咬牙,牢骚满腹,骂得她狗血

---

① 费康:法国西北部的一个港口城市,濒临拉芒什海峡,现属上诺曼底地区塞纳滨海省。莫泊桑的母亲的祖籍地。

喷头。

一天晚上,他再也想不出用什么新花样来折磨她,于是强迫她从床上起来,到门外淋着雨等天亮;她不服从,他就掐着她的脖子,挥拳打她的脸;她一声不吭,也一动不动,他更是火冒三丈,跳起来用膝盖压着她的肚子,咬牙切齿,怒发冲冠,不住手地毒打她。她在绝望中奋起反抗,使劲一搡,把他撞到墙上。她坐起来,然后用嘶哑的、变了调的声音嚷道:

"我有一个孩子,我,我生过一个!我跟雅克生的;你认识那个雅克。他答应娶我,可后来他跑了。"

他大吃一惊,愣在那儿,激动得比她还厉害。他嘟哝着追问:

"你说什么?你说什么?"

她呜咽起来,眼泪哗哗直流,结结巴巴地说:

"就因为这个,我当初不愿意嫁给你,就因为这个。我那时不能告诉你,你会让我和孩子都没有饭吃的。你没有孩子,你,没有孩子,你不懂,你不懂!"

他的惊讶有增无减,下意识地重复着:

"你有一个孩子?你有一个孩子?"

她一边抽噎,一边说:

"是你强迫我的。你也许知道,我,我根本不愿意嫁给你。"

于是他从床上起来,点亮蜡烛,手抄在背后,在屋里踱来踱去。她瘫倒在床上,哭个不停。突然,他走到她面前停住,说:"这么说是我的错了,既然我没让你生出孩子?"她没有回答。他又开始走来走去。然后又停住,问:"你那个孩子几岁了?"

她喃喃地说:

"快满六岁了。"

他又问:

"你为什么不告诉我?"

她叹着气说:

"我能告诉你吗?"

他依然站在那里不动。

"喂,你起来。"他说。

她费劲地爬起来;等她靠着墙站稳了,他突然笑了起来,像在那些高兴的日子里一样放声大笑。见她还在惶恐不安,他便补充说:

"好,咱们去把这个孩子接回来,既然咱们俩不能生。"

她还是那么惊慌,如果不是实在没有力气,肯定会逃走的。但是农场主人却搓着两手,低声说:

"我本来就想领养一个,现在找到啦,找到啦。我已经求本堂神父给我找一个孤儿。"

说罢,他仍然笑得合不上嘴,亲吻着眼泪汪汪发着愣的妻子,就像怕她听不见似的,大声说:

"喂,孩子他妈,去看看还有没有浓汤;我能吃它一锅子。"

她穿上裙子。他们下了楼;当她跪着把锅下面的火重新燃旺的时候,他,乐不可支,继续迈着大步在厨房里走来走去,

39 ★

并且一迭连声地说:

"嘿!真的,这真叫我高兴;不是说说而已,我是真高兴,我实在是太高兴了。"

一个春天的晚上*

让娜就要和她的表哥雅克结婚了。他们从小就熟悉,爱情在他们之间完全不需要生活中常见的那些虚夸造作的形式。他们一块儿长大,并没有意识到彼此相爱。年轻姑娘有点儿爱撒娇,有时跟这个年轻人做做天真的媚态;她觉得他和善,另外,他也是个漂亮小伙儿,每次见到他,她都满心乐意地拥吻他,不过并不战栗,并没有那种仿佛让皮肤从手指尖到脚趾尖都起鸡皮疙瘩的战栗。

他呢,他也只是十分单纯地想:"我的小表妹,她很可爱。"想到她时,他带的是一个男人对一个美丽女孩本能上总会有的那种好感。他的感想不会走得更远。

后来有一天,让娜偶然听到母亲对她姨母说(对阿尔贝特姨母说,因为莉松姨母一直是个老姑娘):"我敢向你担保,

---

* 本篇首次发表于一八八一年五月七日的《高卢人报》;一八九九年收入保尔·奥朗道尔夫出版社出版的莫泊桑小说集《米隆老爹》;一九〇四年收入同一出版社出版的插图版莫泊桑全集《米隆老爹》卷。

这两个孩子马上就要爱上了；这看得出。对我来说，雅克绝对是个理想的女婿。"

让娜立刻就爱上表哥雅克。从此以后，她见了他会脸红；和这年轻人牵手她的手会发抖；遇到他的目光她会低下头；让他拥吻她会扭扭捏捏。后来他发觉了所有这些变化，明白是怎么回事了，既有一种虚荣心的满足又受到真正爱情的激励，他热情冲动地紧紧拥抱表妹，在她耳边低声说："我爱你，我爱你！"

从这一天起，就只有喁喁私语，缠缠绵绵，以及两情相悦的各种各样的表现，由于他们以往就很亲密，并不显得局促和尴尬。在客厅里，雅克当着三个老妇人，他的母亲、让娜的母亲和莉松姨母三个老姐妹的面拥吻他的未婚妻。他和她整天单独在树林里，沿着小河边，踏着开满野花的潮湿的草地散步。他们期待着已经订好的成婚的日子，但是并不太着急，而是笼罩、沉浸在柔情蜜意里，享受着轻微抚摸、紧扣手指、深情相视的美妙的魅力，时间久了，仿佛他们的心都融合了；还有些犹豫的紧紧拥抱的愿望，隐隐地折磨着他们，互相召唤着的躁动的嘴唇，仿佛在互相窥伺、期待、许诺。

有时，在这种热烈而又克制的柔情和柏拉图式的爱意中度过一个白天以后，晚上他们会感到特别疲劳，两个人都会深深地叹息。他们不知道，也不明白，那是充满期待的叹息。

两个母亲和她们的妹妹莉松姨母看着这对相爱的年轻人，喜滋滋的，说不出的高兴。特别是莉松姨母，见他们这样，十分感动。

这是个矮小的女人，很少言语，总是躲在一边无声无息，只有吃饭的时候才出现，吃过饭又回到楼上，一直把自己关在房间里。她的面容和善而又苍老，目光温柔而又忧郁，在这个家里她几乎不被人注意。

两个守寡的姐姐都曾在社会上有一定的地位，多少有点把她看作一个无足轻重的人。人们对待她的那种毫不拘束的亲热，其实隐含着对这个老处女有点轻蔑的慈悲。她本来叫莉丝，出生在贝朗瑞①风靡法国的年代。人们见她不结婚，想必也绝不会结婚，索性把莉丝改成了莉松②。如今她是"莉松姨母"，一个谦逊、干净的小老太婆，即使在亲人面前也非常地腼腆。亲人们爱她，不过这爱既是出于习惯，也掺杂着一种同情和一种善意的淡然。

两个孩子从来不上楼去她的房间亲吻她。只有女用人才会进她的屋。有什么话要对她说，就让女用人去叫她。这个她孤零零度过可怜一生的房间，人们几乎不知道它在哪儿。她在这个家不占一点位置。她不在的时候，人们从来不会谈到她，从来不会想到她。她是这样一种人，他们不爱显露，即使亲近的人也感到他们如同未开化一样陌生，就是他们死了也不会给家里留下缺憾和空白。她是这样一种人，他们不会

---

① 贝朗瑞(1780—1857)：法国歌谣诗人。他的许多歌谣被谱成歌曲，广为传唱，深入人心，在当时产生巨大的社会影响。除了富有民主主义倾向的社会歌谣，他也写了一些描写下层人民在苦难中依然有着乐观浪漫情怀的作品。莉丝、莉赛特都是贝朗瑞歌谣中歌唱过的人物。

② 莉松：是莉丝的一种比较随便的称呼。在莫泊桑的长篇小说《一生》中，女主人公约娜的姨母莉丝，老年后也被称为莉松。

走进身边的人的生活、习惯和爱情。

她走路总是迈着轻而急促的小步,从不发出声响,从不碰到什么东西,仿佛把不发声的特性也传给了物体;她的手就像是棉花做的,摸弄什么都那么轻巧和灵便。

发出"莉松姨母"这四个字的音时,可以说在任何人的头脑里都唤不起任何想法。这就好比人们说"咖啡壶"或者"糖罐子"。

那条母狗鲁特肯定比她具有鲜明得多的个性;人们不停地爱抚它,叫它:"我亲爱的鲁特,我美丽的鲁特,我的小鲁特。"要是它死了,人们会为它哭得更伤心得多。

两个表兄妹的婚礼定在五月底举行。这对年轻人手牵着手,眉目传情,思想相通,心心相印,过了一天又一天。这一年的春天姗姗来迟,它在夜间淡淡的寒霜和早晨清新的薄雾下犹豫着、颤抖着,突然喷涌而至。

一连几天微微阴沉的热天气,搅动起大地的全部活力,绿叶奇迹般地张开,到处弥漫着花蕾和最早绽放的花朵令人酥软的芳香。

接着,一天下午,胜利的太阳终于炙干飘浮的水汽,现出真容,照耀着整个平原。它明亮的欢乐充满田野,无处不入,不管是植物、动物和人体。相爱的鸟儿飞来飞去,振动着翅膀,互相呼唤着。让娜和雅克,被甜蜜的幸福弄得喘不过气来,不过他们却比平常更加小心翼翼了,因为随着树木的兴奋而深入他们躯体的这种新的战栗让他们不安,他们再也不敢单独走远,整天并肩待在宅邸门前的一条长凳上,心不在焉地望着池塘那边互相逐戏的大天鹅。

等到夜晚来临，他们心情平静下来，感到轻松些了，晚饭后便俯身在客厅敞开的窗口，慢言细语地谈心；而这时他们的母亲在灯罩投下的圆形亮光里玩皮克①，莉松姨母给本地的穷苦人织袜子。

池塘后面，一片高高的乔林伸向远方；在大树依然细嫩的叶丛中，月亮突然升上来。它透过树枝逐渐升高，树枝在它的圆盘上画出自己的影子；它攀上天空，周围的星星顿时黯然失色。它开始向人间洒下飘浮着白色和梦幻的凄凉的微光，让柔情人、诗人和情侣们感到那么亲切的微光。

两个年轻人先欣赏了一会儿月光。夜晚的温馨甜蜜，草地和花丛的朦胧亮光，把他们深深感染了，他们慢步走出去，在白色的大草坪上散步，一直走到波光闪耀的池塘边。

两个母亲玩完每晚例行的四盘皮克，渐渐有些困了，想去睡觉了。

"该叫孩子们回来了。"一个说。

另一个，向夜色微明的远处看了一眼，两个人影正在那里缓缓地漫步。

"随他们便吧，"她接着说，"外面天气这么好！莉松会等他们的，是不是，莉松？"

老姑娘惊慌地抬起头，怯声怯气地回答：

"当然，我会等他们的。"

----

① 皮克：一种三十二张两人玩的纸牌。

两个姐姐就去上床睡觉了。

这时莉松姨母便站起来,把已经开始的活儿、毛线和长针撂在椅子的扶手上,走去依偎在窗口,望着迷人的夜色。

两个相爱的人从池塘到门前的台阶,从门前的台阶到池塘,穿过草坪无休无止地走着。他们手拉着手,不再说话,仿佛已经超离了自我,融汇于从大地散发出的诗意中。让娜突然发现了窗框中被灯光照亮的老姑娘的身影。

"瞧,"她说,"莉松姨母在看我们。"

雅克抬起头。

"真的,"他接着说,"莉松姨母在看我们。"

他们继续幻想,继续慢慢地走,继续互相深心地示爱。

但是露水覆盖了草地。他们感到了一阵凉意,打了个小小的寒战。

"咱们回去吧。"她说。

他们就回家了。

他们走进客厅的时候,莉松姨母已经又编织起来;她低头看着活计,小而干瘦的手指好像很累似的颤抖着。

让娜走过去:

"姨母,我们现在要去睡觉了。"

老姑娘转过脸来。她的眼睛通红,好像刚刚哭过。雅克和他的未婚妻根本没有留意。不过小伙子发现年轻姑娘的精制的皮鞋上沾满了水。他非常不安,温情地问:

"你的可爱的小脚没有冻着吧?"

突然,姨母的手指剧烈地颤抖起来,手上的活计也滑落了;毛线团在地板上滚得老远;老姑娘用手猛地捂住脸,浑身痉挛地放声痛哭起来。

两个孩子向她跑过来;让娜大惊失色,跪下来,拉开她的胳膊,连声问道:

"你怎么啦?莉松姨母,你怎么啦?莉松姨母……"

可怜的老妇人难过得身子僵直,用满含着泪水的声音结结巴巴地回答:

"因为……因为……听到他问:'你可爱的小脚……没有冻着吧?'……从来也没有人对我……对我说过这样的话!……从来没有!……从来没有。"

劈　柴＊

客厅不大，整个儿包围在厚厚的帷幔中，散发着淡淡的香味。在宽阔的壁炉里，柴火熊熊燃烧；只有一盏台灯摆在炉台角上，罩着一个饰有古老花边的灯罩，把它柔弱的光线洒在两个谈话人的身上。

她，这家的女主人，是一个满头白发的老太太，不过她是那种让人喜欢的老太太，没有皱纹的皮肤光滑得像精细芳香的纸，浑身浸润着香水，长年沐浴用的优质香精已经由皮肤表面渗入肌肉；她是那种让人吻她手时就像打开一盒佛罗伦萨的鸢尾香粉、感到清香扑鼻的老太太。

他呢，是一个老朋友，一直没有结婚、每星期都来的朋友，一个人生旅途中的同伴。不过他们的关系仅此而已。

＊　本篇首次发表于一八八二年一月二十六日的《吉尔·布拉斯报》，作者署名"莫弗里涅斯"；同年收入比利时昂利·吉斯特玛克尔出版社出版的莫泊桑小说集《菲菲小姐》；一九〇二年收入保尔·奥朗道尔夫出版社出版的插图版莫泊桑全集《菲菲小姐》卷。

他们的谈话中断已有一分钟的光景,两个人都看着炉火,在沉默中浮想联翩;那是不需要滔滔不绝地讲话也能彼此都感到愉悦的友好的沉默。

突然,一块大劈柴,带有根须的燃烧着的树墩,塌了下来,跳过柴架,蹦到客厅,在地毯上滚动,火星在她的身旁飞溅。

老太太轻轻叫了一声,站起来想要逃跑;而他呢,用靴子拨了几下,就把那块硕大的木柴踢回壁炉,又用鞋底刮尽散落在地上的炽热的柴渣。

一次事故平息了,客厅里弥漫着强烈的焦臭味,这男士重又在女友对面坐下,面带微笑望着她,指着那块被踢回炉膛的劈柴说:"瞧,我一直没有结婚,就是因为这个。"

她大感不解,用那种希望寻根究底的女人的好奇的目光,那种不再年轻的女人的深思熟虑、复杂而又往往狡黠的目光凝视着他,问:"怎么会这样呢?"

他回答:"噢,这件事说来话长了,而且是一件让人难过的不光彩的事。"

我的老朋友们经常表示惊讶:我的一个名叫朱利安的最要好的朋友,和我的关系突然变得冷淡了。他们怎么也弄不明白,两个知心好友,两个像我们这样难舍难分的人,怎么会一下子变得几乎形同路人?其实,我们疏远的真情是这样的。

从前,他和我住在一起。我们形影不离;我们的友谊是那么深厚,可以说牢不可破。

一天傍晚,在回家的路上,他告诉我,他要结婚了。

我仿佛当头挨了一棒,就像被人偷去了什么或者遭到了背叛似的。一个朋友结了婚,那就完了,全完了。因为一个女人的嫉妒心理,那种多疑、担心、肉体占有的心理,根本不能容忍两个男人之间的强烈和真挚的依恋,那种精神、心灵和信念上的依恋。

您知道吗,夫人,不管把他们结合起来的爱情有多紧密,男人和女人在灵魂和心智上永远是格格不入的;他们依然是交战的双方;他们属于不同的种类;总是必然有一个征服者和一个被征服者,一个主人和一个奴隶;非此即彼,他们永远不可能平等。他们紧紧握手,他们的手因热情冲动而颤抖;但他们永远不可能大大方方、坦坦荡荡地握手,而只有这样的握手才能打开彼此的心扉,在真诚、热烈、阳刚之气的感情交流中,将心灵袒露无遗。聪明的人不结婚,也不为了年老时能得到慰藉而生养将来要遗弃他们的子女,他们应该找一个亲密可靠的朋友,两人意气相投,相伴到老,而这种心灵的契合只可能在两个男人中间实现。

总之,我的朋友朱利安结婚了。他的妻子很漂亮、很迷人,是个生着一头微微卷曲的金发的娇小的女子,性格活泼、身材丰腴,看来非常爱他。

起初,我觉得自己夹在他们之间成了多余的人,因此很少去他们家,生怕妨碍他们甜蜜的生活。不过他们就像在引诱我似的,频频邀请我,而且很喜欢我去。

渐渐地,我被他们共同生活的和美迷住了;我开始经常去他们家吃晚饭,往往半夜才回家。我甚至想过像他一样,娶个妻子;此刻我才感到在自己空荡荡的家里十分凄凉。

他们俩看来如胶似漆,如影随形。一天,朱利安写信约我去吃晚饭。我去了。"我的好朋友,"他说,"晚饭以后,我有一件事要办,必须离开一会儿。十一点以前我回不来。但十一点整,我准到家。我希望你陪陪贝尔特。"

少妇嫣然一笑,接着他的话说:"而且这是我,是我想到请您来的。"

我一面跟她握手,一面说:"您总是想得那么周到。"我感到我的手被热情地、久久地握了一下。我并没有在意。大家入席就餐;刚到八点钟,朱利安就离开我们走了。

他刚走,他妻子和我之间就突然产生了一种特别不自在的感觉。我们还从来没有单独在一起过,尽管我们越来越熟悉了,但像这样两个人在一块儿还真是头一次。我先是说了些拉拉杂杂的事,就是人们常用来填补尴尬的沉默的无关紧要的话。她毫无反应,只是在壁炉的另一边,面对我坐着,低着头,目光左顾右盼,一只脚伸到炉火边,似乎陷入艰难的思索。我把能想到的闲话都抖搂完了,便沉默不语。真奇怪,没话找话有时真的很困难。接着,我感到空气中有点异样,有一种看不见的东西,我不知道是什么,也形容不出来;那是一种神秘的警告,预示另一方对你有某种秘而不宣的企图,不管这企图是善意的还是恶意的。

令人难受的冷场持续了好一会儿。终于贝尔特对我说:"往火里加一块劈柴呀,我的朋友,您看得很清楚,火就要灭了。"我打开木柴箱,它和您的木柴箱摆放的位置完全一样,我取出一块劈柴,一块最大的劈柴,把它搭在其他几块已经燃了四分之三的劈柴上,架成金字塔的形状。

冷场又开始了。

几分钟以后,那块劈柴已经烧得很旺,把我们的脸都烘得热辣辣的。少妇抬起头看着我,那眼神好像很奇怪。"现在太热了,"她说,"咱们到那边,坐到沙发上去吧。"

于是我们就去坐到沙发上。

突然,她一面逼视着我,一面问:"如果有一个女人对您说她爱您,您会怎么办?"

我一下子愣住了,回答:"我的天哪,具体的情况很难预见,而且,这要看是什么样的女人。"

听罢,她笑了起来,是那种干巴巴、歇斯底里、哆哆嗦嗦的笑,似乎能把薄玻璃杯都震碎的假笑。她接着说:

"男人们总是不够大胆,也不够机灵。"她沉默了一会儿,又说:

"您恋爱过吗,保尔先生?"

我承认恋爱过;是的,我恋爱过。

"讲给我听听。"她说。

我随便给她讲了一个故事,她很用心地听着,频频做出不赞同或者不屑的表情。突然,她说:

"不,您根本就不懂得什么是爱情。美好的爱情,在我看来,必须能够折磨心灵,搅乱神经,折腾脑袋;它必须是——我怎么说呢?——危险的,甚至是可怕的,几乎是罪恶的,几乎是大逆不道的;它必须是一种背叛;我的意思是说,它需要冲破神圣的障碍,法律啦,兄弟情谊啦;如果爱情风平浪静、轻而易举、不冒风险、合规合法,那还算爱情吗?"

我真不知道该怎么回答,我不禁向自己发出这句富有哲学意味的感慨:啊,女人的脑袋瓜,你这回可领教了!

她讲话时摆出一副满不在乎的样子,好一个假装正经的女人;她倚着靠垫,伸直身子躺下,头靠着我的肩膀,连衣裙微微撩起,露出一只红色丝袜,炉火的光芒不时地把那丝袜照得分外红艳。

就这样过了一分钟。她说:"让您害怕了吧。"我说没有。她突然倒在我的怀里,连看也没有看我一眼:"如果我告诉您,是我,我爱您,您怎么办?"我还没来得及想好怎么回答,她的胳膊已经搂住了我的脖子,把我的脑袋猛地拉过去,把她的嘴唇和我的贴上了。

啊!我亲爱的朋友,我向您保证我并不觉得这好玩!怎么!欺骗朱利安?做这个邪恶、狡猾的小疯子的情夫!她的肉欲一定强烈得可怕,丈夫已经不再能满足她了!不断地背叛,永远地欺骗,仅仅由于禁果、冒险、背叛友谊的诱惑而玩弄爱情!不,我可不愿意这样做。那么,怎么办呢?效仿约瑟①!那可是个相当愚蠢,而且也很难扮演的角色,因为这婊子阴险极了,她色胆包天,春心孟浪,而且不达目的绝不罢休。嗨,谁从来没有尝过一个准备委身的女人的深深的吻,就让他

---

① 约瑟:《圣经·创世纪》中犹太人十二列祖之一。他曾被埃及法老的侍卫长波提乏买去做仆人。波提乏的妻子屡次引诱他,他不从。事后反而诬赖他,致使波提乏将他投入牢中。

来责骂我好啦……

……总之,再晚一分钟……您是明白的,是不是?再晚一分钟……我就……不,她就……对不起,是朱利安就!……或者不如说,他就已经……可就在这时,一声可怕的巨响把我们俩都吓得跳了起来。

劈柴,是的,劈柴,夫人,倒在客厅的地板上,撞翻了炉铲和炉挡,像被狂风卷动一样在翻滚,燃着了地毯,窜到一把扶手椅下面,眼看就要把那把椅子烧着了。

我像个疯子似的冲过去,就在我把那块燃烧着的救驾劈柴弄回壁炉的时候,房门突然打开!朱利安笑容满面地回来了。他嚷着:"我没事了,那件事提前两个小时结束了!"

是的,我的朋友,没有那块劈柴,我肯定会被当场捉住。您能想象得到那会是什么后果。

从那以后,我就以此为戒,再也不让自己复蹈前辙,再也不,再也不。后来我发现,就像大家说的那样,朱利安对我冷淡了。显然,是他的太太破坏了我们的友谊;渐渐地,他把我拒之门外;我们不再见面。

我一直没有结婚。这应该不再让您感到惊讶了吧!

牧 人 跳[*]

从第埃普①到勒阿弗尔②的海岸,是一道连绵不断的悬崖,高约百米,像城墙一样陡直。这条漫长的白色岩石地带,有的地方突然凹陷,形成一个小峡谷,长满矮草和荆豆的陡峭斜坡,从种了庄稼的高原垂下,通过一个类似山洪冲沟似的细谷,到达布满卵石的海滩。大自然造成峡谷,暴雨又切开悬崖残存部分,形成这些细谷,并且把水沟一直挖到大海,干涸后用于人类通行。

有时会有一个村庄依偎在海风侵袭的峡谷里。

---

[*] 本篇首次发表于一八八二年三月九日的《吉尔·布拉斯报》,作者署名"莫弗里涅斯";一八八九年收入保尔·奥朗道尔夫出版社出版的莫泊桑小说集《米隆老爹》;一九〇四年收入同一出版社出版的插图版莫泊桑全集《米隆老爹》卷。

① 第埃普:法国诺曼底大区塞纳滨海省的一个城市,省会所在地。莫泊桑出生在第埃普附近图尔维尔的米洛美尼尔堡,他青少年时代常去第埃普,他的一些小说,如《羊脂球》,就是以第埃普为背景。

② 勒阿弗尔:法国西北部重要港城,位于诺曼底大区的塞纳滨海省,塞纳河入海口。

我曾在海岸边的一个这样的凹窝里度过夏天。我住在一个农民家，他的房子面朝大海，透过窗户可以看到一大片嵌在峡谷两边绿色斜坡中间的三角形的蓝色海洋，有时在远处忽然洒下的阳光里还有点点白帆经过。

去大海的路先是顺着谷底走，突然钻到两面泥灰岩的峭壁中，变成深深的车辙似的洼地，最后通向一片海滩。这海滩就像铺着美丽的桌布，覆盖着千百年海浪冲刷得十分匀称光滑的圆圆的石子。

这条夹在峭壁间的通道名叫"牧人跳"。

就是下面这个悲剧，让它得了这样一个名字。

据说这个村庄从前由一个年轻的教士管理，他为人严肃，但是性情暴烈。他自打从神学院出来，就对按照自然法则而不遵循他的天主的法则生活的人充满了仇恨。他严于律己，一丝不苟，他对人偏执，毫不宽容。有一样东西尤其令他愤怒和反感，那就是爱情。如果他在城市里，在文明的人和高雅的人中间生活过，那些人用温存和柔情的精致面纱掩盖天性支使下的兽性行为；如果他在雅致的教堂大殿的阴影里听过香味扑鼻的坏女人的忏悔，类似的过错由于堕落的形式优雅、肉体的吻裹着理想的外衣而被冲淡；也许他面对在壕沟的泥巴里和仓房的麦秸堆上肮脏交配的衣衫褴褛的穷人，就不会有这些疯狂的敌意、抑制不住的愤怒。

他把这些穷人当动物看待，因为这些人根本不知道爱情，他们只会像动物那样交配;他仇视他们,因为他们灵魂卑俗,只会肮脏地满足本能,因为老人们谈起污秽不堪的肉体娱乐还那么令人作呕地欢快。

也许他不由自主地受着无法平息的欲望的煎熬,也许他暗暗地受着反抗的肉体和暴虐而又圣洁的精神搏斗的折磨。

反正一切涉及肉体的事都令他气愤,让他怒不可遏。他咄咄逼人的说教充满威胁和凶狠的暗示,遭到满教堂私下里眉目传情的姑娘和小伙子们的嘲笑。不过穿蓝罩衫的佃农和戴黑披风的农妇们望完弥撒出来,在返回烟囱正向天空冒着青烟的破屋的路上,互相说:"在这档子事上,本堂神父先生可不是说笑话。"

有一次,为了一丁点事,他就火冒三丈,以致完全丧失了理智。他去看一个女病人。然而,一进农庄的院子,他就远远看见一群孩子,这家的和邻居家的孩子,成堆地围着一个狗窝。他们在好奇地看什么东西,一动不动,聚精会神,一声不吭。教士走过去一看,原来是母狗在下崽。在它的窝前面,五只小狗在母亲周围蠕动,母亲在温柔地舔它们。神父在孩子们的脑袋上方伸长了脖子,就在这时,第六个小狗出来了。小淘气们都欣喜若狂,拍手欢呼:"又是一个!又是一个!"在他们看来这就好像是一种游戏,一种大自然的游戏,这里面毫无不洁的成分;他们看生小狗,就像他们看苹果落地一样。但这个穿黑色教袍的人却勃然大怒,他失去了头脑,抡起蓝布大雨伞,向孩子们打去。孩子们四处逃窜。而他,独自面对正在分娩的母狗,用两只手轮番地击打它。它被链子拴着,逃不了;

见它一边挣扎一边还在分娩,他居然跳到它身上,用脚猛踩,把最后一个小狗挤了出来,直到用鞋后跟把母狗踩死。然后,他就把浑身是血的母狗的尸体留在新生的小狗们中间,小狗们唧唧叫着,笨重地蠕动着,已经在找母亲的乳头。

他经常独自一人长途奔走,迈着大步,就像个野人。

五月的一天晚上,他从很远的地方散步回来,正沿着悬崖往村子走,一阵暴雨突然袭来。举目不见一座房屋,只有大雨像水箭一般向光秃秃的海岸到处狂射。

汹涌的大海白浪翻滚,大片大片的乌云带着加倍的雨水从天际压来。疾风呼啸,把还没成熟的庄稼刮倒在田里,本堂神父也被吹得摇摇晃晃。他浑身湿淋淋的,湿透的道袍粘在大腿上,他耳朵里灌满了响声,亢奋的心里也充满了喧嚣。

他摘下帽子,让额头迎着暴风雨,一步步艰难地走近通往村子的斜坡。不过风刮得太猛,他没法再往前走,忽然远远看见一个牧场附近有一个牧羊人的流动木屋。

这是个躲雨的好地方,他连忙跑去。

饱受暴风雨鞭打的几条牧羊犬见他走过来并没有动弹,他一直走到木屋跟前。这是一种架在轮子上的小木屋,夏天,放牧的人拉着它从一个牧场转移到另一个牧场。

梯凳上方一个低矮的门开着,可以看到里面的麦秸。

教士正要进去,忽然看见阴影里有一对恋爱的男女,正紧紧拥抱着。于是他猛地关上挡雨的门板,并且用钩子把它扣住,然后抄起车辕,弯下瘦瘦的身子,像马一样拉着往前走。

他穿着湿漉漉的呢道袍,气喘吁吁,跑呀跑,把出其不意被捉到的两个搂抱着的年轻人拖向陡坡,那致命的斜坡。他们用拳头敲打着壁板,大概还以为是一个过路人跟他们恶作剧。

拉到斜坡的高处,他撒开了那个简陋的木屋,木屋开始沿着陡坡滚动。

木屋像发了疯似的往下冲,越来越快,一蹦一跳,像一头牲口,跌跌撞撞,车辕拍打着地面。

蹲在壕沟里的一个年老的乞丐看到这木匣子从他头上一下子冲过去,听到里面发出凄惨的叫声。

突然,它的一个轮子在什么上面撞了一下,脱落了,它翻倒在一侧,接着像一个球,像一个从山顶连根拔起的房子往下滚,滚到最后一道冲沟的边缘,猛地一跳,画出一个弧线,跌落在沟底,像一个鸡蛋一样摔个稀巴烂。

两个恋人已经被跌撞碾压得皮开肉绽,四肢断折,人们把他们的尸体收敛起来;尽管体无完肤,他们还紧紧拥抱着,在恐惧中搂住对方的脖子,就好像还在寻欢作乐一样。

本堂神父不准他们的尸体进入教堂,也拒绝为他们的灵柩祝福。

星期日,讲道的时候,他激动地大谈天主的第七条戒律①,并且以犯罪时被杀死的两个不幸的人为例,用一条神秘的复仇之手威胁谈情说爱的人。

------

① 第七条戒律:出自《圣经·旧约》中的《出埃及记》:耶和华宣布的"十诫"中的第七条是"不可奸淫"。

就在他走出教堂的时候,两个宪兵在等他。

一个住在看守椡楼里的海关人员看到了一切。神父被判罚苦役。

把这个故事讲给我听的那个农民,接着神情严肃地说:

"我呀,先生,我了解他。说到底这是个挺不错的人,他只是不喜欢花里胡哨的事。"①

---

① 这个无情的教士杀害情侣的故事,一年以后被莫泊桑移入他的长篇小说《一生》(1883)。

一个儿子*

*献给勒内·梅泽鲁瓦*①

两个老朋友在花园里散步。花园里百花吐艳,欢乐的春天生机盎然。

一位是参议员,另一位是法兰西学院院士。两个人都神态庄重,谈论起来条分缕析而又冠冕堂皇,不愧是有地位有名望的人士。

他们起初谈的是政治,各抒己见,不过谈的不是观念,而是人,因为在政治方面,人格之重要总是超过"理性"。继而他们又提起了几件往事;然后他们就沉默不语,肩并肩继续散

---

* 本篇首次发表于一八八二年四月十九日的《吉尔·布拉斯报》,作者署名"莫弗里涅斯";一八八三年收入 E.鲁维尔和 G.布隆出版社出版的小说集《山鹬的故事》;一九〇一年收入保尔·奥朗道尔夫出版社出版的插图版莫泊桑全集《山鹬的故事》卷。

① 勒内·梅泽鲁瓦(1856—1918):勒内-让·图森男爵的笔名。莫泊桑为他的小说作过序。

步。空气温和,他们都有些懒洋洋的。

一个圆形大花坛,种满桂竹香,散发着甜蜜优雅的香味。一片品种繁多、色彩缤纷的花儿,在微风中喷发着芬芳。还有一棵金雀花树,挂满一串串黄花,随风播散着细腻的花粉;这闻起来如蜂蜜似的金色粉尘,就像调香师造出的扑面香粉一样芳香,把带着香味的种子撒向空间。

参议员停下来,深深吸了一口空气中飘浮的富有繁殖力的尘雾,端详着那棵像太阳一样灿烂、扬散着生命胚芽的爱情之树。他感慨道:"想起来真有意思,这些肉眼几乎看不见的芳香原子,居然要到数百里以外去创造生命,让雌树的纤维和汁液颤动,生出有根的生物,这些新的生物像我们一样由一个胚芽萌生出来,像我们一样会死去,而且也像我们一样会由其他同种的生命来取代!"

说完,参议员就在这风华正茂的金雀花树前凝神伫立。每一阵微风都会撩起一股宜人的芳香。他又说道:"啊!老兄,如果要您计算计算您有过多少孩子,您一定会感到很为难。可瞧瞧这一位,人家轻而易举地繁衍后代,毫不内疚地撒手不管,再也不用操心。"

院士说:"我们还不是一样,朋友。"

参议员接着说:"是的,我不否认,我们有时也会撒手不管,但我们至少知道有过这么回事,而这正是我们优越的地方。"

院士摇摇头说:"不,我说的不是这个意思。您想呀,亲爱的朋友,世界上几乎没有一个男人没有几……个自己不知道的子女。这些所谓'生父不详'的孩子,几乎都是他无意识中生出来的,就像这棵树繁殖后代一样。

"如果要我们计算一下跟我们有过关系的女人到底有多少,我们会跟这棵金雀花树同样感到为难。不是吗,为了给它的后代编号,您刚才还在研究它呢。

"在十八岁到四十岁这段时间里,把那些短暂的幽会,只有一个钟头的接触都算在内,我们完全可以坦承,我们跟两三百个女人有过……亲密的关系。

"那么,朋友,跟这么多女人发生过关系,您敢说您没让一个女人怀过孕?您敢说您没有一个抢劫杀害过像我们这样的正派人的坏蛋儿子,如今正流落街头或者在蹲监狱?您敢说没有一个女儿身陷淫窟;或者算她走运,被生母抛弃,正在哪一家当厨娘?

"另外,您再想想看,几乎所有我们称为'妓女'的女人都有一两个连她们也说不清父亲是谁的孩子,这些孩子都是从那些一二十法郎一次的拥抱中偶然粘上的。各行各业的人都有盈利和亏损。这些孩子就是她们这一行的'亏损'。造成这些后果的是谁呢?——是您,——是我,——是我们所有这些自诩'体面'的男人!这些孩子都是我们夜晚欢聚狂饮、纵情取乐之后,在餍足的肉体驱使下胡乱交配的产物。

"那些小偷,那些恶棍,总之,所有的无耻之徒都是我们的孩子。不过对我们来说,这总比我们是他们的孩子要好得多,因为这些坏蛋也是会繁殖的!

"喏,就拿我来说,也有一桩让我内疚的糟糕的事儿,我愿意讲给您听听。这件事让我至今悔恨不已。更糟糕的是,这还是一个持续不断的疑惑,无法平息的烦恼,有时折磨得我好苦。"

我二十五岁那年,曾经跟一个朋友去布列塔尼①徒步旅行。这朋友如今是最高行政法院的参事。

我们像发了狂似的走了十五到二十天,游玩了整个北滨海省②和菲尼斯泰尔省③的一部分,然后到了杜阿尔奈内④;从那里,我们沿着特雷帕塞海湾⑤,一鼓作气就走到荒凉的拉兹角⑥,在一个名字结尾是"奥夫"的村庄住下。可是到了早上,我的同伴感到莫名其妙的疲倦,起不了床。我说'床'是出于习惯,因为我们的床只不过是两捆麦秸。

可千万不能在这种地方病倒。我就逼着他起来。我们在下午四五点钟左右到了奥迪埃尔纳⑦。

第二天,他稍微好一点,我们又上路了。可是,半路上,他又难过得受不了,我们好不容易才到了拉贝桥⑧。

---

① 布列塔尼:法国西部的一个大区,划分为四个省:莫尔比昂省、阿摩尔滨海省、菲尼斯泰尔省和伊勒-维莱纳省。
② 北滨海省:现名阿摩尔滨海省,法国布列塔尼大区的一个省,首府圣布里厄。
③ 菲尼斯泰尔:法国布列塔尼大区的一个省,首府坎佩尔。
④ 杜阿尔奈内:法国菲尼斯泰尔省的一个市镇。
⑤ 特雷帕塞海湾:法国西部一海湾。
⑥ 拉兹角:法国西部濒大西洋的一个海角。
⑦ 奥迪埃尔纳:法国菲尼斯泰尔省的一个市镇。
⑧ 拉贝桥:法国菲尼斯泰尔省的一个市镇。

那儿,至少还有一家客栈。我的朋友躺下了。从坎佩尔①请来的医生确认他发高烧,但诊断不出是什么病。

您知道拉贝桥这个地方吗?——不知道。——那好,请听我说。从拉兹角到莫尔比昂②,这一地区还保持着布列塔尼的风俗、传说和习惯的精华,而拉贝桥是布列塔尼的这个地区中最富有布列塔尼地方特色的城市。直到今天,这个地方也几乎没什么变化。我说"直到今天",唉,是因为现在我每年都到那儿去!

一座古堡,塔楼的墙脚浸在一个凄凉的大湖里,成群的野鸟飞来飞去,真是凄凉极了。一条河从那儿流出来,沿岸的小海船溯流而上,可以直到城边。街道狭窄,两边都是古老的房屋。走在街上的男人们头戴大礼帽,身穿绣花的坎肩和四件重叠的上衣:最外面的一件像巴掌那么大,最多只能盖住肩胛骨;而最里面的那一件,一直垂到裤裆。

姑娘们都是高高的个子,美丽,清秀,穿着胸甲似的呢背心,把她们箍得紧紧的,胸脯都快挤碎了,简直让人猜不出里面还有备受折磨的丰满的乳房。她们的发式也很奇特,鬓角上两片彩色绣花巾夹住脸,压着头发;头发先是像帘子似的在脑后垂下来,然后又绾上去,盘在头顶,上面罩一个通常用金丝或银线织成的样式奇特的无边软帽。

我们那家客栈的女仆顶多十八岁,一双眼睛淡蓝淡蓝的,

---

① 坎佩尔:法国菲尼斯泰尔省首府。
② 莫尔比昂:法国布列塔尼大区的一个省。

透出两点黑瞳仁;笑的时候露出短而整齐的牙齿,看上去结实得似乎能把花岗岩嚼碎。

和她的大多数同乡一样,她一句法语都不会,只会说布列塔尼语。

我的朋友身体还不见好,尽管没有诊断出什么明显的病情,医生还是不准他动身,要求他绝对休息。白天我就总是陪着他,小女仆走来走去,一会儿给我送吃的,一会儿给他端汤药。

我有时逗逗她,看样子她也觉得很有趣。当然,我们并不交谈,既然我们都听不懂对方的话。

一天夜里,我在病人身边待到很晚,回自己房间的时候碰见那个女仆,她正要回她的房间。这时我正好在我打开的房门前。突然,我根本没想自己在做什么,多半是想开个玩笑吧,我猛地把她拦腰抱住,没等她从惊愕中清醒过来,已经把她推进门,关在我的房间里。她看着我,惊慌,恐惧,不知所措,又不敢叫喊,怕声张出去,不但一定会被老板辞退,还可能被父亲撵出家门。

我起初不过是想开个玩笑;可是,等她进了我的房间,我就萌生了占有她的欲望。接着是一场长时间的无声搏斗,像摔跤运动员那样的肉搏,胳膊伸开、收缩、弯曲,呼吸急促,浑身是汗。嘿!她抵抗得真英勇。有时候,我们撞到桌子、板壁、椅子上,担心吵醒别人,就互相揪住,一动不动地停上几秒钟,然后又重新开始激烈地搏斗,我进攻,她抵抗。

最后,她筋疲力尽,倒了下去,我就在石板地上粗暴地占有了她。

她一爬起来就向房门跑去,拉开门闩,逃走了。

接下来的几天,我几乎见不到她。她根本不让我靠近。后来,我的同伴病好了,我们该继续旅行了。动身的前一天,半夜时,我刚回到房间,就看见她光着脚,只穿着衬衣,走进来。

她扑到我的怀里,激情地搂住我;后来,她亲吻我,抚摸我,又是哭泣,又是抽噎,直到天亮;总之,为了向我表明她的爱情和绝望,她把一个完全不懂我们语言的女人能用的办法全使出来了。

一星期以后,我已经忘掉这件旅行中普通而又常见的事,因为客店女仆本来就是供旅客们这么消遣的。

在随后的三十年里,我根本没有再想起这件事,也没有再去过拉贝桥。

没想到,一八七六年,为了给我要写的一本书搜集资料,为了深入观察当地的景物,我重游布列塔尼,偶然又回到那里。

在我看来,那里一切如故。在小城入口处,古堡的灰墙依旧浸在湖水里;客栈仍是那个客栈,虽然修缮过,翻新过,看上去更现代化一些。一进客栈,就有两个十八岁模样的布列塔尼姑娘接待我,她们都长得很水灵,乖巧可爱,穿着紧身呢坎肩,戴着银色便帽,大块的绣花巾搭在耳边。

已是傍晚六点钟左右。我坐下来吃晚饭,店主人殷勤地亲自伺候我。大概是命中注定,我随口问他:"您认识以前的店主人吗？三十年前，我在这里住过十来天。这可是老早的话了。"

他回答："那就是我的父母，先生。"

于是我跟他说起我当时在什么情况下留宿，又怎么因为同伴生病而耽搁。没等我说完，他便说：

"啊！我全想起来了。那时候我才十五六岁。您住在最里面那个房间，而您的朋友在朝街的那一间，现在我自己住了。"

这时候才勾起我对那个年轻女仆的生动记忆。我问："您还记得您父亲当年有个挺乖巧的小女仆吗？如果我没有记错的话，她眼睛很美，牙齿很白。"

他说："记得呀，先生。你们走后过了一段时间，她就在分娩的时候死了。"

他用手指着院子，院子里有个又瘦又瘸的男子正在翻马粪。他接着说："那就是她的儿子。"

我笑了起来。"他长得可不怎么样，一点也不像他母亲。大概更随他父亲吧。"

店主人说："这很有可能；不过我们一直也没弄清他的父亲是谁。她到死也没说，这里的人谁也不知道她有过情人。大家得知她怀孕都非常吃惊，没有人愿意相信。"

我不禁打了个寒战，很不舒服；人们预感到大祸将至的时候，常会有这种心惊肉跳的感觉。我看着院子里的那个人。他刚给马打了水，此刻正一瘸一拐地提着两桶水，那条较短的腿痛苦地使着劲。他衣衫褴褛，肮脏不堪，黄黄的长头发乱糟糟的,像线绳似的垂到面颊上。

店主人接着说:"他没有多大用处,把他留在店里是可怜他。要是他像别人一样有人抚养,也许会活得好一些。可是,有什么办法呢,先生?没爹,没妈,又没钱!我的父母可怜这孩子,但他毕竟不是他们的孩子,您也明白。"

我什么也没说。

我住在从前住过的那个房间里,整夜都想着这个丑陋的马房小工,反复地思量:"他会不会是我的儿子呢?难道是我害死了那个姑娘,生出了这个家伙?"无论怎么说,有这个可能!

我决定跟这个人谈谈,弄清楚他的出生日期。只要相差两个月,我的疑虑就可以打消了。

第二天,我让人把他叫来。可是他也不会说法语。看样子他也什么都不懂。一个女仆代我问他年龄多大了,他根本就答不上来。他像白痴似的站在我面前,一双关节粗大、令人恶心的手不停地揉弄着帽子,傻里傻气地笑着;不过笑起来,嘴角和眼角倒是有些他母亲当年的样子。

不料店主人不请自到。他找来了这可怜虫的出生证。他是在我路过拉贝桥之后八个月零二十六天出世,因为我记得很清楚,我是八月十五日到洛里昂①的。出生证上写着:"生父不详",母亲名叫让娜·凯拉代克。

我的心急促地跳起来。我呼吸困难,憋得连话都说不出

---

① 洛里昂:法国莫尔比昂省的首府。

来了。我望着这个粗鲁的家伙,他那黄色的长头发简直就像一堆厩肥,比牲口的粪还要肮脏。这乞丐被我看得心里发慌,收起笑容,扭头逃走了。

我在小河边徘徊了一整天,痛苦地思索。但是有什么好思索的呢?还是什么都不能肯定。我一连几个小时地掂量着各种各样的理由,不管是正面的还是反面的,以便肯定或者否定自己做父亲的几率。我被那些错综复杂的假设搞得头昏脑涨,结果总是回到那个可怕的疑惑,继而又回到那个更残酷的结论:这个人是我的儿子。

我没有心情吃晚饭,我回到自己的房间。我久久不能入睡;后来睡着了,却噩梦连连。我梦见那个粗鲁的家伙指着鼻子嘲笑我,叫我"爸爸";然后他又变成一条狗,咬我的腿肚子,我怎么也躲不开,他总是跟着我,并且操着人言辱骂我;接着,他在我的院士同事们面前作证,他们正开会研究我是不是他的父亲,其中的一位高喊:"这不容置疑!请看,他长得多么像他。"真的,我也看出这个怪物像我。我醒来时这个想法已经在我脑子里扎了根,我急切地希望再看到这个人,以便弄清我们的相貌到底有没有共同的地方。

趁他去望弥撒的时候(那是一个星期日),我跟他一块儿走,还给了他一百苏;我一面走一面处心积虑地端详他。他卑贱地笑着,接过钱;后来又被我看得发慌,嘟哝了一个含糊不清的单词,大概是要说"谢谢",然后就逃走了。

跟前一天一样,我这一天也过得心神不宁。傍晚,我让人把店主人找来,非常谨慎、巧妙、策略地对他说,我同情这个被众人遗弃、被剥夺了一切的可怜人,愿意为他做点什么。

可店主人大表异议:"唉!您千万别有这个念头,先生。他一钱不值,您这样做只能是自找麻烦。我呢,我雇他打扫马房,他也只能干这个。为此我管他饭吃,他还能跟马睡在一块儿。他也不需要别的了。要是您有旧裤子,就赏给他一条吧,不过出不了一个星期,准破得不成样子。"

我没有再坚持,只是说再考虑考虑。

那天晚上,这个可怜虫喝得烂醉回来,差点要放火烧房子;接着用十字镐砸昏了一匹马,最后淋着雨倒在污泥里睡着了。这都怪我的慷慨。

第二天,他们求我别再给他钱。烧酒会让他疯狂;而只要兜里有两个苏,他就拿去喝酒。店主人还加上一句:"给他钱,就是要他的命。"这个人手上从来就没有过钱,一个苏也没有过,除了旅客们偶尔扔给他的几个生丁;而且他也不知道,这些金属片儿除了去酒馆还有别的用场。

我在自己房间里待了几个钟头,打开一本书,像是在看书,其实我没干别的,就是在瞅那个家伙,我的儿子!我的儿子!想找找他究竟什么地方像我。找来找去,我终于在他的脑门和鼻根认出几处跟我相似的线条,不久我就相信我们真的长得很像,只是我们衣着不同,加上他一头鬃毛似的长发吓人,不太容易看出来。

不过,我不能在那里再住下去,否则就会引起怀疑了。我给店主人留下了一些钱,用来改善他的这个仆人的生活,然后就伤心地离开了。

六年来,这件心事,这可怕的不安,这恼人的疑团,一直困扰着我的生活。一股无法抗拒的力量每年都把我拉向拉贝桥。我每年都要罚自己去受一次折磨,眼睛看着那个家伙在粪堆里蹚来蹚去,心里想着他长得像我,设法帮助他而又总是徒劳无益。我每年从那里回来都变得更犹疑,更痛苦,更焦心。

我试图让他受点教育。可他是个愚不可教的白痴。

我试图让他生活得不那么困苦。可他是个不可救药的酒鬼,给他的钱他全拿去喝酒,还学会把给他的新衣服卖掉换酒喝。

我也曾多次拿出钱来,试图让东家再多些怜悯心,照顾他一点儿。后来客栈老板感到奇怪了,老实地回答我:"先生,您为他做的一切,只能害了他。待他就得像待犯人一样。他一有空闲,或者舒服一点,就会干坏事。您要是愿意行善,好呀,被遗弃的孩子多的是,不过要挑选一个值得您为他费心尽力的。"

听了他这番话,我还有什么好说的呢?

折磨着我的这些心结,要是让这白痴觉察到一星半点,他一定会起歹心,讹诈我,损害我的名誉,毁了我。他还会像我梦见的那样,向我大喊"爸爸"。

可我又自责:是我害死了他的母亲,也毁了这个发育不全的孩子,这个在厩肥里孵出和长大的低能儿;而这个人,要是像别人一样养育,本来也会跟别人一样是个正常的人。

面对着他,想到他是我生出来的,想到他是由父子间的亲密关系和我连在一起的,想到由于那可怕的遗传法则,他的血,他的肉,甚至他的疾病根源和感情因素都来自我,这时候,我那种奇怪、复杂、难以忍受的感觉,您是无法想象的。

我经常有一种无法克制的强烈的需要,想见到他;可是见到他我又万分痛苦。隔着窗户,我一连几个小时地看他翻马粪,然后用车拉走,一边反复地自言自语:"这是我的儿子。"

有时,我真想过去拥抱他。然而我连他那双肮脏的手也从来没有碰过。

院士说完了。他的同伴,那位政治家,喃喃地说:"是呀,真的,我们是得多关心一点那些没有父亲的孩子。"

一阵微风吹过那棵黄色的大树,摇动着花蕊,洒下一片喷香的细雾,笼罩着两个老人。他们深深地连吸了几口气。

参议员又说了一句:"虽然生下这样的孩子,但二十五岁还真是好时光。"

一个女人的供述*

亲爱的朋友,您曾经要我把一生记忆中最生动的事说给您听。我已经到了垂暮之年,上无父母,下无子女,可以没有顾忌地坦诚相告了。只是您得答应我,永远不要公开我的名字。

我得到过很多爱,您是知道的;我自己也常常孤芳自赏。从前我非常漂亮;今天我可以这么说了,因为以往的风韵已经荡然无存。爱情对我来说曾经是心灵的生命,就像空气是肉体的生命。生活中如果没有柔情,没有一种思念总在牵挂着我,我宁愿死。女人们常常宣称她们全心全意的爱只有一次;可我却经常地谈情说爱,而且每次都很热烈,甚至深信要我停止陶醉是不可能的。不过,就像火焰缺了柴,它总还是会自然

---

* 本篇首次发表于一八八二年六月二十八日的《吉尔·布拉斯报》,作者署名"莫弗里涅斯";一八九九年收入保尔·奥朗道尔夫出版社出版的小说集《米隆老爹》;一九〇四年收入同一出版社出版的插图版莫泊桑全集《米隆老爹》卷。

地熄灭。

今天我要给您讲我的第一桩韵事,不过那一次我完全是清白的,但它对我以后的其他韵事产生了决定性的作用。

勒佩克镇那个可憎的药剂师的可怕的复仇①,让我想起了我身不由己地亲临目睹的那幕可怕的悲剧。

那时我和一个富翁结婚已经一年,我丈夫是艾尔维·德·凯尔……伯爵,一个出身古老家族的布列塔尼人,当然啰,我一点也不爱他。爱情,真正的爱情,我以为至少要同时具备自由和障碍。强加的,法律认可、神父祝福的爱情,就一定是爱情吗?一个合法的吻和一个偷来的吻决不能相提并论。

我丈夫身材高大,帅气,真有一种大贵族的气派。但是他缺少聪明才智。他说话干脆,发表起见解来坚决果断。人们可以感觉到他满脑子都是他父母灌输的成见,而这些又都是他父母得自于他们的祖先。他从来不犹豫,总是对任何事都立即发表一通偏狭的意见,不觉得有任何为难,也不懂得可能还有其他的看法。人们可以感觉到他这个脑袋是封闭的,里面没有一点流动着的思想,没有那些像穿过敞开门窗的房子的风一样让人的精神不断得到更新和净化的思想。

我们住的城堡位于一个十分偏僻的地方。那是一座阴沉

---

① "勒佩克镇凶杀案"发生于一八八二年五月十八日。勒佩克镇的药剂师弗诺鲁得知妻子成为药剂师奥贝尔的情妇后,迫使妻子将奥贝尔诱至某处,将其杀害,抛尸于塞纳河。凶手夫妇被判死刑,后改为终身苦役。莫泊桑曾就此写过专栏文章,登载在一八八二年八月十六日的《吉尔·布拉斯报》。

沉的大建筑,在参天大树的包围中,墙上的苔藓让人联想到老年人的白胡子。庭园简直就是一个不折不扣的森林,周围是一道被称作"界沟"的深深的壕沟。一片荒地的尽头有两个大池塘,里面长满芦苇和水草。两个池塘之间有一条把它们连接起来的小河,我丈夫让人在河边搭了一个小窝棚,可以隐蔽在那里打野鸭。

除了一般的仆人,我们还有一个守卫,那种对我丈夫赤胆忠心的粗人;以及一个跟我亲得要命、几乎成了朋友的女仆,是我五年前从西班牙带回来的。她是个被遗弃的孩子。她肤色深,眼睛乌亮,头发像黑乎乎的树林耸立在她的额头周围,让人误以为她是波希米亚①人。她才十六岁,可看上去却像二十岁。

秋天来了,我们经常打猎,有时去邻居那里,有时在我们这儿。我注意到一个年轻男士,德·C……男爵,他来我们城堡拜访的次数变得特别频繁。后来他不来了,我也不再想这件事;但是我发现我丈夫对我的态度有了变化。

他似乎变得沉默寡言,心事重重,也不拥吻我了;为了有点个人空间,在我的坚持下,我们是分房睡的,他虽然不常进我的房间,可是夜里我经常听到悄悄的脚步声一直来到我的房门前,过了几分钟又悄悄离去。

我的窗户在底层,我好像也常常听到有人在城堡周围的

---

① 波希米亚:波希米亚是原捷克斯洛伐克的一个地区,波希米亚人泛指源于东欧的过流浪生活的人。

黑暗中走动。我把这情况告诉我丈夫,他盯着我看了几秒钟,然后回答说:"没事,是那个守卫。"

一天晚上,我们刚吃完晚饭,艾尔维显得异乎寻常地高兴,因为那是一种假装的高兴;他问我:"你有兴趣去埋伏的地点待上三个钟头,猎杀一只每天晚上来偷吃我们家母鸡的狐狸吗?"我吃了一惊,有点犹豫,可是他用古怪的眼光一个劲地打量我,我最后回答说:"当然啦,亲爱的。"

应该告诉您的是,我常像个男子汉一样去猎杀狼和野猪。所以建议我去埋伏打猎是很自然的事。

可是我丈夫的神态突然变得非常地神经质,他整个晚上都很兴奋,狂躁地一会儿站起来,一会儿又坐下。

将近十点钟的光景,他突然对我说:"您准备好了吗?"我站起来。他把枪递给我的时候,我问:"上子弹还是上霰弹?"他吃惊地愣了一会儿,然后回答说:"噢,上霰弹,足够了,您放心吧!"过了几秒钟,他又阴阳怪气地说:"您真可以自夸您了不起的镇静!"我笑了起来:"我吗?为什么这么说?镇静得可以去杀一只狐狸?您在想什么呀,亲爱的?"

说完我们就出发了,悄然无声地穿过庭园。整幢宅邸都在沉睡。一轮明月仿佛把这座昏暗的古老建筑染成了黄色,连石板瓦的屋顶都在闪闪发光。两边的墙角塔的尖顶成了两块光斑。没有任何声音打破这个明亮而又凄凉的夜晚的宁静,它温和而又沉重,就像死了一样。没有一丝风,没有一声蛙叫,没有一声猫头鹰的哀鸣;苍凉麻木的氛围笼罩着一切。

当我们来到庭园的大树下面时,我突然感到一阵凉意,还闻到一股落叶的气味。我丈夫什么也不说,而是在听,在窥测;他好像在黑暗中嗅着什么,从头到脚都沉溺在狩猎的狂热里。

我们很快来到池塘旁边。

一丝轻风也没有,池塘里的灯芯草纹丝不动,只是湖水里有一些几乎觉察不到的动静。偶尔水面上有点儿什么动一下,从那里开始的轻轻的涟漪,便像发光的皱纹一样没完没了地扩散开来。

我们来到要在里面埋伏的窝棚,丈夫要我走在前面,然后他就慢慢地往他的枪里装弹药,一连串动作发出的清脆的咔咔声给我一种怪异的感觉。他感到我战栗了一下,便问:"您会不会觉得这场考验对您已经足够了?这样的话,您就走吧。"我十分惊讶,回答:"一点也不;要是回去,我根本就不会来。今天晚上,您好奇怪?"他嘟哝道:"随您的便。"然后我们就一动不动地等待。

大约过了半个小时,因为没有任何声响打扰这明亮而沉闷的秋夜的宁静,我小声问:"您能肯定它会经过这儿吗?"

艾尔维哆嗦了一下,好像我咬了他一口似的,然后把嘴凑近我耳边说:"您听着,我敢肯定。"

接着又是一片寂静。

当我丈夫紧抓我的胳膊时,我相信我已经开始睡着了;他的声音都变了,变得尖细,说道:"您看见了吗,那边,树底下?"我看了又看,什么也没有看出来。艾尔维一边慢慢地把枪抵在肩上,一边用眼睛盯着我。我也做好射击的准备。突然在我们前方三十步远的地方,一个男人暴露在亮光里,他正俯着身子快步走来,像是在逃跑。

我惊愕得突然大叫了一声;可是我还没来得及回头,一道火光在我眼前闪过,一声轰响震耳欲聋,我看见那个人像中了一枪的狼一样在地上打滚。

我吓坏了,像发了疯一样,发出一声声尖叫;这时一只愤怒的手,艾尔维的手,掐住了我的脖子。我摔倒在地上,他用两只强壮的胳膊把我提溜起来。他把我举在空中,向躺在草地上的尸体跑去,把我狠狠地扔在尸体上,就像要摔碎我的脑袋一样。

我感到自己要完了,他要杀死我了;他已经把鞋后跟对准了我的额头,可这时他却被人抱住,仰面摔倒;我还没明白发生了什么事。

我猛地站起来,只见我的贴身女仆帕基塔用腿压着他,像一只发怒的猫一样死命地揪住他,发了狂似的扯他的胡子、唇髭,抓他的脸。

后来,她似乎突然想起了另外的事,站起来,又扑到那具尸体上,把他紧紧搂在怀里,吻他的眼睛和嘴,用自己的嘴唇拨开死者的嘴唇,想从那里找到一丝气息和恋人深情的温存。

我的丈夫爬起来,看着。他明白是怎么一回事了,于是跪倒在我的脚下,说:"啊!对不起,亲爱的,我曾经怀疑你,我杀死了这个姑娘的情人;是我的守卫欺骗了我。"

我呢,我只是看着这个死人和这个活人之间的奇特的吻;看着她呜咽和她因爱的绝望而突发的悲恸。

从那时起,我意识到我再也不会忠于我的丈夫了。

月　光^{*}

朱莉·鲁贝尔夫人在等她的姐姐昂丽埃特·莱托雷夫人,她去瑞士旅游归来。

莱托雷夫妇去了大约五个星期了。昂丽埃特夫人让丈夫一个人回他们在卡尔瓦多斯省①的庄园,那里有些要紧的事要他去处理,而她自己来巴黎妹妹家逗留几天。

黄昏正在降临。夕阳将尽,舒适的小客厅里显得有些昏暗,鲁贝尔夫人正在那里心不在焉地看着书,稍有响声便立即抬起头来看看。

门铃终于响了,姐姐到了,全身裹在宽大的旅行外套里。她们彼此还没来得及端详一下,就使劲地搂在一起,刚刚松开又再一次拥抱。

---

* 本篇首次发表于一八八二年七月一日的《高卢人报》;一八九九年收入保尔·奥朗道尔夫出版社出版的莫泊桑小说集《米隆老爹》;一九〇四年收入同一出版社出版的插图版莫泊桑全集《米隆老爹》卷。
① 卡尔瓦多斯省:法国诺曼底大区的一个省,现属下诺曼底行政区。

接着,昂丽埃特还在摘帽子,她们就谈起来,询问对方的身体、家庭,还有许许多多别的事儿,叽叽呱呱,话说得急,这句没说完,又跳到下一句。

天黑了,鲁贝尔夫人摇铃叫人端一盏灯来。灯刚送到,她就看着姐姐,准备再一次拥抱。可是她愣住了,神色惊慌,说不出话来了。莱托雷夫人的两鬓有两大绺白发。她其余部分的头发都乌黑发亮;可是就在那儿,只有那儿,两鬓,仿佛流着两条长长的银色小溪,很快就消失在浓厚的黑发里。然而她才二十四岁,这白发是她去瑞士以后突然生出来的。鲁贝尔夫人一动不动,惊讶地看着姐姐,几乎要哭了,就像她遭遇到了什么神秘而又可怕的不幸似的。她问:

"你怎么啦,昂丽埃特?"

姐姐淡淡一笑,那是一种凄苦的微笑,病态的微笑;她回答道:

"唉,没什么,我向你保证。你看到我的白头发了?"

但是鲁贝尔夫人激动地抓住她的双肩,用目光探询着她,一迭连声地说:

"你怎么啦?告诉我你怎么啦。如果你撒谎,我一定能看出来。"

她俩面对面站着,昂丽埃特夫人脸色变得煞白,几乎要昏过去,低垂的眼里已充满了泪水。

妹妹又问:

"究竟发生了什么事?你怎么啦?回答我好吗?"

对方终于用认输的语气嗫嚅道:

"我有……我有了一个情人。"

说罢,她额头伏在妹妹的肩上,呜咽起来。

过了一会儿,她稍稍平静了一些,胸脯的起伏缓和了下来,便突然说起来,就像要把这秘密从自己身上甩掉、把这痛苦向一个知心朋友彻底倾吐似的。

两个女人紧紧抓住对方的手,走到客厅尽头的昏暗处,倒在一张长沙发上;妹妹用胳膊搂着姐姐的脖子,把她贴在自己的胸口,听她述说。

啊!我承认我无法为自己辩解;我不明白自己是怎么啦;反正从那一天起我就疯了。当心啊,小妹,你也要当心自己;要是你知道我们多么脆弱,我们多么容易屈服,我们会堕落得多么快!只要有一点儿,哪怕一丁点儿,一丁点儿,一丝柔情,一丝突然闪过心头的忧伤,一点儿我们有时候会有的张开双臂、亲热和拥吻的需要。

你了解我的丈夫,你知道我多么爱他;但是他太老成、太理智,根本不理解一个女人心灵的温柔颤动。他永远、永远是那个样,永远善良,永远微笑,永远殷勤,永远完美。啊!有时我多么希望他突然把我搂在怀里,用那种能把两个人融为一体的悠长和甜蜜的吻亲吻我,就像在无声地倾诉真情。我多么希望他也有情不自禁、隐忍不住的时候,需要我,需要我的温柔、我的眼泪!

所有这些都很傻;但我们女人就是这样。我们又有什么办法呢?

我从来也没想过欺骗他。可今天,却成为事实,谈不到爱情,说不出理由,什么也不为;只因为一天夜晚卢塞恩湖①上空有月亮。

我们一起旅行有一个月了,我的丈夫那平静的冷漠扫尽了我的兴致,熄灭了我的激情。就在我们的四匹马拉着驿车,迎着初升的太阳从山坡奔驰而下的时候,透过薄薄的晨雾,我眺见一道道长长的山谷,一片片树林,一弯弯流水,一座座村庄,高兴地拍着手,对他说:"真是太美了,亲爱的,拥抱我吧!"他耸了耸肩,带着善意然而冷漠的微笑回答我:"因为风景让您陶醉就要搂搂抱抱,没有这个道理呀。"

这话让我一直凉到心窝。然而我还是认为,既然两人相爱,在令人激动的景色面前,就应该有一种爱得更热烈些的欲望。

总之我内心有一股诗意的激情在沸腾,而他却让我没法倾泻。我怎么对你说呢?我差不多就像一个锅炉,充满蒸汽,却又被密封起来。

一天晚上(那时我们住在弗吕朗②的一家旅馆已经四天了),罗贝尔有点头痛不舒服,吃过晚饭就立刻上楼去睡觉了,我独自一个人去湖边散步。

那是个童话般的夜晚。圆圆的月亮在天空炫耀,积雪覆盖的大山就像戴着银色的帽子。湖面仿佛洒满了闪光的波

---

① 卢塞恩湖:瑞士中部的一个湖泊,又名四洲湖,风景优美,是游览胜地。
② 弗吕朗:卢塞恩湖东南岸的一个小港口。

纹,微微烁动。空气和美,那是一种沁人心脾的温暖,让我们浑身软酥酥的,不由得萌生柔情。在这样的时刻,人心是多么敏感,多么容易激动!它跳得多么快,感觉多么强烈啊!

我在草地上坐下,望着这忧郁而又迷人的大湖;一件奇怪的事在我身上发生了:我产生了一种难以满足的爱的需要,一种对我的沉闷乏味的生活的反感。怎么,难道我就永远不能依偎着一个心爱的男人的臂膀,沿着洒满月光的湖边散步?在上帝似乎特别为爱情创造的这温柔的夜晚,人们都在交换的那种深情、甜蜜、疯狂的吻,难道我就永远不能感受到它降临到我心头的滋味?难道我就不能在一个夏夜的明朗月光下,被一双狂热的臂膀热烈地拥抱?我像个疯子似的哭了起来。

我听见身后有响声。一个男子站在那里,正看着我。我回过头去的时候,他认出了我,走了过来:"您哭了,夫人?"

那是一个年轻的律师;他陪母亲一起旅游,我们遇见过好几次;他的眼睛经常看着我。

我是那么心慌意乱,简直不知道该怎么回答,该怎么想。我站起来,说自己身体不太舒服。

他开始和我并肩漫步,态度自然而且很有礼貌,并且和我谈起我们这次旅行。我所感受到的一切,他都用语言表达了出来;曾经让我激动的一切,他都像我一样能够领会,甚至比我更能领会。他突然给我朗诵起诗,朗诵起缪塞①的诗来。

---

① 阿尔弗莱德·德·缪塞(1810—1857):法国浪漫主义诗人和戏剧家、小说家。著有《四夜组诗》、小说《一个世纪儿的忏悔》、剧本《洛朗查齐奥》等。

一股无法言传的激情冲击着我,我连话也说不出来。我感到连群山、湖泊、月光都在唱一些温柔得妙不可言的事……

这情况是在一种幻境中发生的,我不知道它是怎么发生的,也不知道为什么会发生……

至于他……我只是在第二天动身时才再次见到他。

他把他的名片给了我!……

莱托雷夫人虚弱地倒在妹妹怀里,发出几声近乎呐喊的呻吟。

这时,鲁贝尔夫人变得深沉了;她态度严肃,语气缓和地说:

"你明白了吗,大姐,我们所爱的往往不是一个男人,而是爱情本身。那天晚上,月光才是你的真正的情人。"

一个寡妇[*]

那是在狩猎的季节,地点在巴尼维尔堡。那个秋季阴雨连绵,萧瑟凄凉。红叶不像往年那样在脚下咔嚓作响,而是在倾盆大雨下的车辙里腐烂。

树叶几乎已经落光的森林,像澡堂一样潮湿。走进去,在暴雨鞭打着的树下,发霉的气味,落下的雨水、泡在水中的草、浸湿的泥土散发出的水汽,顿时会把你包围。猎人们在持续不断的大雨中佝偻着身子;猎犬都无精打采,耷拉着尾巴,毛粘在两肋上;年轻女猎手们的呢套装被雨水湿透,紧贴着皮肉。每天晚上回家时,人们都身心俱疲。

吃过晚饭,大家在大客厅里无情无绪地玩罗多①。风冲击着百叶窗发出轰隆的响声,吹得古老的风标像陀螺般旋转。

---

* 本篇首次发表于一八八二年九月一日的《高卢人报》;一八八四年收入埃德蒙·莫尼埃出版社出版的莫泊桑小说集《月光》;一九〇三年收入保尔·奥朗道尔夫出版社出版的插图版莫泊桑全集《月光》卷。

① 罗多:一种摸子儿填格游戏。

这时候人们更愿意讲故事,就像书里常说的那样;可是谁也编不出有趣的故事来。猎人们讲的无非是猎枪走火的意外事故以及如何猎杀野兔,女士们挖空了脑袋也找不到山鲁佐德①那样的想象力。

就在人们要放弃这种消遣的时候,一个正在漫不经心地玩弄着未婚老姑姑的手的年轻女士,发现那只手上戴着一个用金黄色头发做成的小戒指,这戒指她以前也经常看到,但是从未引起过她的思索。

于是,她轻轻转动着老姑姑手指上的这枚戒指,问道:"哎,姑姑,这枚戒指是怎么回事?像是孩子的头发……"老姑娘的脸一下子红了,继而又变得煞白;然后,她激动得声音颤抖地说:"这件事是那么悲惨,那么悲惨,所以我从来也不愿意谈起。我一生的不幸都由此而来。我那时还很年轻;这件往事对我来说是那么痛苦,每次想起来我都禁不住要哭。"

大家都想马上听听这个故事;但是姑姑不愿意讲;经不住大家一再恳求,她终于答应了。

你们经常听我谈起桑泰兹这个家族,这个家族今天已经湮灭了。我认识这个家族的最后三个男人。他们三个人死的方式都一样;这是最年轻的一个的头发。他为了我而自杀的时候才十三岁。这在你们看来很怪诞,是不是?

---

① 山鲁佐德:阿拉伯民间故事《一千零一夜》中宰相的女儿。她用讲故事的方法吸引国王,以感化专杀少女的国王。

啊！这真是一个奇特的家族。都是些疯子！如果你们爱这么说就这么说吧,不过这是些可爱的疯子,因爱而疯狂的疯子。他们家所有的男人,从父亲到儿子,都充满强烈的激情,全身心的巨大冲动驱使他们做出最异乎寻常的事,表现出狂热献身的精神,甚至干下犯罪的事。这是他们身上固有的,正如热烈的信仰是某些人的灵魂里固有的一样。苦修会修士和经常出入沙龙的人的本性就不一样。亲属中的人们常说:"多情得像个桑泰兹。"只要看看他们,就能猜出这一点。他们都是一头鬈发,低垂在前额,胡子卷曲,眼睛很大很大,目光能深入你的心房,搅得你莫名其妙地心慌意乱。

关于他的祖父,唯一的记忆是,此人经历过很多的冒险、决斗和诱拐妇女以后,在六十五岁那年,热恋上他的一个佃农的女儿。这两个人我都见过。那女孩子头发金黄,脸儿白皙,气质文雅,说话慢条斯理,声音和婉,目光温柔,温柔得像一个圣母。老领主把她弄到家里,很快就被她迷住了,一分钟也离不开她。女儿和儿媳都住在这座古堡里,她们认为这十分自然,因为爱情在这个家族里已经成为传统。只要是有关情欲,没有任何事能让她们大惊小怪;如果有人在她们面前谈到受挫折的爱情、反目的情人,甚至是遭到背叛后的报复,她们俩都会用难过的语调说:"啊！他(或者她)一定受过很多苦才会这样！"不再说别的。她们对爱情悲剧深表同情,即便是对制造悲剧的罪人,也绝不会义愤填膺。

有一年秋季,德·格拉奈尔先生,一个应邀来打猎的年轻人,拐走了那个年轻姑娘。

德·桑泰兹先生不动声色,就好像什么事也没发生;可是,一天早上,人们发现他吊死在狗窝里,在他的猎狗中间。

他的儿子和他死的方式一样:他在一八四一年的一次旅行期间,受了歌剧院一个女歌手的欺骗,因而在巴黎一家旅馆里自缢身亡。

他留下一个十二岁的儿子和一个寡妇,就是我母亲的妹妹。她带着小男孩到我父亲在贝尔蒂雍的庄园来住。我那时十七岁。

你们想象不到这个小桑泰兹是个多么令人惊讶和早熟的孩子。仿佛他那个家族多情的禀赋和冲动的天性全部都传到他这个末代子孙身上了。他总爱沉思冥想,独自一人一连几小时在古堡到树林的一条榆树夹道的小路上散步。我从自己的窗口看着这个多愁善感的小男孩,两手抄在背后,低着脑袋,迈着沉重的步子;他有时停下来,抬起眼睛,就好像看见了,明白了,甚至感受到了一些绝非他这个年龄的孩子该懂的事。

晚饭以后,如果夜色明亮,他经常会对我说:"咱们去做做梦,表姐……"我们就一块儿去花园。他突然在林中的一片开阔地前面停下来。地上浮动着一层白色的雾气,那是月亮给林中空地披上的棉絮。他紧握着我的手,说:"瞧这个呀,瞧这个呀。不过你不理解我,我感觉得到。如果你理解我,我们一定会非常幸福。可是必须爱才能了解。"我哈哈大笑,拥吻了他一下。这个小家伙,居然爱我爱得要死。

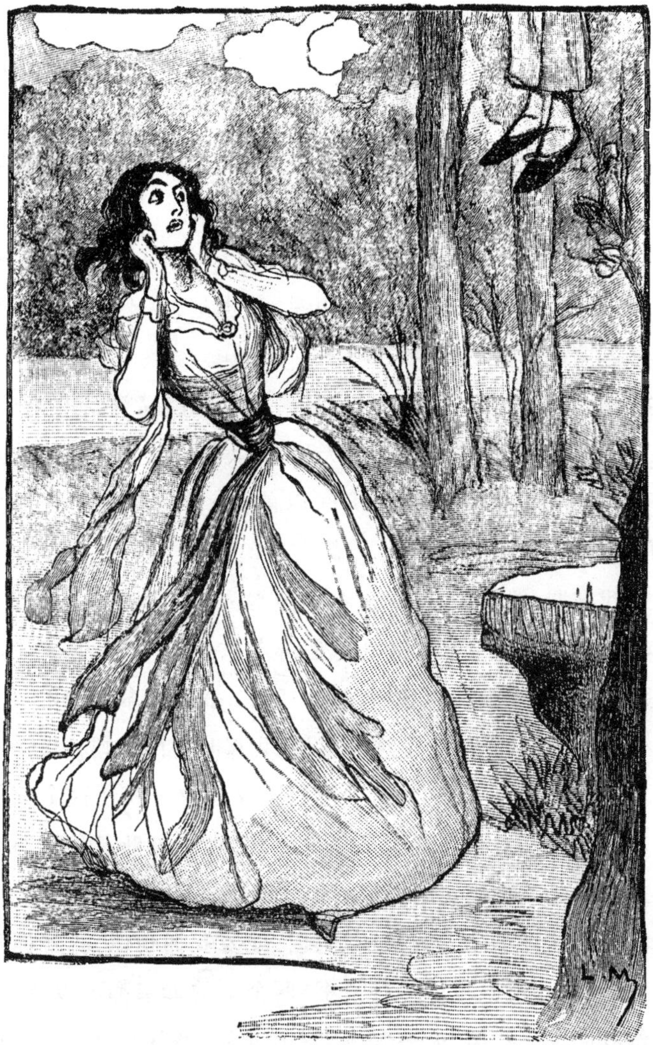
L.M

晚饭以后,他也经常走过去坐在我母亲的腿上,对她说:"哎,姨妈,给我们讲几个爱情故事吧。"我母亲就说笑似的把他的家庭的各种传说、他的父辈们的各种热烈的爱情故事讲给他听;因为人们提到的这些传说和故事真真假假,数以千计。这些男人,是他们的声誉毁了他们;他们容易冲动,还以维持家族的这种声誉、让它名不虚传而为荣。

小家伙听了这些情意绵绵或者残忍可怕的故事非常兴奋,有时还拍着手连声说:"我也是,我也是,我比他们所有的人都更懂得爱情!"

从此他就追求起我来。那是一种既腼腆又深情的追求,好玩极了,让人忍俊不能。每天早上,我都能收到他采摘的鲜花;每天晚上,上楼回他的房间以前,他会吻着我的手,说:"我爱你!"

我有罪,罪孽深重;我现在还经常为这件事哭泣,并且一生都在为此惩罚自己;我始终是个老姑娘——不,更准确地说,我始终是个未婚的寡妇,他的寡妇。我曾经拿这种稚气的感情取乐,我甚至助长了这种感情;我那时娇艳妩媚,很迷人,像跟一个成年男子那样,对他温存而又轻浮。我让这个孩子神魂颠倒了。对我来说这是一种游戏,对他的母亲和我的母亲来说这是一种愉快的消遣。他才十二岁!你们想想看!谁也不会把这种小孩子的感情当真!他要我拥吻他,我就拥吻他;我甚至还给他写过一些情书,两个人的母亲都可以读到;他给我回了一些信,火一般热情沸腾的信,我保存至今。他自以为已经是个大人,认为我们之间的亲密感情应该是秘密的。

我们当时都忘了,他是桑泰兹家的一员!

这样过了差不多一年。一天晚上,在花园里,他突然跪在我的膝前,冲动得发狂地吻着我的连衣裙的下摆,连声说:"我爱你,我爱你,我爱死你了。听着,如果有一天你欺骗了我,如果有一天你抛弃了我,跟了别人,我就会像我父亲那样做……"他又用深沉的令人不寒而栗的声音说,"你知道他是怎么做的!"

我还在发愣,他站了起来,因为我比他高,他踮起脚尖对着我的耳朵,节奏婉转地呼着我的名字,我的小名:"热纳维耶芙!"声音是那么温柔,那么悦耳,那么甜美,我从头到脚打了一个寒战。

我结结巴巴地说:"咱们回去吧,回去吧!"他不再说话,跟着我往回走;不过,当我们登上台阶时,他让我停下:"你要知道,如果你抛弃我,我就自杀。"

这一次我明白了,我已经走得太远。我变得谨慎了。有一天,他责怪我的时候,我回答:"你已经是大孩子了,不能再闹着玩;而你又太年轻,还不到认真恋爱的时候。我等着。"

我认为事情就这样了结了。

这年秋天,他被送进寄宿学校。当他第二年夏天再来的时候,我已经订婚。他立刻就知道了;八天的时间里,他眉头紧锁,心事重重。我十分不安。

第九天早上,起床的时候,我发现从门下面塞进的一个小纸条。我赶快捡起来,打开,只见上面写着:"你抛弃了我,而你知我对你是怎么说的。你这就是命令我死。除了你,我不愿意让别人找到我。请你到花园里来,就在去年我对你说我爱你的地方;往空中看。"

我感到自己快要疯了。我匆匆忙忙地穿上衣服,跑呀,跑得精疲力竭,几乎跌倒,终于到了他指定的地方。他的寄宿生的小鸭舌帽掉在地上的泥泞中。那天夜里下了一整夜雨。我抬起头,看到有什么东西在树叶丛中摇晃,那时正刮着风,而且风很大。

这以后我做了什么,我已经不知道了。我想必先大声号叫,也许晕厥了过去,倒在地上,然后跑回古堡。我清醒过来时躺在自己的床上,母亲守候在我的床头。

我以为这一切都是我神志不清时的幻觉。我结结巴巴地问:"他,他,贡特朗呢?……"人们没有回答我。这是真的。

我不敢再去看他;但是我要了一长缕他的金黄色的头发。这……这……就是……

老姑娘伸出她颤抖的手,万分歉疚地指着那缕头发。

她擤了好几次鼻涕,擦了擦眼泪,接着说:"我中止了婚事,也没说为什么……只是从此我……我就永远……是这个十三岁男孩的寡妇。"说完,她把头垂在胸前,思绪万千地啜泣了很久。

大伙儿要回房睡觉的时候,一个被她的故事弄得不能平静的胖猎人,凑近旁边一个人的耳边小声说:

"痴情到这种地步,不是太可悲了吗?"

衰　退*

他的全部生活里只有一种无法抑制的激情：打猎。他每天都打猎，从早晨到晚上，就像发了疯似的狂热。他无论春夏秋冬都乐此不疲，条令禁止在平原和树林里打猎的时候，他就到沼泽里打猎。他用各种各样的方法打猎：枪猎、围猎、带着发现猎物就立定的猎犬、放猎犬追逐、潜伏突击、用反光镜搜索、用白鼬引诱。他言不离打猎，连做梦也是打猎。他经常重复的一句话就是："人如果不爱打猎，那该是多么不幸啊！"

他现在已经五十岁出头，身体健康，依然有一股朝气；虽然有点秃顶，有点发福，但是精力充沛。为了把嘴巴露出来能够运用自如，为了能够更方便地吹号，他把唇髭以下的部分索性都刮掉。

---

* 本篇首次发表于一八八二年九月十四日的《吉尔·布拉斯报》作者署名"莫弗里涅斯"；一八八三年收入维克多·阿瓦尔出版社出版的莫泊桑小说集《菲菲小姐》第二版；一九〇二年收入保尔·奥朗道尔夫出版社出版的插图版莫泊桑全集《菲菲小姐》卷。

当地人称呼他时都只叫他的小名"埃克托尔先生"。他的全名是埃克托尔·龚特朗·德·科特利埃男爵。

他住在树林中间的一座小城堡里,那是他继承来的。他认识本省所有的贵族,常和他们中的男性代表在打猎中相遇;不过他走得最勤的只有一家:科尔维尔家,这家邻居非常善良,两个家族几个世纪前有过姻亲关系,至今保持着密切的联系。

在这个家庭里,他受到亲切的关怀、喜爱和照料。他常说:"如果我不是猎人,我愿意永远也不离开你们。"德·科尔维尔先生是他的朋友,从童年时期就是好伙伴。他是一个从事农业的乡绅,和他的妻子、女儿以及女婿德·达尔纳托先生过着平静的生活。德·达尔纳托先生什么也不干,借口是在研究历史。

德·科特利埃男爵经常去这家朋友那儿吃晚饭,不过最重要的还是向他们津津乐道自己开枪打猎的情况。他有很多说不完的关于狗和白鼬的故事,说起来就好像在谈论自己非常熟悉的杰出人物。他揭示它们的思想和意图,并且加以剖析和诠释:"梅多尔①见秧鸡让它奔波了那么久,心想:'等着瞧吧,小子,看谁笑到最后。'于是它向我点头示意,要我站到苜蓿地的一个角上去守候,而它则开始迂回地搜索,故意搅动青草,弄出很大声响,把猎物驱向它再也无法逃脱的角落。一切都正如它所料:秧鸡一下子身处边缘,要跑到更远的地方去

----

① 梅多尔:德·科特利埃先生的猎犬。

必然会被发现。梅多尔自言自语道：'他妈的，卡死你！'然后就蹲下，停在原地看着我；我向它做了个手势，它就立刻冲上去。'扑扑！'秧鸡飞起来。我举起枪：'砰！'秧鸡坠落。梅多尔把秧鸡衔了回来，摇摆着尾巴，好像在对我说：'这一招很成功吧，埃克托尔先生？'"

科尔维尔、达尔纳托和两个女人笑得前仰后合。男爵在这些引人入胜的故事中注入了他的全部心灵。他神采飞扬，挥动着胳膊，整个身体都随着他的讲述不停地扭动；讲到猎物死的时候，他笑得更厉害。作为总结，他每次都要问："好听吗，这个故事？"

不过，一旦人们谈别的事情，他就不听了，坐在一边，独自一人哼起铜管乐曲。因此，只要两次谈话之间有片刻的安静，在这切断嘈杂话语的突然的宁静瞬间，人们就会忽地听到一支打猎的乐曲："咚，咚，咚哒，咚，咚。"这是男爵像手执号角一样鼓动着两个腮帮子发出来的。

他的生活从来都只是为了打猎，没有想到，也没有发现自己逐渐变老。他突然患了风湿病，在床上躺了两个月，差一点被忧愁和烦闷折磨死。他没有女用人，只得让一个年老的男仆替他做饭。他既得不到热敷的膏药，也得不到些微的照料，病人需要的东西他一点也得不到。照管猎犬的仆人做他的看护，而这个以前的驯马师至少像主人一样烦闷，男爵在被窝里怨天尤人发脾气的时候，他不分白日黑夜地在扶手椅里昏睡。

科尔维尔家的两位夫人有时来看望他，那是他仅有的平静和舒适的时刻。她们为他准备汤药，侍弄炉火，体贴入微地把午饭端到他的床边。她们走的时候,他低声对她们说:"唉!你们真应该在这儿住下。"她们听了开怀大笑。

他的身体好些了,又开始在沼泽里打猎。一天晚上,他到朋友家用晚餐;不过他不再像昔日那样活泼和快乐。一个思想时刻不断地折磨着他:他担心在开猎以前再一次病倒。告辞的时候,两位夫人给他搭上一条披肩,又在他脖子上戴了一条围巾,他生平第一次任凭她们这样做,并且用抱歉的声音低声说:"如果再这样病一场,我就完蛋了。"

他离去以后,德·达尔纳托夫人对母亲说:"一定要让男爵结婚。"

所有的人都举手赞成。怎么过去没有想到呢?大家整个晚上都在熟识的寡妇里寻找,最后选中了贝尔特·维莱尔夫人,一个四十岁的女人,这个女人风韵犹存,相当有钱,性格温柔,而且身体也挺好。

她们邀请她来古堡住上一个月。她正闷坐愁城。她很快就来了。她好动而且欢快。德·科特利埃先生立刻就引起她的好感。她拿他当一个活玩具似的开玩笑,就兔子的感情和狐狸的诡计问题,狡狯地盘问了他几个小时。他认乎其真地细说各种动物看事情的不同方式,认为它们就像他所了解的人类一样,擅长缜密的计划和推理。

维莱尔夫人对他的兴趣很让他得意。一天晚上,为了表示对她的尊重,他邀请她一起去打猎;他还从未对任何一个女人提出过。这邀请在她看来是那么新奇,她当即接受了。为了把她装备起来,大家就像过节一样热闹;所有的人都参与了,每个人都给她献上一点什么。她像个女骑士般的出现了,穿一双长筒靴、一条男人的套裤、一件短裙、一件胸部过于紧绷的绒布短上衣,戴一顶管猎犬的家丁的鸭舌帽。

男爵就像即将射出第一枪的新手一样激动。他不厌其烦地为维莱尔夫人讲解风向、狗站定的不同方式,以及怎样向猎物开枪;然后他就把她推到一块田地里,一步步跟随在她后面,就像喂奶的妇女关心地看护着第一次学步的乳儿。

梅多尔发现了什么;它匍匐前进,停下来,举起前爪。男爵在学生的身后,紧张得像一片树叶一样战栗。他结结巴巴地说:"注意,注意,山……山……山鹑。"

他还没有说完话,一声巨响平地而起,"勃勒勒,勃勒勒,勃勒勒!"一群硕大的鸟扇动着翅膀腾空而起。

维莱尔夫人惊慌得不知所措,闭上眼睛,开了两枪,就被枪震撼得后退了一步;过了片刻,等她镇静下来,只见男爵像疯子一般手舞足蹈,而梅多尔大嘴里衔着两只山鹑跑来。

从这一天起,德·科特利埃先生爱上了她。

他经常抬起头,赞叹:"多么了不起的女人啊!"他现在每天晚上都来神聊打猎。一天,德·科尔维尔先生送他走时,又听他对这位新朋友赞不绝口,便突然问道:"您为什么不娶她呢?"男爵一下子愣住了:"我?我?娶她!……可不……的确……"他说不下去了。然后,他猛地紧握老伙伴的手:低声说了一句:"再见,朋友。"便大步消失在黑夜中。

他接连三天没有来。当他又出现时,由于思虑过度而变得脸色苍白,神情也比平常更严肃。他把德·科尔维尔先生拉到一边,说:"您的那个主意真是好极了。请您务必让她接受我。天哪!这样一个女人,仿佛就是为我而生的。我们会一年到头在一起打猎。"

德·科尔维尔先生确信他不会被拒绝,回答:"那么,您就马上求婚吧,亲爱的朋友。这件事由我来负责,您看好吗?"可是,男爵突然犹豫不安起来,吞吞吐吐地说:"不行……不行……我得先出一趟门,去巴黎做一次小小的旅行……等我回来,再给您一个最终的答复。"他没做别的解释,第二天就动身了。

他这一去就去了很久。一个星期,两个星期,三个星期过去了,德·科特利埃先生还没有露面。科尔维尔家的人很奇怪,而且很不安,不知道该对他们的女朋友说什么好,因为他们已经把男爵要求婚的事透露给她。他们三天两头就派人去男爵家打听消息;无奈男爵家的用人也都没有收到任何信息。

不料,一天晚上,维莱尔夫人正在一面弹着钢琴一面唱歌,一个女用人走来,神神秘秘地找德·科尔维尔先生,对他小声说,有一位先生求见。来者正是男爵,不过已经面目大变,穿一身旅行的服装,显得苍老了许多。男爵一见老朋友,就拉住他的手,声音有点疲惫地说:"我刚刚回来,亲爱的,就跑到您这儿来。我不能再等了。"他犹豫了片刻,显然很尴尬,不过还是接着说:"我要……立刻对您说……那件事……您很清楚我说的是什么,不成了。"

德·科尔维尔先生惊讶地望着他。"怎么,不成了?为什么?"

"唉!别问我啦,我求求您了,这种事说起来太让人难堪了。不过请相信我,我的所作所为算得上一个光明磊落的人。我不能……我没有权利,您明白吗,没有权利娶这位夫人。我等她走了再到您府上来。再看到她,对我来说实在太痛苦了。再见。"

说完,他就逃走了。

全家人又是讨论,又是争辩,设想出各种各样的理由。他们最后得出结论:男爵的生活里一定隐藏着一个大秘密;他也许有几个私生子、一个多年的老情人。总之,事情看来很严重。为了避免把事情弄得复杂化,他们婉转地通知维莱尔夫人,她来时是一个寡妇,现在可以全身而退了。

又是三个月过去。一天晚上,德·科特利埃先生吃了一顿很丰盛的晚餐,走起路来有点步履蹒跚。他和德·科尔维尔先生一起抽烟斗时,对后者说:"您如果知道我多么想念你们的女朋友,一定会同情我的。"

对方已经被男爵在这个问题上的表现挫伤了一点感情,便激动地对他率尔直言:"见鬼,亲爱的,一个人生活里有什么隐情,他首先就不应该像您所做的那样再贸然前进;因为,毫无疑问,您本来就能够预见到最终还是撤退为妙的。"

男爵很难为情,不再抽烟。

"您说的对,也不对。反正,我没有想到过会发生这样的事。"

德·科尔维尔先生不以为然,反驳道:"您应该一切都能预见到的。"

德·科特利埃先生用眼睛探查了一下黑暗处,确定不会被人听见,然后低声说:

"我看得出我伤了您的心,我现在把事情的经过全都告诉您,以求得您的原谅。我的朋友,二十年以来,我的生活中只有打猎。我只爱这个,您是知道的,我关心的只有这个。因此,当我要承担起对这个妇人的义务时,良心上的一个疑虑便产生了。自从我失去做……做……做爱的习惯,我就不知道自己还能不能……能不能……您知道我要说什么……您想一想好吗?最后一次到现在,已经……已经……已经……十六年了。在咱们这个地方,要……要……您知道我要说什么……是不容易的。再说,我还有别的事要做。我更喜欢开猎枪。总之,在面对镇长和神父做出保证以前,……保证……保证……您知道的那些事……我害怕了。我对自己说:'哎呀,如果……如果……枪憋火多糟糕。一个正直人是永远不应该言而无信的;我要对这个女人做出的是神圣的保证。'总之,为了心中有数,我决定去巴黎过一周。

"一周过去了,不行,根本不行。不是我试验得不够。我在各种类型的当中都选最出色的。我向您保证,她们也都全力以赴了。……是的,毫无疑问,没有什么她们没试过的。……可是……您说怎么办呢?她们总是……无功而返……毫无效果……毫无效果……毫无效果。

"我等了两个星期,三个星期,一直不死心。我在饭店里吃了一大堆掺了胡椒粉的东西,吃得都倒胃口了。……可是……可是……还是毫无用处。

"您应该能够理解,在这样的情况下,在这些检验面前,我只能……只能……只能撤退。我就是这样做的。"

德·科尔维尔先生扭动着身子,不让自己笑出来。他态度庄重地握了握男爵的手,对他说:"我同情您。"然后一直把他送到半路。单独和妻子在一起的时候,他把这一切都告诉了她,乐得连气都喘不过来。德·科尔维尔夫人却一点也不笑;她听着,听得非常认真。等丈夫说完了,她极其严肃地回答:"男爵真傻,亲爱的;他就是害怕,如此而已。我马上就写信给贝特,让她回来,赶快回来。"

由于德·科尔维尔先生还在为他们的朋友辩解,说他做过长时间的试验,全部无效。她接着说:"算了吧!一个人如果爱他的妻子,那东西……总会来劲的。"

德·科尔维尔先生无言以对,自己也有点难为情了。

修软垫椅的女人[*]

献给莱昂·艾尼克①

德·贝尔特朗侯爵为庆祝开猎而举行的家宴正接近尾声。十一位参加狩猎的男士、八位女士和本地的一位医生围坐在灯火辉煌的大桌子旁,桌子上摆满水果和鲜花。

人们的话题转到爱情上,顿时掀起一场崇高的辩论,那亘古不易的辩论:人的一生中,究竟只能真心实意地爱一次,还是能爱几次。有人举出一些实例,说明人永远只能认真地爱一次;有人又推出另一些榜样,那些人经常地谈情说爱,而且

---

*　本篇首次发表于一八八二年九月十七日的《高卢人报》;一八八三年收入 E. 鲁维尔和 G. 布隆出版社出版的莫泊桑小说集《山鹬的故事》;一九〇一年收入保尔·奥朗道尔夫出版社出版的插图版莫泊桑全集《山鹬的故事》卷。

①　莱昂·艾尼克(1851—1935):法国作家,以左拉为首的梅塘晚会的参加者之一,莫泊桑的好友;一八八〇年出版的《梅塘夜话》中,有莫泊桑的《羊脂球》,也有艾尼克的《"大七"事件》。

每一次都如醉如痴。总体说来,男人都认为爱情犹如疾病,可以不止一次地侵袭同一个人,甚至可以置其于死地,如果爱情之路遇到什么障碍的话。虽然这一看法似乎无可争议,不过女士们的见解立足于诗意的追求,而非实际的观察。她们认定:真正的爱情,伟大的爱情,一生只能有一次降临于一个生灵;这爱情,就如同霹雳,一旦让它击中,就会被它掏空、摧毁、焚烧,任何其他的爱情,无论有多么强烈,都无法重新萌生。

侯爵曾经恋爱过许多次,对这种信念大加挞伐:

"我要对你们说,一个人可以全心全意、满怀赤诚地恋爱好多次。你们刚才举了一些以身殉情的事例,以证明不可能有第二次痴情。我要回答你们:如果这些人没有干出自杀这种蠢事,——自杀了,那当然就再没有堕入情网的机会了——那么,他们的病会痊愈,他们会重新开始,直到他们寿终正寝。酗酒者一喝而不可遏止;同样,多情人一爱就会再爱。这,是个气质问题。"

他们推举原来在巴黎行医、后来退隐乡间的老医生做仲裁人,请他发表高见。

严格地说,他也没有什么明确的观点。他说:

"正像侯爵说的,这是个气质问题。至于我嘛,我就见过这么一桩恋情,持续了五十五年之久,没有一天动摇过,最后人死了才算结束。"

侯爵夫人兴奋得拍起手来。

"真是太美了!能够这样被人爱,是多么诱人的梦想啊!五十五年生活在这种坚持不懈、刻骨铭心的痴情里,这该是多么幸福啊！一个男人受到这样的挚爱,该是多么幸运,他该怎样赞美生活啊!"

医生微微一笑:

"太太,的确,在这一点上您没有搞错,被爱的确实是一个男子。您认识他,就是镇上的药房老板舒凯先生。至于那个女的嘛,就是那个每年都要来府上修理软垫椅的老妇人。不过,请听我跟诸位细细讲来吧。"

女士们的热情顿时低落下来;她们脸上不屑的表情,似乎在说:"呸!"好像爱情只应该打动那些有教养、有地位的人,因为只有这些人才理所当然值得别人感兴趣。

医生径自说下去:

三个月以前,我被叫到这个临终的老妇人的床边。她是前一天晚上乘她那辆当房子住的马车来的。拉车的那匹老马,你们也见过。跟她来的还有她那两条是朋友也是卫士的大黑狗。本堂神父已经先到了。她请我们俩做她的遗嘱执行人;不过为了让我们理解她的遗愿,她向我们叙述了她的一生。我不知道还有什么比这更奇特、更令人感动的了。

她父母都是修理软垫椅的。她从来就没有过盖在地上的住所。

她从小就到处流浪,衣衫褴褛,蓬头垢面,浑身的虱子。他们每到一个村子,就把马车停在村口的圩沟边,给马卸了套,让它去吃草;狗把鼻子往爪子上一搁,就趴在地上睡起来;小女孩去草地上打滚儿;父母就在路边的榆树底下,糊糊弄弄地修理从村里收来的各式各样的旧椅子。在这流动的房子里,一家人难得开口说话。只是在决定谁去走家串户揽活儿、吆喝那句人人都熟悉的"修椅子喽!"的时候,才不得不说两句。然后,他们就面对面或者并排地坐下,搓起麦秸来。孩子要是跑得太远,或者想跟村里的孩子打个招呼,父亲就会狠声恶气地喊她:"还不快回来,臭丫头!"这是她听过的唯一一句疼爱的话。

等她长得稍大一点,他们就打发她去收破损的椅子。于是她在这个村那个镇结识了几个孩子;不过这时候该这些新朋友的父母凶神恶煞似的召唤他们的孩子了:"还不快过来,淘气鬼!我看你还跟小叫花子说话!……"

还经常有调皮的孩子朝她扔石头。

偶尔有太太们赏她几个苏,她就细心收起来。

她十一岁那年,有一天,路过咱们这里,在公墓后面遇见小舒凯:一个小伙伴抢了他两个里亚①,他正在那里哭。在她那无家无业的孩子的脆弱的脑袋里,一个有钱人家的孩子想来应该总是得意扬扬、欢天喜地的,因而小舒凯的泪水深深打动了她。她走过去;得知他为什么难过以后,就把自己攒下来的七个苏,她的全部积蓄,倒在他手里,而他也就十分自然地收下了,一边擦着眼泪。她太高兴了,大着胆子拥吻了他一下。他正专心致志地看着手上的那几个小钱,也就由她去。她看自己没有遭到他拒绝,也没有挨他打,就又来一次;她紧

---

① 里亚:法国旧时铜币,相当于四分之一苏。

紧搂着他,热情地亲吻他。然后就连跑带颠地走了。

在这可怜的脑袋里究竟发生了什么呢?她从此就把自己和这个男孩联系起来,是因为她把自己漂泊所得的全部财富献给了他?还是因为她把自己柔情的初吻送给了他?这样的事对孩子和对大人一样,都是个谜。

此后好几个月,她一直念念不忘公墓后面的那个角落和那个男孩。为了能再看到他,她想法儿骗取父母的钱,收修垫椅钱的时候,或者去买东西的时候,这里抠一个苏,那里抠一个苏。

当她再次经过这里的时候,她衣袋里已经攒了两个法郎;但是她仅仅能够隔着舒凯家药房的玻璃橱窗,从一大瓶红色药水和一个蠊虫标本的夹缝里张望一下打扮得干干净净的小老板。

但是她只会更加爱他。那彩色药水和那耀眼的水晶玻璃的光华,吸引着她,令她激动,让她陶醉。

她把这不可磨灭的记忆保留在心里。第二年,她在学校后面遇到他正在和几个同学打弹子,便向他扑过去,把他搂在怀里,使劲地吻他,把他吓得哇哇大叫。为了让他安静下来,她给他钱:三法郎二十生丁,简直是一笔真正的财富了。他望着这些钱,眼睛瞪得老大。

他把钱收下,便任她爱抚了。

接下来的四年里,她就这样把自己的全部积蓄一笔笔都倒在他手里,而他也心安理得地揣进口袋,因为这是他同意让她吻的报酬。一次是三十苏,一次是两法郎,一次是十二苏

（她为此难过和羞耻得都哭了，不过这一年的景况也确实太差），最后一次是五法郎，一枚好大好圆的硬币，他都高兴得笑出声来。

她除了他，别的什么也不想；而他呢，也多少有点儿焦急地盼着她来，一看见她就跑着迎上去，把小女孩的心激动得怦怦直跳。

后来他不见了。原来他被送到外地去上中学了。这是她拐弯抹角打听出来的。于是她施展出无数的诡计妙策，改变父母的路线，让他们恰好在学校放假的时候经过这里。她总算成功了，不过是在费了一年的心计以后。也就是说她有两年的时间没有见到他，因此当她又看见他时，她几乎认不出他了：他变化很大，个子长高了，人长得英俊了，穿着镶金纽扣的校服显得十分神气。他却装作没有看见她，高傲地从她身边走过。

她整整哭了两天；从此以后，她就默默忍受着无尽期的痛苦。

她每年都要回来一次；她和他擦肩而过却连招呼也不敢跟他打；而他呢，甚至不屑看她一眼。她仍然疯狂地爱着他。她对我说："医生先生，在这个世界上，他是我眼睛里唯一的一个男人；我甚至不知道还有其他男人存在。"

她父母去世了。她继续干他们这一行，不过她不是养一条狗，而是养两条，两条没有人敢招惹的恶狗。

有一天，她又回到自己梦绕魂牵的这个村子，远远看见一个年轻女子挽着她的心上人从舒凯家药房出来。那是他妻子。他已经结婚了。

就在这天晚上,她跳进了村政府广场的池塘。一个迟归的醉汉把她救起来,送到药房。小舒凯穿着睡袍下楼来为她医治。他装作根本不认识她,给她脱掉衣服,进行按摩,然后用十分生硬的语调对她说:"您疯啦!不应该傻到这个地步呀!"

这就足以把她治好了。因为他居然跟她说话了!她的幸福的感觉,持续了好长一会儿。

她无论如何一定要付医疗费给他;但是他怎么也不肯接受。

她的一生就这样流逝。她一边修理软垫椅,一边想念着舒凯。她每年都要隔着玻璃橱窗望一望他。她养成了去他的药房购买零星药品的习惯,因为这样她既可以走到跟前看看他,还可以给他钱。

正如我开头对诸位说的,她今年春天死了。她对我原原本本讲述了她的伤心史以后,要求我把她一生省吃俭用下来的全部积蓄转交给她数十年如一日挚爱着的那个人。因为,用她自己的说法,她就是为他辛劳的。她常常忍饥挨饿攒下的钱,就是好让他在她死后会想到她,哪怕只想到一次也好。

然后,她就交给我两千三百二十七法郎。她咽气以后,我留给本堂神父二十七法郎作为安葬费,把剩下的全部带走了。

第二天,我就到舒凯家去。他们刚吃完午饭,还面对面坐着。夫妻俩都很胖,满面红光,神气而又自得,身上散发出一股药品的气味。

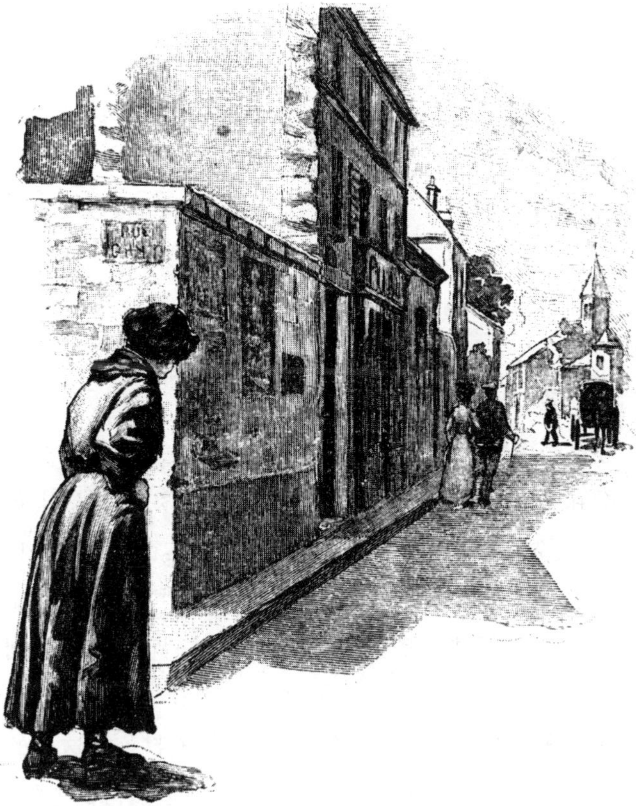

他们请我坐下,给我斟了一杯樱桃酒。我接过酒,就开始向他们讲述这一切。我的语调很激动,我相信他们听了一定会感动得流泪。

舒凯一听我说到这个流浪的女人,这个修理软垫椅的女人,这个出身低贱的女人曾经爱过他,立刻拍案而起,仿佛她玷污了他的好名声,损害了上流社会对他的敬重,以及他个人的荣誉感,一种对他来说比生命还要宝贵的东西。

他太太呢,跟他一样气愤,一迭连声地说:"这个下贱女人!这个下贱女人!这个下贱女人!……"似乎再也找不出别的话来了。

他已经站起来,在饭桌后面大步踱来踱去;他那希腊式睡帽都歪到一边耳朵上了。他咕哝着说:"您知道这意味着什么吗,医生先生?对一个男人来说,这种事实在太可怕了!怎么办呢?啊!要是她活着的时候我知道这件事,我早就让宪兵把她抓起来,投进监狱去了。我敢跟您打赌,她永远也别想出来!"

我本来想着履行一件神圣的义务,却不料落得这样的结果,不禁愕然。我不知道该说什么,更不知道如何做才好了。不过我受人之托,还有一件事要完成。于是我说:"她曾经托我把她的积蓄交给您,总共是两千三百法郎。既然我刚才说的事看来惹您很不愉快,也许最好还是把这笔钱舍给穷人吧。"

这两口子惊得目瞪口呆,愣愣地看着我。

我从衣袋里把钱掏出来;这笔令人心酸的积蓄是她走遍

各个村镇挣来的,带着她各种艰辛的印记,有各个国家、各种图案的钱,有金币,也有各种混杂的零镚儿。然后我问道:"你们怎么决定?"

舒凯太太首先表态:"这个嘛,既然这是她——那个女人——的遗愿……我看我们也很难拒绝了。"

她丈夫多少有点儿难为情,不过也接着说:"我们总可以拿这笔钱给我们的孩子们买点什么。"

我干巴巴地说:"随你们便。"

他接着说:"既然她托您这么做,那就交给我们好了;我们会想办法把它用在什么慈善事业上的。"

我放下钱,就告辞走了。

第二天舒凯来找我,开门见山就问:"那个……那个女人,好像把她的马车也留在这儿了。那马车,您是怎么处理的?"

"没处理;您想要的话拿去就是了。"

"好极啦,我正需要;我要用它做菜园子里的窝棚。"

他刚要走,我叫住他:"她还留下了那匹老马和两条狗。您要不要?"他吃了一惊,停下来:"啊!不要。您看我要它们有什么用呢?您随便处理吧。"他笑嘻嘻地向我伸出手;我只得握了一下。您说我能怎么办呢?在乡下,医生总不能和药房老板结仇呀。

我把那两条狗留在自己家里。本堂神父有个大院子,他牵走了那匹马。马车让舒凯做了窝棚;他用那笔钱买了五股铁路债券。

我一生中遇到的深挚的爱情,这是唯一的一桩。

医生讲完了。

这时,侯爵夫人眼里含着泪水,慨叹道:"显然,只有女人才懂得爱!"

宽　恕[*]

她生长在这样一种家庭,他们生活在封闭自守的状态,好像总是远离一切。他们对政治上的大事浑然无知,尽管在餐桌上也偶尔提到;不过,政府的更迭发生在那么遥远的地方,遥远得让他们谈起来,就像在谈路易十六之死[①]和拿破仑登陆[②]这样的历史事件。

风俗习惯在改变,风尚旧去新来。在这种平静的家庭里却根本看不出,人们始终遵循着传统的习俗。即便附近发生了什么伤风败俗的事,丑闻也在他们家的门外止步。只有父亲和母亲,傍晚的时候说上几句,而且还压低了声音,因为到

----

[*] 本篇首次发表于一八八二年十月十六日的《高卢人报》;一八八四年收入埃德蒙·莫尼埃出版社出版的莫泊桑小说集《月光》;一九〇三年收入保尔·奥朗道尔夫出版社出版的插图版莫泊桑全集《月光》卷。

[①] 路易十六之死:指法国国王路易十六(1754—1793)在法国资产阶级大革命中于一七九三年一月二十一日被送上断头台这一历史事件。

[②] 拿破仑登陆:指法兰西第一帝国灭亡后被流放在厄尔巴岛的拿破仑,于一八一五年二月二十六日逃离厄尔巴岛,三月一日在儒昂港登陆,重返巴黎,建立百日帝政这一历史事件。

处都可能隔墙有耳。父亲小心翼翼地说：

"你听说里瓦尔家发生的那件可怕的事了吗？"

母亲回答：

"谁能想到会有这种事呢？这太可怕了。"

孩子们没有起一点疑心，他们就这样进入轮到他们生活的年龄，眼睛和头脑都蒙着一个布带，不了解人生的底细；不知道世人不但心口不一，而且言行不一；不知道必须和所有的人战斗，即使和平相处也要做好戒备；也想不到单纯会经常被人欺骗，诚实会被人玩弄，善良会被人欺凌。

一些人至死都处在这种盲目的诚实、正直、仁义之中，他们是那么正派，什么都不能让他们睁开眼睛。

另有一些人，他们看出了世态的丑恶，但并不是很明白其中的缘由；他们惊慌失措，灰心绝望，踉跄一生，临死还自以为不过是特殊厄运的玩偶，飞来横祸和个别恶人的不幸的受害者。

萨维尼奥尔夫妇在女儿蓓尔特十八岁时就为她成了婚。她嫁给了一个巴黎的年轻人，在证券交易所从业的乔治·巴隆。这是个漂亮小伙子，谈吐文雅，诚实的外表应有尽有；可是在内心深处，他却瞧不起落后于时代的岳父母。跟朋友们提起他们来，总称他们为"我亲爱的老顽固"。

他出身于名门望族；年轻的女孩家境殷实。他带着她去巴黎生活。

她成了在巴黎的外省女人中的一员，这批人为数甚多。她对这个大城市，对它的风雅习尚，对它的娱乐、时装始终浑然无知,就像过去她对生活、对它的奸诈和诡秘一无所知一样。

她闭门守舍,只知道门前的那条街;她偶尔大着胆子去另一个街区,就好像去一个陌生的异邦城市做了一次长途旅行。晚上她会对丈夫说:

"今天,我走过林荫大道①。"

她丈夫每年带她上两三次剧院。那就像盛大的节日一样,再也不会从她的记忆中消失,她会经常地念叨。

有时,看了一场戏已经过了三个月,她还会在饭桌上突然放声大笑,嚷道:

"你还记得那个穿将军服、学公鸡叫的演员吗?"

她的全部交往仅限于两个有姻亲关系的家庭;对她来说,他们就代表了全人类。她提到他们时,总是在他们的姓氏后面加上"一家"两字——马尔蒂奈一家和米什兰一家。

她的丈夫过着自行其是的生活,爱什么时候回家就什么时候,有时天都亮了才回来,借口工作忙,毫不觉得为难,因为他肯定这颗天真的心永远不会对他有一丝怀疑。

可是一天上午她收到一封匿名信。

她被吓坏了。她的心太正直,不懂得这些揭发是卑鄙的,不必理会,尽管写信人声称是为她的荣誉着想,是出于对恶行的仇恨和对真理的热爱。

----

① 林荫大道:此处指巴黎市内从巴士底广场到玛德莱纳广场的几条连续的林荫大道,在当时是最时尚和繁华的地带。

这封信向她揭露,她的丈夫有外遇已经两年了,情妇是年轻的寡妇罗塞太太,他每天晚上都是在她家里过的。

她既不会装假也不会隐藏,既不会窥伺也不会盯梢。等他回家吃午饭的时候,她啜泣着把这封信扔给他,就逃进自己的卧室。

他不慌不忙地弄清了发生的事,并且准备好了他的解答,然后便走去敲妻子的房门。她马上开了门,连看都不敢看他一眼。丈夫微笑着坐下,把她拉过来坐在腿上,然后用温柔而又有点嘲弄的语气说:

"我的小娇娇,我的确有个叫罗塞太太的朋友,我认识她有十年了,我的确很喜欢她。我还要说我认识其他二十家人,我也从来没有跟你说过,因为我知道你对于社交、聚会和结识新朋友不感兴趣。不过,为了一劳永逸地结束这种卑鄙的诬告,我求你吃完午饭以后换一身好衣服,咱们去拜访这个年轻女人;我毫不怀疑,她会成为你的朋友。"

她紧紧地拥抱丈夫;而且,女人的好奇心一旦觉醒就再也不会沉睡,她丝毫也不拒绝去看看这个陌生的女人;无论如何,她对这个女人依然有一点怀疑。她本能地感觉到,一个已知的危险只不过是大抵排除。

她走进一个套房,房子不大,但是雅致温馨,放满了小摆设,装饰得很艺术,在一座漂亮的楼房的五楼。客厅因为有一些挂毯、门帘、褶皱有致的窗帘而显得有些昏暗。在客厅里等候了五分钟以后,一扇门开了,一位少妇走出来。她个子矮小,深棕色头发,稍显肥胖。她尽管有些惊讶,但还是笑容可掬。

乔治给她们做了介绍。

"我妻子:朱莉·罗塞太太。"

年轻的寡妇惊喜地叫了一声,张开两臂跑了过来。她说她完全没有想到会有这个荣幸,因为她知道巴隆太太不见任何人;所以她是那么高兴,那么高兴!她很喜欢乔治(她像兄妹间一样亲热地直呼乔治)!她早就渴望着认识他的年轻妻子,也希望能喜欢她。

一个月以后,两个新朋友已经难分难舍了。她们每天都见面,甚至经常一天见两次;每天都在一起吃晚饭,有时在这一家,有时在那一家。乔治再也不出去了,再也不说工作忙了,反而说他最爱壁炉旁他那个温暖的角落。

后来,罗塞太太住的那座楼里有一套房子空出来,巴隆太太赶紧租了下来,好住得离她的朋友更近些,两人能更经常地相聚。

在整整两年的时间里,她们的友谊没有出现一丝疑云,堪称是绝对的、体贴的、诚挚的、美好的心交神会的友谊。蓓尔特几乎说什么都要提到朱莉,在她看来朱莉简直成了完美的化身。

她感到非常幸福,一种尽善尽美、安宁而又甜蜜的幸福。

可惜有一天罗塞太太病倒了。蓓尔特再也不离开她。她整夜整夜守护她,忧戚难眠;她的丈夫也悲伤欲绝。

一天上午,医生看过病人以后走出来的时候,把乔治和他的妻子叫到一旁,对他们说,他认为他们的朋友病情非常严重。

医生走后，年轻夫妇惊呆了，他们先是坐下来，面面相觑，接着突然抱头痛哭。从此他们一起通宵守候在病床前；蓓尔特更是时不时温柔地拥抱一下病人，而乔治站在床脚，一直深深关切地注视着她。

第二天，她的病情更重了。

可是将近傍晚，她说她感觉好些了，逼着他们下楼到自己家去吃晚饭。

他们回到自己家，坐在饭厅里，忧心忡忡，几乎吃不下饭。这时，女仆递给乔治一封信。他打开信，读着，顿时面无血色，站起身，神态奇怪地对妻子说："你等着我，我得出去一会儿，过十分钟就回来。你千万别出门。"

说完，他就跑到自己的房间去拿帽子。

蓓尔特一边等，一边因为又多了一件心事而焦急不安。但是她在一切事情上都是很听话的，她绝不愿在丈夫回来以前上楼去女友家看看。

丈夫总不回来，她忽然想到去他房间看看，看他是不是把手套带走了，如果带走了，那就说明他应该是去了什么地方。

她第一眼就看见了那副手套。一张揉搓过的纸扔在手套旁边。

她马上就认出，那是女仆刚才交给乔治的信。

她突然产生了一个强烈的欲望，这还是她生来第一次有这种欲望：看看信上写的什么，了解一下发生了什么事。她的良心不愿这么做，在挣扎，但是她的被激发起来的痛苦的好奇心却推动着她的手。她拿起那张纸,摊开来,立刻认出了上面的笔迹,那是朱莉的笔迹,铅笔写的颤抖的笔迹。她看到上面写着:"请你一个人来拥吻我,我可怜的朋友,我就要死了。"

她起初还不明白是怎么回事,傻乎乎地待在那里,死亡这个概念给她的震动太大了。接着,突然,"你"的称呼惊醒了她的思想;像一道强烈的闪电,一下子照亮了她的生活,向她揭示了全部可耻的真相,他们所有的背叛和所有的阴险奸诈。她明白了他们长久以来的诡计,他们的目光,她的善良被戏弄,她的信任被欺骗。她仿佛又看到了晚上他们脸对脸坐在台灯下,阅读同一本书,读完一页就互相眉目传情。

她的怒不可遏、痛不欲生的心,坠入了无限绝望的深渊。

脚步声响起;她连忙逃进自己的房间,把自己关在里面。

她丈夫很快就叫她。

"快来,罗塞太太快死了。"

蓓尔特走出房门,嘴唇颤抖着:

"您一个人回到她那儿去吧,她不需要我。"

他已经悲伤得昏了头,气急败坏地看着她。

"快,快,罗塞太太就要死了。"

蓓尔特回答:

"您也许但愿是我死呢。"

也许这时他才明白,于是他走了,上楼到将死的人身旁去了。

他毫不掩饰、毫不害羞地为她哭泣,对妻子的痛苦无动于衷;蓓尔特呢,不再跟他说话,也不再看他一眼,独自一人生活在厌恶和愤懑之中,从早到晚地向天主祈祷。

不过他们还住在一起,吃饭时脸对脸坐着,哑口无言,已经意冷心灰。

后来他的心情逐渐平静了下来;但是她却丝毫也不宽恕他。

生活继续着。这样的生活对两个人来说都很痛苦。

在一年的时间里,他们形同陌路。蓓尔特几乎要疯了。

后来有一天,蓓尔特天刚亮就出门,上午八点多才回来,两手捧着很大的一束玫瑰花,一束白色的、雪白的玫瑰花。

她让女仆告诉她丈夫,她要跟他说话。

他来了,惴惴不安,神色慌乱。

"咱们一块儿出去走走,"她对他说,"拿着这束花;太重了,我拿不动。"

他接过花束,跟在妻子后面。一辆马车已经在等着他们,他们一上去,车就出发了。

马车在墓地的铁栅栏门前停下。这时,眼里已经满含泪水的蓓尔特对乔治说:

"带我到她的墓前去。"

他有些惊惶不安,不明白她要做什么;他走在前面引路,怀里始终抱着那束花。最后他在一座白色大理石的墓碑前停下,一言不发地指了指。

于是她接过那个大花束,跪下来,把它摆放在墓的脚下。

然后她屏息凝神,带着祈求的神情默默祷告!

她的丈夫站在她身后,往事萦怀,潸然泪下。

她站起来,向他伸出双手说:

"如果您愿意的话,让我们和好吧。"

月　光*

他配得上他那富有战斗意义的姓氏,马里尼昂①院长。这位瘦高个儿神父,狂热,总是很冲动,但是为人正直。他的所有信念都已经固定,永远不会动摇。他真诚地以为自己认识天主,洞悉天主的意图、意志和愿望。

当他大步地在他那乡间小住宅的小径上散步时,时而会有一个问题涌现在他的脑海:"为什么天主这样做?"于是他就在思想上站在天主的位置,执拗地寻求答案,而且几乎总能获得圆满解决。他,可不是那种习惯于怀着虔诚的自卑感喃喃地说一声:"主啊!您的意图深不可测!"的人,他总是对自己说:"我是天主的奴仆,我应该知道他行动的理由;如果不

---

* 本篇首次发表于一八八二年十月十九日的《吉尔·布拉斯报》,作者署名"莫弗里涅斯";一八八四年收入埃德蒙·莫尼埃出版社出版的莫泊桑小说集《月光》;一九〇三年收入保尔·奥朗道尔夫出版社出版的插图版莫泊桑全集《月光》卷。

① 马里尼昂:意大利城市梅洛尼亚的法文名称。法国人曾于一五一五年和一八五九年在这里打败瑞士人和奥地利人。

知道,就应该猜出来。"

在他看来,自然界中的一切都是遵循一种绝对的、美妙的逻辑创造出来的。"为什么"和"因为"永远互相平衡。晨曦是为了让人们醒来时感到愉悦,白昼是为了让庄稼成熟,雨水是为了灌溉庄稼,晚上是为了催生睡意,黑夜是为了让人酣眠。

四个季节和农业的各种需要是那么完美的契合;这位神父绝不会怀疑到大自然根本没有意图,而是相反,一切有生命的东西都要服从其时代、气候和物质的严格的必然性。

不过他憎恨女人,不自觉地憎恨她们,本能地蔑视她们。他经常重复基督的话:"女人,你们与我有什么共同之处?"① 而且还加上一句:"似乎天主也不满意他的这个造物。"在他看来,女人确实是诗人所说的十二倍不纯洁的孩子②。她是诱惑者,她引诱了第一个男人,而且仍在继续干着她这该下地狱的事;她软弱而又危险,有一种神秘地扰乱人心的力量。他憎恨她们堕落的肉体,更憎恨她们多情的心灵。

他常常感觉到她们对他温情脉脉,虽然他知道自己是攻不破的,但是见她们身上永远躁动着这种爱的需要,他仍然极为愤怒。

依他之见,天主造出女人,就是要让她们诱惑和考验男人的。跟她们接近的时候必须怀着防范的警惕性和身临陷阱的

---

① 语出《圣经·旧约》中《约翰福音》的第二章第四句。
② 语出法国诗人阿尔弗莱德·德·维尼的长诗《参孙的愤怒》第一百行:"女人,十二倍不纯洁的生病的孩子!"

恐惧。事实上,当女人向男人伸开双臂、张开嘴唇的时候,的确像一个陷阱。

只有对那些许过心愿、因而不再会伤害男人的修女们,他才略为宽容些;不过,他待她们也十分冷漠,因为他总感到那永恒的柔情,仍然活在她们被禁锢的心和谦卑的心的深处,仍然在不断向他袭来,尽管他是一个神父。

这种柔情,他在她们比男修士更虔诚的湿润的目光里感觉得到,在她们夹杂着女性情感的心醉神迷中感觉得到,也在她们对基督的爱的冲动里感觉得到,而这尤其令他发火,因为这是女人的爱,肉欲的爱。这该死的柔情,即使在她们的驯顺里,在她们跟他说话时的温柔里,在她们低垂的眼睛里,在她们受到他粗暴指责时的委屈的眼泪里,他都能感觉得到。

他每次走出女修院的大门,都要抖抖自己的长袍,然后大步流星地离去,就像在逃避什么危险。

他有一个外甥女,跟她母亲住在附近的一所房子里。他极力主张让她做一名修女。

她既漂亮,又冒失,还爱嘲弄人。院长对她说教的时候,她总是一个劲地笑;他生气了,她就使劲地拥抱他,把他紧紧搂在心口上,而他总不由自主地挣脱出来。不过这紧紧的搂抱却也让他体味到一种甜蜜的快乐,唤醒了他内心深处那沉睡在每个男人身上的父爱的感觉。

他常在田间的路上,一边和她并肩走着,一边跟她谈天主,谈他的天主。她几乎根本不听他说话,而是看着天空、青草、鲜花,从她的眼睛里就可以看出她生活得很幸福。有时,她会冲过去捕捉一个飞虫，然后拿着回来，一边嚷着："看呀，舅舅，它多好看；我真想亲亲它。"可这种想"亲蚊虫"或者丁香骨朵的欲求却让他不安，让他恼怒，让这位神父火冒三丈。因为他从其中又发现了女人心里永远萌发的那无法根除的柔情。

圣器室管理人的老婆给马里尼昂院长做家务。有一天，她婉转地告诉神父，他的外甥女有了情人。

他感到万分震惊，好一会儿连气都喘不过来，满脸都是肥皂沫，因为他正在刮脸。

等他缓过神来，能思想能说话了，才大声疾呼："这不是真的，你撒谎，梅拉尼！"

可是那农妇把手放在心口上，说："神父先生，我要是撒谎，让天主惩罚我。我还可以告诉您，每天晚上，您妹妹一睡下，她就去那儿。他们在河边会面。您只要在晚上十点到十二点之间去那儿看一看就知道了。"

他下巴也不刮了，激动得来回走起来，就像他通常进行严肃思考时那样。等他想再开始刮胡子的时候，从鼻子到耳朵就割破了三刀。

他一整天都闷声不吭，痛心疾首，怒火中烧。他除了作为神父，对无法战胜的爱情深感愤慨，还有一层作为精神上的父亲，作为监护人、心灵导师，被一个孩子欺骗、辜负、捉弄而感到的盛怒；就好像父母听到女儿宣布，她瞒着他们甚至违拗他们的意愿选了一个丈夫，心疼得气急败坏。

吃过晚饭，他试着读一会儿书，可是他读不下去；他越来越恼火。钟敲十点的时候,他拿起了手杖,那根令人生畏的橡木棍,每当夜间去看望病人时,走路总是带着它。他微笑着看了看这根粗大的木棍,用他乡下人结实的手腕将它转了几圈,做了几个威吓的动作。接着,他猛地举起棍子,咬牙切齿地砸向一张椅子,椅子背立刻被砸断,掉落在地板上。

他推开门要出去;但是他在门口停住了,几乎从未见过的那么明亮的月光让他愣住了。

他有着容易冲动的心灵,那些基督教会的圣师,那些富于梦想的诗人,有的大概就是这种心灵;白晃晃夜色的壮丽、静谧的美感动了他,他顿时觉得心旷神怡。

他的小花园的一切都沐浴在柔和的月光里,排列成行的果树,在小径上勾画出它们刚刚穿上绿衣的木质肢体的单薄的身影;而巨人般的忍冬藤爬满他的房子,喷发出蜜糖一样香甜的气味,温和而明亮的夜里仿佛飘荡着一种馨郁的灵魂。

他深深地呼吸起来,像酒鬼喝酒似的痛饮着空气;他不慌不忙地向前走去,又是喜悦,又是惊奇,几乎忘掉他的外甥女。

他一走到田野便停下来放眼四望,整个原野沉浸在温柔的亮光里,淹没在这宁静的夜的情意绵绵的魅力里。蟾蜍不时地隔空传来它们短促、铿锵的音符,远处夜莺的歌声和诱人的月光交融。这轻轻的、颤抖的歌声,催人梦幻而不是让人思想,是为接吻而创造的。

院长又往前走,自己也不知道为什么,心已经软了。他感到虚弱,一下子精疲力竭了;他只想坐下来,待在那里,望着天主的作品,景仰和赞美天主。

远处,沿着曲折的小河,一大排杨树蜿蜿蜒蜒伸向远方。一层薄雾,被穿过的月光染成银色、照得发亮的白色雾气,悬在河岸的周围和上空;弯弯曲曲的河道,整个儿被包裹在轻飘、透明的棉絮里。

神父又一次停下。一股不断增强的不可抗拒的柔情,已经沁入他的心灵深处。

这时,一个疑问,一种模糊的不安,袭上他的心头;他经常向自己提出的一些问题,此刻又呈现在他的脑海。

为什么天主这样做?既然黑夜是为了让人睡眠、无意识、休息、忘记一切而造的,为什么又把它造得比白昼更迷人、比晨曦和傍晚更柔美?为什么徐缓而诱人的月球比太阳更富有诗意?太阳把黑暗中的事情全揭示无余,而月亮却是那么含蓄,就像是特意为了给不宜强光灼射的美妙而又神秘的事情照明而造出来的。

为什么那些最擅长歌唱的鸟儿不像其他的鸟儿那样休息,而总是躲在撩人的暗中展示歌喉?

为什么要造出这披在尘世上的半明半掩的薄纱?为什么要有这些心的震颤,灵魂的激动,肉体的疲惫?

为什么还要向人类展示这诱人的景象,既然他们已经安睡在自己的床上,根本看不见?这美好的景象,这天上洒向人间的诗意,是为谁而造?

院长一点儿也不明白了。

就在这时,远处,草地的边上,在浸润着明亮薄雾的树木搭起的拱顶下,出现了两个人影,并肩走着。

那男子个儿高高的,搂着女友的脖子,时不时地亲吻一下她的额头。他们让这静止不动的景物突然动了起来。这景物就像是为他们而设置的一个神圣的背景,环绕着他们。他们两个人仿佛合成了一体,而这安宁和寂静的夜就是为他们而造。他们向神父这边走过来,犹如一个活生生的回答,他的主对他的提问做出的回答。

他仍然站在那里,心怦怦跳,心慌意乱;他仿佛看到了圣经里写到的某种事,就像路得和波阿斯①的爱情,看到了天主的意志正在圣书中谈到的伟大背景中实现了。他的头脑里嗡嗡地回响起《雅歌》②中的章节,激情的呐喊,肉体的呼唤,那部充满热烈爱情的诗篇中的全部火热的诗句。

他心想:"天主造出这些夜,也许就是要用理想的意境来掩护人类的爱情吧。"

他在这对相拥着走过来的年轻人面前后退了。那的确是他的外甥女;不过他现在自问他会不会违背天主的意志了。天主不是已经容许爱情了吗,既然他用这样的光辉环抱着它?

他逃走了,不知所措,甚至感到羞愧,就好像闯进了自己无权进入的一座圣殿。

---

① 路得和波阿斯:路得是波阿斯的妻子;她是希伯来统一王国国王大卫的曾祖母。《圣经·旧约》的《路得记》中写到波阿斯奉天主的意志娶路得为妻的故事。
② 《雅歌》:《圣经·旧约》中的一卷,共有八章,以情侣对歌的方式表达男女热恋的心情,犹如恋歌。

遗　嘱[*]

献给保尔·艾尔维厄①

我认识那个名叫勒内·德·布纳瓦尔的高个子年轻人。他为人和蔼可亲，虽然有点儿多愁善感，仿佛已经把一切都看破，对什么都持着怀疑的态度。但那是一种中肯而又尖锐的怀疑主义，尤其是善于一针见血地戳穿上流社会的伪善。他常说："根本就没有什么正人君子；换句话说，所谓正人君子，充其量不过是和坏蛋相对而言罢了。"

他有两个哥哥，两位德·古尔西先生，不过他跟他们已经断绝来往。他们不同姓，因此我猜想他们不是同父所生。不

---

[*] 本篇首次发表于一八八二年十一月七日的《吉尔·布拉斯报》，作者署名"莫弗里涅斯"；一八八三年收入 E.鲁维尔和 G.布隆出版社出版的莫泊桑小说集《山鹬的故事》；一九〇一年收入保尔·奥朗道尔夫出版社出版的插图版莫泊桑全集《山鹬的故事》卷。

① 保尔·艾尔维厄(1857—1915)：法国剧作家，小说家。

止一次有人告诉我,他们家里发生过一件奇特的事,但是都没有提供任何细节。

我很喜欢这个年轻人,而且没有多久我们就成了好朋友。一天晚上,我在他那里吃饭,当时只有我们两个人,我无心地问了一句:"您是令堂头婚生的,还是再婚生的?"只见他脸色先是有点苍白,随后又涨得通红,显然有些尴尬。不过他终于露出他特有的感伤而又柔和的微笑,说:"亲爱的朋友,您要是不怕厌烦,我就把我很有些与众不同的身世详详细细说给您听吧。我知道您是一个知书达理的人,所以我不担心您对我的友谊会因此而受到损害;万一因此就受到影响了,我也就不必交您这个朋友了。"

我的母亲德·古尔西太太长得矮小,是个软弱腼腆的可怜的女人。她丈夫娶她,是因为看中了她的财产;她一辈子受尽了折磨。她生性温顺、胆怯、脆弱,却不断地遭受那个本应做我父亲的人的虐待。那个人是人们通常称作乡绅的大老粗。结婚才一个月,他就跟家里的女用人姘居了。他还有其他的情妇,都是他的佃户的妻子或者女儿。但是这并没有妨碍他跟他妻子生下两个孩子;应该说是三个,如果连我也算上。我母亲总是不言不语;在这个整天吵吵嚷嚷的家里,她就像溜到家具下面的小耗子一样挨着日子。她躲在一边,没人理睬,战战兢兢地用她那明亮、不安、老是骨碌碌转的眼睛望着,这样的眼睛是终日担惊受怕的人才会有的。然而她长得漂亮,很漂亮,头发金黄,不过是带点儿灰白的金黄,怯生生的金黄,好像由于总是提心吊胆,连头发也褪了点色似的。

在常来德·古尔西先生家的古堡做客的朋友当中,有一位妻子已经故去的退伍骑兵军官。这可是一个令人敬畏的人物:他既随和,又刚强;什么事一旦下了决心,天大的困难他也要干到底。这人就是德·布纳瓦尔先生;我姓的就是他的姓。他神采奕奕,身材瘦高,蓄着两撇又浓又黑的八字胡。我长得很像他。他读过很多书。他的思想跟他那个阶层的人毫无相似之处。他的曾祖母是卢梭①的朋友,看来他从这位祖先的这段关系中也多少继承了一些东西。《民约论》《新爱洛依丝》,为推翻古老的习俗和偏见、陈腐的法律和愚蠢的道德做了准备的那些探讨哲学的书,他全都如数家珍。

看样子,他爱我母亲,我母亲也爱他。他们的这种关系非常之秘密,没有引起任何人的怀疑。这个被人冷落、郁郁寡欢的女人,很可能疯狂地爱上了他,而且从和他的接近中接受了他的思想方式、感情自由的理论以及自主爱情的勇气。不过,她又是那么害怕,连高声说话都不敢,因此只能把这一切都隐藏、压抑、紧缩在心里;她的心扉从来不能向人打开。

我的两个哥哥也像他们的父亲一样对她很凶,从来没有过亲情的表示,而且习惯了把她看作家里的一个无足轻重的人,待她多少有点像对待一个用人。

在她的儿子中间,只有我真心爱她,她爱的也只有我。

---

① 让-雅克·卢梭(1712—1778):法国启蒙思想家、哲学家和文学家,《百科全书》的撰稿人之一。主要著作有《社会契约论》《爱弥尔》《论人类不平等的起源和基础》《新爱洛依丝》《忏悔录》等。

她死了。那时我十八岁。为了便于您了解后来发生的事,我有必要在这里补充几句:由于她丈夫受到指定监护人的监护①,他们夫妻间签过一份对我母亲有利的分产声明;而且多亏法律的窍门和一位公证人的聪明尽职,她保留了按自己的意愿订立遗嘱的权利。

因此,我们接到通知,说有一份遗嘱在这位公证人那里,并邀请我们去参加宣读遗嘱的仪式。

我还清楚地记得这件事,就仿佛发生在昨天一样。那真是个伟大而又富有戏剧性、滑稽而又令人惊讶的场面;而导致这场面的,竟是这个女人死后的反叛,是从这个受难者的坟墓里发出的要求自由的呐喊。她在世时受尽了习俗的压迫,死后从已经钉牢的棺木中发出了争取独立的绝望的呼号。

那个自以为是我父亲的人,是个脸色通红的多血质的大胖子,看上去就像个屠夫;我那两个哥哥都五大三粗,一个二十岁,一个二十二岁。他们都静静地坐在座位上等候。德·布纳瓦尔先生也应邀出席。他走进来,在我后面坐下。他穿一件紧身的礼服,脸色煞白,频频地咬着那两撇已经有点灰白的八字胡。他大概已经预料到了将要发生的事。

公证人锁上门,当着我们的面拆开了火漆封印的封套,就开始朗读连他也不知道内容的文件。

说到这里,我的朋友突然停下。他站起身,走到书桌前,

---

① 指依据法律为失去行动能力的人指定监护人。

从抽屉里取出一份陈旧的文件,打开来吻了好一会儿,然后接着说:

"这就是我亲爱的母亲的遗嘱。"

我,以下署名者安娜-卡特琳娜-热纳维耶芙-玛蒂尔德·德·克鲁瓦吕斯,让-莱奥波德-约瑟夫-贡特朗·德·古尔西的合法妻子,身心健康,谨在此表达我的最后愿望。

我首先请求天主饶恕,其次请求我心爱的儿子勒内饶恕,饶恕我即将做的事。我相信我的儿子深明大义,能够理解我和饶恕我。我一生历尽磨难。我丈夫出于他个人的算计娶了我,婚后他又轻蔑我、虐待我、压迫我,并且一再欺骗我。

我现在原谅他,但是我也什么也不欠他的了。

我的两个大儿子根本没有爱过我,根本没有孝敬过我,几乎没有把我当母亲看待过。

我在世的时候,对他们尽了我应尽的责任;我死后再也不欠他们什么了。如果没有持之以恒的、神圣的、每日每时的爱心,血统关系也就毫无意义了。一个忘恩负义的儿子还不如一个外人;他其实是个罪人,因为他没有权利对自己的母亲冷漠无情。

在男人们面前,在他们极不公正的法律、毫无人道的礼教和可耻的偏见面前,我以前总是吓得发抖。面对天主,我现在不再恐惧。我死了;我本人也摆脱了令人羞愧的虚伪;我敢于说出自己的思想,承认心中的秘密,并且在上面签下自己的名字了。

正因为如此,我要把法律允许我支配的我的那一部分财产全部委托给我心爱的情人皮埃尔-热尔麦-西蒙·德·布纳瓦尔代管,以便日后交给我们的亲爱的儿子勒内。

(此一愿望在另一公证文件中有详尽的表述。)

在垂听我的陈诉的至高无上的法官面前,我宣告:如果不是获得我的情人的深挚、忠诚、温柔、不可动摇的眷爱,如果不是在他的怀抱中懂得了造物主创造众生是为了让他们相爱、相助、互相安慰,并且在痛苦的时刻一起哭泣,我一定会诅咒上天和人生的。

我的前两个儿子的父亲是德·古尔西先生,只有勒内是德·布纳瓦尔先生所生。我乞求人类及其命运的主宰让他们父子能够超越各种社会偏见,让他们终生相爱并且在我故去以后依然爱我。

这就是我最后的思想和最后的愿望。

玛蒂尔德·德·克鲁瓦吕斯

德·古尔西先生站起来,吼道:"这简直是疯子的遗嘱!"德·布纳瓦尔先生向前走了一步,用洪亮的声音斩钉截铁地宣告:"我,西蒙·德·布纳瓦尔,声明这遗嘱中所说的完全是事实。无论在什么人面前,我都可以确认这是事实,而且可以用我手里的这些信证明这一点。"

这时,德·古尔西先生冲他走过去。我还以为他们会大打出手呢。他们这两个大个子,一个肥,一个瘦,面对面站在那里,都激动得发抖。只听我母亲的丈夫结结巴巴地说:"你是个坏蛋!"对方用铿锵有力的语调说:"先生,咱们约个时间别处见吧。要不是为了顾全这可怜的女人生前的安宁,我早就打你一个耳光,跟你决斗了。你让她受了那么多的苦。"

说罢,他就转身对我说:"你是我的儿子。你愿意跟我走吗?我没有权利拉你走,不过你如果愿意跟我一起走,我就取得这个权利了。"

我没有回答,和他握了握手。然后我们就一起走出去。我敢肯定,我当时八成是疯了。

两天以后,德·布纳瓦尔先生在决斗中打死了德·古尔西先生。我的两个哥哥怕张扬出去太丢脸,因此也没有声张。我把母亲留下的财产让给他们一半,他们也接受了。

我抛弃了法律给我的、但实际上不属于我的那个姓,采用了我真正的父亲的姓。

德·布纳瓦尔先生过世已经五年了。我心里还是那么悲痛。

勒内站起来,走了几步,然后在我的面前停下:"喂!我要说,我母亲的遗嘱,是一个女人所能完成的最美好、最光明磊落、最伟大的事情。您是不是有同感?"

我向他伸出双手,说:"是的,朋友,当然是的。"

巴蒂斯特太太*

我走进卢班车站的旅客大厅,第一眼就是看钟。我要再等两小时十分钟才能乘上去巴黎的快车。

我就像刚走了十法里的路似的,突然感到很累。我环视四周,仿佛要在墙壁上找到某种消磨时间的方法。接着我又走出来,呆立在车站门口,脑子里一直想着找点什么事儿做。

那条街,是一条大马路,逐渐升向一个小山岗,路边种着瘦小的洋槐,路两旁是小城市常见的大小不一、式样各异的房屋;远远望去,街的尽头有一些树木,似乎是一个公园。

不时地有一只猫轻巧地跃过阳沟,穿过街心。一条饿得心急的小狗嗅着每一棵树的树根,寻觅着厨房剩余的饭菜。看不到任何行人。

------

* 本篇首次发表于一八八二年十一月二十八日的《吉尔·布拉斯报》,作者署名"莫弗里涅斯";一八八三年收入维克多·阿瓦尔出版社出版的莫泊桑小说集《菲菲小姐》第二版;一九〇二年收入保尔·奥朗道尔夫出版社出版的插图版莫泊桑全集《菲菲小姐》卷。

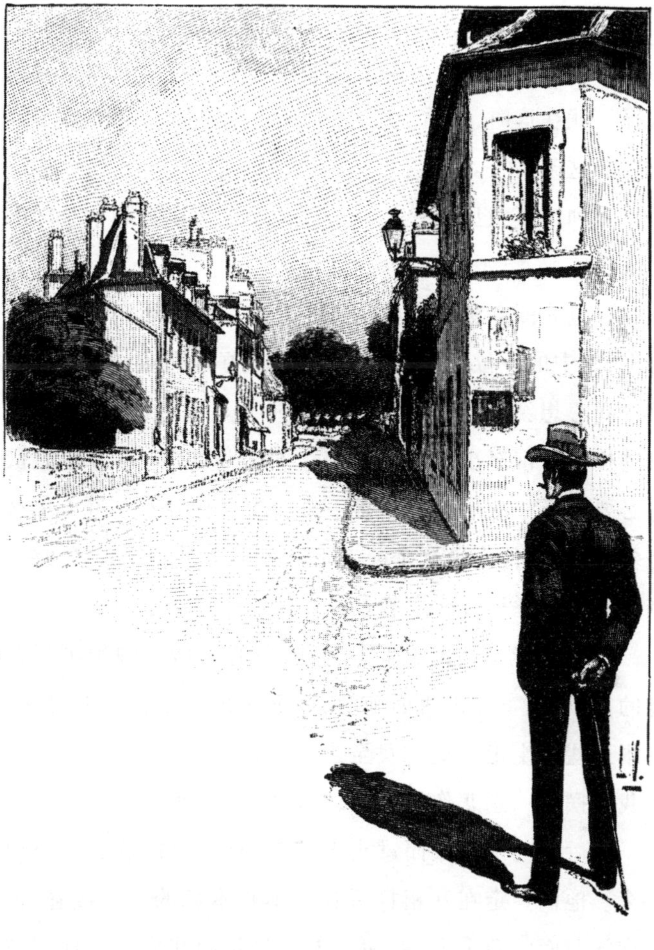

一股百无聊赖的情绪袭上我的心头。做什么呢？做什么呢？我已经在想着坐在铁路小咖啡馆里，面对一杯喝不下去的啤酒和一份读不下去的当地报纸，那没完没了、无法避免的苦况。就在这时，我看到一个送葬的行列从一条横街转到我所在的这条街上。

看到灵车我反倒松了一口气。至少可以消磨十分钟的时间了。

不过我的兴趣却突然增强了。跟在死者后面的只有八位男士，其中的一位在哭，其他人都在友好地交谈。没有教士随行。我心想："这是一次世俗的葬礼吧。"我继而又寻思：像卢班这样的城市至少也该有百来个自由思想者，也许他们认为有必要举行一次示威哩。接下来会怎么样呢？这群人那么行色匆匆，说明他们给这个死者下葬也不会讲究什么繁文缛节，当然更不会举行什么宗教仪式。

我既好奇又正无所事事，便潜下心来做出种种再复杂不过的揣测；灵车经过我面前时，我又生出一个古怪的想法：索性跟这些先生走一遭。我至少又可以打发掉一个小时了；于是我就摆出一副悲伤的神情，跟在他们后面走起来。

最后面的两个人回过头来惊奇地看了看，然后低声说着什么。他们一定在互相打听我是不是本城的人。接着，他们又询问前面的两个人，那两个人也打量起我来。这种探究式的关注弄得我不大自在，为了让他们别再东猜西猜，我索性走近紧邻的两位先生。向他们致意以后，我就说："先生们，请原谅我打断了你们的谈话。不过，看到这是一次世俗的葬礼，我就想跟着看看,虽然并不认识你们送别的这位去世的先生。"两位先生中的一个说:"死的是一位女士。"我有些意外,问道:"不过,这确实是一次世俗的葬礼,是不是?"

另一位先生显然想向我提供些情况,接过话题:"既是,也不是。其实是教士拒绝我们进教堂。"这一次,我惊愕得"啊!"了一声。我简直是一头雾水了。

一个紧挨着我的热心人于是低声向我透露道:"噢!这件事说来话长了。这个年轻的太太是自杀的,所以我们没能为她举行宗教葬礼。您看,走在最前面正在哭的那个人,就是她的丈夫。"

于是,我有些踌躇地说:"先生,您的话让我很惊讶,也引起我很大的兴趣。我想请您跟我说说这件事,不知是否有些唐突?如果我的要求讨您的厌,您就当我什么也没说。"

那位先生亲热地抓住我的胳膊说:"一点也不。喏,咱们走在后面一点。我来讲给您听,这件事很悲惨。到墓地以前,我们有时间;您看高处的那些树,墓地就在那儿。这个坡很陡。"

然后他就讲起来:

您也许不知道,这个年轻女人,保尔·阿莫夫人,是本城富商冯塔奈尔先生的女儿。她十一岁那年,还是个孩子的时候,有过一次可怕的遭遇:一个仆人玷污了她。她被那个卑鄙的家伙糟蹋得差一点死了。那个坏蛋的恶行败露了。打了一场骇人听闻的官司,查明原来这可怜的受害者被那个畜生可耻地蹂躏了三个月之久。那个坏蛋被判终身苦役。

小女孩慢慢长大,却留下了耻辱的烙印。她孤孤单单,没有伙伴,连大人们都不愿意亲吻他,认为碰一碰她的额头就会弄脏了嘴唇。

在本城人的心目中,她简直成了一种妖魔,一个怪物。她走在街上,所有的人都会扭过头去。人们经常低声嘀咕:"你知道吧,这就是小冯塔奈尔!"她家几乎找不到一个领她散步的保姆。别人家的女仆都远远躲着她,仿佛她身上带着一种传染病,谁接近她就会传染谁。

孩子们每天下午都喜欢在林荫道旁玩耍。看到这可怜的小女孩在那里的情景,真让人怜悯。她总是孤单一人靠着女仆站在那儿,凄惨地看着别的孩子游戏。有时候她抑制不住和那些孩子一起玩的愿望,羞答答、怯生生地往前挪,好像自惭形秽似的混进孩子群。可是坐在长椅上的那些母亲、保姆、亲姑表姨立刻跑过来,抓住她们带的女孩的手,粗暴地把她们拉走。剩下可怜的小冯塔奈尔孤零零地站在那儿,目瞪口呆,不明白发生了什么事;她伤心得哭起来;然后就跑去把脸藏在保姆的围裙里,啜泣个不停。

她长大了;但是情况更糟。家长们都让年轻的女孩离她远远的,像躲避瘟疫一样。您想想呀,这个年轻女人已经没有任何东西要学的了,没有;她再也没有戴象征性的橙花的权利①;她在学识字以前就已经知道那可怕的秘密,而通常那是母亲在女儿新婚之夜才用颤抖的声音隐隐约约透露给她

---

① 按照旧时法国民俗,新娘头戴橙花冠,象征贞洁。

们的。

她上街的时候总由家庭女教师陪着,就好像生怕再发生新的可怕的意外而需要加意守护她似的;她走在街上总是低着头,仿佛感到一种莫名其妙的耻辱的重压;街上的女孩子们并不像人们想象的那么天真,她们阴险地瞅着她,窃窃私语,暗暗地嘲笑她;她偶尔看她们一下,她们就连忙装着没事似的扭过头去。

几乎没有人跟她打招呼。只有几个男子见了她脱帽致意。母亲们都装作没看见她。几个小流氓甚至叫她"巴蒂斯特太太",那是侮辱和毁了她的那个男仆的名字。

没有人了解她心灵深处经受着多么痛苦的折磨;因为她很少说话,从来不笑。连她的父母在她面前都有些尴尬,就好像她犯了什么不可弥补的过错,对她的事永远耿耿于怀。

一个规规矩矩的人是不大乐意向一个被释放的苦役犯伸出手的,对不对,即便这个苦役犯是他的亲生儿子?冯塔奈尔夫妇对待自己的女儿,就像对待一个从苦役牢里放出来的儿子。

她长得很好看,脸儿白皙,身材修长,举止优雅。先生,如果没有这档子事,我也会很喜欢她的。

一年半以前,我们这儿来了一位新上任的专区区长,他还带来一个私人秘书,一个挺有意思的年轻人,好像他在拉丁区①生活过。

---

① 拉丁区:这里指巴黎塞纳河左岸的学院区,也是文人和大学生比较集中的街区。

他一见到冯塔奈尔小姐就爱上了她。人们把一切都告诉了他。他只是这样回答:"啊!这正是对未来的一个保证。我倒认为先发生比以后发生好。和这个女人在一起,我反而能睡得安稳。"

他追求她,向她求婚,娶她做了妻子。他不畏成见,带着新婚妻子到处拜访,就像什么事也没发生过似的。有些人回拜了,有些人没有回拜。总之,人们开始不念旧事,而她在社会上也有了地位。

必须告诉您,她把丈夫当神一样崇拜。您想呀,他恢复了她的名誉,他帮她回到共同法律的保护之下,他蔑视并战胜了偏见,他经受住了各种侮辱,总之,他完成了很少有几个男人能够完成的壮举。所以她对他的爱既狂热又容易受惊。

她怀孕了;听说她怀孕,最洁身自好的人也向她打开了大门,好像怀孕把她的污点一下子洗刷干净。这很滑稽,但事情就是这样。

直到本地的主保圣人①节那一天,一切都再好不过了。区长由他的幕僚和一些官员簇拥着主持音乐比赛,他刚发表完演说,就由他的私人秘书保尔·阿莫向获奖者颁发奖牌。

您知道在这些事情里总有一些嫉妒和敌对情绪让人失去分寸。

本城所有的太太们都在看台上。轮到莫尔比雍镇乐队队

---

① 主保圣人:信奉天主教的国家,常奉圣母或圣人为城市、村镇、教堂以及个人的保护者,称为主保圣人。

长上前领奖。他的乐队只得了一个二等奖牌。总不能给大家都发一等奖牌,对不对?

当私人秘书把奖牌发给他的时候,这个人竟然把奖牌摔到他的脸上,还大声吼叫:"这奖牌,你把它留给巴蒂斯特吧。你不但应该发给我一个一等奖牌,也应该发给他一个。"

现场有一大堆老百姓,他们都哈哈大笑。老百姓是没有怜悯心也不知轻重的,所有的目光都投向这位可怜的太太。

啊,先生,您见过一个女人变疯吗?——没见过。——哎呀,我们可亲眼看到那场面了!她接连三次站起来又倒在她的座位上,就好像她想逃跑而又明白自己无法穿过这包围她的人群。

观众里,不知什么地方,有人喊了一声:"喂!巴蒂斯特太太!"于是掀起巨大的喧声,有高兴的,也有愤怒的。

那就像一波巨浪,一次骚乱;所有的人头都在攒动。人们重复着那句话,踮起脚尖看那个可怜的女人的表情;有些丈夫把妻子举起来看;有些人在打听:"哪一个?穿蓝衣服的那个吗?"顽童们学着公鸡打鸣;大笑声此起彼伏。

她不再动弹,惊魂不定地坐在华丽的靠背椅上,好像就是陈列在那里供聚会者观看似的。她逃不掉,动弹不了,也无法把脸掩藏起来。她急促地眨巴着眼皮,仿佛有一道巨大的光亮在灼烧着她的眼睛。她像一匹爬着高坡的马一样喘着气。

看到她那个样子让人心都碎了。

阿莫先生掐着那个粗暴无礼的人的脖子,两人在一片可怕的混乱中在地上翻滚。

发奖仪式中断了。

一个钟头以后,阿莫夫妇在回家的路上走着。年轻的夫人从受到侮辱的那一刻起没有说一句话,但她颤抖着,就像有一根弹簧牵着她所有的神经舞动似的,她突然跨过桥的栏杆,她的丈夫没有来得及拉住她,她跳进了河里。

桥拱下水很深。用了两个钟头才把她捞上来。当然啦,她已经死了。

讲故事的人说完了。过了一会儿他又补充道:"处在她的位置,这也许是她最好的选择。有些东西是抹不掉的。

"您现在明白为什么教士拒绝她进教堂了。啊!如果是按宗教仪式举行的葬礼,全城的人都会来的。不过您也明白,那件事再加上自杀,许多家庭就不会来了。再说,在这里,参加没有神父的丧葬,是很让人为难的。"

我们已经走进公墓的大门。我激动地等到把这棺材放下墓穴,然后走到那个仍然呜咽着的可怜的年轻人身边,使劲握了握他的手。

他透过泪水,诧异地看着我,然后说:"谢谢,先生。"我没有后悔跟着这灵车走了一趟。

觉　醒[*]

结婚三年以来,她从未离开过希莱山谷。她丈夫在这儿拥有两家纺织厂。她过着平静的生活,没有孩子,住在一座树木掩映、工人们称为"古堡"的房子里,十分幸福。

瓦瑟尔先生年纪比她大许多,为人和善。她爱他;她心里从未有过一丝邪念。她的母亲每年都到希莱度夏,树叶开始落时再回巴黎过冬。

每逢秋天让娜就有点咳嗽。在长达五个月的时间里,一条河流蜿蜒穿过的狭窄的山谷,总是雾蒙蒙的。淡淡的雾霭先在草场上飘荡,把一片片谷地变成一个偌大的湖沼,湖面上浮现出家家户户的屋顶。继而,这白色的云海像潮水般高涨,把一切都包围起来,把这山谷变成一个幽灵之乡,人就像影子

---

[*] 本篇首次发表于一八八三年二月二十日出版的《吉尔·布拉斯报》,作者署名"莫弗里涅斯";同年收入维克多·阿瓦尔出版社出版的莫泊桑小说集《菲菲小姐》第二版;一九〇二年收入保尔·奥朗道尔夫出版社出版的插图版莫泊桑全集《菲菲小姐》卷。

一样移动,隔十步远就互不相认。树木被雾气包裹着,潮湿得发霉。

从邻近的山坡上路过的人,看这片谷地就像白色的窟窿,雾霭聚集在与小丘齐平的高度,瓦瑟尔先生工厂那两个巨大的烟囱伸出雾海之上,没日没夜地向空中喷吐着两条黑色的烟蛇。

只有这情景表明,这仿佛塞满了棉云的窟窿里有人在生活。

然而今年,十月到来的时候,医生建议年轻的女人去巴黎她母亲那里过冬,因为山谷里的空气对她的肺很危险。

她就出发了。

起初的几个月,她无日不思念离别的家,她的习惯已经在那里扎了根,她喜欢家里熟悉的家具和安详的气氛。后来,她渐渐适应了新的生活,爱上了喜庆、晚宴、晚会、舞会。

在这以前,她一直保留着少女的状态,精神有点朦朦胧胧,走路有点慢慢吞吞,笑容里含着些许倦意。现在她变得活跃,欢快,随时准备着开心娱乐。有几个男人追求她。她把他们的甜言蜜语当消遣,把他们的殷勤当儿戏,她相信自己肯定能抵御他们的诱惑;她对爱情已经有点反感,因为她在婚姻里已经领略了爱情是怎么回事。

想到让自己的身体任由那些留着大胡子的男人粗鲁地抚摸,会让她鄙夷地嗤笑,反感得微微战栗。她经常恐惧地探问,有些女人怎么会同意跟外人有那些可耻的接触,既然她们跟合法配偶做这种事都有些勉为其难。如果她和丈夫以往像朋友似的在一起生活,关系只限于爱抚心灵的圣洁的吻,她会更深情地爱他。

不过那些恭维话,眼里流露的而她并不领情的欲望、直截了当的进攻、吃过精美晚餐回到客厅时突然在耳边响起的表白、低得几乎需要猜测的让人皮肤发凉的悄悄话,她觉得十分有趣;这些话尽管不能让她脸发热,心剧跳,但还是迎合了她不自觉的喜爱卖弄的心理,在她内心深处撩起得意的火炬,让她的嘴笑开了花、眼睛闪闪发光,让她理应受人崇拜的女人的心战栗。

她喜爱夜晚降临时的那些单独的会面,在已经昏暗的客厅的壁炉旁,情急的男人结结巴巴,战战兢兢,双膝下跪。能够感觉到那触及不到她的激情,用头和嘴表示拒绝,缩回两手,站起身,冷静地拉铃要人拿灯来,看到脚边颤抖的求爱者听见仆役走来难为情但又不甘心地站起身,这对她来说是一种绝妙、新颖的乐事。

她干巴巴的笑能冻结火热的情话;她无情的言辞能像一盆冰水浇灭激烈的抗议;她严厉的声调能让疯狂爱她的人自杀。

有两个年轻人追求她特别地痴迷。不过他们很不相同。

一个是保尔·佩罗奈尔先生,是个出身上流社会的身材高大的小伙子,风流倜傥,敢作敢为,很走桃花运,很善于等待和选择时机。

另一个是德·阿旺赛尔先生,他一见她就打哆嗦,几乎不敢让她猜到自己的柔情,却像影子一样追随她左右,用狂热的目光和寸步不离来表达他不可能实现的愿望。

她叫前一个"弗拉卡斯上尉"①,叫后一个"忠实的绵羊";最后她把后一个变成她的贴身小跟班,像仆役一样支使他。

如果有人说她爱他,她会开怀大笑。

她还是喜欢上他了,不过那情况很特别。由于总见到他,她习惯了他的声音、他的动作、他整个人的所有举止,就像人们总跟一个人在一起就习惯了他一样。

他的脸经常在梦中萦绕着她;她像在现实生活里一样总见到他,温柔乖巧,谦卑地充满热情;她醒来还被这些梦的回忆纠缠着,好像还听见他在说话,感到他就在自己身边。而且,一天夜里(她可能发烧了),她梦见自己和他单独在一起,在一个小树林里,两人坐在草地上。

他对她说着一些美妙的事情,还紧握着她的手,频频地吻她。她感觉到他皮肤的温暖和他呼出的气息;她自然而然地抚摸着他的头发。

人在梦中和在生活里全不是一回事。在梦中,她感到自己对他充满柔情,一种平静的、深深的柔情;她抚摸他的额头,让他依偎着自己,很是幸福。

慢慢地,他的胳膊越来越紧地搂着她;他亲吻她的面颊和眼睛,而她丝毫也不躲避他,他们的嘴唇相遇了。她听其自

---

① "弗拉卡斯上尉":这一绰号取自法国作家泰奥菲尔·戈蒂埃(1811—1872)的小说《弗拉卡斯上尉》主人公菲利普·德·希戈尼亚克伯爵的绰号。

然了。

这是(实际上并没有发生这些陶醉入迷的事),这是一瞬间强烈、超人的幸福,理想的,肉感的,让人疯狂和不能忘怀的幸福。

她从梦中醒来,依然兴奋、狂热,再也无法入睡;梦中的情景苦苦缠绕着她,她总也摆脱不了他。

当她又见到他的时候,他并不知道自己在她梦中引起的混乱,而她却脸红了;当他腼腆地跟她倾诉对她的爱的时候,她不断回想起那梦中深情的搂抱,不能摆脱。

她爱上他了,以一种不可思议的细腻而又性感的柔情爱上他了,对这次梦境的回忆尤其令她心动,虽然她生怕当她心灵觉醒时这个欲念会变成现实。

他终于还是看出来了。她把一切都告诉了他,包括她对他的吻的恐惧。她让他发誓尊重她。

他仍是那么尊重她。他们久久地待在一起,度过了一段热烈的幸福时光,只用心灵来紧抱。分别时,他们心情激动,疲惫不堪,兴奋不已。

他们的嘴唇时而相遇;他们经常闭着眼睛,久久地品味纯洁的抚爱。

她明白,她抵抗不了很久了。她不愿意犯错误;她给丈夫写信,说她很想回到他身边,重拾安宁和僻静的生活。

他写了一封体贴入微的信回答她,让她不要在隆冬季节回家,以免突然改变生活环境、经受山谷里冰冷雾霭的伤害。

她大为惊讶,对这个只知信任、不理解、也猜不到她内心斗争的男人十分恼火。

二月晴朗而又温馨,虽然她现在避免和"忠实的绵羊"长时间单独相处,她有时还是答应在黄昏时和他乘车去湖边散步。

那天晚上,就好像万物的活力都觉醒了,空气和煦,双座轿式小马车缓缓行进;夜幕徐徐垂落。他们手握着手,身体紧紧地依偎着。她心想:"完了,完了,我完了。"她感到一种欲望在心头涌起,那是一种强烈的需要,需要她在某次梦中充分体味过的无比幸福的拥抱。他们的嘴不时地互相寻找,贴在一起,又互相推拒,立刻又紧紧吻合。

他不敢把她送到家里,因为她仍然神魂颠倒、身心交瘁。他让她在门口下了车。

保尔·佩罗奈尔先生正在没有灯光的小客厅里等她。

他一碰到她的手,就感到一股火辣辣的热流。他开始用温柔多情、半低不高的声音说话,抚慰这已经被动听的情话弄得精疲力竭的灵魂。她听着他说话但并不回应,因为她心里想着另一个人,以为听见的是另一个人的话,幻觉中感到是另一个人依偎着她。她心目中只有那个他;除了他,她记不起这世界上还存在别的男人;当她的耳朵听到"我爱您"这三个字而颤抖的时候,在她的心目中,是他,另一个他在说话,是他在亲吻她的手指,是他像刚才在双座马车里那样紧搂她的胸脯,是他对着她的嘴唇投下这些胜利的爱抚,她正紧抱、紧搂、怀着无比的热情和疯狂的爱意呼唤着的也是那个他。

她从这幻境中醒来,惊恐得大声叫嚷。

"弗拉卡斯上尉"正跪在她的身旁,遍吻她的散乱的头发,激动地对她表示感谢。她怒吼:"滚开！滚开！"

他莫名其妙,还试图搂她的腰。她扭动着身子,喃喃地说:"您是个坏蛋,我恨您,您偷了我的感情,滚开！"

他被弄得昏头昏脑,站起身,拿起帽子,走了。

第二天,她就回希莱山谷。她的丈夫感到十分意外,责怪她一时冲动。她说:"远离你,我没法再生活下去。"

他觉得她的性格变了,比以前忧郁了。他问她:"你怎么啦？你好像不开心。你要怎样？"她回答:"我什么也不要。生活里只有梦想是美好的。"

第二年夏天"忠实的绵羊"来看她。

她接待他时既不兴奋,也无遗憾,因为她突然明白,除了在佩罗奈尔先生猛地把她唤醒的那个梦里,她从来也没有爱过他。

不过这个依然爱着她的年轻人,在回家的路上一直在想:"女人真是奇怪、复杂而又无法解释。"

在旅途中*

献给居斯塔夫·图杜兹①

1

车厢从戛纳②起就坐满了人;人们闲聊着,大家彼此都认识。经过塔拉斯孔③的时候,有个人说:"杀人的地方就在这儿。"于是人们谈论起那个抓不到的神秘的杀人犯,此人两年来频频作案,已经夺走了好几个旅客的性命。每个人都提出

---

* 本篇首次发表于一八八三年五月十日的《高卢人报》;一八八四年收入维克多·阿瓦尔出版社出版的小说集《密斯哈利特》;一九〇一年收入保尔·奥朗道尔夫出版社出版的插图版莫泊桑全集《密斯哈利特》卷。
① 居斯塔夫·图杜兹(1847—1904):法国小说家、剧作家和艺术评论家,曾参加在福楼拜家和龚古尔家的聚会,是莫泊桑的好友。
② 戛纳:法国滨海阿尔卑斯山省重镇,地中海"蓝色海岸"的重要旅游城市。
③ 塔拉斯孔:法国南方古城,在今罗纳河口省。

不同的假设，每个人都发表自己的见解；妇女们打着哆嗦望着车窗外的黑夜，唯恐看见车厢门口突然冒出一个男人的头。人们开始讲起各种遇到危险的人的恐怖故事来：在特快列车上独自一人面对一群疯子呀，跟一个形迹可疑的人度过几个钟头呀。

每一个男人都能讲一个小故事为自己增光，每个男人都曾在惊险的关头表现出令人赞叹的机智和勇敢，把坏人吓住、击倒，让他们俯首就擒。有一个医生每年冬天都去南方，轮到他时，他也愿意讲一桩奇事。他说：

我呢，我还从来没有机会在类似这样的事里考验自己的勇气；不过我认识一位女士，她是我的一个病人，已经过世了，她曾经遇到过一件世界上最奇特的事，也是最神秘、最动人的事。

玛丽娅·巴拉诺夫伯爵夫人是俄国人，一位高贵的、风姿绰约的女性。你们知道俄罗斯女子是多么美丽，至少在我们看来是多么美丽：秀气的鼻子，娇嫩的嘴，挨得近、颜色没法形容的灰蓝的眼睛，还有她们冷冷的、冷得有点残酷的妩媚！她们邪恶而又迷人，傲慢而又谦和，温柔而又严厉，让法国男人着迷的东西应有尽有。其实，我能在她们身上看到那么多东西，也许仅仅是由于人种和类型的差异。

好几年来，她的医生见她受到肺病的威胁，一直力劝她到法国南部来休养；可她执拗地不肯离开彼得堡。今年秋天，大夫认为她已经无药可救，通知了她的丈夫，丈夫马上安排妻子动身到芒通①来。

她上了火车,独自一人在车厢里,随行的仆人们都在另一个车室。她倚着车门,望着闪过的田野和村落,神情有点忧郁。她感到十分孤单,仿佛在生活中被人抛弃了一样,没有儿女,几乎没有亲人;丈夫对她的爱早已熄灭,像把一个生病的仆人送进医院似的,就这样把她打发到天涯海角,甚至不屑于陪她来一趟。

每到一个车站,仆人伊凡就过来看看女主人是不是需要点什么。这是一个忠心耿耿、对她百依百顺的老仆人。

夜晚来临,列车在全速前进。她神经紧张极了,难以入睡。她突然心血来潮,想把丈夫在临行前的最后一刻交给她的法国金币拿出来数一数。她打开小钱包,把闪光的钱币哗哗地倒在腿上。

可是一股冷空气忽地扑到她的脸上。她吃了一惊,抬起头。是车门开了。伯爵夫人玛丽娅惊慌失措,连忙把一条披肩扔在裙子上盖住摊开的钱,等着。几秒钟过去,一个男子上了车。他光着头,手受了伤,穿着晚礼服,气喘吁吁。他关好门,坐下,那双明亮的眼睛打量了一下邻座的女人,然后就用一条手绢包扎还在流血的手腕。

年轻妇人感到自己快要吓昏了。这个男人刚才肯定看到她在数金币,他来的目的就是抢她的钱、杀掉她。

---

① 芒通:法国东南部小城,离法国和意大利边境不远,在今滨海阿尔卑斯省。

他一直盯着她看,喘着气,脸上的肌肉抽搐着,大概就要向她扑过来。

他突然说:

"夫人,请您不要害怕!"

她一句话也没有回答;她已经张不开嘴,只听见心在怦怦跳,耳朵嗡嗡响。

他接着说:

"夫人,我不是坏人。"

她还是一句话也没有回答。不过,她猛地动了一下,把两个膝盖并拢,金币像从檐槽里流下的雨水一样洒在地毯上。

那个男人看着这流水般淌下来的金币,先是吃了一惊,不过他马上就俯下身子捡起来。

她惶恐极了,站了起来,所有的钱都撒在地上,然后她就向车门跑过去,想跳下车。可是他立刻明白她要干什么,冲过去抱住她,强拉她坐下,抓住她的两个手腕按住她,说:"请您听我说,夫人,我不是坏人。我马上把这些钱捡起来,还给您,这就是证明。不过如果您不帮助我越过国境,我就完了,我就死定了。我不能跟您多说。一个小时以后,我们就要到达俄国境内的最后一站;一小时二十分钟以后,我们就要穿过帝国的边界。如果您不帮助我,我就完了。不过,夫人,我没有杀过人,没有抢过人,也没有做过一件有损名誉的事。这一点我向您发誓。只是我不能跟您多说。"

说完,他就跪下来捡金币,把座位下面的也捡了起来,甚至有几枚滚到远处的,也都找到;等小皮钱包又装满了,他就交还给邻座的这位女士,没有说一句话,然后回到车厢的另一个角落里坐下。

他们两人都再也没有什么动作。她依然惊魂未定,呆在那里,哑口无言,不过她的情绪逐渐平静了下来。而他呢,没有一个手势,也没有一个动作,只是笔挺挺地坐着,目不转睛地看着前方,脸色苍白,就像已经死了似的。她不时地迅速看他一眼,又把目光转向别处。这个人三十岁左右,长得很英俊,完全是一副绅士的模样。

火车在黑暗中奔驰,向夜空发出一声声凄厉的呼号,有时放慢速度,然后又加速前进。但是它突然间减速,拉响几声汽笛,完全停了下来。

伊凡出现在车厢门口,看她有什么吩咐。

伯爵夫人玛丽娅又看了一下那位奇怪的旅伴,用颤抖的声音出其不意地对老仆人说:

"伊凡,你马上就回到伯爵那里去,我不需要你了。"

老仆人摸不着头脑,眼睛睁得大大的,结结巴巴地说:

"可是……巴利纳①。"

她接着说:

"不,你不必再来了,我已经改变主意。你就留在俄国。拿着,这是给你回去的钱。把你的帽子和大衣留给我。"

老仆人大感不解,摘下帽子,连同大衣递过去。他已经习惯了主人的随心所欲、一意孤行,总是俯首听命,绝不顶嘴。

---

① 巴利纳:俄语"太太"的音译。

他眼泪汪汪地走了。

火车重又开动,向国境线驶去。

这时,伯爵夫人玛丽娅对他的邻座说:

"这些东西给您,先生,您现在是伊凡,我的仆人。我这么做只附加一个条件,那就是:您永远不要跟我说话,一句话也不要说,不管是感谢我的话还是别的。"

那陌生人鞠了一躬,一句话也没说。

不久,火车又停下,几个身穿制服的公务员上车来检查。伯爵夫人把两本护照递给他们,指着坐在车厢尽头的那个男人说:

"那是我的仆人伊凡,这是他的护照。"

火车又重又启动。

整整一夜,他们相对而坐,但是两人都始终保持沉默。

天亮了。火车停在一个德国车站,陌生人下了车;然后,他站在车厢门外,说:

"夫人,请原谅我违背我的诺言;但是我让您失去了您的仆人,我理应代替他。您什么也不需要吗?"

她冷冷地回答:

"请把我的女仆找来。"

他去找女仆,然后就不见了。

她下车去餐厅的时候,远远看见他在看她。他们到了芒通。

2

医生沉默片刻,又接着说:

有一天,我正在诊所里接待病人,见一个高个儿年轻人走进来,对我说:

"大夫,我来向您打听玛丽娅·巴拉诺夫伯爵夫人的情况。我是她丈夫的朋友,虽然她并不认识我。"

我回答:

"她没有希望了。她回不了俄国了。"

这个人听了,突然哭起来;然后,他站起身,像喝醉了酒似的跟跟跄跄地走出去。

当天晚上,我告诉伯爵夫人有个外国人来询问过她的健康状况。她好像很激动,于是就把整个故事讲给我听,也就是我刚才对你们说的故事。她又说:

"我的确不认识这个人。现在他像我的影子一样跟着我,我每次出门都遇见他;他用奇怪的眼光看着我,但是从来也不跟我说话。"

她想了想,接着说:

"瞧,我敢打赌,他正在我的窗户下面呢。"

她离开卧榻,过去掀开窗帘指给我看;果然是来找过我的那个人,坐在散步地带的长凳上,抬头望着旅馆。他发现我们在看他,便站起来,头也不回地走远了。

就这样,我目睹了一桩惊人而又痛苦的事,两个互不相识的人的无声的爱情。

他爱她,像野兽对救命恩人那样,对她终生感激和忠诚。他明白我已经识破了他,索性每天都来问我:"她好吗?"他看到她走过去,一天比一天衰弱和苍白,便涕泣交加。

她常对我说:

"这个古怪的人,我只跟他说过一次话,可是就好像我已经认识他二十年了。"

每当他们相遇的时候,他对她行礼,她就还以庄重而迷人的微笑。我感到她很幸福,因为她此刻是那么孤独而又自知已失去希望;我感到她很幸福,因为有一个人爱她,那么恭敬,那么持衡,那么富有诗意,那么忠诚以至不惜一切。不过尽管如此,这性格坚毅的女性矢志不渝,坚决拒绝接见他,拒绝知道他的名字,拒绝和他说话。她总是说:"不,不,那会让这个奇特的友谊变得令人扫兴。我们应该永远互不相识。"

至于他,他肯定也同样是个堂吉诃德式的人物,因为他根本不试图进一步接近她。他愿把自己在车厢里许下的永远不跟她说话的诺言坚持到底。

在病体衰弱的漫长的时刻,她经常从卧榻上起来,走过去将窗帘掀开一角,看看他是否在窗下。见他依然像平常那样一动不动地坐在那张长凳上,她才带着微笑回去躺下。

一天上午,十点钟光景,她死了。我从旅馆里出来的时候,他满脸悲楚地走到我身边;他已经得到了消息。

"我想当着您的面看看她,只看一秒钟,"他说。

我挽着他的胳膊,回到旅馆。

他来到死者的床前,抓着她的手,久久地、久久地吻着,然后就像个精神失常的人一样跑了。

医生又沉默了一会儿,然后接着说:

"可以肯定地说,这是我所知道的铁路上最奇特的故事了。应该说,世上有的人真是够痴心的。"

一位妇女低声喃喃道:

"其实这两个人并不像我们认为的那么傻……他们是……他们是……"

但是她说不下去了,因为她已经泣不成声。为了让她平静下来,大家改换了话题,所以也就不知道她到底要说什么了。

被诅咒的面包*

献给昂利·布莱纳①

1

塔依大叔有三个女儿,长女阿娜,家里人很少谈到她;次女萝丝,今年十八岁;最小的一个克莱尔还是个孩子,刚刚进入她的第十五个春天。

塔依大叔今天已是鳏夫。他是勒布吕芒先生纽扣厂的机械师。他为人诚实,受人敬重,很正直,很朴素,是那种堪称模

---

* 本篇首次发表于一八八三年五月二十九日的《吉尔·布拉斯报》,署名"莫弗里涅斯";一八八四年收入保尔·奥朗道尔夫出版社出版的莫泊桑小说集《隆多利姐妹》;一九〇四年收入同一出版社出版的插图版莫泊桑全集《隆多利姐妹》卷。

① 昂利·布莱纳:莫泊桑青年时代在巴黎西郊沙图镇旁的塞纳河上划船的伙伴。莫泊桑还曾将长篇小说《一生》献给其母布莱纳夫人。

范的工人。他住在勒阿弗尔的昂古莱姆街。

自从阿娜像人们所说的那样跟人跑了以后,老人就火冒三丈;他威胁要杀了那个勾引她的人,一个年轻人,本城一个大型时新服饰用品商店的部门主任。后来,他从各方面得知她变规矩了,把钱存在国家银行里,现在跟上了年纪的商业法庭法官杜布瓦先生在一起,不乱跑了,大叔也就消了气。

他甚至关心起大女儿做的事来,经常向见过她的从前的伙伴打听她住家的情况。人们告诉他,她住在一套带家具出租的房子里,每个壁炉台上都摆着一堆彩色花瓶,每面墙上都挂着一些油画,到处是镏金钟和地毯,他唇边便闪过一个得意的微笑。他工作了三十年,才积攒了可怜巴巴的五六千法郎!不管怎么说,那个丫头不笨!不久前的一天早上,小图沙尔,街尽头那个木桶作坊老板的儿子,又来向二女儿萝丝求婚。老人的心扑腾起来。图沙尔家很有钱,也很受人尊重。他生了这几个女儿真有运气。

婚礼的日期已经定下来;他们决心要隆重操办一下。婚宴安排在圣女阿德莱丝镇①茹萨大妈的饭店举行。这会很破费;不过,管它去,反正就这一回。

谁知一天早上,老人回家吃午饭,就在他跟两个女儿要吃饭的时候,门忽然打开了,阿娜走进来。她打扮得十分亮丽,手上戴着好几个戒指,头上戴着一顶镶有羽毛的礼帽。尽管这样,她的心地还是挺善良可爱的。老人还没来得及

---

① 圣女阿德莱丝镇:法国城镇,在塞纳滨海省,位于勒阿弗尔市西北方。

说一声"喔唷",她已经扑过来搂住爸爸的脖子;接着,她又哭着倒在两个妹妹的怀里;然后,她一边抹着眼泪,一边坐下,要了一个盘子,全家人一起吃起浓汤来。这一下,塔依大叔感动得也哭起来,连说好几声:"这就好,既然来了,心肝,这就好。"阿娜见机,立刻表明自己的来意。她不同意萝丝在圣女阿德莱斯镇举行婚礼,她不同意,就是不同意!这个婚礼,她希望在她家里办。而且不要爸爸出一分钱。她已经准备就绪:一切都安排好了,一切都解决了;一切由她承担,就是这样。

老人连声说:"这样好,心肝,这样好。"不过他突然产生了一个顾虑。图沙尔家的人同意吗?未婚妻萝丝很意外,说:"他们怎么会不同意呢?就这么办吧,我负责去跟菲利普说。"

果然,她当天就去跟未婚夫说了。菲利普表示他认为这么做好极了。能够办一个丰盛的晚宴而又分文不花,图沙尔大叔和大婶也很高兴。他们说:"可以肯定,婚宴会非常成功,既然杜布瓦先生的钱多得花不完。"

不过他们提出一个请求:允许他们邀请好友弗洛朗丝出席,她是住在二层楼的人的厨娘。阿娜什么都同意。

婚礼定在当月最后一个星期二举行。

2

在市政府办完了手续,举行完了宗教仪式,参加婚礼的人就向阿娜家走去。塔侬家的人带来了年老的表兄索夫塔兰先生,此人喜爱哲理思考,讲究礼节,刻板拘泥,他们正等着继承他的产业;另外还带来老姑妈拉蒙杜瓦太太。

索夫塔兰先生被指定让阿娜挽着胳膊。指定他们俩搭配,是公认他们是最重要、社会地位最显贵的两个人。

一到阿娜家门前,阿娜马上离开她的骑士,往前跑,一边跑一边说:"我给你们带路。"

她跑着登上楼梯,宾客队伍放慢了脚步跟在后面。

年轻的姑娘打开了房门,就闪在一边,给大家让路;人们在她面前鱼贯而过,滚动着大眼睛,扭着头向四下张望,打量着那神秘的奢华陈设。

考虑到饭厅太小,酒席就摆在客厅里。从邻近一家饭馆借来了餐具;盛满葡萄酒的长颈大肚玻璃瓶在窗口投进来的阳光下熠熠闪光。

女士们走到卧室里,摘下披巾和帽子。图沙尔大叔站在门口,对着低矮而宽阔的床眨眼示意,和男客们开着善意的玩笑。塔侬大叔神态庄重,暗自骄傲地看着女儿的华丽陈设。他把礼帽捏在手里,从一个房间走到另一个房间,就像教堂的圣器室管理人一样,用眼睛清点着一件件物品。

阿娜来来去去,跑个不停,发着指令,催促着开宴。

终于,她出现在腾空了的饭厅门口,大声喊道:"大伙儿都到这儿来一下。"十二位客人都赶过来,只见十二杯马德拉葡萄酒围成圆圈,摆在一张独脚小圆桌上。

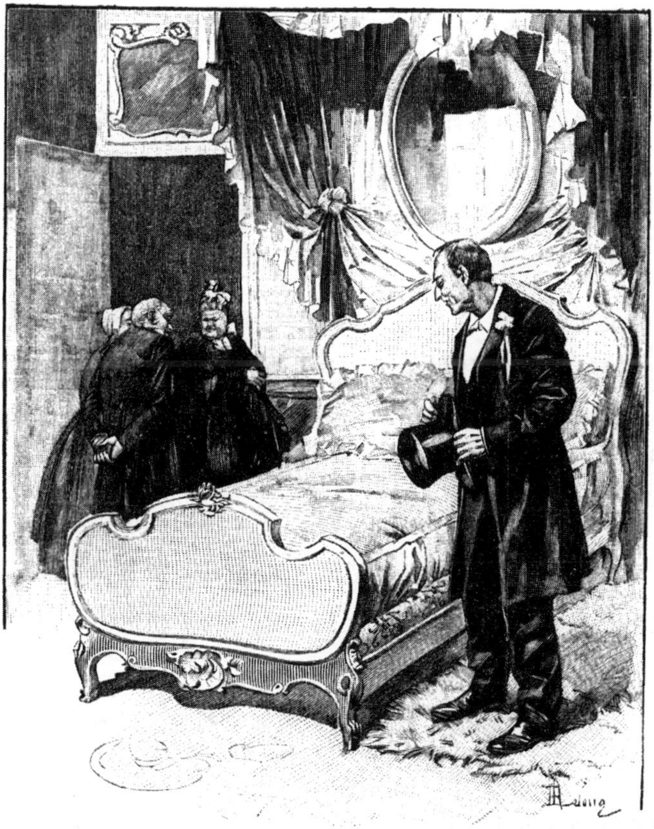

萝丝和丈夫互相搂抱着,在角落里频频亲吻。索夫塔兰先生眼不离阿娜,想必已经被在场的男人们感染了。这些男人,哪怕是其中又老又丑的,在风流多情的女人们身边,全被热情和期待弄得心痒痒的。而女人们,仿佛出于本能和职业义务,感到对所有的男性都欠点什么似的。

然后大家入席,婚宴开始。亲友们坐在一头,年轻人坐在另一头。图沙尔太太坐在右边的首席,新娘坐在左边的首席。阿娜关照着大家,关照着每一个人;注意酒杯是不是都斟满啦,盘子是不是都上够了菜。主人的住宅是那么富丽,招待是那么隆重,某种敬而远之的拘束,某种惶恐,让宾客们有点拘束。大家吃得很好,吃得很香,但不像在婚宴上常见的那样有说有笑。人们感到环境太高贵了,反而有些不自在。图沙尔太太喜欢说笑,想尽量活跃活跃气氛;吃甜点的时候,她喊道:"喂,菲利普,给我们唱点什么吧。"她的儿子在他们那条街上是公认的勒阿弗尔最美的嗓子之一。

新郎马上站起来,微笑着,礼貌而又殷勤地转身面向大姨子,心里寻思着有什么适合眼前情境的东西,既严肃得体,又和晚宴的气氛比较和谐。

阿娜面带笑容,靠在椅背上,准备洗耳恭听。所有人的脸都变得神情专注,隐约含笑。

歌手宣布要唱的是《被诅咒的面包》[①]。他圈起右胳膊,

[①] 《被诅咒的面包》:当时的一首流行歌曲,由夏尔·普尔米作曲、阿尔图尔·拉米作词。

上衣领子一直坠到脖子上,开始唱道:

> 勤俭的土地上,有个被祝圣的面包,
> 我们必须用胜利的胳膊把它得到。
> 那是劳动的面包,正直的人傍晚时
> 高高兴兴带给他的孩子们的面包。
> 不过还有另一种面包,外表很诱人,
> 为罚我们下地狱撒的被诅咒的面包。(叠句)
> 孩子们,千万别碰,那是罪恶的面包!
> 亲爱的孩子们,千万别碰那个面包!(叠句)

全桌的人都疯狂地喝彩。图沙尔大叔高呼:"好哇,太棒了。"做客的厨娘感动地看着她手里把玩着的面包头。索夫塔兰先生低声赞叹:"好极了!"拉蒙杜瓦太太已经在用餐巾擦眼泪。

新郎宣告:"现在唱第二段",便越来越起劲地唱起来:

> 老弱体衰,在路边向我们乞讨的
> 不幸的人,我们要对他表示尊敬。
> 头脑灵活、身体健康,却逃避工作、
> 伸手乞怜的人,我们一定要谴责。
> 没有需要而去乞讨,是偷窃老人。
> 是窃取累弯了背的工人的辛劳。(叠句)
> 靠懒惰得来的面包生活的人可耻!
> 亲爱的孩子们,千万别碰那个面包。(叠句)

所有的人,连站在墙边的两个用人,都齐声号叫着叠句。

妇女们走调的嗓音和刺耳的尖声让男人们沉浊的歌声也变了调。

姑妈和新娘放声大哭。塔依大叔连连擤鼻涕,好像吹喇叭。图沙尔大叔仿佛发了疯,挥动着一根面包,一直伸到桌子中央。厨娘朋友沉默不语,任随泪珠落在她一直把玩的面包头上。

群情激昂之中,索夫塔兰先生称赞道:"这才是健康的东西,跟那些粗俗下流的玩意完全不是一回事。"

阿娜也十分兴奋,向妹妹频频送着飞吻,用一个友好的眼色,祝贺她有个好丈夫。

年轻的新郎被取得的成功陶醉了,接着唱道:

> 在简陋狭窄的屋里,可爱的女工,
> 你好像在听诱惑者的花言巧语。
> 亲爱的孩子听我说,别离开针线。
> 父母只有你,只有你是他们的幸福。
> 你在可耻的奢华里找到一点乐趣,
> 你的父亲却责怪着你,奄奄一息。(叠句)
> 耻辱的面包是在泪水中揉成的,
> 亲爱的孩子们,千万别碰那个面包。(叠句)

这一次只有两个用人和图沙尔大叔跟着唱叠句。阿娜的脸变得苍白,眼睛也垂下了。新郎目瞪口呆,环顾四周,不明白为什么突然冷场。厨娘突然把面包头丢下,仿佛有毒似的。

为了缓和局面,索夫塔兰先生庄重地表示:"最后一段多余。"塔侬大叔的脸红到脖子,向周围转动着恶狠狠的目光。

这时,阿娜满含泪水,用激动的声音,女人要哭的声音,吩咐用人:"上香槟酒。"

宾客们顿时欢快起来,重又喜笑颜开。图沙尔大叔什么也没有发现,什么也没有感觉到,什么也不明白,一个劲地向客人们挥动着面包,独自一个人高唱:

亲爱的孩子们,千万别碰那个面包。

看到头上包着银纸的酒瓶递上来,瓶塞嘣嘣地打开,所有出席婚宴的人都情绪高昂,应和着叠句:

亲爱的孩子们,千万别碰那个面包。

马丹姑娘*

这是一个星期日,望完弥撒以后发生的事。他从教堂里出来,沿着回家的那条低洼的路向前走,正好走在马丹姑娘后面;她也回家。

她的父亲迈着富裕的农庄主那种趾高气扬的步子走在她身旁。他瞧不起布罩衫,穿的是一种灰呢子的西装上衣,还戴着一顶宽檐儿的圆顶礼帽。

她呢,穿着那件带子每周只束紧一次的紧身褡,挺着胸脯往前走,细腰,宽肩膀,臀部鼓鼓的,走起路来身体微微左右摇摆。

她戴着一顶饰有花朵的帽子,是依弗托①的一个女老板

---

* 本篇首次发表于一八八三年九月十一日的《吉尔·布拉斯报》,作者署名"莫弗里涅斯";一八八八年收入康坦出版社出版的莫泊桑小说集《于松太太的贞洁少男》;一九〇二年收入保尔·奥朗道尔夫出版社出版的插图版莫泊桑全集《于松太太的贞洁少男》卷。

① 依弗托:法国诺曼底区塞纳滨海省的一个小城。莫泊桑少年时代曾在此地一所教会学校读书。

开的帽店制作的。她的颈背整个儿裸露出来,结实,丰满,柔软。因为风吹日晒变成了红棕色的细绒似的头发,在颈后轻轻飘动。

他,伯努瓦,只看得见她的背影;不过她的脸长得什么样,他是熟悉的,虽然他还从来没像现在这样仔细地看过她。

突然,他对自己说:"见鬼,小马丹还真是个漂亮姑娘。"他看着她一路走,突然欣赏起她来,心里涌起一股爱慕之情。不,他用不着再看她的脸。他的眼紧盯着她的身腰,就好像说出了声似的,连连地自言自语:"见鬼,还真是个漂亮姑娘。"

马丹姑娘向右一拐,走进了马丹农庄,那是她父亲让·马丹的产业;这时她回过头向后看了一眼。她看见伯努瓦,觉得他样子怪怪的。她大声招呼道:"你好,伯努瓦。"他回答:"你好,马丹姑娘;你好,马丹老爷。"就走过去了。

他回到家,浓汤已经放在桌子上。他在母亲对面坐下,旁边是一个长工和一个小伙计;女用人去取苹果酒了。

他吃了几小勺,就把他的餐盘推开。母亲问:

"你不舒服吗?"

他回答:"不,只是肚子里就像装满了糊糊似的,一点也不饿。"

他看着其他人吃,过一会儿切下一口面包,慢吞吞地送到嘴里,久久地嚼着。他在想马丹姑娘:"她还真是个漂亮姑娘。"就好像在这以前他从来没有发现这一点,这是突如其来似的,而且来势那么凶猛,弄得他连饭也吃不下了。

炖肉他几乎没有碰。母亲说:

"来,伯努瓦,尽量吃一点;这是炖羊排骨,对你有好处。就是没有胃口,也要勉强自己吃一点。"

他强吞了几块,又把他的餐盘推开了:

"不行,一点也吃不下,实在没办法。"

午后,他到地里去转了一圈;他让小伙计去休息,说正自己可以顺便放放牲口。

这一天是休息日,田野上空无一人。分散在一片苜蓿地里的母牛,沉静地趴卧在地上,摊开硕大的肚子,在大太阳下反刍。几把卸下来的犁撂在一片耕过的土地的一个角落里;一个个黄色地块,是刚收割的小麦田和燕麦田,剩下的短秸正在腐烂;在这些黄色地块中间,有几个大片的褐色方块,那是翻好了准备播种的土地。

略略有点干燥的秋风掠过平原,预示着日落以后晚上会比较凉爽。伯努瓦坐在一条沟边,帽子放在膝盖上,仿佛他需要晾一晾自己的脑袋。在田野的宁静中,他放声说:"要说漂亮姑娘,她算得上是个漂亮的姑娘了。"

他晚上躺在床上想她,第二天醒了还想她。

他并不忧伤,也没有什么不高兴;他说不清自己到底怎么了。总好像有什么东西纠缠着他;有什么东西牵扯着他的心;有一个念头总也挥之不去,让他的心痒痒的难受。有时候一个老大的苍蝇被关在一个房间里,你听见它在嗡嗡地飞,这噪音骚扰你,让你心烦。突然它停了下来;等你把它都忘了,突然它又飞了起来,迫使你抬起头。你逮不着它,赶不走它,打不死它,也没法让它停住不动。它刚落下,又嗡嗡叫着飞起来。

对马丹小姐的挂念,就像一只关在屋子里的苍蝇,在伯努瓦的头脑里骚动。

随后他又产生了再看看她的愿望,于是他一次次地在马丹农庄前经过。他终于看到她在一根系在两棵苹果树之间的绳子上晾衣服。

天热,她只穿一条短裙;当她抬起胳膊挂餐巾的时候,她仅穿的一件衬衫在她的皮肤上清晰地勾勒出她的身腰的曲线。

他在沟里蹲了一个多钟头,甚至在她走了以后还蹲在那里。他回到家,比以前更加梦绕魂牵了。

足有一个月的时间,他满脑子里都是她。人家一在他面前提到她的名字,他就直打哆嗦。他茶饭不思;他每天夜里都盗汗,让他难以安眠。

星期日,望弥撒的时候,他的眼睛就没有离开过她。她发觉了,好几次对他微笑,因为她很高兴自己受到这样的爱慕。

一天晚上,他突然在一条路上遇见她。见他走过来,她停下了。于是他径直向她走过去,尽管紧张和激动得喘不过气来,但是他已经下了决心要跟她说说话。他嘟嘟哝哝地开始说:

"你瞧,马丹姑娘,不能再这样下去了。"

她就像故意逗弄他似的,回答:

"什么不能再这样下去了?"

他接着说:"就是我总在想你呗,一天有几个钟头,我就想你几个钟头。"

她把两手往腰上一叉:"又不是我强迫你的。"

他结结巴巴地说:"是,是你;我睡不着,吃不香,歇不好,没胃口,什么都做不成了。"

她用很低的声音说:

"那么,该怎么办才能治好你呢?"

他晃着胳膊,眼睛睁得老圆,张口结舌,一下子愣住了。

她朝他肚子上使劲捅了一下,就跑着逃走了。

从这一天起,他们就在沟边,在那条低洼的路上,或者等太阳下山,他牵着马回家、她赶着牛回栏时,在田边相会。

他感到心灵和肉体里有一股巨大的力量把自己推向她。他恨不得紧紧抱住她,掐死她,吃掉她,把她化进自己的身体。因为无能,因为性急,因为气恼,因为她还不属于自己,他都会气得发抖,仿佛他们本来就是一个整体。

当地的人已经在谈论他们的事,说两个人已经海誓山盟。再说,他也的确问过她是不是愿意做他的妻子,而她也回答过他:"愿意。"

他们正等待一有机会就跟各自的父母谈这件事。

可是突然,到了约会的时间她不来了。他在她家庄院周围转来转去,也见不到她。他只能在星期日望弥撒的时候远远看她一眼。这还不算,有一个星期日,本堂神父讲完道以后,竟在讲坛上发布了维克托瓦尔-阿黛拉依德·马丹和约瑟凡-伊西多尔·瓦兰将要结婚的预告。

伯努瓦觉得两只手发生了什么事,就好像手上的血都突然抽干了似的。他的耳朵嗡嗡响,什么也听不见了,过了一会儿才发现自己的脸埋在弥撒经书里哭泣。

他待在房间里,一个月没有出门,然后才又干起活来。

不过他的心病并没有痊愈,他总在想着这件事。他避免再走她家周围的那几条路,因为他连她家院子里的那几棵树也不愿意再看见。这就迫使他早出晚归都要绕个大圈子。

她如今跟本乡最富裕的农场主瓦兰结婚了。伯努瓦跟他也不再说话了,虽然他们自小就是伙伴。

一天晚上,伯努瓦从村政府前面经过,听说她怀孕了。他不但没有感到太大的痛苦,反倒觉得轻松了。现在,总算结束了,完全结束了。这比她结婚那件事更彻底地把他们分开了。真的,他宁愿是这样。

几个月过去,又是几个月过去。他偶尔远远看见她迈着变得沉重的步子到村里去。她瞧见他,脸涨得通红,低下头,加快了脚步。而他呢,就从正走的路上岔开,避免跟她碰面,避免和她的眼光相遇。

不过他一想到可能哪天早上跟她不期而遇,不得不跟她说话,就怕得要命。从前他握着她的手,吻着她面颊边的头发,说了那么多情意绵绵的话;如今,他还能跟她说什么呢?他也经常回想起他们在沟边的幽会。在发下那么多山盟海誓之后,她做出的事的确很不光彩。

不过,悲痛还是渐渐地从他的心里消失了;留下的只有伤感。于是有一天,他第一次又走上挨着她家农庄的那条老路。

他远远看着她家的房顶。就是在那里！她就是在那里和另一个男人生活！苹果树开满了花,公鸡正在肥料堆上歌唱。整个住所好像空荡荡的,正值春忙,人们都去田里干活了。他在栅栏旁停下,向院子里张望。狗在窝前睡觉,三头小牛一个跟着一个慢吞吞地向水塘走去。一只大火鸡正在门前展开尾巴,以舞台上歌唱家的做派在鸡群前炫耀。

伯努瓦倚着柱子,突然有一种强烈的感觉,希望大哭一场。不过,他却突然听到了一声叫喊,那是从屋里传出来的一声响亮的呼救声。他惊呆了,手紧紧抓住木柱,继续听。又是一声长长的撕肝裂肺的叫喊,传进他的耳朵,穿透他的心灵和肉体。是她在这么凄惨地叫喊!他立刻冲进去,穿过草地,推开门,只见她躺在地上,抽搐着,脸色苍白,满眼惶恐,经受着分娩的痛苦折磨。

他呆呆地站着,脸色比她还要惨白,颤抖得比她还要厉害,结结巴巴地说:

"我来了,我来了,马丹姑娘。"

她气喘吁吁地说:

"啊!别离开我,别离开我,伯努瓦。"

他看着她,不知道该说什么,也不知道该做什么。她又叫喊起来。"哎哟!哎哟!我痛死了!哎哟!伯努瓦呢?"

她剧烈地扭动着。

他突然产生了一个热切的愿望:援救她,帮她平静下来,帮她解除痛苦。他俯下身子,把她抱起来,放到床上。她还在呻吟。他替她脱衣服,脱掉她的上衣、连衣裙和衬裙。她为了不叫出声来，频频地咬着自己的拳头。他就照平常给牲口，给母牛、母羊、母马接崽时那样，帮助她，手里捧出一个哇哇啼哭的胖娃娃来。

他把产儿擦干净，用炉火前已经烘干的一块抹布包起来，放到桌子上一堆待熨的衣服上；然后，他又来到母亲身边。

他重新把她放在地上，换了被褥，又帮她躺下。她结结巴巴地说："谢谢，伯努瓦，你真是个好人。"她流出几滴眼泪，仿佛内心萌生出一种歉疚。

他呢，他已经不爱她，一点也不爱她了。那段事已经结束了。什么原因？怎么会呢？他也说不清。刚刚发生的事，要比十年不见面更能医治好他的创伤。

她精疲力竭，忐忑不安，问：

"是个啥？"

他用平静的声音回答：

"是个女娃，挺可爱的。"

他们又默不作声了。过了几秒钟，母亲有气无力地说：

"让我看看她，伯努瓦。"

他走去抱起小女孩，捧给她看，就像捧着圣体饼似的。就在这时门开了，伊西多尔·瓦兰走进来。

他起初一头雾水；后来，他突然猜到了。

伯努瓦有些不知所措，结结巴巴地说："我正路过，我正从这里路过，听到她叫喊，我就进来了……这是你的孩子，瓦兰。"

于是，丈夫热泪盈眶，向前一步，接过对方捧给他的脆弱

的婴儿,亲吻她,有好几秒钟说不出话来;然后把孩子放回床上,向伯努瓦伸出双手:

"一言为定,一言为定,伯努瓦,现在,我们之间,你瞧,一切就这么说定啦。如果你愿意,咱们就是一对好朋友了,是呀,一对好朋友!……"

伯努瓦回答:"我很愿意,当然啦,我很愿意。"

遗　憾[*]

献给莱昂·迪尔克斯①

萨瓦尔先生，在芒特②人们都叫他"萨瓦尔老伯"。他刚起床。天正下着雨。这是个凄苦的秋日，落叶纷纷。树叶缓缓飘落，仿佛下着另一场又浓厚又缓慢的雨。萨瓦尔先生闷闷不乐。他从壁炉边走到窗口，又从窗口走到壁炉边。生活里会有些阴郁的日子。现在对他来说，除了阴郁的日子，他再也不会有别的了，因为他已经六十二岁！他孤单一人，是个老

---

[*] 本篇首次发表于一八八三年十一月四日的《高卢人报》；一八八四年收入维克多·阿瓦尔出版社出版的莫泊桑小说集《密斯哈利特》；一九〇一年收入保尔·奥朗道尔夫出版社出版的插图版莫泊桑全集《密斯哈利特》卷。
① 莱昂·迪尔克斯（1838—1912）：法国帕尔纳斯派诗人，画家。一八九八年当选"诗歌之王"。他和莫泊桑都曾为《幻想主义者杂志》撰稿，因而相识。
② 芒特：今称芒特-拉若丽，巴黎西郊约六十公里的一座古城，位于塞纳河畔。

光棍，举目无亲。孑然一身，没有一个疼爱的人，就这么死掉实在是太惨了！

他想到自己的生活是那么乏味，那么空虚。他想起遥远的过去，自己的童年时代，家，有父母在的家；继而是上中学，毕业离家，在巴黎学习法律的那段时光。后来是父亲生病，去世。

他回家和母亲一起住。年轻人和年迈的母亲相依为命，安安静静，别无所求。可是她也死了。生活，多么可悲哟！

自那以后他就孤身一人。现在轮到他，他很快也要死了。他不在了，一切也就结束了。这世上就再也没有保尔·萨瓦尔先生了。多么可怕的事情啊！其他人将继续生活、相爱、欢笑。是的，人们继续玩乐；而他，不再存在！明知死亡迟早肯定要到来，却能够笑得出，乐得起来，欢天喜地，真是怪事。如果这死亡仅仅是可能到来，还可以抱有希望；但是不，它是不可避免的，就像白日过后就是黑夜一样不可避免。

如果他过去的生活很充实也好！如果他做过点什么事：比如经历过什么奇遇，享过什么大福，有过什么成就，获得过不管什么样的满足，也罢！可是不，他毫无作为。他什么也没有做过，除了每日在同样的时间起床，吃饭，睡觉。就这样，他活到了六十二岁。他没有像别人那样结过婚。为什么？是啊，他为什么没有结婚呢？他本来是可以结婚的，因为他还是有点钱的。是没有机会吗？也许吧！不过机会也是人造出来的！而他却漫不经心，就是这么回事。漫不经心是他的大毛病，他的缺点，他的缺陷。有多少人都是由于漫不经心而生活失败。对于很多生性如此的人，起床、活动、做事、说话、研究问题，就是那么困难。

他甚至没有被爱过。从来没有一个女人情意绵绵、身心皆醉地睡在他的胸脯上。他没有体验过等待的甜蜜的焦躁、紧握双手的神圣的战栗、终得佳人的胜利的狂喜。

当两个人的嘴唇第一次相遇；四只臂膀紧紧相拥把两个人合成一体，合成一个无比欢乐的存在、两个彼此疯狂的人的结合体，您的内心该充满何等超越人类的幸福啊！

身穿睡便袍的萨瓦尔先生坐下来，两只脚冲着炉火。

毫无疑问，他的生活很失败，完全失败。不过，他，还是爱过的。他暗暗地、苦苦地，而又像他做一切事情一样，缺乏激情地爱过。是的，他爱过他的老女友桑德勒太太，他的老伙伴桑德勒的妻子。啊！要是他在她还是个青春少女的时候认识她该多好！可是他认识她太晚了；她那时已经结婚了。否则，如果他还是个姑娘，他一定会向她求婚的。从第一天起，他就那么爱她，没有间断过。

他想起每次见到她时的激动，离开她时的惆怅，因为想她而无法入眠的长夜。

可是早晨醒来，他的迷恋总又比前晚减少几分。为什么呢？

从前，她多么美，多么娇艳啊！一头金黄的鬈发，脸上笑盈盈的！桑德勒可配不上她。现在，她五十八岁了。她好像很幸福。啊！如果从前她爱他，该多好！如果从前她爱他！为什么那时候她不爱他，他，萨瓦尔呢，既然他很爱她，桑德勒太太？

哪怕她只是猜到了一点呢……难道她一点也没猜到？难道她一点也没看出来？从来就没意识到？如果他说出来,她会怎么想,怎么回答呢？

萨瓦尔先生还向自己提了许许多多其他的问题。他回顾自己的生活,竭力攫住一个又一个的细节。

他回想起在桑德勒家玩艾卡特度过的每一个夜晚,那时他的妻子年轻而又那么可爱。

他想起她对他说过的一些话,她从前的抑扬悦耳的语调,她的蕴含着那么多思想的淡淡的无声的微笑。

他想起星期日他们三个人沿塞纳河边漫步、在草地上午餐的情景,因为桑德勒是专区政府的职员。突然,他清楚地记起和她在河边的一个小树林里度过的一个下午。

他们一早就出发了,带着几盒食物。那是一个晴朗的春日,一个令人陶醉的日子。万物都散发出芳香,一切都好像幸福满满。鸟儿唱得更欢,翅膀也扇动得更快。他们紧挨着被阳光晒得懒洋洋的河水,在柳树荫下的草地上午餐。空气温馨,洋溢着植物汁液的芳香;他们尽情地呼吸着,无比恬适。那一天,天气是多么晴朗啊!

吃完午饭,桑德勒仰卧在草地上睡着了。"这是我一生中最香甜的一觉。"他醒来后说。

桑德勒太太挽起萨瓦尔的胳膊,他们沿着河向前走去。

她依偎着他。她笑着说:"我醉了,我的朋友,我完全醉了。"他看着她,浑身一阵战栗,直到心田,他感觉自己脸色苍白,生怕自己的目光太大胆了,生怕自己手的颤抖会透露自己的秘密。

她用大草和睡莲为自己编了一个花环,问他:"我这样,您喜欢吗?"

见他闷声不答——因为他不知道怎么回答才好,他宁肯跪倒在地上——她笑起来,不过那是不高兴的笑;一边冲着他的脸嚷道:"大傻瓜!您至少说点什么呀!"

他还是找不到一句话,急得差点儿哭出来。

这一切现在又回到他的脑海,像当初一样清晰。为什么她对他说这话:"大傻瓜!您至少说点什么呀!"

他还想起她是多么温柔地依偎着他。走过一棵倾斜的树下时,他感到她的耳朵挨到他的面颊,于是他突然后退一步,生怕她以为这是他故意碰她。

当他说:"是不是该回去了?"她向他投来惊异的目光。毫无疑问,她看他的方式很古怪。不过当时他并没有往这儿想;可他现在想起来了!

"随您的便,我的朋友。如果您累了,咱们就回去吧。"

而他回答:

"不是我累了;只是桑德勒现在也许醒了吧。"

她耸了耸肩,说:

"如果您是怕我丈夫醒了,那就是另一回事了;咱们回去吧!"

往回走的时候,她一直沉默不语;而且她也不再挽着他的胳膊了。为什么呢?

这个"为什么",他还从未向自己提出过。现在,他好像觉察出什么以前不懂的东西。

莫非……?

萨瓦尔先生脸红了,他心绪翻腾,站起来,就像年轻了三十岁,听到桑德勒太太对他说:"我爱您!"

怎么可能呢?这刚刚进入他脑海里的怀疑折磨着他。怎么可能他没看出来,也没猜出来呢?

啊,如果这是真的,如果他和这幸福擦身而过却没有感觉到呢?

他对自己说:我要弄清楚。我不能总怀着这疑问。我要弄清楚!

他迅速更衣,把自己穿戴起来。他想:"我六十二岁了,她五十八岁了;我完全可以问问她这件事。"

然后他就走出家门。

桑德勒家在街的另一侧,几乎就和他家门对门。他径直走过去。小女仆听到门锤声,走来给他开门。

见他这么早登门,她十分惊奇。

"您这么早来,萨瓦尔先生,是不是发生了什么事情?"

萨瓦尔回答:

"没有,姑娘,不过快去告诉你的女主人,我要立刻跟她说话。"

"太太在做为过冬准备的梨子酱;她正在灶边;她还没有换衣服,您明白吗?"

"明白;不过你去跟她说有一件很重要的事。"

小女仆去了。萨瓦尔开始在客厅里激动地大步踱来踱去。不过他并不觉得尴尬。噢!他要立刻问问她这件事,就像要问问她一种菜怎么做一样。因为他已经六十二岁了!

门开了;桑德勒太太走进来。她现在已经是个腰圆臀肥的胖女人,面颊鼓鼓,笑声洪亮。她两手离身子老远走过来,袖子卷得高高的,裸露的胳膊粘着糖汁。她惴惴不安地问:

"您怎么啦,我的朋友;您不是病了吧?"

他回答:

"不是,亲爱的朋友,不过我要问您一件事,这件事对我来说很重要,而且在折磨着我的心。您能答应我,坦率地回答我的问题吗?"

她微微一笑:

"我从来都很坦率。您说吧。"

"那就好。我从见到您那一天起就爱您。您猜到过吗?"

她还多少带着点儿从前的语调,笑着回答:

"大傻瓜!我从第一天起就看出来了!"

萨瓦尔战栗起来;他结结巴巴地说:

"您那时就知道?……那么……"

他说不下去了。

她问:

"那么?……那么什么?"

他接着说:

"那么……您是怎么想的?……怎么……怎么……您会怎么回答呢?"

她笑得更厉害了。几滴糖浆从她的手指流下来,落在地板上。

"我?……您什么也没问过我呀。总不该让我向您求爱吧!"

他向她走近一步:

"告诉我……告诉我……您还记得那天,桑德勒吃过午饭在草地上睡着了,我们一块儿,一直走到拐弯的地方……"

他等待着。她已经不笑了,盯着他看:

"当然喽,我记得。"

他磕磕巴巴地继续说:

"好吧……那一天……如果我……如果我……大胆些……您会怎么做?"

她像个对什么都不后悔的幸福女人一样,微微一笑,用略带嘲讽的清脆的声音坦率地回答:

"我会顺从,我的朋友。"

说罢,她转身就跑,去做她的果酱了。

萨瓦尔出了门走到街上,像遭到一场灾难似的,垂头丧气。他冒着雨,迈着大步,一直往前,往河边方向走去,也没想着去哪儿。当他走到河边,就向右拐,沿河而行。他走了很久很久,就好像有一种本能推动他着似的。他的衣服被雨水淋得湿漉漉的,帽子也变形了,软得像一块破布,像屋顶一样往下流水。他走呀,一直往前走。他走到那个遥远的日子他们共进午餐的地方,记忆令他心如刀割。

他在光秃秃的树下坐下,抱头痛哭。

父　亲*

　　他那时在公共教育部任职,住在巴蒂尼奥尔街①,每天早上都乘公共马车去上班。就这样,由于每天早上做一次直到巴黎市中心的旅行,他爱上了坐在对面座位上的那个年轻的姑娘。

　　她每天都在同一钟点去她工作的那家商店。这是个娇小玲珑的淡褐色头发的姑娘。有些褐发女郎眼珠儿黝黑像两个墨点,而皮肤白皙又犹如象牙的光泽;她就属于这种类型。他总看到她从同一个街口走出来;然后就紧跑慢跑,追赶笨重的马车。她奔跑时的那个样儿,在匆忙之中透着灵活和优雅。她不等马完全站稳,就跳上了踏脚板。她微微喘息着走进车

------

*　本篇首次发表于一八八三年十一月十二日的《吉尔·布拉斯报》,作者署名"莫弗里涅斯";一八八五年收入夏尔·马尔朋和埃尔奈斯特·弗拉玛里庸出版社出版的莫泊桑小说集《白天和黑夜的故事》;一九〇三年收入保尔·奥朗道尔夫出版社出版的插图版莫泊桑全集《白天和夜的故事》卷。

①　巴蒂尼奥尔街:位于巴黎西北部,现属巴黎市第十七区。

厢,坐下以后,再向四周扫视一眼。

弗朗索瓦·泰西埃第一次看见她的时候,就感到这张脸蛋儿可爱极了。有时候人们会遇到这样一些女人,虽是偶逢乍遇,却顿时有一种欲望,想把她们紧紧地搂在怀里。这个姑娘就符合他内心的愿望,符合他私心的期待,符合他心灵深处连自己都不知道的爱情理想。

他经常不由自主地盯着她看。这注视的目光令她十分窘迫,脸都涨红了。他发现了自己的鲁莽,想把目光移开;可是,尽管他极力把视线固定在别处,它总是又回到她的身上。

几天以后,他们互相认识了,不过还没有交谈过。如果马车里已经座无虚席,他就把自己的位子让给她,自己爬到顶层去,虽然离开她有些遗憾。她现在看到他,常对他微微一笑;在他热烈的目光下,她依然垂下眼帘,不过她对这样的注视似乎不再生气。

他们终于交谈了。两人之间很快就产生一种知己的感觉,虽然仅是每天半小时的知己。毫无疑问,这半小时,成了他生命中最美妙的时光。其他时间他都想着她;在办公室工作的漫长时间里,她不断出现在他的眼前。一个心爱的女人留给我们的飘忽不定而又驱之不散的身影,萦绕着他,笼罩着他,渗透他的心灵。在他看来,如果能够完全拥有这个娇小的女子,他会幸福得发狂,那几乎是一种人类可望而不可即的成就。

现在,她每天早上都和他握握手;这种接触的感觉,她的手指轻轻按压他的肉体的记忆,他能一直保持到晚上,觉得自己的皮肤上似乎已经保留下她的印记。

在一天的其他时间里,他都焦急地盼望着这公共马车上的短暂旅行。星期日只会令他闷闷不乐。

她大概也喜欢他,因为春天里的一个星期六,她接受他的邀请,第二天同他去梅松-拉菲特①吃午饭。

她先到了车站等他。见他有些意外,她对他说:

"在动身之前,我有话要跟您说。我们还有二十分钟时间,绰绰有余了。"

她倚在他胳膊上,浑身发抖,眼帘低垂,面颊煞白。她接着说:

"您可不要误解了我。我是一个正派的姑娘。您必须答应我,您必须保证不做任何……不做任何……不管怎么样……无论如何都不能做……不得体的事情……我才会跟您去那儿。"

她的脸突然涨得通红。她说完了。他不知道回答什么才好,因为他既感到幸福,又有点失望。打心底里,他也许宁愿事情是这样的;可是……可是这一夜他都陶醉在一连串的美梦里,弄得他心荡神迷。可以肯定,如果他知道她是个轻浮女子,他是不会这么爱她的;可是在他看来那也是很诱人、很有趣的哟!男人们在爱情上的种种自私的算盘,让他心绪烦乱。

见他一言不发,她眼角闪着泪水,声音激动得颤抖,接

---

① 梅松-拉菲特:巴黎西北边一城镇,在塞纳河左岸,距巴黎约十八公里。

着说：

"如果您不答应充分尊重我，我就回家。"

他温柔地拉住她的胳膊，回答：

"我答应您；您愿意怎么做都行。"

她似乎放心了，微笑着问：

"您这话，是真的吗？"

他紧盯着她的眼睛，说：

"我向您保证！"

"咱们去买票吧。"她说。

车厢里坐满了旅客，他们一路上没能够说多少话。

到了梅松-拉菲特，他们就向塞纳河边走去。

温暖的空气令人身心轻松。阳光普照着河面、林木和草地，无数光束把愉悦注入人的肌体和心灵。他们手拉着手沿着河岸散步，看小鱼儿成群地在水里游窜。他们向前走着，沉浸在幸福里，仿佛从地上腾升到狂热的幸福境界。

还是她先开口：

"您一定认为我疯了吧。"

他问：

"怎么会呢？"

她接着说：

"单独一个人跟您到这儿来不就是发疯吗？"

"才不是呐！这是很自然的事。"

"不！不！在我看来，这并不自然，因为我可不愿意失足，而人们都是在这种情况下失足的。可是您一定知道，每天都过着千篇一律的生活,一月到头,一年到头,天天如此,实在让人郁闷！我一个人和妈妈一起生活。她有很多伤心的事,总是无情无绪。我呢,我尽力而为。我试图努力让自己生活得快乐些,但并不是总能如愿。不过不管怎么样,到这儿来总是不好的。无论如何,您不会责怪我吧？"

作为对她的回答,他紧紧地拥抱住她,亲吻她的耳朵。可是她猛地一下挣脱了,并且突然生起气来：

"噢！弗朗索瓦先生,您向我保证过的。"

他们于是又向梅松-拉菲特方向走回来。

他们在一个称作"小勒阿弗尔"的饭馆吃午饭。那家饭馆位于河边,低矮的房屋掩隐在四棵巨大的杨树之间。旷野、炎热、少许白葡萄酒以及彼此挨近的兴奋,让他们脸色通红,呼吸急促,沉默无语。

但是喝过咖啡以后,他们一下子兴高采烈起来,穿过塞纳河,又沿着河岸向拉弗莱特①方向走去。

他突然问道：

"您叫什么名字？"

"路易丝。"

他重复了一句"路易丝",便不再言语。

河水划了一条长长的弧线,向下流去；流经远处的一排白色的房屋,映出它们白色的倒影。姑娘采了一些雏菊花,编成一个乡村风味的大花束；而他,放声唱起歌来,像一头刚刚放

---

① 拉弗莱特：巴黎西北边的一个城镇,在塞纳河右岸,距巴黎约二十公里。

进草场的小马一样得意忘形。

在他们左边,沿着河岸,是一片种着葡萄的坡地。走了一会儿,弗朗索瓦突然停下脚步;他简直惊讶得发呆了。

"啊!看呀!"他说。

葡萄园到此为止,眼前的坡地上种满了丁香,花开得正旺。好一片紫色的树林啊!仿佛一张巨大的地毯铺盖着大地,一直延伸到那二三公里以外的村庄。

这突如其来的景象把她惊呆了,她激动不已,低声赞叹:

"啊!多美呀!"

于是,他们穿过一块农田,向鲜花烂漫的小山坡跑去。每年,那些推车小贩在巴黎沿街叫卖的丁香,就是这里供应的。

一条狭窄的小径因隐蔽在灌木丛下。他们沿小径往前走,看到一块小小的空地,就在那里坐下来。

成群的苍蝇在他们头上盘旋,在空中发出持续不断的柔和的嗡嗡声。太阳,这一丝风也没有的日子里的骄阳,直射着鲜花盛开的长长的坡地,从这丁香花的树林里蒸发出沁人的香味和强烈的馨风,就好像花儿在出汗。

远处的教堂响起钟声。

他们不知不觉地拥抱在一起,而且越抱越紧;他们躺倒在草地上,除了接吻以外,其他的一切都意识不到了。她闭上了眼睛,搂抱着他,把他紧紧压在自己的胸口;她已经什么也不想,已经失去理智,身心整个儿在情欲的期待中麻木了。她把自己完全奉献了出去,竟然全无知觉,甚至不明白自己已经委身于他了。

当她清醒过来时,意识到自己闯了大祸,惊骇极了,两手掩面,痛哭流涕。

他竭力安慰她。但她坚持要走,要立刻回家。她一边大步走着,一边连声说着:

"天呀!天呀!"

他对她说:

"路易丝!路易丝!咱们再待一会儿,我求您了!"

她脸涨得通红,眼里满含着深深的忧伤。他们一到巴黎火车站,她就离开他,甚至没有对他说一声再见。

第二天,当他在公共马车里再见到她时,发现她变了,消瘦了。她对他说:

"我有话要跟您说;我们在林荫大道①下车吧。"

他们俩走在人行道上,等周围没有人的时候,她说:

"我们必须分手。由于发生了那种事,我不能再见您了。"

他激动地问:

"可是,为什么?"

"因为我不能。我已经犯了罪。我不能再犯罪。"

于是他请求她,央求她;因为他正受着欲望的煎熬,整个占有她、纵情无羁地和她通宵做爱的需要折磨着他。

但她总是固执地回答:

---

① 林荫大道:此处指巴黎市内从巴士底广场到玛德莱纳广场的几条连续的林荫大道,十九世纪末是巴黎最时尚和繁华的地带。

"不,我不能。不,我不能。"

可是他反而越来越兴奋,越来越冲动。他答应娶她。可是她依然说:

"不。"

然后就离开他。

他整整一个星期没有见到她。他在上班的路上遇不到她;他以为永远失去她了,因为他不知道她的住址。

第九天晚上,突然他住所的门铃响了。他去开门。原来是她。她投进他的怀抱,不再抗拒。

她做了他三个月的情妇。当她告诉他已经怀孕时,他开始厌倦她了。从此他头脑里只有一个念头:不惜一切代价和她一刀两断。

由于他屡试不成,不知道该怎么办,也不知道该怎么说,整天如坐针毡,一想到那越来越大的胎儿就心惊肉跳;最后他做出一个极端的决定:一个夜晚,他搬家了,一去无踪。

这个打击对她实在太大了;她甚至没有去寻找这个把她一抛了事的人。她跪在母亲面前,向她忏悔了自己闯下的大祸;几个月以后,她生下了一个男孩。

岁月流逝。弗朗索瓦·泰西埃逐渐老了,虽然他的生活里并没有发生什么大的变故。他仍然过着公务员的单调乏味的生活,没有希望,无所期待。每天,他在同一个钟点起床,经过同一些街道,步入同一位门房把守的同一个大门,走进同一间办公室,坐在同一张椅子上,完成同样的工作。他孤独一人生活在这世界上:白天,孤独一人,处在互不闻问的同事中间;夜晚,孤独一人,关在单身汉的住宅里。他每月节省下一百法郎,以备晚年。

每个星期日他都去香榭丽舍遛个弯儿,去看看来来往往的精英雅士、香车宝马和美女佳丽。

第二天,他会对受苦受难的同僚说:

"昨天,从树林①回城的场面真壮观啊。"

一个星期日,他沿着几条没走过的街道偶然走进蒙叟公园②。那是一个明朗的夏日的早晨。

保姆们和母亲们坐满了小径两边的长椅,看护着在眼前玩耍的孩子们。

可是,弗朗索瓦·泰西埃突然打了一个哆嗦。一个妇女从他面前走过,手里牵着两个孩子:一个十岁左右的男孩和一个四岁左右的女孩。是她。

他又向前走了一百来步,一屁股倒在一张长椅上,激动得喘不过气来。她并没有认出他。他于是又向回走,想再看她一眼。现在,她已经坐下。男孩乖乖地坐在她身边,女孩正在和泥玩。是她,肯定是她。她像贵妇人一样神态庄重,然而衣着朴素,举止自信而又得体。

他远远地看着她,不敢走近。这时男孩抬起头来。弗朗索瓦·泰西埃只觉得浑身发抖。这,大概就是他的儿子。他

---

① 树林:此处指巴黎西郊的布洛涅树林,是昔日巴黎人休闲的重要去处。
② 蒙叟公园:巴黎的一个公园,现属巴黎市第八区。莫泊桑年轻时常到这里来。园内现有一座莫泊桑纪念雕像。

仔细看着他,他相信在这孩子脸上认出了自己,就像他从前拍的一张照片一样。

他仍旧躲在一棵大树后面,等她走的时候尾随着她。

他那天晚上未能入睡。想到那个男孩,他尤其心神不安。他的儿子!啊!如果他早知道,如果他当初能肯定多好!可是他又会怎么做呢?

他看到了她的家;他于是打听她的情况。他得知她后来嫁给了一个邻居,一个温良敦厚的老实人。她的不幸遭遇感动了这个人,所以他明知她失过足,还是原谅了她,甚至承认了孩子,他弗朗索瓦·泰西埃的孩子。

他从此每个星期日都到蒙叟公园来。每一次他都看见她;每一次他都有一种不可抗拒的愿望,要去把自己的儿子抱在怀里,把他吻个遍,把他抱走,把他偷走。他没有亲情,生活在老单身汉的可怜的孤独之中,这让他痛苦至极;他的父爱,既有悔恨、羡慕、嫉妒,又有天性注入他内心深处的爱自己孩子的需要,这一切残酷地折磨着他,让他痛苦万分。

他最后决定做一次无望的尝试。于是,有一天,在她走进公园的时候,他向她走去。他在路中间站住,脸色煞白,嘴唇激动得颤抖,对她说:

"您不认识我了吗?"

她抬起眼睛,一看是他,立刻发出一声惊诧和恐怖的叫喊,连忙把孩子们拉过来,拖着他们迅速逃走。

他回到家抱头痛哭。

又是几个月过去了。他没有再看到她。但是他终日神昏意乱,经受着父爱的折磨和煎熬。

为了能够拥吻一下自己的儿子,他可以死,可以杀人,可以去服任何劳役,冒任何危险,干任何铤而走险的事。

他给她写信。她不回信。在写了二十封信以后,他明白再也不能奢望让她心软让步。于是他做出一个万般无奈的决定,并且做好了在必要时被一粒子弹击穿心脏的准备。他给她的丈夫写了一封简短的信:

先生,

我的名字在您看来想必是令人憎恶的;可是我此刻凄凄惨惨,痛不欲生,唯有寄希望于您了。

我仅仅向您要求十分钟的会晤。

我谨荣幸地……"

他第二天就接到回信:

先生:

星期二五点钟,我等您。

弗朗索瓦·泰西埃上楼梯的时候,心跳得那么厉害,每走一步都要停一下。心脏在他胸膛里发出的急促的怦怦声,就像野兽在狂奔,沉重而又剧烈。他呼吸十分艰难,手把着扶梯才没有摔倒。

走到四楼,他按响了门铃。

一个女仆来开了门。他问:

"是弗拉梅尔家吧。"

"是这里。请进。"

他走进一个显然是富裕人家的客厅。只有他一个人;他惶惶不安地等着,就像将有什么大难临头似的。

一扇门打开了,走出一个男子。他身材魁梧,神情庄重,微微有点发福,穿一身黑色的礼服。他用手指着一张座椅。

弗朗索瓦·泰西埃坐了下来,然后声音激动而颤抖地说:

"先生……先生……我不知道您是否知道我是谁……如果您知道……"

弗拉梅尔先生打断了他的话:

"不必了,先生,我知道。我妻子跟我谈到过您。"

从他的声音可以听出是个善良的人,虽然他此刻有意表现得严肃一些。弗朗索瓦·泰西埃又说:

"好吧,先生,是这样的。我感到非常痛心、悔恨和羞愧。我只想吻吻……孩子……一次,只这一次……"

弗拉梅尔先生站起来,走到壁炉边拉了拉铃。女仆走进来。他吩咐说:

"去替我把路易找来。"

女仆走出去。两个男人留在那里,面对面,没有言语;他们再也没有什么可说的,干干地等待着。

突然,一个十岁的男孩欢欢快快地跑进客厅,径直向他心目中的父亲跑去。但是他发现有一个生人在场,就停下来,显得有点儿害羞的样子。

弗拉梅尔先生吻了吻他的额头,然后对他说:

"亲爱的,现在,去吻吻这位先生。"

孩子望着这陌生人,听话地走了过来。

弗朗索瓦·泰西埃站起身。他的帽子掉在地上,他自己也几乎要跌倒了。他仔细端详着儿子。

弗拉梅尔先生知趣地转过身去,透过窗户,看着街道。

孩子根本不明白是怎么回事,他等待着。他捡起帽子,还给这个陌生人。这时,弗朗索瓦·泰西埃把孩子抱起来,开始发了疯似的亲吻他的脸、他的眼睛、他的双颊、他的嘴、他的头发。

男孩被这冰雹似的亲吻吓坏了,竭力躲闪着,把头扭过来扭过去,用两只小手推开这个人的贪婪的嘴唇。

这时,弗朗索瓦·泰西埃突然又把他放在地上,大声说:"别了!别了!"

然后他就像小偷似的溜走。

归　来[*]

大海用它短促而又单调的波浪拍打着岸边。疾风吹送着一朵朵白云，像鸟儿一样在蔚蓝的天空轻快地掠过。这村子，卧在一个朝大海倾斜下去的山坳里，晒着太阳。

马丹-莱维斯克家的房子，孤零零地立在村口的大路边。这是一座渔家住的小房子，黏土墙，茅草顶，房顶上长着一簇簇蓝蝴蝶花。房前有一方菜园子，只有手帕那么点儿大，种着一些洋葱，几棵卷心菜，一点香芹和细叶芹。沿着路边有一道篱笆把园子围起来。

男的出海打鱼了，女的正在房子前面织补一张褐色的大渔网。那渔网张挂在墙上，就像一个巨大的蜘蛛网。园子入口处，一个十四岁的小姑娘坐在一张向后歪斜、后背顶着栅栏的草垫椅上，缝补衣裳，一件已经补了又补的衣裳。另一个女

---

[*] 本篇首次发表于一八八四年七月二十八日的《高卢人报》；一八八五年收入维克多·阿瓦尔出版社出版的莫泊桑小说集《伊薇特》；一九〇二年收入保尔·奥朗道尔夫出版社出版的莫泊桑全集《伊薇特》卷。

孩,比她小一岁,怀里摇晃着一个还不会说话也不会做手势的娃儿;两个两三岁的男孩,脸对着脸,坐在地上,用笨拙的小手刨着泥土,你一把我一把地互相往脸上甩。

没有人说话。只有怎么哄也不睡的那个娃儿在一个劲地哭,小嗓子又尖又细。一只猫在窗台上酣睡;几棵盛开的桂竹香在墙脚构成一条白花的衬边,一群苍蝇在上面嗡嗡响着。

突然,在入口处做针线的小女孩喊道:

"妈妈!"

母亲回答:

"什么事?"

"那个人又来啦。"

她们从早上起就提心吊胆,因为有一个男人老在房子周围转来转去:那是个上了年纪的人,看上去像是一个乞丐。她们送父亲去停船的地方,帮他往船上搬渔具的时候,就看见过这个人。他当时坐在沟边,面朝着她们的家门。后来,她们从海边回来的时候,她们看见他还在那里,目不转睛地看着这座房子。

他好像有病,样子很凄惨。他一动不动,足有一个多钟头;后来,见人家把他当成了坏人,他才站起来,步履艰难地走了。

可是没有过多久,她们见他拖着缓慢、疲惫的步子又走回来;而且又坐了下来,不过这一次稍稍远一点,仿佛在窥视她们。

母女几个很害怕。特别是母亲,简直心惊胆战,因为她生来就胆小，更何况她男人莱维斯克要到天黑的时候才能从海上回来。

她的丈夫姓莱维斯克；她呢，人们叫她马丹，所以大家就称他们为马丹-莱维斯克。这里面有个缘由：她头婚嫁了一个姓马丹的水手，他每年夏季都到纽芬兰岛①去捕鳕鱼。

结婚两年以后，她给他生了一个女儿；当载着她丈夫的那条大船，也就是第埃普的三桅渔船"两姐妹"号失踪时，她已经又怀有六个月的身孕。

从那以后就再也没有这条船的消息；登上这艘船的水手也没有一个回来的；人们便认为是连人带货都遭难了。

马丹大嫂等了她丈夫十年，她千辛万苦地拉扯大两个孩子；后来，由于她勤劳善良，一个姓莱维斯克的本乡渔夫，妻子死了，独自一人带着一个儿子，向她求婚。她嫁给了他，并且在三年里跟他又生了两个孩子。

他们辛勤劳动，日子却还是过得很艰苦。面包很贵，家里几乎从来尝不到肉腥。冬天，在老刮大风的那几个月里，他们有时甚至得向面包店赊账。不过，孩子们倒是长得挺结实。人们都说：

"马丹-莱维斯克两口子，都是好样的。马丹大嫂很能吃苦；论打鱼谁也比不上莱维斯克。"

坐在栅栏旁边的那个小女孩又说：

"好像他认识我们似的。也许是埃普勒维尔或者欧兹波

---

① 纽芬兰岛：加拿大东部的一个省。

斯克来的乞丐吧。"

但是母亲是不会看错的。不是,不是,他不是本乡人,可以肯定!

见他像个木头人似的一动不动,而且一个劲地盯着马丹-莱维斯克家的房子看,马丹大婶生气了;恐惧反而给了她勇气,她抄起一把铲子,走到大门外面。

"您在这儿干什么?"她冲着流浪汉大声问。

他用沙哑的声音回答:

"我在乘凉呀,这不!我碍着您了吗?"

她又问:

"您干吗老在我家前面伸头探脑的?"

那个人反问:

"我又没碍着谁。难道在大路边坐坐也不准?"

她没话可说了,只好回到家里。

这一天过得特别慢。将近中午的时候,那个人走了。可是五点钟左右他又从门前经过。晚上没有见他再来。

天黑时莱维斯克回家了。家里人把这件事告诉他。他断定:

"不是个爱打听人家闲事的人,就是个喜欢恶作剧的人。"

他无忧无虑地睡了,而他的妻子却一直想着那个游荡的人,他看她的时候,那眼神多么奇怪哟。

天亮了,刮着大风,渔夫呢,眼看不能出海了,就帮着妻子修整渔网。九点钟光景,那个出去买面包的姓马丹的大女儿,

连奔带跑地回来,神色慌张,惊呼道:

"妈妈,那人又来啦!"

母亲顿时紧张得脸色煞白,对她男人说:

"莱维斯克,快去对他说,别再这么老盯着我们瞅了;真的,我已经被弄得心慌意乱了。"

渔夫莱维斯克身材魁梧,红砖色的皮肤,蓄着浓密的红胡子,蓝色的眼睛黑瞳仁,粗壮的脖子上总围着一块呢布带以抵挡海上的风雨。他不慌不忙地出了家门,走到那流浪汉跟前。

他们谈起话来。

母亲和孩子们远远地看着他们,忧心忡忡,直打哆嗦。

突然,那陌生人站起身,跟莱维斯克一起朝他们家走过来。

马丹大婶惶恐得连连后退。他男人对她说:

"给他拿一点面包和一杯苹果酒来。他从前天起什么也没有吃。"

说着他们俩走进屋,女人和孩子们跟随在后。那流浪汉一坐下,就在众目睽睽之下埋头吃起来。

母亲站着,打量着那个人;两个姓马丹的大女孩,背倚着门,其中的一个抱着最小的孩子,都目不转睛地望着他;坐在壁炉灰上的两个男孩不再玩弄那口黑锅,似乎也想仔细看看这个外来人。

莱维斯克拉过一把椅子坐下,问他:

"这么说,您是从很远的地方来?"

"我是从塞特①来的。"

"走着来的,是吗?"

"是的,走着来的。没有钱,只能这样。"

"您要去哪儿?"

"我就是要来这儿。"

"您在这儿有熟人吗?"

"很可能吧。"

他们都不说话了。尽管他很饿,却吃得很慢,而且每吃一口面包还要喝一口苹果酒。他的脸很憔悴,布满皱纹,十分瘦削,像是经受过很多磨难。

莱维斯克突然问他:

"您姓什么?"

他头也不抬地回答:

"我姓马丹。"

母亲情不自禁地打了个寒战。她向前一步,仿佛要挨近些好好看看那流浪汉;她就这样伫立在他的面前,耷拉着胳膊,张着嘴。谁都不再言语。最后还是莱维斯克又说:

"您是本地人吗?"

他回答:

"我是本地人。"

这时他终于抬起了头,女人的目光和他的目光相遇了,而且就好像互相钩住了似的,久久地互相凝视,交织在一起。

---

① 塞特:法国南方濒临地中海的港口城市。

她突然开口了,不过声音都变了,变得低沉而且颤抖:

"真的是你吗,我的男人?"

他慢吞吞地说:

"是啊,是我。"

他并没有激动的表示,而是继续嚼他的面包。

莱维斯克有些激动,更有些惊讶,喃喃地说:

"真是你吗,马丹?"

对方简单地回答:

"是啊,就是我。"

第二个丈夫问:

"你这是从哪儿来?"

第一个丈夫叙述道:

"从非洲那边呀。我们的船触礁沉了,只有皮卡尔、瓦提奈尔和我,我们三个死里逃生。可是后来我们又让野人捉住,他们把我们扣留了十二年。皮卡尔和瓦提奈尔都死了。一个英国人路过那里,救了我,把我带到了塞特。我就这样回来啦。"

马丹大婶用围裙捂住脸,哭了起来。

莱维斯克说:

"到了这时候,咱们怎么办呢?"

马丹问:

"你是她的男人吗?"

"是啊,我是!"

他们互相看看,都不再言语。

接着,马丹一一端详过围着他的孩子们,点头指着两个女孩子,说:

"这两个是我的吧?"

莱维斯克说:

"是你的。"

他没有站起来,没有拥吻她们,只是就事论事地说:

"天啊,长得多么高啊!"

莱维斯克又问:

"咱们怎么办呢?"

马丹心乱如麻,也不知怎么办才好。最后他还是下定决心:

"我嘛,我照你的意思办。我不想让你为难。不过房子的事有些讨厌。我有两个孩子,你有三个,各人的孩子归各人。孩子们的妈,是跟你,还是跟我,你想怎样我都同意。不过房子嘛,是我的,因为那是我爹给我留下的,我就是在这儿出生的,房子的纸张还在公证人那儿。"

马丹大婶用蓝布围裙捂着脸,还在低声地啜泣。两个大女孩走上前去,惴惴不安地看着她们的父亲。

他终于吃完了。现在轮到他问:

"咱们怎么办呢?"

莱维斯克忽然有了个主意:

"应该去找本堂神父,让他来决定。"

马丹站起来,向他的妻子走过去;她呜咽着一头扑到他的怀里:

"我的男人！你可回来啦！马丹,我可怜的马丹,你可回来啦！"

她紧紧搂住他。顿时,一股往日的气息穿透她的全身,许多往事的回忆回荡在她的心头,她想起了自己年轻的时光和最初的拥抱。

马丹也很激动,亲吻着她的帽子。两个在壁炉里玩耍的孩子听见母亲哭,一块儿喊叫起来。姓马丹的二姑娘抱着的那个最小的孩子,也像一支走调的笛子一样,尖声大叫。

莱维斯克一直站在那儿等着。

"咱们走吧,"他说,"还是按规矩办事。"

马丹松开了妻子,又望望两个女儿,这时母亲对她们说:"至少也得亲亲你们的爹呀。"

她们同时走上前去,眼睛里没有泪水,还带着几分惊讶,甚至有点儿害怕。他挨个儿按乡下人的习惯亲吻了她们的双颊。那婴儿看见这陌生人走过来,尖声哭号得那么厉害,差点儿痉挛。

然后两个男人就一起走了出去。

他们路过通商咖啡馆的时候,莱维斯克问:

"咱们照样去喝一杯,好吗?"

"我很乐意。"马丹说。

他们走了进去,在还空无一人的店堂里坐下。莱维斯克喊道:

"喂,希科,来两杯烧酒,要好的,因为马丹回来了,马丹,我女人的那个马丹,你一定知道,那条失踪的'两姐妹'号上的马丹。"

老板大腹便便,脸色通红,浑身肥肉。他一只手拿着三个杯子,一只手拿着一瓶酒,走了过来,神色自若地问:

"嗨!你回来啦,马丹?"

马丹回答:

"我回来啦!……"

一封来信*

干我们这一行的经常会收到一些来信;不把这些不相识的人的来信公之于众的专栏作家,还不曾有过。

我且效而仿之。

啊!这些来信的内容真是无所不有!有一些对我们极口称赞,有一些对我们大肆攻击。我们时而是当今新闻界唯一的伟人、唯一的智者、唯一的天才、唯一的艺术家;我们时而比一个坏蛋还坏,比一个恶棍还恶,充其量只配送去服苦役。比方说在有关离婚或者比例税制①的问题上,不管你对一个读者的见解有意见还是没有意见,都足以招致如此这般的赞扬和辱骂。经常还会发生这样的事:在同一个问题上,我们会同

---

* 本篇首次发表于一八八五年六月十二日的《吉尔·布拉斯报》,作者署名"莫弗里涅斯";一九五六年收入阿尔班·米歇尔出版社出版由阿尔贝-玛丽·施耐德编的莫泊桑《短篇小说集》;未曾收入保尔·奥朗道尔夫出版社出版的插图版莫泊桑全集。

① 比例税制:即按收入的多少成比例收税的制度,法国大革命时期提出的这一主张在十九世纪八十年代重又受到关注。

时收到最热烈的祝贺和最恶毒的谴责;其结果,连自己是对了还是错了,我们都很难形成一个看法。

这些来信有时只有三言两语,有时却长达十来页。不过只要读了前十行就能判断它们的价值和含量,决定是不是把它们送进字纸篓,那废纸的坟墓。

但是这些信中有的也确实发人深思,下面介绍的这封信就是这样;要不要将它公之于众,我是作为一个良心问题来看待的。

良心这个词也许未必准确,而且可以肯定地说,我的那位女来信人(给我写信的是一位女士)也无法设想我是否有一颗非常真诚的良心。我把别人委托我办的事公开出来,已经冒着缺乏道德观念的嫌疑了,也许有人真会这样指责我呢。

我的确有过某种不安,也曾经寻思:为什么偏偏在那么多人里选中我?为什么我被认为比所有人都更适于帮这个忙?怎么就知道我一定不会拒绝呢?

后来我想,我写的东西内容比较轻松,也许影响了一个彷徨中的妇女的判断;我姑且把它归因于文学吧。

不过,在转发我收到的这封信的所有重要段落之前,我要让读者放心,我绝不是在捉弄他们;这封信是我收到的,确实是我收到的,通过邮局寄来的,信封上贴着邮票、写着我的姓名,信尾有签名,是的,有签名,清晰可认。

我并不想在这里取悦或者捉弄那些纯真的心灵。我仅仅是一个不太顾忌的传话人,我只是把——我要再说一遍——一个女人的心愿转述一下罢了。

下面就是这封信的内容:

先生:

我犹豫了很久才给您写这封信:我不敢完全信赖您。然而我感到您是个好人,热心人,只不过我要对您说的事是那么不寻常……总之,我刚才把最后的一点忧虑也打消了,这是迟早的事。面临日益深重的厄运,面临极度的贫困,害羞是无济于事的。不幸和危难一样,会让最胆小的人也勇敢起来。

读了这封信,您可千万别以为我有点精神失常,或者只是一时冲动。我向您发誓,我的理智十分清醒。至于我的性格,它并不浪漫,相反,它很严肃,很缺乏诗意,如果可以这样说的话。为了脱离困境,我看只有一个办法,也就是我正在尝试的这个办法。这不是十分自然和合乎情理的吗?

事情是这样的:尽管我很穷,但我是个正派人,出身于正派的家庭。我还年轻(我刚二十二岁),好吧,先生,我向您坦率地承认吧,我很想结婚,而且越早越好。

这不是因为年轻姑娘的生活已经让我难以忍受,远非如此。请听我稍加解释,您就可以看出,我要放弃自己的自由并非毫无道理。

我家的成员有……

这里是一些有关她个人生活的很凄惨的细节,写得那么精确,以致我不敢把它们抄录出来,因为万一让写信人的父母看到,仅凭这些细节的描述他们就能认出自己。她所说的一切都十分悲惨,极有可能是真的。

现在我继续摘录:

> 如果我只有自己一个人,我就不会叫苦了,我总能自谋生计,我个人所需甚少。但我不是只有自己一个人,我得考虑我的家庭。
>
> ……
>
> 去年我认识了一个年轻姑娘,一个一无所有的孤儿,她让一个年老的百万富翁娶了她。
>
> 我并不赞成这个姑娘的做法。她只有十九岁,长得非常漂亮;另外,有一个记者、一个很帅的小伙子爱她;我相信她也爱他。
>
> 这姑娘,我责怪她,同时也同情她。并没有人强迫她,她却为了财富而牺牲了自己的幸福。
>
> 而我呢,我没有什么幸福可以牺牲(没有任何人爱过我)因此,如果我遇到一个男人肯负担我和我的家庭,我会十分幸福,这是不言自明的事。
>
> 不管这个男人有多老,有多丑,这都不重要,我只要求一件事,就是他必须有钱。和他的金钱相交换,我会把我的青春,我的忠诚,如果他心肠好的话,也许还有我的感激之情,都献给他。
>
> 先生,我想,您见过社会上的很多人,一定认识不少单身的男人。如果在这些单身男人中间,您发现有哪一位不善于使用他的财产,而且又不过分激烈地反对结婚,

您能不能跟他谈谈我的情况。娶我做妻子就等于做一件善事,如同捐赠财产给贞洁少女或者给猫狗修建收容所一样。

先生,我求您啦,我求您的事,请您务必帮忙,也就是说,向您认识的所有老单身汉介绍介绍我的情况,告诉愿意娶我的疯子或者善人(啊!我真怕成为老处女!),请他们与……小姐联系。

……

姓名全文写明,没有缩写。不过接下去她又要求我为她保密。她不愿让父母知道她要这么做。

信的内容就是这样!

信里没有附任何照片。

信是用普通常见的纸写的,字写得很清秀,很清楚,很熟练,很端正,字体让人赏心悦目,是一个小学女教师或者很果断的女人的手迹。

这封信很像是生意人之间所说的"开诚布公"。接到这封奇怪的信以后,我首先想:"如果这是个骗局,倒的确是蛮有趣的!"事实上,这很可能只是个普通常见的骗局而已。可是,这骗局出自谁呢?一个朋友,还是一个敌人?都有可能。他想必乐于知道我打算从未婚夫财产里提取佣金的数目——除非我喜欢根据年轻姑娘的财产索取经纪人手续费。

这个人猜想我一定会立刻回信;口袋里揣着这类字据总是有用的。的确,我这个人机灵与否,这位不认识的朋友或者敌人还不太清楚。不过可以肯定的是,原则上,别人对我们的判断,比我们本人的判断,不是太坏,就是太好。这个人是把我看得太坏了——就是这么回事。

不过他必须也把我看得太愚蠢才行。我这样想下去,疑问接踵而来!!! 他一定以为我会乖乖地钻进这显而易见的圈套。他还希望我提出跟他约会,这完全可能。那么,何不利用一下那个永远是最好的老办法。

先生,您真是本世纪最伟大的作家。我简直不知道怎样才能表达我对您的天才的狂热的崇拜!我多么急切地希望见到您!摸摸您的手!看看您的眼睛!请告诉我,您也愿意吗?我二十岁,花容玉貌!回信请寄玛德莱娜邮局留局自取。

L. N.

不管一个人抵抗力有多强,也禁不住这种诱惑;尽管面对在这种情况下使用的这种荒唐可疑的新花样,人们不免有些犹疑。

不过,这封神秘的信也许真是一个女人写来的呢?那么,她为什么要写给我呢?我不开婚姻介绍所,我认识的老光棍不比别人多,我更不自认为享有帮助穷困童贞女的美名。

那么……是的……那么……我这位不认识的女来信人赋予"结婚"这个词的含义,会不会比一般平民通常赋予它的意思更宽泛呢?如果真是这样,就可以把一切都解释清楚了。不过,见鬼!这样的话,这可是一项不怎么光彩的委托!这类经纪人是有一个专门名称的!读者对他们感兴趣的专栏作家竟会持这种看法,这实在让人难以想象!

一个年轻姑娘或者一个年轻妇人处在为难的境地,她要找一个丈夫或者情人,她不知道应该找谁帮忙;就在这时,她突然冒出一个念头:"嘿!我这就写信给我偏爱的那个专栏作家,他一定会给我找到的;他想必认识很多人。"她心里还会加上一句:"这些人干什么都不大在乎的。"

你们就等着吧,亲爱的同行们,说不定哪一天你们就会收到类似这样的一封来信:

> 先生,我可能需要认识一个接生婆,不在乎她接生下来的孩子是否能活,只要她能守口如瓶。我想到了,在您的众多关系里……

直说了吧!不!小姐,如果必须在字里行间领会您的言外之意,我不能接受这个任务,而我个人的经济状况也不允许我直接帮助您的家庭。

但也有可能这可怜的姑娘是怀着一片诚意写这封信!她被贫困所迫,走投无路,失去了理智,看不到任何人能帮助自己,于是心想:"这个记者也许是个善良的人,他也许能够理解我的处境,向我伸出援助之手吧?"

女人的心灵是那么复杂,思考是那么出人意料,做法是那么令人难以置信,冲动是那么难以控制!她们的计策有时隐蔽得那么深;可是她们的手段有时又那么简单,天真得让我们困惑不解。当然啦,这个年轻的姑娘可能,很可能读过我们的某一篇文章,我们在其中表现得大义凛然,她便对自己说:

"这个人就是我的救星。"

我最后采纳的正是这个假设。这个假设并不一定是最真实的,但它是最宽厚的。

于是我试着帮助我的奇特的来信人,向我周围所有的单身汉提出同一个问题:

"您想结婚吗?我认识一个年轻姑娘,她对您很合适。"

所有的人都反问:"有丰厚的陪嫁吗?"

我于是去找那些最老的,最丑的,最畸形的。他们却立刻摆出一副自命不凡的小样儿,微微含笑地问道:"她有钱吗?"

直到这时,我才有了向年老的单身汉们发一个公开呼吁的念头,就像维克多·雨果所说的:

……最后的希望和最后的思想①……

我没有说出这位年轻姑娘的名字,没有任何一句话能让人认出她的身份;我是绝对严守秘密的。而且我会把寄到我这里来的向她求婚的信原封不动地转寄给她,绝不拆阅。

好了,先生们,你们中间哪一位觉得自己有一颗真正仁爱的心?不管他是驼背,佝偻,还是八旬老叟,都不重要!

我想不出更好的结束语,只有把我的女来信人的这句话重新摘抄一遍:

----

① 引自维克多·雨果的诗集《惩罚集》中描写拿破仑在滑铁卢战役中惨败的长诗《赎罪祭礼》。完整的诗句是:
卫队被集结在一座小丘的后面,
卫队,最后的希望和最后的思想。

和他的金钱相交换,我会把我的青春,我的忠诚,如果他心肠好的话,也许还有我的感激之情,都献给他……娶我做妻子就等于做一件善事,如同捐赠财产给贞洁少女或者给猫狗修建收容所一样……

来吧!先生们!

完　了[*]

德·罗姆兰伯爵刚穿好衣服,向覆盖盥洗室一面墙的大镜子里看了最后一眼,微微露出笑容。

尽管头发已经灰白,他千真万确还是个美男子。他个儿高高,身材细长,姿态优雅,肚子也没有发福;清瘦的脸上蓄着精致的小胡子,说不准是哪种颜色,勉强可以说是金黄色吧。他很有风度,气质高贵,而且还很有派,也就是比几百万家产更能区别出两个人的我也说不清的帅气。

他自言自语:

"罗姆兰活得不错啊!"

说罢他就走进客厅;送来的信件在等着他。

在他的书桌上,每样东西都有它的位置,虽然这位先生从来也不需要在这张工作台上工作。此刻,三份政见不同的报

---

[*] 本篇首次发表于一八八五年七月二十七日的《高卢人报》;一九〇〇年收入保尔·奥朗道尔夫出版社出版的莫泊桑小说集《流动商贩》;一九〇三年收入同一出版社出版的插图版莫泊桑全集《图瓦》卷。

纸的旁边,十来封信正等他读。他像赌徒要选一张牌那样,用手指一拨,把所有的信都摊开,以便辨认字迹。这是他每天早上拆信之前都要做的。

对他来说,期待、选择和隐约的焦虑,是一段很美妙的时光。这些密封的、神秘的纸会给他带来什么呢?它们包含着什么,是欢乐、幸福还是忧伤?他很快地把它们扫了一眼,一边辨认,一边选择,根据自己的意愿把它们分成两三摞。这一摞,是朋友;那一摞,无关紧要的人;那旁边,不认识的人。那些不认识的人总让他感到有点儿莫名其妙。他们想干什么?这些充满着思想、诺言和威胁的奇怪的字,究竟出自什么样的人的手笔?

这一天,有一封信特别吸引他的目光。其实这封信很简单,并没有透露什么特别的东西;可是他却不安地审视着它,心头一阵战栗。他想:这会是谁写的呢?我肯定看到过这个笔迹,却认不出是谁的了。"

他用两个手指小心翼翼地拈着它,举到脸这么高,试图透过信封看清里面的字,因为他还没有决定拆开它。

接着,他又闻了闻它,从桌子上拿起一个放大镜,这东西摆在那里就是用来研究字迹的每个细节的。他忽然一阵神经紧张:"这是谁的手笔呢?这笔迹我眼熟,非常眼熟。我应该经常读这人写的字,是的,很经常。不过这应该是很久很久以前的事了。见鬼,这会是谁写来的呢?妈的!八成是要钱的。"

他拆开信封,读起来:

亲爱的朋友：

您大概已经把我忘记了，因为我们已有二十五年没有见面。我那时还年轻，现在老了。我跟您说再见时，正要离开巴黎，随我丈夫去外省。我那年迈的丈夫，您总称他"我的医院"。您还记得他吗？他死了已经五年了；而现在，我又回到巴黎，为了把女儿嫁出去；我有一个女儿，一个十八岁的漂亮的女儿。您没有见过她。她出生时我告诉过您，但是您肯定没有注意到一件这样微小的事。

我听人说，您，仍然是那个英俊的罗姆兰。那么，如果您还记得您当年叫"丽松"的那个小丽丝，就请您今晚来同她，也就是年老的德·旺斯男爵夫人，您的永远忠实的朋友，一起吃顿饭；她有点激动、也很高兴，正向您伸出她始终不渝的手；您不一定再吻它，但一定得握啊，我可怜的小雅克。

丽丝·德·旺斯

罗姆兰的心怦怦地跳起来。他久久地坐在扶手椅里，信摊在膝盖上，目不转睛地望着前方，一阵钻心的伤感让他泪水盈眶。

如果说他这一生里爱过一个女人，那就是这一个，小丽丝，丽丝·德·旺斯，他从前爱叫她"灰姑娘"，因为她的头发颜色很特别，眼睛是淡灰色的。啊！这个脆弱的男爵夫人，那个患痛风病、满脸粉刺的老男爵的妻子，那时是多么清秀，多么美丽！由于嫉妒漂亮的罗姆兰，老男爵把她强行带到外省去，关起来，与世隔绝。

是的,他爱过她,而且相信她也深深地爱过他。她亲昵地叫他"小雅克",叫这个名字时声音是那么甜美。

千百种逝去的往事涌入脑海,遥远而又甜蜜,现在想起来却令人哀伤。一天晚上,她从舞会出来,走进他家;他们去布洛涅树林转了一圈;她穿着袒胸露肩的连衣裙,而他穿着家常的上装。那时是春天,气候温和。她的连衣裙的香味让和煦的空气也弥漫了芳香,那香味里也许还带着她皮肤的馨香。多么迷人的夜晚啊!走到湖边时,月光透过树枝倒映在水中,她忽然哭泣。他有些惊讶,问她为什么哭。

她回答:

"我也不知道;是月亮和湖水感动了我。每当我看到富有诗意的东西,我就会伤心流泪。"

他笑了,也受到了感动,觉得女人,稍有感觉都会弄得神魂颠倒的可怜的女人的幼稚的激动,真是又傻又可爱。他热烈地拥抱她,低声说:

"我的小丽丝,你真可爱。"

多么美妙的爱情,优雅而又短暂,它来得快也结束得快,在热情沸腾之际被老迈而又粗野的男爵突然打断;他带走了他的妻子,从此再也没有让任何人看到她!

当然啰!两三个星期以后罗姆兰就忘记了她。在巴黎,当你还是个小伙子的时候,一个女人那么快就赶走了另一个女人。不过不管怎么样,他在心里始终还为她保留着一座小祭坛,因为他只爱过她!现在他终于明白了。

他站起来,高声说:"我今晚一定要去吃晚饭!"说完,本能地转身面对着镜子,从头到脚打量着自己。他想:"比起我来,她应该苍老得很厉害了吧。"他打心眼里高兴,能让她看到自己还是这么漂亮,这么精力充沛;能让她吃惊,也许还能让她动情,惋惜那么遥远遥远的过去的岁月!

他又继续读别的信。那些信都无关紧要。

整个白天他都在想这个突然出现的故人!她现在是什么样子呢?时隔二十五年又这么不期而遇,岂不是很离奇!他还能认得出她吗?

他就像一个爱美的女人一样梳洗打扮了一番:他穿上一件白坎肩,这比黑坎肩跟他的衣服更相衬;他把理发师叫来给他烫了一下,因为他的头发还保持得挺好;接着他很早就出发,表示他多么地迫不及待。

他走进一间刚陈设好的漂亮的客厅,看到的第一件东西是他自己的一张肖像,一张褪了色的老照片,是他风华至盛的时期拍的,嵌在一个陈年丝绸做的精致的相框里,挂在墙上。

他坐下,等着。一扇门终于在他身后打开了;他猛地站起来,转过身去,看见一个白发苍苍的老妇人向他伸出双手。

他抓住她的两只手,一只接一只吻了很久;然后抬起头,看着他的女友。

是的,那是一老妇人,一个已经认不出来的老妇人;他真想哭,不过还是强作笑容。

他低声问:

"是您吗,丽丝?"

"是的,是我,确实是我……您认不出我了,是不是?我经受过那么多苦难,……那么多苦难……苦难已经焚毁了我的生命……现在我就在这儿……您看看我……啊,还是别看的好……别看我……而您依然是那么漂亮……而且年轻!……我呢,如果在大街上偶然遇到您,我会立刻叫喊:'小雅克!'现在,您坐下,我们先聊聊。然后我去叫女儿,我的已经长大的女儿。您会看到她多么像我……或者不如说从前的我多么像她……也不对,应该说:她和从前的'我'完全一样。您等着瞧吧!不过我本想我们先独自待一会儿。我怕一见面会有些激动。现在,结束了,过去了……请坐,我的朋友。"

他始终握着她的手,在她旁边坐下;不过他不知道跟她说什么好:他不认识这个人;他似乎从来没有见过她。他到这家来做什么呢?他能说什么呢?说从前的事?他和她有过什么关系呢?面对这张老祖母的脸,他什么也记不起来了。从前,当他偶尔想到小丽丝,那个娇媚的"灰姑娘",一些可爱、甜蜜、温柔或者令人伤心的事会涌上心头。而今,从前的她,他爱过的她,遥远梦中的她,灰眼睛、金头发、叫起'小雅克'来那么动听的年轻姑娘,怎么会变成这样呢?

他们并肩坐着,一动不动;两人都有些尴尬、不知所措,被一种深深的不自在的感觉所困扰。

由于他们只是有一搭无一搭地说些琐碎、无谓的话,她便站起来,按了一下唤人的铃。

"我把勒内叫来。"她说。

只听一声门响;接着是裙衣的窸窣声;然后是一个年轻的

声音大声说：

"我来了，妈妈！"

罗姆兰就像面对一个幽灵一样目瞪口呆。他结结巴巴地说：

"您好，小姐……"

然后，他转向母亲，说：

"啊！这简直就是您！……"

确实，这就是她，从前的她，消失的丽丝回来了！他又找到的她，跟二十五年前被夺走的她一模一样。这一个甚至更年轻，更水灵，更多几分稚气。

他突然有一种疯狂的欲望想展开手臂重新拥抱她，在她耳边低声说：

"您好，丽松！"

这时一个仆人报告：

"夫人，请用餐！"

他们就走进餐厅。

晚饭中间发生了什么？人们对他说了些什么？他又回答了些什么？他就像进入了那种让人发疯的幻境。他带着一个摆脱不掉的想法，一个狂人的病态的顽念，看着这两个女人：

"哪一个是真的呢？"

母亲面带微笑，反复地问：

"您想起来了吗？"

他还是在女儿的明亮的眼睛里找到了自己的记忆。他二十次开口要问她："您想起来了吗，丽松？……"竟完全忘了那个白发的夫人正含情脉脉地看着他。

不时地,他真的什么都不知道了,他已经失去头脑。不过他发觉今天的这个她和从前的那个她并不完全一样。另一个,从前的她,声音里,目光里,整个人身上,有点儿什么是他在今天的她身上没有找到的。他绞尽脑汁回忆他的女友,想捕捉到他遗忘了的、她有的、而这个新生的她没有的东西。

男爵夫人说：

"您失去了当年的活力了,我可怜的朋友。"

他低语道：

"我失去的东西多着呢!"

不过,在他翻腾的心里,他感到自己昔日的爱情重生了,就像一头苏醒过来正要咬他的野兽。

年轻的姑娘喋喋不休地说着。一些重现的旧时音响,一些母亲常说而被她学来的词,整个说话和思想的方式,以及相濡以沫而获得的心灵和态度的相似,让罗姆兰从头到脚震撼不已。这一切深入他的内心,正在他重新打开的感情上划出伤口。

他很早就告辞,去林荫大道转了一圈。但那个女孩的形象一直追随着他,萦绕着他,冲击着他的心,让他热血沸腾。他现在远离了两个女人,眼前闪现的只有一个：那年轻时代的、从前的、重又出现的她;他像从前一样爱她。在中断二十五年之后,他更加热烈地爱她。

他于是回家去思考这奇怪而又可怕的事,想想自己该怎么办。

但是,当他拿着蜡烛经过镜子前面,经过他出发前曾经打量和欣赏自己的那面大镜子前面时,他在里面看到一个头发花白的成年人;顿时,他记起从前和小丽丝相爱时的他;他又看到了自己,优雅、年轻,像他被爱时那样。他接着把烛光移近,就像用放大镜审视一件奇特的东西一样,仔细端详自己,观察脸上的皱纹,这才看到自己从未注意到的岁月摧残的可怕痕迹。

他垂头丧气地坐下,面对自己,面对自己可悲的形象,低声哀叹:"罗姆兰完了!"

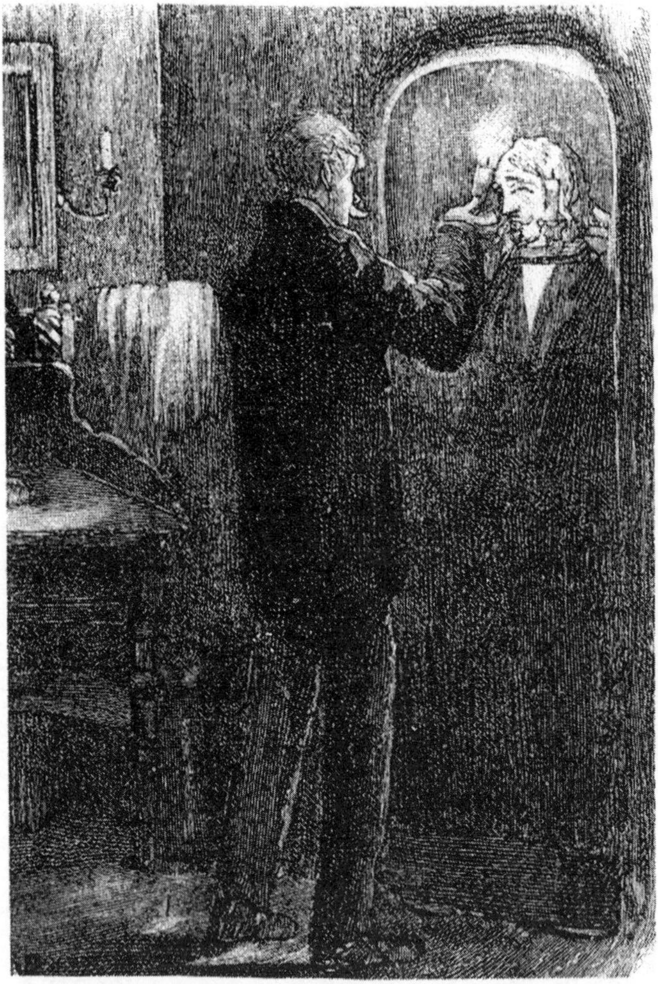

失事的船*

这是昨天,十二月三十一日的事。

我刚和老朋友乔治·加兰吃了午饭。仆人给他送来一封盖着封印、贴着外国邮票的信。

乔治对我说:

"我可以看信吗?"

"当然可以。"

他便看起来。那封信用英文大字满满当当写了八页。他慢慢地一页页读着,屏气凝神,兴趣之浓厚,是对那些触动了你的心的事情才会有的。

看完了,他把信放在壁炉台的一个角上,说:

听呀,这是一个我还没跟您讲过的有趣的故事,而且这是

---

* 本篇首次发表于一八八六年一月一日的《高卢人报》;同年收入维克多·阿瓦尔出版社出版的莫泊桑小说集《小洛克》;一九〇三年收入保尔·奥朗道尔夫出版社出版的插图版莫泊桑全集《小洛克》卷。

一个爱情故事,是我亲身经历过的!啊!那一年,这一天真是不同寻常。一晃二十年了……我那时才三十岁,而我现在已经五十岁了!……

我当时在我今天领导的这个海上保险公司任检查员。我已经准备好要在巴黎欢度元旦,既然这一天已经被公认为节日;可就在这个时候,我接到经理的一封信,命令我立即前往雷岛①,因为刚刚有一艘圣纳泽尔②的三桅帆船在那里搁了浅,而这艘船是在我们公司保险的。那时是上午八点钟。我十点钟到公司接受指示,当晚乘坐快车,第二天,十二月三十一日,就到了拉罗谢尔③。

在登上开往雷岛的让·基通号渡船以前,我还有两个小时的时间。我便在城里转了一圈。拉罗谢尔真是一个奇怪而又极富特色的城市,街道像迷宫一样复杂交错,人行道在无尽的长廊下向前延伸;长廊有拱顶,很像黎沃利街④的,但是低矮得多;这些长廊和这些低矮的神秘拱顶,仿佛是专为阴谋家们作背景而建筑和保存下来的,它们曾是昔日历次战争,英雄而又野蛮的宗教战争的古老而又惊心动魄的背景。这里又是

---

① 雷岛:法国西海岸外大西洋上的一个岛屿,面积约八十五平方公里,为法国本土第四大岛,现属夏朗德滨海省。
② 圣纳泽尔:法国西海岸濒临大西洋的海港城市,位于卢瓦尔河口。
③ 拉罗谢尔:法国西海岸濒临大西洋的海港城市,现为夏朗德滨海省省会,与雷岛相距二十一公里隔海相望。十六世纪下半叶和十七世纪前期曾是基督教新教的重要据点。
④ 黎沃利街:巴黎的一条街道,人行道设在与卢浮宫和土伊勒里花园平行的一排楼房的拱廊下。

胡格诺教派①的旧巢,它阴沉、闭塞,让鲁昂②显得光彩夺目的那些令人赞赏的纪念性建筑物,它一点也没有,倒是它森严中略带阴险的整体面貌令人瞩目。这是一片执拗的好勇斗狠者的乐土,必然会滋生出种种狂热;加尔文派③的信仰在这座城市里曾盛极一时,四军士密谋④也是在这里发生。

我在这些古怪的街道上游逛了一阵子,就登上一艘黑颜色鼓肚子的小汽轮,乘它去雷岛。船像发火似的鸣着汽笛启动,在守卫着海港的两座塔楼之间驶过,穿过锚地,出了黎世留⑤时代建造的防波堤,便向偏右方驶去。齐着水面可以看见防波堤的巨石像一条硕大的项链围绕着城市。

这是一个让人精神萎靡、心情低落、完全失去体力和精力的阴沉沉的日子,一个灰蒙蒙、冷冰冰、被浓雾污染、像霜冻一样潮湿、呼吸起来像阴沟里冒出的气味一样恶臭的日子。

在这浓雾积成的低矮阴暗的天幕下,是黄色的海水,这无

---

① 胡格诺教派:加尔文教派的一个分支。
② 鲁昂:法国西北部重要城市,诺曼底大区首府,塞纳滨海省省会。莫泊桑曾在此上过中学。
③ 加尔文派:十六世纪欧洲宗教改革运动时期以法国宗教改革家让·加尔文(1509—1564)的思想为基础的基督教新教各派教会的统称。
④ 四军士密谋:以推翻法国复辟王朝(1814—1830)为宗旨的密谋之一。一八二一年,驻扎在巴黎拉丁区的第四十五步兵团因其共和主义倾向而被当局调往拉罗谢尔。该部队的四名军士秘密发起烧炭党组织,从事反对王政的活动;密谋不慎泄露,他们于一八二二年九月二十一日在巴黎被处死刑。史称"拉罗谢尔四军士"。
⑤ 黎世留(1585—1642):法国国王路易十三的宰相,枢机主教,政治家。一六二八年他领兵攻陷胡格诺教派的重要据点拉罗舍尔要塞。次年剥夺胡格诺派享有的政治和军事特权。

垠的海滩的不深而又多沙的海水,没有一丝波纹,没有一点运动,没有任何生命迹象,海水成了浑浊的水、油腻的水、停滞的水。让·基通号渡轮习惯地微微摇摆着在上面驶过,划破这大片浑浊而又平滑的水面,身后留下一些波浪、一些水花、一些波纹,不久这一切又恢复平静。

我和船长聊起来,他个子矮小,腿很短,像他的船一样圆鼓鼓的,也像他的船一样不停地摇晃着身子。我想了解一下将要察看的这起海难的一些细节。一艘圣纳泽尔来的名叫玛丽-约瑟夫号的大三桅帆船,在一个狂风暴雨的夜晚搁浅在雷岛的沙滩上。

船主在信上说:暴风雨把这艘船抛得太远,已经不可能让它脱浅,因此不得不把能卸下来的东西尽快地全部卸下来搬走。所以我必须查看搁浅船只的情形,估计它出事前应该是什么状况,判断人们是否已经尽其所能试图使它重新浮起来。我以公司代理人身份来这里,是为了以后如果形势需要,在诉讼中以对审的方式出庭作证。

经理收到我的报告以后,当会采取他认为必要的措施,维护我们公司的利益。

让·基通号船长对这个事件的情况非常了解,因为他曾经应招带着他的船前去参加抢救的尝试。

他向我讲述了海难的始末,其实事情也很简单。玛丽-约瑟夫号被一阵狂风驱赶着,在黑夜里迷失了方向,在白浪翻滚的大海——船长称它为"牛奶浓汤的大海"——盲目地航行,最后搁浅在这茫茫的沙洲上;每当低潮时,这些沙洲就把这个地区的海滨变成一望无际的撒哈拉。

我一边聊天,一边向周围和前方观望。在海洋和低沉的天空之间还留下一片空白的空间,肉眼可以看得很远。我们正沿着一片陆地行驶。我问:

"这就是雷岛吗?"

"是呀,先生。"

突然,船长把右手伸向我们前方,指着大海上一个几乎难以觉察的东西让我看,并且对我说:

"瞧呀,那就是您要去的船!"

"玛丽-约瑟夫号?……"

"当然啦。"

我吃了一惊。那个几乎看不见的黑点儿,我本来会把它当作一块礁石,所在的位置看上去离岸至少有三公里。

我接着说:

"可是,船长,您指给我看到那个地方,水深应该有一百寻①吧?"

"一百寻,我的朋友!……我可以跟您说,两寻也没有!……"

船长是个波尔多②人。他继续说:

"九点四十分,现在是高潮。您先去王储旅馆吃午饭。然后您把两只手揣在口袋里在海滩上走着去,我向您保证,两

---

① 寻:水深单位,此处说的应是法寻,约1.624米。
② 波尔多:法国西南部城市,新阿基坦大区的首府。

点五十分,最多三点钟,您就能脚也不湿地走到搁浅的船那儿;然后,我的朋友,您有一小时四十五分到两小时的时间可以待在船上,不过不能再多,否则您就被困住了。海水退得越远,回来得越快。这片海滨,平得就像一个臭虫!您记住我的话,四点五十分您一定要往回走;七点半钟您再次登上让·基通号,今天晚上就能把您送到拉罗谢尔的码头。"

我谢过船长,就走到轮船的前部坐下,观赏圣马丁①小城,我们正在迅速向它靠近。

所有那些沿大陆的贫瘠岛屿,都以一个微型港口作首府,圣马丁和这些港口十分相似,只是一个大渔村,一只脚在水里,一只脚在陆地,靠鱼和家禽、蔬菜和贝类、萝卜和淡菜维生。岛的地势很低,可耕的地方很少,人口却似乎很稠密;不过我并没有深入到岛里去。

吃完午饭,我先穿过一个小岬角;接着,因为海水在迅速回落,我就穿越沙滩,向远远在望的那个突出水面的黑色岩石般的东西走去。

我在这片像肌肉一样富有弹性,而且仿佛在我脚下冒汗的黄色平原上快步向前。大海刚才还在那里;现在,我远远看去,它正逃向视野以外,我再也分辨不出把沙滩和大海分开的那条界线。我简直以为在目睹一场宏伟的、超自然的梦幻剧。大西洋刚才还在我面前,紧接着,它就像舞台布景消失在活板门里一样,从沙滩上消失;我现在就仿佛在沙漠上行走。只有

---

① 圣马丁:雷岛的首府,现有居民约二千六百人。

感觉,只有咸海水的气息还留在我心里。我闻得到海藻的气味、波涛的气味、海滨那强烈而又好闻的气味。我走得很快;我不再觉得冷;我看着那搁浅的船,我越往前走它变得越大,现在它就像一条遇难的巨大鲸鱼。

那船就仿佛是从地底下钻出来似的;在这辽阔平坦的黄沙上,它的体积显得庞大惊人。我走了一个小时以后终于到了它跟前。它侧身卧着,已经断裂,破碎,露出像野兽肋骨一样的折断的骨头,用粗大的钉子固定、用涂着柏油的木料制成的骨头。沙子已经通过裂缝侵入船体,抓住了它,占有了它,再也不会放开它了。它就像已经在沙子里生了根。船头深深扎进这柔软但却险恶的沙滩;船尾高高翘起,就好像在发出绝望的呼号,把黑色船帮上的"玛丽-约瑟夫"几个白色大字抛向天空。

我从最低的一边爬上这具船的尸体,然后到了甲板,钻进船舱。阳光从破裂的舱门和船帮的裂缝透进来,凄凉地照着这些长长的、幽暗的、简直像是地窖的地方,到处都是损坏了的细木护壁板。沙子成了这满是木板的地下室的地面;除了沙子,船里什么也没有了。

我开始简要地记下船的状况。我在一只已经破烂的空桶上坐下,借着一条宽缝隙里进来的亮光写起来;我能从那个缝隙眺见无边无际的沙滩。寒冷和孤寂引起一阵阵奇特的战栗,不时地传遍我的全身。我有时停下笔,倾听失事船里隐约而又神秘的声音:螃蟹用它们弯钩般的爪子挠船帮的声音,已经在这具尸体上安家的无数全都很小的海里的小生物的声音,还有船蛆的轻微、有规则的声音,它们挖呀,吞呀,一刻不停地蛀蚀着老船架,发出钻子般吱吱的响声。

突然,我听见离我很近的地方有人声。我就像遇到幽灵一样吓了一跳。最初一瞬间,我真以为就要看到两个溺死鬼从阴森的货舱尽头站起来,对我讲述他们是怎么死的。当然,我没用多长时间就凭手腕的力量爬上甲板;而我却看到在船头的前面,站着一个高大的先生和三个年轻的女孩,或者不如说,一个高大的英国人和三个"密斯"。可以肯定,从被遗弃的三桅帆船上神速窜出这么一个人来的,他们吓得比我还厉害。最小的那个姑娘拔腿就逃;另外两个紧紧抱住父亲;而他,他张大了嘴,这是让人看出他激动的唯一表示。

接着,沉静了几秒钟以后,他说话了:

"噢,相(先)生,您斯(是)这艘船的主人吗?"

"是的,先生。"

"我可意(以)参观一下吗?"

"可以,先生。"

他于是说了一句很长的英语,我只听出了这个词:gracious①,重复出现了几次。

见他在找一个地方以便爬上船,我就把最容易的地方指给他,并且把手伸给他。他爬了上来;然后,我们又帮助三个姑娘上了船。她们现在已经放心了。她们都很可爱,尤其是大的那一个,是个十八岁的金黄头发的女郎,像一朵花一样鲜

---

① gracious:英语,意思是:亲切的,和蔼的。

艳,而且又那么灵敏,那么可爱! 真的,漂亮的英国女人非常像鲜嫩的海里的产品,人们会说这个姑娘就像刚从沙子里出来的,头发还带着沙子的色泽。她们的鲜美娇艳,令人想到粉红色贝壳的柔美色泽,想到深不可测的海底孵化出的稀有、神秘的玲珑剔透的珍珠。

她法语说得比她父亲稍微好一些;她给我们做翻译。我不得不把船只遇难的故事添油加醋地给他们讲了一遍,编造得就像我亲身经历了这场灾祸一样。接着,这一家人便全都下到失事船的舱内。他们一进入几乎没有光亮的黑暗的长廊,就发出一阵阵惊奇和赞赏的呼声;忽然,父亲和三个女儿拿出想必是藏在他们宽大的雨衣里的画本,不约而同地开始做起这凄惨怪诞的地方的四幅铅笔速写。

他们并排坐在一根凸出来的木梁上,摊在八个膝盖上的四个画本画满了小黑杠,表现的应该是玛丽-约瑟夫号撕裂开的肚子。

姑娘中最大的一个,一边画一边和我说话,我则继续查看船的残骸。

我得知他们正在比阿利茨①过冬;他们是特地到雷岛来看这艘陷在沙子里的三桅帆船的。这些人,一点也没有英国人的傲慢自大;这是些淳朴、善良的痴迷狂,英国撒遍世界的那种永恒的漂泊者。父亲修长,干瘦,红红的面庞围绕着白颊

---

① 比阿利茨:法国西海岸濒临大西洋的海港城市,位于大西洋岸比利牛斯省,以温泉著称。

髯,是个真正的活三明治,仿佛一段切成人头形的火腿夹在两小片毛垫子中间;女儿们腿长长的,活像发育中的小涉禽,除了最大的那一个,也都干瘦;三个姑娘都很可爱,不过最大的那一个尤其可爱。

她的表情是那么有趣,不论是说话,叙事,笑,理解或不理解,抬起深水一样湛蓝的眼睛询问我,停下画笔猜测,重又开始作画,说"yes"或者说"no",我本来会没完没了地继续听她说,继续看着她。

突然,她嘀咕道:

"我听见这船上有微微的响动。"

我仔细一听,立刻听出一种轻轻的、奇怪的、持续的声响。这是什么声音?我站起来,走去透过缝隙一看,不禁猛然大叫一声。海水已经逼近我们,就要把我们包围了!

我们立刻上到甲板上。已经太晚了。水正在把我们围住,而且还在以惊人的速度向岸边奔跑。不,它不是在跑,它是在滑,是在爬,像一个无比巨大的污迹在不断伸展。覆盖着沙子的水还只有几厘米,但那难以觉察的涨潮迅速远去的界限已经遥不可见。

那个英国人想往下跳,我拦住了他;逃跑已经不可能,因为我们来的时候必须绕过一些深水洼,我们往回走时很可能掉进去。

我们的内心都有过片刻极度的焦虑。很快,那英国姑娘又露出微笑,并且低声说:

"我们成了遇难者了!"

我想笑；但是恐惧紧箍着我，一种怯懦的、可恶的，像这涨水一样卑劣和阴险的恐惧。我们面临的所有危险都同时出现在我的脑海。我真想大呼："救命呀！"但是向谁呼救呢？

两个年幼的英国女孩蜷缩着依偎着父亲；父亲目光沮丧地望着我们周围茫茫无际的大海。

黑夜降临得像上涨的大西洋一样快，一个沉重、潮湿、冰冷的黑夜。

我说：

"没有任何办法，我们只能待在这条船上了。"

英国人回答：

"噢！yes！"

我们就待在那里，一刻钟，半小时，事实上我也不知道有多长时间，看着我们周围这片黄水，只见它越来越浑，旋转着，像是在沸腾，像是在被它重新征服的无边的沙滩上游戏。

一个小女孩感到冷，我们这才想到再下到船舱去躲避海风，这风虽然轻微，但是冰冷，吹着我们，像针一样扎着我们的皮肤。

我从舱口探下身去。船舱里已经灌满了水。于是我们不得不蜷缩着身子紧靠船尾的船帮，多少能挡一点寒风。

黑暗现在已经笼罩着我们；我们在夜色和海水的包围中彼此紧紧地挨着。我感觉得到那英国姑娘的肩膀贴着我的肩膀在颤抖，牙齿不时地磕得咯咯响；可是我隔着衣服也感觉得到她柔和的体温，这体温像吻一样甜蜜。我们不再说话；我们一动不动，一声不响，蹲在那里，像暴风雨来临时蹲在沟里的小动物一样。然而,尽管发生了这一切,尽管长夜难熬,尽管面临可怕而且有增无已的危险,我却开始为自己在这儿感到幸福,为经受寒冷和危险而感到幸福,为自己在这船板上和这个漂亮可爱的姑娘这么接近地度过充满黑暗和焦虑的漫长时光而感到幸福。

我问我自己,为什么全身会渗透这种奇特的舒适而又愉悦的感觉。

为什么?谁知道呢?因为她在那儿?她,是谁?一个不认识的英国女孩?我并不爱她,我根本不了解她,我却感到自己为她心动,被她征服!我甚至会救她,为她牺牲,干出种种傻事!真是怪事!怎么一个女人在场就会让我们这样神魂颠倒?是她的美的强大力量控制了我们吗?是姿色和青春的诱惑像美酒一样让我们陶醉了吗?

或许不如说,这只是一种爱的接触,这神秘的爱总在不停地试图把人类结合起来;它把男人和女人放在一起以后,就施展威力,向他们注入激情,一种模糊的、隐约的、深邃的激情,就像人们湿润土地,好让鲜花在地上长出来一样!

不过黑暗中的寂静,天空的寂静,变得越来越可怕了,因为我们隐隐约约听得见,在我们四周有一种无休无止的轻微的哗哗声,那是还在上涨的大海的低沉的喧哗,以及流水碰到船发出的单调的啪啪声。

我突然听到呜咽声。最小的那个英国女孩哭了。父亲想安慰她,他们开始用他们的语言说起来,我听不懂。我猜他在安抚她,而她还是有些害怕。

我问身旁的姑娘:

"小姐,您不感到太冷吧?"

"啊!我感到很冷。"

我要把我的外套给她,她不接受;但是我已经脱下来,尽管她不肯,还是给她披上。在短暂的争拗中,我碰到了她的手,一种美妙的感觉顿时传遍我的全身。

在几分钟的时间里,空气变得更冷了,海水拍打船身的声音变得更响了。我站起来;一阵强大的气流掠过我的脸。起风了。

英国人和我同时发现,他只说了一句:

"这推(对)我们来说很不好,这……"

可以肯定,这很不好,那就死定了;如果海浪,哪怕是轻微的海浪来冲击和摇撼这已经破损和开裂的失事的船,第一个浪头就能把它冲成糨糊,卷进大海。

所以,随着风越刮越紧,我们的焦虑也在一秒钟一秒钟地增加。现在,海上已经起了一点波浪,我看到黑暗中有一些白线时现时隐,那是浪花形成的线条,与此同时一波波海浪冲撞着玛丽-约瑟号的残骸,摇晃得它一阵阵短暂地震颤,震得我们心慌。

那英国姑娘在战栗;我感觉到她靠着我瑟瑟发抖,我真想把她紧紧搂在怀里。

远处,在我们的前面、左面、右面、后面,几座灯塔在海滨的水上闪耀,白色的、黄色的、红色的灯光转动着,就像巨大的眼睛,巨人的眼睛,在窥伺我们,急切地期待我们消失。其中的一座尤其让我恼火,它每隔三十秒钟就熄灭一次,紧接着又亮起来;这一座,活像一只眼睛,它的眼皮还在不停地垂下来,盖住那火亮的目光。

英国人时而擦着一根火柴看看时间,然后又把表放回口袋。突然,他隔着几个女儿的头,极其庄严地对我说:

"相(先)生,我祝您新年好。"

时间正好是午夜十二点。我向他伸过手去,他紧紧握住;接着他说了一句英语,突然他的几个女儿和他唱起《God save the Queen》①,歌声在黑暗的空气中、寂静的空气中升起,穿过空间逐渐消散。

我起初想笑;但我很快就被一种强烈而又奇怪的激情所控制。

这首遇难者的歌,面临绝境的人的歌,颇有些悲凉而又豪壮的意味,类似祈祷的意味,也有着更伟大的含义,堪与古老崇高的"Ave, César, moriturite salutant"②比美。

他们唱完以后,我请求我身旁的姑娘单独唱一首歌,一首叙事曲,一首传说曲,或者任何一首她想唱的歌,好让我们忘掉焦虑。她同意了,她那清脆、年轻的歌声立刻在黑夜中飞翔。她唱的想必是一首悲伤的歌,因为音符拖得悠长,缓缓地从她的嘴里发出来,像受了伤的鸟儿一样在波涛上飞舞。

---

① 英语,即英国国歌《天佑女王》。
② 拉丁文,意思是:别了,恺撒,去战死的人向你致敬。据古罗马传记作家苏托尼俄斯(约69—约140)说,这是古罗马角斗士在角斗前列队经过皇帝包厢前面时高呼的话。

大海不断上涨,现在已经在击打我们的失事的船。我呢,已经不只是在想着这歌声,也想着那些塞壬①。如果有一艘船从我们旁边驶过,那些水手会怎么说?我的苦恼的心灵迷失在幻想中。一个塞壬!这个把我留在这虫蛀的船上、待会儿就要和我一起葬身海底的人,不就是一个塞壬,那大海的女儿吗?……

但是我们五个人突然滚倒在甲板上,因为玛丽-约瑟夫号向右侧坍下去。英国姑娘跌倒在我身上,我趁势搂住她,不知道怎么了,也不明白怎么了,以为最后的一秒钟已经来临,我疯狂地吻她的面颊、她的太阳穴和她的头发。船不再摇晃,我们也一动不动。

父亲喊了一声"凯特!"我还搂着的那个姑娘回答"yes",并且动了一下,挣脱了身子。的确,我这时宁愿船分成两截,我跟她一起掉进水里去。

英国人接着说:

"轻轻咬(摇)晃了一下,没什么。我的三个女儿都海(还)在。"

他刚才看不见大女儿,起初还以为她丢了!

我慢慢地站起身,忽然看到海面上,离我们很近有灯光。我叫喊;有人回答。那是一条来找我们的小船,旅馆老板已经料到我们会不慎出事。

----

① 塞壬:亦译美人鱼、美人鸟,古希腊神话中人身鸟足的女妖,住在地中海小岛上,常以美妙的歌声诱使航海者触礁毁灭。

我们得救了。我却深感遗憾！人们把我们从破船上接走，然后送到圣马丁。"

英国人现在搓着手，低声说：

"多么美味的晚餐！多么美味的晚餐！"

的确，我们吃了晚餐。可我并不高兴，我一直在怀念玛丽-约瑟夫号。

第二天，频频拥抱、许诺互相写信以后，不得不分手了。他们动身去比阿利茨。我差点儿跟了他们一起去。

我已经痴迷了。我几乎要向她求婚。可以肯定，如果我们在一起待上一个星期，我就要娶她了！人有时多么软弱和不可理解啊！

两年过去了，我都没有听人谈起过他们；后来我收到一封从纽约寄来的信。她在信里告诉我，她已经结婚了。从那以后，我们每年一月一日都互相写信。她对我叙说她的生活，谈她的孩子们、她的妹妹们，可从来不谈她的丈夫！为什么？啊！为什么？……而我呢，我只跟她谈玛丽-约瑟夫号……这大概是我唯一爱过的女人……不……我本来会爱上的女人……唉！……是呀……谁知道呢？……你只能听凭命运的安排……再说……再说……一切都过去了……她也该老了，现在……我恐怕都认不出她来了……啊！从前的那个她，失事船上的那个她……多么美妙的……造物啊！她信里告诉我她的头发已经全白了……我的天主！……这让我痛苦极了……啊！她那金黄的秀发！……不，我的她不复存在……这一切……多么令人哀伤！……

珍珠小姐*

1

那天晚上,我居然选珍珠小姐做我的王后,说真的,这是多么古怪的主意哟。

我每年都要到世交尚塔尔家去过三王来朝节①。他是我父亲最要好的朋友。当我还是个孩子的时候,父亲就经常带我去他家过这个节。后来我一直保持着这个习惯,而且只要我还活着,只要这世界上还有一个尚塔尔家的人,我都会一如

---

* 本篇首次发表于一八八六年一月十六日的《费加罗报》的文学增刊;同年收入维克多·阿瓦尔出版社出版的莫泊桑小说集《小洛克》;一九〇三年收入保尔?奥朗道尔夫出版社出版的插图版莫泊桑全集《小洛克》卷。

① 三王来朝节:又称主显节,是天主教节日,为每年一月六日。在这个节日,人们有分食三王来朝饼的习俗,饼内放一蚕豆或小瓷人,吃到者为国王,由他挑选王后。

既往。

不过,尚塔尔一家过日子的方式也实在很奇特;他们虽然生活在巴黎,却犹如居住在格拉斯①、依弗托或者季风桥②。

他们在天文台③附近有一座房子,带个小花园。他们常年待在自己家里,在那儿就像生活在外省一样。对于巴黎,真正的巴黎,他们一无所知,也根本不去猜想;他们离它是那么遥远!那么遥远!不过,有时他们也出去走一趟,做一次长途旅行。用这家人的话说,就是尚塔尔太太去大办粮草。且看他们是怎样去大办粮草的。

珍珠小姐有橱柜的钥匙(衣柜是由女主人掌控的);珍珠小姐告知:糖快要用完了,罐头已经吃光了,口袋里的咖啡所剩不多了。

得到面临饥荒的警报,尚塔尔太太就巡视尚余的食品,并且在她的记事本上详加记录。写下很多数字以后,她首先专心致志地进行长时间的计算,继而同珍珠小姐进行长时间的讨论。不过最后总是达成一致,并且确定未来三个月所需的各种东西的数量:糖呀,米呀,李子干呀,咖啡呀,果酱呀,罐装豌豆、扁豆、龙虾呀,咸鱼或者熏鱼呀,等等,等等。

计划已毕,她们便选定采购的日期,乘出租马车,就是那种车顶上有行李架的出租马车,去桥对面新市区的一家很大

---

① 格拉斯:法国南部阿尔卑斯滨海省临近地中海的一个小城。
② 季风桥:法国东北部莫特-摩泽尔省的一个小城。
③ 天文台:指巴黎天文台,位于塞纳河左岸,卢森堡公园南面;所谓的巴黎"旧市区",在塞纳河左岸。

的食品杂货店。

尚塔尔太太和珍珠小姐一起,神秘兮兮地做这次旅行,直到晚饭时分才乘那辆像搬家大车似的、顶上堆满纸盒布袋的马车回来,虽然还很兴奋,但是在车里一路颠簸,已经精疲力竭。

在尚塔尔一家看来,塞纳河对岸的那一部分巴黎都是新市区,住在那里的人都奇奇怪怪、喧喧嚷嚷、不登大雅之堂,白天不务正业,夜晚寻欢作乐、挥金如土。不过他们仍然有时带着女儿们上剧院,去喜歌剧院或者法兰西剧院①观看演出,当然所看的剧目都是尚塔尔先生常读的那份报纸推荐的。

女儿如今一个十九岁,一个十七岁;这两个姑娘都长得很美,身材修长,眉清目秀,而且很有教养,甚至教养得有些过分,成了两个漂亮的布娃娃,即使走在大街上也引不起人们的注意。我从来也没有产生过向尚塔尔小姐们献殷勤或者求爱的念头;她们给人的感觉是那么纯洁无瑕,跟她们说两句话也要鼓起几分勇气;向她们致礼,也生怕会有所冒犯。

至于她们的父亲,那是个和蔼可亲的人,很有学问,很直率,很真诚,但是他最爱的还是悠闲、恬静、安宁;在他的强烈影响下,这个家庭变得死气沉沉,而他就在这一潭死水的氛围中自得其乐地生活。他爱读书,喜欢闲谈,而且很容易动感情。由于缺乏和外界的接触、碰撞和冲突,他的表皮,他的精神的表皮,已经变得十分敏感和脆弱。一点点小事就会让他

---

① 喜歌剧院和法兰西剧院都是巴黎的著名剧院,均位于塞纳河右岸。

激动、烦躁和痛苦。

不过尚塔尔家也与人交往,只不过交往的人很有限,而且都是在邻近的人家里慎重挑选的。他们每年也和住在远方的亲戚们互相访问两三次。

而我呢,每逢八月十五日①和三王来朝节都要去他们家吃晚饭。就像天主教徒在复活节要领圣体一样,这成了我的一种义务。

八月十五日,他们还邀请几个朋友;而三王来朝节那天,我却是唯一的客人。

2

所以,今年跟往年一样,我又到尚塔尔家吃晚饭,庆祝三王来朝节。

按照惯例,我跟尚塔尔先生、尚塔尔太太和珍珠小姐拥吻,并且对路易丝和波丽娜小姐行了一个深深的鞠躬礼。他们向我打听各种各样的事情:巴黎林荫大道上发生了什么大事啰,政局有什么变故啰,公众对于东京事件②有何想法啰,

---

① 八月十五日是天主教的圣母升天节。
② 东京事件:此处东京指越南北部。一八八三年法国强迫越南签订《顺化条约》,把越南变为其"保护国"。后又向中国军队发动进攻,挑起中法战争。一八八五年中国军队大败法军,引起法国政局动荡,以致费里内阁垮台。莫泊桑在一八八五年四月七日发表于《吉尔·布拉斯报》的一篇时评中曾写道:"它(法国人民)为被普鲁士战败而感到羞耻,但是为被中国打败而感到荣耀。"

我们的议员们的动态啰。尚塔尔太太身体肥胖;她的所有想法,在我的印象中都是正方形的,就像方石那样。对于所有政治问题的争论,她总习惯用这句话加以总结:"这一切都不会有好结果。"为什么尚塔尔太太的想法在我的想象中都是正方形的呢?我也不知道;不过她所说的话,确实在我的脑海里全都具有这种形状:一个正方形,四角对称的老大的正方形。另有一些人的想法,在我看来总是圆形的,并且像圆环一样能够滚动;如果他们就某件事说点什么,一开口那些圆形的想法就滚动而出,越来越多,十个,二十个,五十个,有大的,有小的,我眼看着它们一个接一个地朝前滚,一直滚到天边。还有一些人的想法是尖形的……不过,这都是题外话。

且说我们像以往一样坐下来吃饭,直到晚饭结束,也没有说过什么值得一提的话。

到了吃甜点的时候,三王来朝饼端了上来。以往年年都是尚塔尔先生做国王。是连续的巧合,还是家里人的默契,我就不得而知了,反正他总是万无一失地在分给他的那一角糕饼里发现那个小瓷人,而且他总是宣布尚塔尔太太为王后。因此,当我咬了一口糕饼,感到里面有个硬邦邦的东西,差点儿崩了我的一个牙的时候,不免大感意外。我慢慢地把那东西从嘴里掏出来,只见是一个并不比蚕豆大的小瓷人。我惊讶地叫了声:"啊!"大家都看着我,尚塔尔鼓着掌大声喊道:"是加斯东,是加斯东。国王万岁!国王万岁!"

所有的人都齐声欢呼:"国王万岁!"我顿时脸红到耳根,就像人们遇到有点尴尬的局面常会不由自主地脸红一样。我低着头,两个指头捏着那豆大的瓷人,好不容易露出笑容,却一时间不知道该做什么、说什么。这时尚塔尔又说:"现在,该选一个王后啦。"

这一下我更是不知所措了。刹那间,各种各样的想法,各种各样的猜测,闪过我的脑海。会不会是想让我在两位尚塔尔小姐中指定一个呢?会不会是想用这个法儿让我说出更喜欢哪一位小姐呢?会不会是做父母的在慢慢地、轻轻地、不露痕迹地促成一桩可能成功的婚事呢?须知婚姻的盘算经常在每一个有大龄女儿的家庭徘徊,而且是采取各种形式、各种伪装、各种手段。我非常害怕被牵连进去;同时路易丝和波丽娜小姐那端庄得让人捉摸不透的态度也让我胆怯至极。从她们之中选一个而冷落另一个,对我来说就像从两滴水中选一滴一样困难。再说,想到可能因为这毫无意义的王位,被人用委婉、不易觉察、平平和和的手段拖进一场婚姻的冒险中而不能自拔,我真的怕得要命。

不过我突然灵机一动,把那个具有象征意义的瓷人递给了珍珠小姐。起初大家都感到意外,接着他们大概对我的精细和周到表示赞赏了,因为他们疯狂地鼓起掌来。他们高喊着:"王后万岁!王后万岁!"

而她,可怜的老姑娘,却慌了神;她浑身发抖,神情惶恐,结结巴巴地说:"这可不行……这可不行……这可不行……别选我……我求您啦……别选我……我求您啦……"

直到这时,我才生平第一次仔细打量珍珠小姐,思忖她究竟是怎样一个人。

我已经习惯于在这个家里看到她,不过就像我从小就常坐的那些绷着绒绣的古色古香的安乐椅一样,经常看见它们,却从来没有注意过它们。有一天,不知为什么,只因一缕阳光落在那个座椅上,你会突然对自己说:"嘿,别看这件家伙,倒挺有意思呢";进而你会发现它的木架原来是一位能工巧匠精雕细刻的,布面也美轮美奂。总之,我从来也没有留意过珍珠小姐。

她是尚塔尔家的一员,仅此而已;可是她是怎样成为尚塔尔家一员的呢?又是以什么身份呢?——这个身材瘦长的女人,虽然竭力不去惹人注意,却不是一个可有可无的人。家里人待她都很友善,胜过一个仆人,但是又不如一个亲人。我突然察觉了在此以前从未在意过的大量的微妙差别!尚塔尔太太叫她:"珍珠。"姑娘们喊她:"珍珠小姐。"尚塔尔先生却只称呼她小姐,也许态度比她们对她更要尊重些。

我端详起她来。——她多大年纪了?四十岁?没错,四十岁。——这个姑娘并不算老,只是她故意打扮得老气。这一意外的发现让我深感惊讶。她的发式、衣着和饰物都很可笑,可是尽管如此,她这个人却一点也不可笑,因为她身上有一种朴素自然的优雅气质,只是这优雅的气质含而不露,被她刻意隐藏起来了。真的,多么古怪的人啊!我怎么会从来都没有好好观察过她呢?她的发式古里古怪,梳成一个个非常老式、可笑至极的小卷儿;在这专为圣母保留的发式下面,可以看到一个宽阔宁静的前额,上面有两道很深的皱纹,两道长期的积郁留下的皱纹;再下面是一双大而柔和的蓝眼睛,眼神那么羞涩、那么胆怯、那么谦虚,这双美丽的眼睛仍然是那么稚气,充满了少女般的好奇、年轻人的敏感,也充满了往日经历过的忧伤,这非但没有让这双眼睛变得浑浊,反而使它们更显得温柔。

她的整个面孔清秀而又矜持,那是一张并没有经受太多劳苦、磨难或生活中的大喜大悲就已经凋谢和失去光彩的面孔。

多么美的嘴!多么美的牙齿啊!但是她却好像连笑都不敢笑!

我忽然拿她和尚塔尔太太做了个比较!可以肯定地说,她强过尚塔尔太太,强过一百倍,比她更优雅,比她更高贵,比她更自尊。

我对自己的观察结果大为惊讶。这时香槟酒斟好了。我向王后举起酒杯,说了一段字斟句酌的赞词,向她祝酒。我看得出她多么想把脸埋进餐巾里。后来,当她的嘴唇终于浸入那清澈的美酒时,大家齐声高呼:"王后喝酒啦!王后喝酒啦!"她顿时脸羞得通红,激动得说不出话来。大家都笑了。我看得很清楚:在这个家庭里,人们都很喜爱她。

3

晚饭刚结束,尚塔尔就拉住我的胳膊。他抽雪茄的时间到了,这可是神圣的时刻。他一个人的时候,总是去街上抽烟;如果有客人来吃晚饭,他就上楼到台球室去,一边打球一边抽。这天晚上,因为是三王来朝节,台球室里甚至生起了火;我的老朋友拿起台球杆,一根十分精致的台球杆,用白粉仔细地打磨了一会儿,然后说:

"你开球,小伙子!"

尽管我都已经二十五岁了,他却总是对我以"你"相称,因为他在我还是个娃娃的时候就认识我了。

于是我就开了球;我打了几个连撞两球,也有几次打空。由于我的脑子里一直在想着珍珠小姐的事,我贸然地问道:

"请问,尚塔尔先生,珍珠小姐是您的亲戚吗?"

他好像很惊讶,停止打球,望着我:

"怎么,你不知道? 你不知道珍珠小姐的身世吗?"

"不知道。"

"你父亲从来没有跟你说过?"

"没有。"

"瞧,瞧,多么奇怪呀! 哈哈! 多么奇怪呀! 啊! 不过,这可是一件十分奇特的事哟!"

他沉吟了片刻,然后接着说:

"今天是三王来朝节,你偏偏在这样一个日子问我这件事,真是太奇怪了!"

"为什么?"

啊!为什么!你听着。那已经是四十一年前的事了,四十一年前的今天,三王来朝节。我们那时住在鲁伊-勒托尔的老城墙上面;不过先得跟你交代一下我们那所房子,你才能听得明白。鲁伊城建在一个山坡上,更确切地说是建在一个山岗上,俯视着一片广袤的草原。我们在那里有一所房子和一个高悬着的美丽的花园,因为那花园被古老的护城墙托举在半空。也就是说房子在城里,朝着街道,而花园却高居于平原之上。那花园也有一个门通向田野,就像小说里常见的,城墙里凿了一道暗梯,下了暗梯就是这个门。门前有一条大路;门上装了一个大钟,因为乡里人给我家送采购的生活必需品,都爱走这个门,免得绕个大圈子。

现在你已经很清楚那地方的情况了,是不是?另外,那一年,三王来朝节的时候,大雪已经连绵不断地下了一个星期。简直就像是到了世界末日。我们到城墙上去看平原,只见一望无垠的白色原野,白晶晶,结了冰,像涂了一层清漆一样闪亮,不禁感到寒彻骨髓。真像是老天爷把大地打了包,准备送进古老世界的顶楼杂物间似的。我敢向你保证,那景象实在凄凉。

当时我们全家住在一起,人口多,很多,有我的父亲,我的母亲,我的舅父舅母,两个哥哥,四个表妹;这四个表妹都是标致的姑娘,我娶了最小的一个。这些人当中,活在世上的只有三个人了:我妻子、我和我的大姨子,她现今住在马赛。见鬼!好端端一个家庭,凋零到什么样子啊!一想到这儿我就不寒而栗!我呢,那时十五岁;可不,我都五十六岁了。

就要庆祝三王来朝节了,我们都很高兴,真的很高兴!就在大家在客厅里等着吃晚饭的时候,我大哥雅克忽然说:"有一条狗在平原上叫了有十分钟了,这可怜的畜生想必是迷路了。"

他的话音还没有落,花园里的大钟就响起来。那钟声像教堂的钟声一样低沉,令人联想到死人。大家都不禁打了个寒战。我父亲唤来仆人,叫他去看看。我们都屏声息气地等着,不过都想着那覆盖大地的积雪。仆人回来报告说,他什么也没有看见。可是狗还在叫,不住地叫,而且叫声也没有改变地方。

我们坐下来吃饭;但是都有点紧张,尤其是年轻人。直到吃烤肉的时候一切都还好,后来钟声突然又响了,而且接连响了三下,这三下又重又长的钟声震得我们连手指尖都打战,气都透不过来了。我们面面相觑,手里空举着叉子,内心充满神秘的恐惧感。

终于还是我的母亲说:"真奇怪,过了这么长时间又回来敲钟。巴蒂斯特,再去看看,不过别一个人去;让在座的一位先生陪你去。"

我舅舅弗朗索瓦站起来。他是个大力士,常以自己强壮有力而骄傲,而且天不怕地不怕。我父亲对他说:"带一支枪去吧。谁也不知道会是怎么回事。"

但是我舅舅只拿了一根手杖,就立刻同那个仆人一起出去了。

我们留下的人战战兢兢,忧心忡忡,吃不下饭,也无心说话。父亲安慰我们说:"你们等着看吧,不是一个乞丐就是一个路人在大雪里迷了路。他先敲了一次钟,见没有人立刻给他开门,就想再去找一找路,可是没有找到,便再回到我们的门口来敲钟。"

我们感到舅舅似乎去了一个钟头之久。他终于回来了,气急败坏地骂着:"什么也没有,他妈的,肯定是个捣蛋鬼!此外,只有那条该死的狗在离城墙一百米远的地方叫个不停。我要是带了一杆枪,就把它毙了,让它住口。"

我们又吃起饭来,不过心里都惴惴不安,明显地感到这件事并没有完,就要发生什么事,那个大钟马上还会响。

就在人们切三王来朝饼的时候,它果然又响了。所有的人都不约而同地站起来。我舅舅弗朗索瓦刚喝了一点香槟酒,发誓一定要去杀了"他"。见他怒气冲天,我母亲和舅母连忙跑过去拦住他。我父亲虽然很镇静,而且有点儿腿脚不便(他从马上跌下来摔断了一条腿,从那以后就拖着脚走路),可是他表示想看看究竟是怎么回事,他也要去。我的两个哥哥,一个十八岁,一个二十岁,跑去拿枪。看到没有人注意我,我就抄起一支气枪,也准备跟着去探险。

探险队立刻出发了。父亲、舅舅和手拿提灯的巴蒂斯特走在前头。哥哥雅克和保尔紧随着他们。我也不顾母亲的劝阻,跟在最后。母亲和舅母以及我的几个表姐在房门口等着。

雪又下了有一个钟头了;树木都覆盖着积雪。枞树几乎被这沉甸甸的灰白色的外套压弯了腰,看上去就像一座座白色的金字塔或者一个个巨大的糖锥;透过细密的雪花织成的灰蒙蒙的帷幔,那些较小的灌木只能隐隐约约地看到,它们在黑暗中已经变得十分模糊。雪下得那么大,只能看到十步远。多亏那盏提灯在我们前面投下一道耀眼的亮光。开始沿着在城墙体内凿成的转梯往下走的时候,老实说,我害怕起来。就好像有人在我身后走来,就要抓住我的肩膀,把我拖走似的。我真想往回走;可是回家又要穿过整个花园,我更不敢。

我听见通向平原的那扇门打开了;接着,舅舅又骂起来:"妈的,他又走了!这狗杂种,只要看到他的影子,我就一枪干掉他。"

茫茫原野看上去阴森森的,或者不如说让人感觉到阴森森的,因为我们根本看不见它;能够看见的只是无边的雪的帷幕,头上、脚下、前面、左面、右面,铺天盖地。

舅舅又说:"听,那条狗又叫了;我这就去让它领教一下我的枪法。还是这样干脆。"

但是我父亲心肠很慈善,他说:"最好还是去找找它,这可怜的畜生是饿极了才叫的。这不幸的东西,它是在呼救;它像遇到危难的人一样,在呼唤我们。咱们快去。"

我们继续前进,穿过那雪幕,穿过那持续、浓密的大雪,穿过那充满黑夜和空气的飞絮。飞絮冉冉舞动、飘洒、跌落,在把我们的肌肉冻僵的同时它也融化了;就像火燎一样,每当一朵小小的白色雪花触及皮肤,皮肤就会感到迅疾、剧烈的疼痛。

我们的膝盖都深陷在这柔软、寒冷的积雪中;必须把腿高高抬起来才能迈进一步。我们越往前走,狗的叫声越清晰、越响亮。舅舅突然大喊:"在那儿!"我们就像在夜间遭遇敌人似的,停下来观察。

我呢,什么也没看见;于是紧跑几步,赶到其他人身边,这才看到它。那条狗看上去既可怕又奇特。那是一条大黑狗,一条毛很长、头很像狼的牧羊犬,四腿直立,站在提灯在雪地上洒下的那一长条亮光的尽头。它并不走开,而且顿时安静了下来,注视着我们。

我舅舅说:"多奇怪呀,它不冲上来,也不后退。我真想给它一枪。"

我父亲语气坚定地说:"不,还是捉住它。"

这时我哥哥雅克补充说:"而且不光有条狗。它旁边还有一个东西呢。"

它身后果然有一个东西,一个灰颜色的东西,没法看得清究竟是什么。我们又开始小心翼翼地往前走。

见我们走近,那条狗蜷起后腿坐下。它并没有露出凶恶的样子,倒不如说它因为终于把人吸引来了而感到高兴呢。

我父亲径直朝它走过去,抚摸着它。那狗舔着他的手;这时我们才发现它被拴在一辆小车、一辆用三四层毛毯包得严严实实的玩具似的小车的轮子上。我们细心地揭开毯子,巴蒂斯特把提灯移近这个像带轮的小窝棚似的车子的小门,只见里面有个睡着的婴儿。

我们惊异得连话都说不出来了。我父亲首先恢复了镇定。他心地非常善良,又有点容易冲动,当即把手放在车顶上,说:"可怜的弃儿啊,你从此就是我们家的人了。"他随即吩咐我哥哥雅克推着这意外的发现走在前面。

父亲又自言自语地说:"一定是个私生子;可怜的母亲联想到圣婴,所以选在三王来朝节的夜晚来叫我们的门。"

他又停下来,透过夜色,朝着四边的天空放声大喊了四遍:"我们把他收下啦!"然后,他把手搭在我舅舅的肩膀上,低声说:"弗朗索瓦,要是你朝狗开了枪,会怎么样呢?……"

舅舅没有回答,但是他在黑夜中画了一个大十字;别看他爱说大话,他可是个虔诚的教徒哩。

系着狗的绳子已经解开,它就跟着我们。

啊!我们回家的情景才有意思呢。我们首先费了好大劲把车子从城墙内的暗梯抬上去;不过我们还是成功了,并且把它一直推到门厅。

我妈妈的神情多么逗呀,她又是高兴又是惊慌。而我的四个表妹(最小的一个当时才六岁),就像四只小鸡团团围住一个鸡窝。最后我们把还在酣睡的孩子从小车里抱出来。那是一个约莫六周大的女孩。在她的褓褓里还发现了一万法郎金币,是的,一万法郎!爸爸把这笔钱存了起来准备给她做嫁妆。这说明她不是穷人家的孩子……而可能是某个贵族和城里一个小市民家的女子生的……要不然就是……总之我们作了种种推测,却永远一无所知……一无所知……甚至连那条狗也没有人认得出来。那狗不是本地的。不过不管怎样,可以断言,到我家门口敲了三次钟的那个男子或者那个女子,十分了解我的父母,才选中了他们。

这就是珍珠小姐在出生才六周的时候来到尚塔尔家的经过。

不过,我们叫她珍珠小姐,那是后来的事了。最初人们给她洗礼起的教名是"玛丽-西蒙娜·克莱尔","克莱尔"就算是她的姓了。

我敢说,当我们带着这个婴儿进入饭厅的时候,那情形真是有趣极了。她已经醒了,用那双蒙眬、迷离的蓝眼睛看着她周围的这些人和灯光。

大家又重新坐下,分食糕饼。我当上国王,并且像您刚才做的那样选珍珠小姐做我的王后。那一天,她肯定没有想到会有人给她献上这份荣幸。

孩子就这样收留下来,在我们家里抚养。她长大了;多少年一晃就过去了。她善良、温柔、随和。所有的人都喜爱她;要不是母亲阻拦,我们一定会把她惯得不成样子。

母亲是一个门第观念和等级观念很强的人。她同意像对待自己的儿子们一样善待小克莱尔,但是她又坚持我们之间的距离一定要清楚,身份一定要明确。

因此,这孩子刚懂事,她就让她知道了自己的身世,并且以很委婉,甚至很温存的方式向小姑娘的脑海里灌输了这种观念:对尚塔尔家的人来说,她是个养女,是被收留的,总之是个外人。

克莱尔有着罕见的智慧和惊人的本能,她了解自己的处境;而且她知道接受并且严守留给她的这个地位,总是那么有分寸,那么心甘情愿,那么善解人意,常常把我的父亲感动得流泪。

这个温柔、可爱的孩子,满怀热烈的报恩和甚至有点诚惶诚恐的尽忠之情,连我母亲也被深深感动了,开始叫她"我的女儿"。有时她做了什么对人厚道、体贴入微的事,我母亲就把眼镜推到额头上——这是她心情激动的表示——一迭连声地说："这孩子，真是一颗珍珠，一颗真正的珍珠啊！"——这个名字就这样留给了小克莱尔。克莱尔变成了珍珠小姐，我们从此一直这么称呼她。

4

尚塔尔先生沉默不语了。他坐在台球桌上，两条腿晃动着，左手玩弄着一个台球，右手揉搓着一块擦拭记在石板上的得分的抹布，也就是我们所称的"粉擦"。他的脸微微涨红，声音低沉。他现在已经是在对自己说话了，就仿佛步入了回忆之境，在重又浮现于脑海的联翩的回忆和往事中缓缓前行，就好像我们重游故居的花园，我们在那里长大，那里的每一棵树、每一条路、每一种花木：带尖儿的冬青、扑鼻香的月桂、鲜红肥美的果实一捏就破的紫杉，每走一步就唤起我们过去生活中的一件小事，一件微不足道而又饶有兴味的小事，而正是这些小事构成了我们人生的实质，人生的内容。

我呢，依然面对着他，背靠着墙，两手挂着那根已经没有用场的台球杆。

他沉静了片刻，又说："天呀，她十八岁的时候多么漂亮……多么优雅……多么完美……啊！漂亮……漂亮……漂亮……善良……诚实……迷人的姑娘哟！……她的眼睛蓝蓝的……清澈……明亮……这样的眼睛，我从来也没有见过……从来也没有！"

他又沉默不语了。我便问:"她为什么没有结婚呢?"

他回答了,不是回答我,而是回答一闪而过的"结婚"二字:

"为什么!为什么!她不愿意……不愿意。尽管她有三万法郎金币的家资,而且曾经有好几个人向她求过婚……可她就是不愿意!那段时间她好像心情很不好。也就是我娶了现在的妻子——我的表妹小夏洛特的时候,我和她六年前就订婚了。"

我看着尚塔尔先生,仿佛深入到他的灵魂,突然看到发生在诚实、正直、无可指责的心灵中的无数平凡而又残酷的悲剧中的一幕。这悲剧往往埋藏在心里,从不向人吐露,从未有人探索,任何人,哪怕是默默忍受着痛苦的悲剧的牺牲者们,都不知情。

我突然受好奇心的驱使,冒失地问:

"您本来应该娶她的,是不是,尚塔尔先生?"

他打了个哆嗦,看着我,说:

"我?娶谁?"

"珍珠小姐呀。"

"为什么?"

"因为您爱她胜过爱您的表妹。"

他眼睛睁得圆圆的,露出惊异、慌张的神色,注视着我,然后吞吞吐吐地说:

"我……我爱她?……怎么爱?谁告诉你的?……"

"这还用说,一看就知道……您就是为了她才拖了那么久才娶您的表妹，让她苦等了六年。"

他放下左手拿着的那个台球，用两只手抓着那块粉擦捂着脸，呜咽起来。他哭的样子既可怜又可笑，就像挤海绵一样，鼻涕、眼泪、口水一起流。他咳嗽，吐痰，用粉擦擤鼻涕、揉眼睛、打喷嚏，然后脸上的各个缝隙又开始往外流汤儿，同时喉咙里发出令人联想到漱口的响声。

我呢，又惊慌，又愧疚，真想溜之大吉，因为我不知该说什么，做什么，怎么办才好。

忽然，尚塔尔太太的声音从楼梯里传来："你们的烟快抽完了吧？"

我打开门，大声说："是的，太太，我们这就下来。"

然后，我又连忙跑到她丈夫身边，抓着他的两肘，说："尚塔尔先生，我的朋友尚塔尔，听我说；您太太在叫您，镇静些，快镇静些，该下楼了，镇静些。"

他结结巴巴地说："好……好……我就来……可怜的姑娘！……我就来……请告诉她我这就来。"

他开始用那块擦石板上的各种标记已有两三年之久的破布仔细地擦脸；后来脸露出来了，但变成了白一块红一块，额头、鼻子、两颊和下巴都染上了白粉；眼睛还肿肿的，满含着泪水。

我抓着他的手，把他拉到他的卧室，一边小声对他说："对不起您，非常对不起您，尚塔尔先生，让您难过了……不过……我并不知道……您……您一定能理解……"

他紧握着我的手，说："是的……是的……谁都有难过的时候……"

说完,他就把脸浸在脸盆里。当他的脸从水里出来时,我觉着还是见不得人;不过我想出一个小小的计策。见他在镜子里看到自己的样子正有些犯愁,我就对他说:"只要您说眼里掉进了一颗沙子,您就可以尽情地在大伙儿面前哭了。"

他真的用手绢揉着眼睛走下楼。大家都很着急;每个人都要来找那颗根本找不到的沙子,并且还举出一些类似的情况,都是弄到后来不得不去找医生。

我呢,这时已经走到珍珠小姐身边,端详着她。强烈的好奇心折磨着我,这好奇心正在变成一种痛苦。的确,她早先一定很漂亮;她那双温柔的眼睛,那么大,那么宁静,那么开朗,似乎从来也不曾像常人那样闭上过似的。她的打扮是有点儿怪,地道的老处女的打扮,但这只减少了她的姿色而并没有让她显得笨拙。

我刚才在尚塔尔先生的心灵中看到的一切,仿佛在她的身上一目了然;这女子的谦卑、淳朴、忠诚的一生,仿佛从头至尾展现在我的眼前。不过我还是嘴唇痒痒的,忍不住要问问她,想弄明白她是不是也爱过他;她是不是也像他一样默默地承受过漫长、剧烈的痛苦,没有人看得出,没有人知道,也没有人猜得到;但是到了夜间,孤独一人在漆黑的卧室里,就会禁不住暗自悲伤。我望着她,仿佛看到她的心在高领短上衣下面跳动;我寻思:这张纯真温柔的脸是否每晚都在泪水浸湿的枕头里叹息,这身躯是否在燥热难眠的床上抽噎得战栗。

就像孩子们宁可把玩具砸碎也要看看里面到底是怎么回

事,我把声音压得低低地对她说:"要是您看见尚塔尔先生刚才哭得多么伤心,一定会可怜他的。"

她不禁哆嗦了一下:"怎么,他哭了?"

"啊!可不,他哭了。"

"为什么哭?"

她好像很激动。我回答:

"因为您呗。"

"因为我?"

"是啊。他对我说,他从前曾经是多么爱您;没有娶您而娶了他现在的妻子,他付出了多大的代价……"

只见她那苍白的脸拉长了一点;那双始终睁大的眼睛,那双宁静的眼睛,一下子合上了,快得仿佛再也不会张开了。接着她便从椅子上滑下去,轻轻地、慢慢地瘫倒在地板上,就像一条滑落的披肩一样。

我大声疾呼:"快来呀!快来呀!珍珠小姐不好啦。"

尚塔尔太太和两个女儿赶紧跑过来;趁她们忙着找水、找毛巾、找醋,我拿了帽子就溜之大吉。

我大步流星地走开,内心却在剧烈地震撼,又是后悔,又是歉疚。不过有时我也暗自高兴,因为在我看来,自己做了一件值得称赞而又很有必要的事。

我自问:"我是做错了?还是做对了?"以前他们把这一切藏在心底,就好像铅弹埋在封闭的伤口里。现在他们是不是轻松些了呢?让折磨他们的旧情重新开始也许为时已晚,但是让他们柔情地怀念那段时光总还来得及。

也许在即将来临的春天的某个晚上,一缕穿过树枝洒在脚边草地上的月光,会令他们触景生情,互相依偎着,互相紧握着手,一起回忆那隐忍在心中的残酷的痛苦;也许这短暂的亲近会在他们身上激起从未领味过的震颤,向这些苏醒片刻的人身上注入转瞬即逝的、神圣的陶醉和疯狂的感觉;而这种陶醉,这种疯狂,在一阵战栗间赋予情人们的幸福,可能比其他人一辈子所获得的还要多呢!

在树林里*

镇长正要坐下吃午饭,有人来告诉他,乡村警察抓了两个犯人,在镇公所等他。

他立刻赶去,果然看见乡警奥什杜尔大叔站在那儿,一脸严肃地看押着一对上了年纪的城里人。

那男的,是个胖老头,鼻子通红,一头白发,看上去垂头丧气;那女的,是个穿着节庆服装的矮个儿大妈,圆乎乎的,肥墩墩的,脸蛋儿闪亮,用挑衅的目光看着把他们抓来的权力机构代表。

镇长问:

"这是怎么回事,奥什杜尔大叔?"

乡村警察陈述了案情。

---

* 本篇首次发表于一八八六年六月二十二日的《吉尔·布拉斯报》,一八八七年收入保尔·奥朗道尔夫出版社出版的莫泊桑小说集《奥尔拉》,一九〇二年收入同一出版社出版的插图本莫泊桑全集《奥尔拉》卷。

早上,他在惯常的时间出门,去尚皮尤树林到阿尔让特依①边界一带巡察。他没发现乡间有任何特别的情况,天气晴朗,麦子长势挺旺。忽然,正在葡萄园松土除草的布勒戴尔家的儿子嚷道:

"喂,奥什杜尔大叔,快去树林边看看,在最近的矮树丛里,您能发现一对鸽子,两只的年纪加起来足有一百三十岁呢。"

乡警向所指的方向进发;他走进茂密的矮树丛,听到说话声和呻吟声,这让他猜想一定是一桩现行的伤风败俗的罪行。

于是他跪在地上,就像要出其不意抓住一个偷猎者一样,手腿并用地前进,就在那对男女任凭天性驱使的时候,把他们当场拿获。

惊讶的镇长打量着这对罪犯。男的足有六十岁,女的少说也有五十五。

他开始审问他们。先问那个男的。那男的回答时声音非常微弱,几乎听不见。

"您叫什么名字?"

"尼古拉·博兰。"

"什么职业?"

"服饰用品商,在巴黎的殉道者街。"

"您在那树林里干什么来着?"

---

① 阿尔让特依:巴黎西北郊重镇,瓦兹河谷省首府,当时还是个村镇。

服饰用品商久久地沉默不语,脑袋耷拉在大肚子上,两只手摊平贴在大腿上。

镇长接着问:

"您否认镇政权力机关代表的指控吗?"

"不否认,先生。"

"那么,您招认了?"

"是的,先生。"

"您有什么要为自己申辩的?"

"什么也没有,先生。"

"您是在哪儿遇到这个同案犯的?"

"她是我的妻子,先生。"

"您的妻子?"

"是的,先生。"

"那么……那么……你们在巴黎,不在一起生活?"

"对不起,先生,我们在一起生活!"

"可是……那么……您准是疯了,完全疯了,我亲爱的先生,上午十点钟,跑到这大野地里,让人把您这样抓住。"

服饰用品商羞愧得似乎差一点要哭了。他低声说:

"是她要这么干的? 我跟她说过这么干很愚蠢,可一个女人脑袋里一旦有个什么主意……您是知道的……她就不会再往别处想。"

镇长很喜欢高卢人的幽默,他微微一笑,反驳道:

"按您这么说,事情就应该是相反了。如果她脑袋里只有这个,您是不会在这儿的。"

这时博兰先生突然火冒三丈,扭头冲着妻子说:

"你瞧,你的诗意让我们落到了什么地步,嗯?你明白了吧?现在,我们还得上法庭,在我们这个年纪,而且是因为有伤风化!而且我们还得关店,把客源让给别人,还得换个街区去住!现在,你明白了吧?"

博兰太太站起来,看都不看她丈夫一眼,既不尴尬,也不难为情,甚至毫不迟疑地为自己辩解:

"天呀,镇长先生,我知道我们很可笑。请您允许我像一个律师,或者最好是像一个可怜的女人那样为自己辩护;我希望您能放我们回家,免去我们被追究的羞辱。

"从前,我年轻的时候,有一个星期日,在这个地方认识了博兰先生。那时候,他是一家服饰用品店的职员;我是一家服装店的店员。我还记得那情景,就像发生在昨天一样。星期日我常和女友萝丝·勒维克来这儿,我和她一起住在皮加尔街。萝丝有一个男朋友,而我没有。每次都是她的男朋友带我们到这儿来。一个星期六,他笑着向我宣布,第二天他要带一个伙伴来。我明白他要干什么;但是我回答说这是没有用的。我是个很规矩的人,先生。

"就这样,第二天我们在火车里见到了博兰先生。那时候他人长得很帅。不过我已经下定决心不让步,我也的确没有让步。

"说话我们到了波宗①。天气好极了,这种好天气总是让

---

① 波宗:法国市镇,位于阿尔让特依市西南方,塞纳河畔,当时还是个村镇。

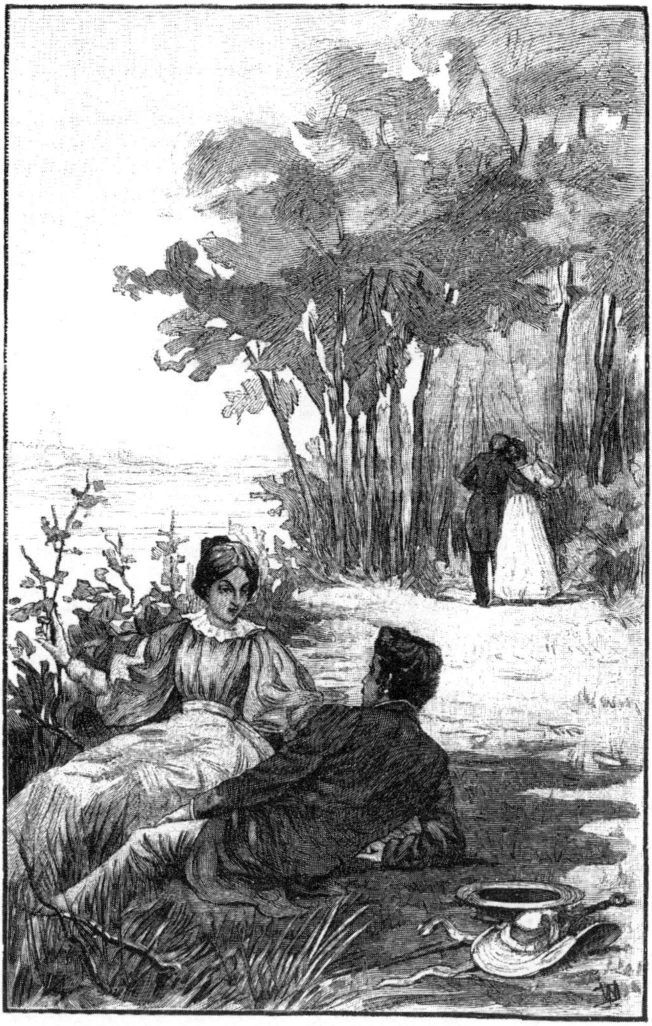

人心里痒痒的。我呢,今天仍然跟从前一样,天气好的时候,我会傻里傻气地哭起来;要是在乡下,我更会乐昏了头。绿色的草木,歌唱的鸟儿,随风起伏的麦田,疾飞而过的燕子,青草的香味,丽春花,雏菊,这一切让我兴奋得发狂!对于不习惯的人,这就像香槟酒一样!

"也就是说,那天天气好极了,温和而且晴朗,看的时候通过眼睛,呼吸的时候通过嘴,沁入您的心田。萝丝和西蒙在不停地亲吻!看他们这样,我心里不能不有点什么。博兰先生和我在他们后面走,很少说话。不认识的人之间找不到什么话题。这个小伙子看上去很腼腆,看他那不知所措的样子我觉得挺有趣。我们来到一个小树林,树荫下很凉爽,就像在一个浴盆里一样。大家都在草地上坐下。萝丝和她的男朋友打趣我,因为我的神态一直是一本正经。您理解我不能不这样。接着,他们就像我们不在那儿似的,又开始无拘无束地拥抱接吻;接着,他们说了几句悄悄话;接着,他们就站起来,一声不吭地走到一片绿叶丛里。您可以想象我当时那副表情,当着我第一次见面的这个小伙子。看到他们这么走了,我真感到难为情,不过这倒也给了我勇气,我开始说话了。我问他是做什么的,他说他是服饰用品店的伙计,我刚才跟您说了。我们就这么聊了一会儿。这一来,他的胆子大了,他想做些亲热的举动;我呢,马上就让他安分了;我又板起面孔。是不是这样,博兰先生?"

博兰先生难为情地看着自己的脚,没有回答。

她接着说:"这小伙子,他从此知道我是个很规矩的女孩,就开始乖乖地追求我,像个正派男子汉那样。从那一天起,他每个星期日都到这儿来。先生,他很爱我。而我也很爱她,当然了,很爱!从前,他真是个漂亮小伙儿。

"长话短说吧,九月他娶了我,随后我们就在殉道者街做起我们的生意。

"开头有好些年都很艰难,先生。生意不好,我们没有闲钱到乡下来玩。以后,我们也丢掉了这个习惯。脑子里总惦记着别的事;做生意,想的更多的是钱柜,而不是甜言蜜语。不知不觉的,我们一点点变老了,平平静静地过日子,不再想什么谈情说爱。只要您没发现缺少这个东西,您就一点也不会感到遗憾。

"后来,先生,生意好些了,我们对未来充满了信心!先生,您瞧,我也不明白自己身上发生了什么变化,不,真的,我不明白!

"我又开始像个年少的寄宿女生一样想入非非。看见人家推着卖花的小车从街上经过,我会激动得流泪。紫罗兰的花香飘进来,寻找柜台后面坐在扶手椅上的我,我的心会怦怦地跳。这时候我就会站起身,走到门口,看屋顶之间的蓝天。站在大街上看天空,就像一条河,一条蜿蜒降落到巴黎城上的长河,空中飞过的燕子就像河里游的鱼儿。在我这个年纪还有这些闲情逸致,真是傻气!您说又有什么办法呢,先生,工作了一辈子,终于有一天,您发现本来还可以做点别的事情,这时您觉得遗憾了,啊,是的,觉得遗憾了!您想想呀,在二十个年头里,我本来可以像别人,像别的女人一样,去树林里接吻的。我就想,能在树荫下面爱一个人有多好啊!我天天想,夜夜想!我梦想着水上的月光,甚至宁愿跳到水里淹死。

"起初几天,我不敢跟博兰先生说这些。我知道他会笑话我,会打发我去卖我的针头线脑!而且,说真的,博兰先生已经不怎么讨我喜欢了,不过,我在镜子里打量了一下自己,我呢,我很清楚,我也不会再招任何别的人喜欢了!

"于是我下了决心,我提议到乡下去,到我们当年认识的地方去散散心;他没有多想就同意了。今天早上九点钟的光景,我们就到了这里。

"可我一走进那片麦田就神魂颠倒了。女人的心,是不会老的!真的,在我眼里,我丈夫不再是现在这个样子,而是从前那个样子了!就是这样,我向您发誓,先生!千真万确,我醉了。我开始拥抱他吻他;他大吃一惊,就好像我要谋害他似的。他一迭连声地对我说:'嗨,你发疯了。你发疯了,这么一大早的。你着了什么魔?……我,我这时已经不听他的,先生,我只听我的心了。我把他拉进了树林……就是这么回事!……我把实情说了,镇长先生,全部的实情。"

镇长是个很风趣的人。他站起来,微微一笑,说:"放心地走吧,太太。不过别再来犯事了……在树叶下面。"

拉丁文问题[*]

近一段时间把我们搞得晕头转向的拉丁文问题①,倒是让我想起了一件往事,一件我年轻时的往事。

我那时住在法国中部一座大城市的一个汤铺老板家,在罗比诺中学的学业即将结束。这所学校以其拉丁文教学的水平高而全省闻名。

十年来,在各次比赛中,罗比诺中学都击败了本城的皇家中学和各专区的所有中学,据说它的常胜不败是归功于一个学监,一个普普通通的学监皮克当先生,更确切地说是皮克当大叔。

这是个头发已经全部灰白的半大老头,很难估计出他的年龄,不过第一眼就能猜出他的经历。他二十岁上就随便进

---

* 本篇首次发表于一八八六年七月二日的《高卢人报》;一九〇〇年收入保尔·奥朗道尔夫出版社出版的莫泊桑小说集《流动商贩》;一九〇三年收入同一出版社出版的插图版莫泊桑全集《图瓦》卷。

① 教育家和作家拉乌尔·弗拉里(1842—1892)一八八五年发表《拉丁文问题》一书,以激进的态度认为教授拉丁文无益,引起了关于拉丁文教学存废的争论。莫泊桑在这里指的就是这场争论。

了一所中学当了学监,本希望能继续自己的学业,一直学到取得文学学士学位,进而到博士学位;他却被深深地卷进这悲惨的生涯中,做了一辈子学监。不过他对拉丁文的热爱从没有减少,它已经成为缠绕着他的一种病态的激情。他继续读拉丁诗人、散文家、历史学家的作品,对它们又是诠释,又是品评,那么孜孜不倦,简直成了狂癖。

有一天,他突然来了一个主意,就是强迫他教的所有学生都用拉丁文回答他的提问;他坚持按这个决定去做,直到学生们能够跟他进行完整的对话,就仿佛用的是自己的母语。

他像一位乐队指挥在听乐手们排练似的,听学生们讲拉丁文,并时而用戒尺敲着他的斜面讲台:

"勒弗莱尔先生,勒弗莱尔先生,您犯了一个句法错误!您不记得那条规则了吗?……"

"普朗泰尔先生,您这句话的表达方式完全是法语的,根本不像拉丁文。一定要理解一种语言的特征。注意,听我怎么讲……"

就这样,到了年底,罗比诺中学的学生囊括了拉丁文作文、翻译和演说奖。

第二年,校长,一个像猴子一样机灵、长相也像猴子一样滑稽可笑的矮小的男人,便让人在学校的章程和广告上印上,并且在学校的大门上用颜料写上:

专长拉丁文教学
高中五个班级荣获五个一等奖

荣获全法国高中、初中会考两个荣誉奖

十年来,罗比诺中学一直是这样无往而不胜。我的父亲受到这些成绩的吸引,便让我做了罗比诺中学的走读生。我们又把罗比诺叫成罗比乃托或者罗比乃蒂诺;还让皮克当大叔给我做个别辅导,每小时五法郎,皮克当大叔拿两法郎,校长拿三法郎。我那时十八岁,正在上哲学班①。

这些辅导课都在一个朝街的小房间里上。没想到,皮克当大叔并没有像课堂上那样跟我讲拉丁文,而是用法文跟我倾诉起他的悲伤来。这个可怜的老实人,既没有亲人也没有朋友,因为对我产生了好感,就把自己的苦水都倒到我心里。

十年甚至十五年以来,他从未跟一个人单独谈过话。

"我就像荒原上的一棵橡树,"他说,"Sicut quercus in solitudine.②"

别的学监都讨厌他;在本城他没有一个认识的人,因为他没有一点空闲时间去交朋友。

"甚至夜里也不行,我的朋友,这是最让我痛苦的。我的全部梦想就是拥有一间房子,还有我的家具,我的书,以及属于我而别人不能碰的各种小东西。可是我却一无所有,除了我的裤子和常礼服,我一无所有,连床垫和枕头都没有!若不是在这个房间里教课,我连关着我的四面墙都没有。一个人

---

① 哲学班:十九世纪的法国高中,第一年是修辞班,第二年是数学班,第三年是哲学班。
② 拉丁文,意思是:我就像荒原上的一棵橡树。

过了一辈子，却从未有过什么权利，也从未有过什么时间，不管待在哪儿，独自一人，想一想，思考一下，做点自己的事，哪怕是幻想一会儿，您能了解这一切吗？啊！亲爱的朋友，一把钥匙，一把可以锁上门的钥匙，这就是幸福，我唯一向往的幸福，不过如此！

"这里，白天，是那些调皮的孩子的教室，夜间是同一群鼾声不断的孩子的寝室。而我就睡在两排捣蛋鬼的床的顶端，一张公家的床上，我得监督他们。我永远不能单独待一会儿，永远不能！如果我出门，我看到的是满街的人；如果我走累了，走进一家咖啡馆，同样挤满了抽烟和打台球的人。我跟您说，这简直就是一座苦役犯的监狱。"

我问他：

"您为什么不干别的行当呢，皮克当先生？"

他嚷道：

"干什么呢，我的小朋友，干什么呢？我既不是制鞋匠，也不是细木工，也不是制帽匠，也不是面包师傅，也不是理发匠。我呀，我只会拉丁文，而且没有文凭，卖不了大钱。如果我是博士，我现在卖一百苏的东西就能卖一百法郎；即使我提供的货品质量可能还没有这么好，因为我的头衔就足以支持我的声誉。"

有时，他还对我说："除了跟您在一起的这几个小时，我生活里没有休息。您别怕，您不会有任何损失。在学习时，我会把时间补回来，让您能说其他学生两倍的拉丁文。"

有一天，我贸然递给他一支香烟。他先是惊愕地看了我

一会儿,然后又向门那儿看了看:

"要是有人进来了就糟了,亲爱的朋友!"

"那么,我们在窗口抽。"我对他说。

我们就走过去,俯在临街的窗口,把细细的烟卷藏在拢起的掌心里。

在我们的对面有一家洗衣店,四个穿白色短上衣的女工在摊在面前的衣物上来回移动着又重又烫的熨斗,腾起一股股热气。

忽然,又有一个女工,第五个,挎着一个篮子,压得她弯着腰,走出来,把洗熨好的衬衫、手绢和床单给顾客送去。她在门口停下,好像她已经感觉累了;接着,她抬起头,见我们抽烟便微微一笑,用那只空着的手向我们送了个飞吻,一个无忧无虑的女工那揶揄的飞吻;然后,她就趿着鞋慢慢走远。

这是一个二十岁左右的姑娘,小个儿,有点瘦,苍白,但是挺漂亮,一副淘气的样子,没有精心梳理的金黄色头发下面的那双眼睛笑盈盈的。

皮克当大叔激动地喃喃说:

"对一个女人来说,这是多么艰苦的职业啊!不折不扣的牛马的活儿。"

老百姓的苦难让他颇为动情。他有一颗多愁善感的民主派的心,他用让-雅克·卢梭的话来谈论工人的辛苦,喉咙都有些哽咽了。

第二天,当我们又俯在那个窗口时,那个女工又看见我们,并且向我们喊道:"你们好,学生们!"话音轻细但是很风趣,说着还做了一个轻蔑的手势。

我扔给她一支香烟,她马上抽起来。另外四个女工冲出门来,伸出手,也都想要一支。

于是,在人行道上的女工和寄宿学校偷闲的人之间,每天都进行起这种友好的交易。

皮克当大叔看上去真可笑。他生怕被别人撞见而丢掉饭碗。他做些怯生生、滑稽可笑的动作,活像一出舞台上的爱情哑剧;引得姑娘们频频报以飞吻。

我头脑里不由得萌生出一个鬼主意。一天,走进我们那个房间时,我低声对老学监说:

"不管你信不信,皮克当先生,我刚才碰到那个洗衣店的小女工了!你很清楚,就是那个挎篮子的,我还跟她说话来着!"

我说话的语气让他觉得有点蹊跷,他问:

"她对您说什么了?"

"她对我说……我的天主……她对我说……她觉得您挺好……总之,我认为……我认为……她有点儿爱上您啦……"

我见他的脸一下子变得煞白;他又说:

"她大概是在拿我取笑。我这把年纪了,不会再遇上这样的事。"

我认真地说:

"为什么?您很好嘛!"

我感到他真被我的诡计打动了,就没有再往下说。

不过,从此我每天都说我遇见了那小个子姑娘,跟她谈到他；他终于相信了我，并且给那女工送上一些热情而又自信的吻。

不料，一天早晨，去寄宿学校的时候，我真的遇到了她。我毫不犹豫地走上前去，就像我认识她已经十来年了似的。

"早上好，小姐。您好吗？"

"非常好，先生，谢谢您。"

"您想抽根烟吗？"

"噢！在街上不大好。"

"您就回去再抽。"

"那么，我很愿意。"

"喂，小姐，您不知道吗？"

"不知道什么，先生？"

"那个老先生，我的老师……"

"皮克当大叔？"

"是呀，皮克当大叔，这么说您知道他的名字？"

"当然啰！那又怎么啦？"

"怎么啦，他爱上您啦！"

她扑哧笑了起来，就像个疯丫头一样，嚷道：

"这是开玩笑！"

"才不呢，这不是开玩笑。上课的时候他整个儿讲的都是您。我呀，我敢打赌，他一定会娶您！"

她不笑了。想到结婚，会让所有的女孩都顿时严肃起来。然后，她又不相信地重复道：

"这是开玩笑！"

"我跟您发誓这是真的。"

她又提起放在脚边的篮子,说:

"那么!咱们走着瞧吧。"

然后她就走了。

一进寄宿学校,我就把皮克当大叔拉到一边:

"您要赶快写信给她;她爱您都快发疯了。"

他就写了一封情意绵绵的长信,满纸的成语、婉转用语、隐喻、比喻、哲理用语和学究式的殷勤话,一部真正的诙谐示爱的杰作。这封信由我负责交给了那个年轻姑娘。

她认真而又激动地读完了信,喃喃地说:

"他写得多好啊!看得出他受过教育。他真的会娶我吗?"

我鼓足勇气回答:

"当然啰!他已经豁出去了。"

"那么,他必须星期日请我到花岛吃晚饭。"

我许诺一定会请她。

我把她的事全都跟皮克当大叔说了一遍,他非常感动。

我又说:

"她爱您,皮克当先生;我相信她是个正派的女孩。决不能先勾引人家,接着又抛弃人家!"

他斩钉截铁地回答:

"我也是一个正派人,我的朋友。"

我得承认,我当时并没有任何计划。我只是开一个玩笑,一个中学生爱开的玩笑,没有一点别的意思。我看准了老学监的天真,他的纯洁无邪,他的心肠软弱。我只顾闹着玩儿却并没有想到事情会如何发展。我十八岁,而且早已是学校里有名的足智多谋的坏包儿。

于是说好了:皮克当大叔和我乘出租马车到牛尾巴渡口,在那里和昂婕尔会合,然后上我的小船,因为那时我还划船。我接着把他们送到花岛,我们三个人一起在那儿吃晚饭。我要求我也必须在场,以便很好地享受我的胜利;而大叔接受了我的安排,这说明他确实已经豁出去了,才敢这样冒丢掉饭碗的危险。

我们来到了渡口,我的小船从早上起就已经停在那儿。我发现在草地里,更准确地说是在岸边高高的草丛里,有一顶硕大的红色阳伞,犹如一朵奇大无比的丽春花。盛装的小洗衣女工在阳伞下等着我们。我很惊讶:她真的很可爱,虽然脸色有点儿苍白;她还挺优雅,尽管举止带点儿郊区人的味道。

皮克当大叔摘下帽子向她弯腰致礼。她也把手伸给他,他们默默无言地互相看着。接着他们就登上小船,我就划起双桨。

他们肩并肩地坐在船的后部。

大叔先开口:

"河上泛舟,这真是个好天气。"

她低声地说:

"噢,是呀。"

她把手放在水里拖着,手指轻轻划破水面,激起一道薄薄的透明水帘,就像一张玻璃的箔片。这动作随着小船一路发出轻微的声响，一种悦耳的哗哗声。

等我们到了饭店，她话又多了起来，由她点菜：一份油煎鱼，一盘鸡肉和凉拌生菜；吃完饭她又带我们去岛上玩，她对那儿非常熟悉。

她是那么欢快、顽皮，甚至还挺会嘲弄人。

直到吃甜点的时候也没提到爱情的事。我请大家喝了香槟酒，皮克当大叔已经醉了。她也有点醉意，喊道：

"皮克当先生。"

他立刻说：

"小姐，拉乌尔先生把我的感情都告诉您了吧。"

她变得像法官一样严肃：

"是的，先生。"

"您回答了吗？"

"绝不会有人回答这样的问题！"

他焦急地喘着气说：

"说到底了吧，是不是有一天我会让您喜欢？"

她微笑着说：

"大傻瓜！您很可爱。"

"说到底了吧，小姐，您是不是认为以后我们可以……"

她犹豫了片刻，然后用颤抖的声音说：

"您说这些，当真是要娶我？因为绝没有别的可能，您知道，是吗？"

"是的，小姐！"

"那么,行,皮克内①先生。"

两个冒失鬼就这样互相许诺了由一个捣蛋鬼的胡作非为促成的婚姻。不过我还不敢相信这件事是认真的;或许他们也不相信呢。她果真有点犹豫起来。

"您知道,我可是一无所有,几个苏也没有。"

他结结巴巴地说,因为他已经醉得像西勒诺斯②:

"我呢,我有五千法郎积蓄。"

她高兴得跳了起来:

"那么,我们不就可以成家立业了吗?"

他又发起愁来:

"咱们立什么业呢?"

"您问我,我怎么知道?咱们再看呗。有五千法郎,能干很多事。您总不会要我到寄宿学校去住。是不是?"

直到这时他还根本没有想过未来的事。所以他茫然地结结巴巴地说:

"咱们立什么业呢?这可不那么容易!我除了拉丁文什么也不会!"

轮到她思考了,她把自己曾经妄想过的所有行业都过了一遍。

"您不能当医生吗?"

"不能,我没有文凭。"

---

① 皮克内:皮克当的"当"(dent)字,法语意为"牙齿",皮克内的"内"(nez)字,法语意为"鼻子"。
② 西勒诺斯:希腊神话中的精灵,是个始终处于醉酒状态的秃老头。

"也不能开药房?"

"同样不能。"

她高兴得大叫一声。她找到了:

"那么咱们就买下一个食品杂货铺!啊!多么好的机会!咱们买下一个食品杂货铺!不要太大;五千法郎的买卖,也不可能做得太大。"

他表示反抗:

"不,我不能做食品杂货商……我……我……大家太了解我了。我……我只会……只会拉丁文。"

但是她往他嘴里灌了满满一杯香槟酒。他喝了下去,不作声了。

我们又登上小船。夜色已经黑了,很黑了。不过我看得很清楚,他们互相搂着腰,而且亲了好几个嘴。

没想到大祸临头。我们溜出去的事被发现了,皮克当大叔被赶出校门。我的父亲很生气,送我去利波岱寄宿学校完成哲学班的学业。

六个星期以后我通过了高中毕业会考,接着又去巴黎学习法律;两年以后我才重返故乡的城市。

在蛇街的拐角,一家店铺吸引了我的目光。招牌上写着:

  皮克当殖民地特产店

为了让没有知识的人也能懂得是什么意思,下面又写着:

  食品杂货店

我不禁大声疾呼:

"Quantum mutatus ab illo!①"

皮克当抬起头,撇下他的女顾客,伸着双手就向我冲过来:

"啊!我的年轻的朋友,我的年轻的朋友,您可来啦!真让人高兴!真让人高兴!"

一个胖墩墩的漂亮女人急忙从柜台里出来,扑到我怀里。她发福多了,我几乎认不出她来了。

我问:

"还好吗?"

皮克当已经又称起货来,回答我:

"噢!很好,很好,很好。今年,我净赚了三千法郎!"

"那么拉丁文呢,皮克当先生?"

"噢!我的天主,拉丁文,拉丁文,拉丁文,您瞧见了没有,拉丁文是不能当饭吃的!"

---

① 拉丁文,意思是:今非昔比啦!

佃　农[*]

德·勒特莱依男爵问过我：

"您愿意在开猎的那一天跟我去我的马兰维尔农庄打猎吗？我会非常高兴，我亲爱的。再说，我孤身一人。去那里打猎很困难，而且我住的那所房子也极简陋，只有十分亲密的朋友我才带去。"

我答应了。

于是，那个星期六，我们就乘坐去诺曼底的火车出发了。我们在阿尔维马尔[①]站下了车。勒内男爵指着一辆安着几张长凳的乡村马车，套着的那匹马胆小，一个白发的大个儿农民紧紧拽住它。男爵对我说：

------

[*] 本篇首次发表于一八八六年十月十一日的《高卢人报》，一九〇〇年收入保尔·奥朗道尔夫出版社出版的莫泊桑小说集《流动商贩》；一九〇三年收入同一出版社出版的插图本莫泊桑全集《白天和黑夜的故事》卷。

[①] 阿尔维马尔：今上诺曼底地区塞纳滨海省的一个村镇。

"亲爱的,这就是我们的全部车队。"

车夫向主人伸出手,男爵一边用力跟他握手,一边问:

"喂,勒布吕芒老板,还好吗?"

"老样子,男爵先生。"

我们登上这个悬在两个大轮子上震荡的鸡笼。年轻的马猛地偏闪了一下,疾奔上路,把我们像球一样抛到半空;每次落到长木凳上就颠得我一阵剧痛。

农夫用他平静单调的声音重复着:

"嗨,嗨,慢点,慢点,穆塔尔,慢点。"

但穆塔尔并不听话,依然像小山羊似的连蹦带跳。

在我们身后,笼子的空闲处,我们的两条猎狗站起来,嗅着平原上掠过的猎物的气味。

男爵目光忧郁,凝视着远方,诺曼底辽阔的原野,起伏而又凄凉,像一座无边的英式庭园,奇大无比的庭园。一座座农家的庄院,被二排或者四排大树环绕着,里面栽满了低矮粗壮的苹果树,把农舍都遮住了。这些庄院描绘出一幅幅点缀着乔木、小树和花圃的景象,望不到尽头。这正是园林艺术家们勾画贵胄产业时所追求的。勒内·德·勒特莱依突然自言自语:

"我爱这片土地;这里有我的根。"

他是个血统纯正的诺曼底人,身材高大魁梧,肚子略微肥大,属于那个去各大洋沿岸建立王国的古老冒险家的种族。他年龄在五十岁左右,比给我们赶车的这个农夫约莫年轻十岁。后者很瘦,是个皮包骨头没有一点肉的庄稼人,那种能活上一百岁的人。

老旧的马车穿过一成不变的绿色平原,在布满石子的路上颠簸了两个小时以后,驶进一个照例栽满苹果树的院子,停在一座颓败的房子前面。一个年老的女仆正在那里等候;她身边的一个小伙子把马稳住。

我们走进农舍。被烟熏黑的厨房又高又宽敞。铜炊具和上了彩釉的陶器在壁炉火光映照下闪亮。一只猫睡在椅子上;一条狗睡在桌底下。里面闻得到牛奶、苹果、炊烟的气味,还有那些古老农舍难以名状的气味:地面、墙壁、家具的气味,昔日洒出的浓汤、昔日洗涮的遗迹和住过的人的气味,人畜混杂、有生物和无生物皆有的气味,今日和往日的气味。

我又走出屋去看看院子。院子很大,栽满了古老的苹果树,低矮、弯曲,硕果累累,落下的苹果散在树干周围的草地上。在这个院子里,诺曼底的苹果香味和南方海滨橘树开花时的香味同样强烈。

四排山毛榉环绕着这个庄院。它们高得几乎触到云彩;在这夜晚降临的时刻,树梢在晚风中摇晃,仿佛在唱着一首没完没了的悲歌。

我重又进屋。男爵一面在炉火边暖脚,一面听佃农讲当地的事。他告诉主人什么人结婚了,哪家生孩子了,谁家有过丧事,以及粮食跌价和牲畜方面的消息。沃勒小姐(在沃勒买的一头母牛)六月中旬下崽儿了。去年苹果酒的质量不怎么好。本地区的杏苹果继续在减少。

然后我们吃晚饭。这是一顿很好的乡村晚餐,花样不多但是菜量充裕,吃的时间长但是挺安静。而且,整个吃饭的过程中,我发现男爵和那个佃农之间特别地友好亲昵,起初感到颇为惊奇。

外面,山毛榉在夜风中继续呻吟,我们的两条猎狗,关在牲口棚里,在凄惨地哭泣和嚎叫。高大的壁炉里的火熄灭了。女仆去睡觉了。勒布吕芒老板也说道:

"要是您不见怪,男爵先生,我去睡了。我,不习惯熬夜。"

男爵向他伸出手,对他说:"去吧,我的朋友。"他的语调是那么诚挚,佃农一走,我就问男爵:

"这个佃农对您很忠心,是吗?"

"岂止是忠心,亲爱的,这是一个悲剧,很久以前的一个说来普通但令人伤心的悲剧,把我和他连在一起。我把这故事讲给你听听吧:

"您知道家父曾经当过骑兵上校。这个年轻小伙子,当然,他今天已经是个老人了,当时是他的传令兵。他是佃农的儿子,我父亲退休的时候,让这个士兵当了他的管家,那时他四十岁。我呢,我三十岁。我们住在考德柏克-昂-科①附近的瓦尔莱纳古堡。

"那时候,我母亲的贴身女仆是我们能见到的最漂亮的

---

① 考德柏克-昂-科:即科区的考德柏克镇,在今塞纳滨海省,属鲁昂市管辖。

姑娘中的一个,头发金黄,机灵,活泼,苗条,是个真正聪明伶俐的贴身侍女,昔日这样的好侍女现在已经没有了。今天,这样的女孩立刻就会变成妓女。巴黎,利用铁路,吸引她们,召唤她们,一到如花绽放的年龄就把这些小丫头掠去,而在从前她们会依旧是淳朴的女仆。任何一个过路的男人,现在都会像从前寻找新兵的招兵士官一样,把这些小女孩招募来,让她们堕落。而我们所能有的女仆只是女性这个品种中的废品,全都短粗、难看、平庸、畸形,丑陋得没人愿意跟她们谈情说爱。

"再说这个姑娘非常可爱,有几次我还在背人的角落拥吻过她。不过仅此而已,啊!仅此而已,我对您发誓。另外,她很正派;而我,也敬重母亲房里的人。如今的臭小子们是不管这些的。

"不料爸爸的男仆,从前的士兵,您刚才看到的那个老佃农,疯狂地爱上了这个姑娘,而且爱得与众不同。首先,人们发现他把一切都忘了,什么都不想了。

"我父亲多次问:

"'喂,让,你怎么啦?你病了吗?'

"他总回答:

"'不,不,男爵先生,我没病。'

"他日渐消瘦。另外,伺候人吃饭的时候,他好几次打碎了杯子,把盘子掉在地上。人们猜想他是得了一种神经方面的病,于是请来医生。医生看出一种脊髓病的症候。于是,我父亲,出于对自己仆人的关心,决定送他去一家疗养院。听到

这个消息,他招认了:

"他选了一天早晨,主人刮胡子的时候,羞羞答答地说:

"'男爵先生……'

"'我的孩子。'

"'我需要的,告诉您吧,不是吃药……'

"'那么,是什么?'

"'是结婚!'

"我父亲大吃一惊,转过脸来:

"'你说什么?你说什么?……嗯?'

"'是结婚!'

"'结婚?这么说……这么说……你爱上什么人了?……畜生!'

"'是的,男爵先生。'

"我父亲放声大笑起来,笑得那么响亮,我母亲隔着墙大声问:

"'你怎么啦,龚特朗?'

"父亲回答:

"'你快过来,卡特琳娜。'

"母亲进来以后,父亲满含开心的泪水告诉她,自己的傻用人原来是害了单相思。

"母亲不但没有笑,反而很感动:

"'你这是爱上谁了,我的孩子?'

"他毫不迟疑地宣称:

"'是路易丝,男爵夫人。'

"母亲神情严肃地接着说:

"'我们就尽量把这件事安排好。'

"于是路易丝被叫了来,母亲问她怎么想。她回答她很清楚让热烈地爱着她,让已经向她表白好几次了;但是她一点也不想嫁给他。她拒绝说为什么。

"两个月过去了,这中间我父母不停地劝说那姑娘嫁给让。她发誓说她并没有爱上任何人,但是她拿不出任何认真的理由解释她为什么拒绝嫁给让。爸爸终于用一大笔钱做礼物,逼她放弃了抵抗。他们被安置在我们今天所在的这块土地上做佃农。他们离开古堡以后,我有三年的时间没有再见到他们。

"三年以后,我得知路易丝死于肺病。不过我父母也去世了,我又有两年没有见到让。

"终于,一个秋天,将近十月末,我想到要来这片精心保护着的产业上打猎,那佃农向我肯定,这里猎物很多。

"于是,一个傍晚,一个风雨交加的傍晚,我到了这个庄园。我惊讶地发现父亲昔日的这个士兵已经满头白发,虽然他还不过四十五六岁。

"我让他坐在我对面一块儿吃饭,就在我们这张饭桌上。天下着瓢泼大雨。听得见雨水敲打屋顶、墙壁和玻璃窗;院子里水流成河;我的狗在牲口棚里狂吠,就像今晚我们的狗一样。

"女仆去睡觉了,让突然小声说:

"'男爵先生……'

"'什么事,让老板。'

"'我有话要跟您说。'

"'那就说吧,让老板。'

"'是这么回事……这事儿总让我忧心。'

"'那就说呗。'

"'您还记得路易丝,我的妻子吗?'

"'我当然记得她了。'

"'那好,她托我跟您说一件事。'

"'什么事?'

"'一件……一件……就是人们说的忏悔的事……'

"'啊!……忏悔什么?'

"'是……是……我本来不想说……不过不能不……不能不……好吧……其实她不是害肺病死的……她是……她是……伤心死的……为了了结这件事……我一五一十地说吧。'

"'自从搬到这里,她就一天天见瘦,她变得很厉害,六个月的时间,她变得简直让人认不出来了,认不出来了,男爵先生。人还是我娶她以前的那个人,只是面目全非,面目全非了。

"'我请来医生。医生说她害了一种肝病,一种……一种……让人麻木不仁的肝病。我就买来药,许多药,这些药我花了三百多法郎。可是她一点也不愿吃,一点也不愿。她说:

"'用不着,我可怜的让,这没有用。'

"'我呢,我看得很清楚,她心里有病。有一次,我发现她在哭;但我不知道怎么办,是呀,我不知道。我给她买了些软帽、连衣裙、发膏、耳环。全没有用。我明白她要死了。

"'后来,十一月末的一个晚上,一个下雪的晚上,这一整天她都没有下床,她让我去找本堂神父。我去了。

"'神父一来,她就对我说:

"'让,我要向你做个忏悔。我应该向你忏悔。让,你听着。我从来没有欺骗过你,从来没有。不管是结婚以前,还是结婚以后,从来没有。本堂神父先生在这儿可以为我作证,他了解我的灵魂。让,你听着,如果我死了,那是因为我摆脱不了离开古堡的痛苦,因为我……太喜欢……太喜欢……勒内男爵先生。……太喜欢……你听见了吗?仅仅是喜欢。就是这个让我伤心死的。自从看不到他,我就感觉到我要死了。如果能看到他,我本来是能活下去的,只要看到他,不要别的。以后,有一天,我不在了,我希望你对他说,你告诉他。让,当着本堂神父先生,你发个誓……发个誓……一定要告诉他。知道他有一天知道我是因为这个死的,我会得到安慰……好了……发誓告诉他……'

"'我呢,我答应了,男爵先生。男子汉凭良心,我已经说到做到。'"

他说完了,眼睛盯着我的眼睛。

天哪!我亲爱的朋友,您无法想象,在那大雨滂沱的夜晚,在这个厨房里,听这个可怜人讲述我在无意中害死了他的妻子,我的难过自责的心情。

我结结巴巴地说:

"我可怜的让!我可怜的让啊!"

他低声说：

"事情就是这样，男爵先生。不管是您还是我，我们都没有一点办法……已经无法挽回了……"

我隔着桌子握住他的手，哭起来。

他问：

"您愿意去她坟上看看吗？"

我点了一下头表示赞同，因为我已经泣不成声。

他站起来，点亮一盏风灯，我们就冒着雨出发了。灯光突然照亮像利箭一样迅疾的倾斜的雨珠。

他推开一扇门，我看到一些黑木制作的十字架。

走到一个大理石的墓石前面，他突然说："就在这儿。"他把风灯放在墓石上，好让我看清墓石上写着的字

路易丝-奥尔当丝·马里奈

农夫让-弗朗索瓦·勒布吕芒之妻

她是一个忠实的妻子。愿天主收留她的灵魂。

他和我，都在污泥里跪下，风灯放在我们之间；我看着雨打在白色的大理石上，弹起来碎成水沫，然后从不透雨的冰凉的墓石四边流下。我想象着已经亡故的她的心……啊！可怜的心！……可怜的心啊！……

那以后，我每年都到这里来。我不知道为什么，在这个人面前总像罪人似的惶惶不安，而他对我总是那么宽宏大量。

爱　情*

——三页猎人笔记

我刚才在报纸的社会新闻栏里读到一出爱情悲剧。他杀了她，然后自杀，因此他是爱她的。他和她与我何干？对我来说，重要的是他们的爱情故事。而他们的爱情故事让我感兴趣，也不是因为它令我感动，令我惊奇，令我兴奋不已，或者令我浮想联翩；而是因为它唤醒了我青年时代的一段往事的记忆，一段关于狩猎的奇特往事的记忆；当时，"爱情"曾经那么突兀地呈现在我的眼前，就像最早的基督徒看到十字架出现在天空一样。

我生下来就具有原始人所有的本能和感觉，只是被文明人的理论和感情所压抑。我酷爱打猎；然而鲜血直流的动物，羽毛上的血，沾满双手的血，会让我心情紧张，难以忍受。

---

*　本篇首次发表于一八八六年十二月七日的《吉尔·布拉斯报》；一八八七年收入保尔·奥朗多尔夫出版社出版的莫泊桑小说集《奥尔拉》；一九〇三年收入同一出版社出版的插图版莫泊桑全集《奥尔拉》卷。

那一年,将近秋末,天气突然冷起来,我被表兄卡尔·德·劳维尔叫去,同他一起在黎明时去沼泽地打野鸭。

我表兄是个精力旺盛的四十岁的汉子,红棕色的头发,喜欢拨弄他那诡秘的大胡子,身强力壮;他是个乡绅,一个讨人喜欢的半开化的人,性格欢快,有着高卢人把平淡无奇的事说得妙趣横生的机智。他住在一个辽阔山谷里的一所半农庄半城堡的房子里,一条河在这山谷里缓缓流过。河的左右两岸山丘上树林密布,都是昔日封建领主的树林,还留存着一些珍贵的树木,也能找到在法国的这一地区已经十分罕见的野禽。偶尔还能在这里猎到鹰;几乎不到这人口过密的地方来的候鸟,也少不了要在这些百年老树的枝头暂憩,仿佛它们认识或者认出这片等着为它们短暂夜宿提供庇护所的古老树林。

山谷里有一片片宽广的牧场,由沟渠灌溉,用树篱间隔;再往远,那条河流经的地方,伸展着一片广袤的沼泽。这片沼泽是我所见过的最令人赞美的狩猎区,我表兄为它倾注了全部心血,把它保养得像一个公园一样。一望无际的芦苇覆盖着沼泽,为它充满生机,芦苇摇曳,发出沙沙的响声,看上去像波浪翻滚。芦苇荡中开辟出一些狭窄的通道,用篙撑和操纵的平底小船悄无声息地在静止的水面上划行。船擦过芦苇的茎秆,芦苇丛中游动的鱼受到惊吓迅速逃散;野水鸡连忙潜入水底,黑色的尖脑袋转瞬即逝。

我爱水到了神魂颠倒的程度。我爱海,尽管它过于浩瀚,过于汹涌,不可驾驭;我爱河,它是那么美,虽然它流淌而过,一去不返;我尤其爱沼泽,那里搏动着尚不为人知的各种各样水生动物的生命。沼泽,是大地上的一个完整的世界,不同的世界,它拥有自己独特的生活,拥有它的长住居民、它的匆匆过客、话语、声响,特别是它的奥秘。有时候沼泽比什么都更加令人惶惑,令人不安,令人畏惧。这笼罩着被水覆盖的沼泽平原的恐怖是由何而来的呢?是芦苇隐隐约约的沙沙声、奇异的磷火、无风的夜晚包围着沼泽的深深的寂静,像死去的女人的连衣裙般缭绕着芦苇的雾,还是难以觉察的汩汩声?这汩汩声是那么轻微,那么柔和,有时却比人间的炮声和天上的雷声还要可怕;它让沼泽显得像是梦幻的境地,像是恐怖的国度,隐藏着一个不可知而又危险的秘密。

不。那里释放出的是另外的东西;另一种更深邃、更庄严的奥秘在浓雾里飘忽,或许就是那根本的万物创造的奥秘!因为最初的生命之芽,就是在污浊的死水中、在温暖的阳光照射下的湿润的泥土的浓重潮气中骚动、震颤,进而诞生在光天化日之下的,不是吗?

且说我在傍晚来到表兄家。天气寒冷得连石头都能冻裂了。

我们吃晚饭的那个大厅里,餐具柜上、墙壁上和天花板上都布满了鸟的标本,或张开双翅,或兀立在用钉子固定起来的树枝上,鹅、鹭、猫头鹰、夜莺、鸢、雄猛禽、秃鹫、隼,应有尽有。我表兄本人穿一件海豹皮做的紧身上衣,活像一个寒冷地带的古怪动物。吃饭时,表兄对我讲了他为这天夜里做的安排。

我们得在凌晨三点钟出发,以便能在四点半钟到达预先选好的潜伏点。已经用冰块在那里筑了一个隐蔽所,可以为我们抵御一点日出前的可怕的寒风;那凛冽的寒风可以撕裂人的皮肉,像锯齿一样割人,刀刃一样划人,蜇针一样刺人,铁钳一样绞人,火焰一样灼人。

我表兄搓着手说:"我还从来没遇到过这样寒冷的天气,才晚上六点钟已经零下十二度了。"

我吃完晚饭马上就上床,很快就在壁炉的熊熊火光的映照下睡着了。

三点钟敲响时我被唤醒。我也穿上一件绵羊皮大衣,而我发现表兄卡尔竟披着一件熊皮外套。我们每人喝了两杯滚热的咖啡,又干了两盅优质香槟酒,然后就带着一个跟班和我们的两条狗普隆戎和皮埃罗出发了。

出了门刚走了几步,我就感到寒入骨髓。这是个连大地都仿佛被冻死了的夜晚。冰冷的空气仿佛变成了可以触知的固体,刺得人好痛;没有一丝风搅动空气;它凝滞了,纹丝不动;它撕咬、穿透、干枯、扼杀树木、植物、昆虫和小鸟;冻死的鸟儿跌落在坚硬的土地上,会被严寒变得像土地一样坚硬。

下弦月已经低低地斜向一边,朦朦胧胧的,在天空中显得疲惫不堪,虚弱得再也走不动了;它也被天上的严寒冻僵了、瘫痪了,停滞在那里。它向人间洒下冷峻、凄凉的光,那每个月当它周而复始的生命又将结束时向我们投下的微光。

卡尔和我,我们弯着腰,手插在衣袋里,猎枪夹在胳膊下面,并肩向前走。我们的皮靴外面都裹着毛毡,这样在结冰的河面行走不会滑倒,又不会发出任何响声。我看得见我们的两条狗吁喘时呼出的白色气雾。

我们很快就来到沼泽边,紧接着就走进一条小径;那是枯萎的芦苇丛中的许多小径中的一条,往前一直穿越这芦苇形成的低矮的森林。

我们的臂肘蹭到饰带般的长长的芦苇叶,在身后留下轻微的声响;我突然感到沼泽在我身上产生的强烈而又奇特的激情,这种感受我还从未有过。这片沼泽,它死了,冻死了,既然我们此刻行走在它上面,行走在大片枯萎的芦苇茎秆中间。

忽然,在一条小径拐弯的地方,我发现了那座为我们避风而搭起的冰屋。我走了进去;因为离那些流浪的鸟儿醒来还有一个小时左右,我就钻进被窝,尽可能地暖和一下身子。

于是,我仰面躺着,开始看那变了形的月亮——因为通过这极地式房屋的隐约透明的冰墙看去,它有四只角。

但是结了冻的沼泽里的寒气,冰墙的寒气,天空落下的寒气,很快就渗入我的肌体;我冻得难以忍受,不禁咳嗽起来。

表兄卡尔很担心。他说:"如果我们今天打不到多少,也就认倒霉了,但是我可不愿意让你感冒;咱们还是生一把火吧。"说完他就吩咐跟班去砍芦苇。

屋中央堆起一个芦苇垛;又在屋顶上开了一个洞好让烟冒出去。红色的火焰顺着水晶般的明亮的冰墙升起,冰墙开始慢慢地、几乎难以觉察地融化,就像冰砖在出汗似的。留在外面的卡尔忽然向我喊:"快来看呀!"我走出去一看,简直惊呆了。我们的圆锥形小屋,就像一颗奇大无比的钻石,中心是一团突然从沼泽的结冰的水面上冒出的火焰;里面,可以看到两个神奇的形象:我们的两条狗正在取暖的形象。

哦,一阵古怪、迷茫、游移的叫声从我们头顶掠过。是我们小屋的火光把野鸟惊醒了。

没有什么比这生命的第一声呐喊更令我心情激动的了。这声音是看不到的;它在冬日的第一道阳光出现以前,在黑暗的天空,飞驰得那么快,那么远。我觉得,在这黎明的冰冷的时刻,这些动物的羽毛携带着通向远方的,就好像是世界的灵魂的一声叹息!

卡尔说:"把火灭掉吧。天亮了。"

天空果然开始发白,一群群野鸭拖着迅速移动的长长的斑点,很快就消失在天际。

一道光芒在夜色里突然闪亮,是卡尔刚刚开了一枪。两条狗向前冲去。

于是,不时地,或者他,或者我,每当芦苇上方出现一簇飞动的阴影,我们就连忙瞄准射击。皮埃罗和普隆戎,气喘吁吁,但是兴高采烈,给我们衔回一只又一只血淋淋的飞禽,其中有的还睁着眼睛看我们呢。

天越来越亮,天空澄澈而且蔚蓝;太阳从谷底冉冉升起。我们正想再向前进,突然有两只鸟,伸长了颈项,振展着双翅,飞过我们的头顶。我开枪射击。其中的一只几乎就跌落在我的脚边。那是一只腹部呈银灰色的野鸭。这时候,在我头上的天空里,一个声音,一个鸟的声音,在叫喊。那是一声又一声短促、凄厉的哀鸣;这只飞鸟,也就是刚才未被击中的那只小动物,在我们头顶的蓝天里盘旋起来,一面注视着我捧在手里的它那已经死去的伴侣。

卡尔跪在地上,枪托抵着肩膀,两眼炯炯发光,监视着它,等它飞得更近些。

"你打死了雌的,雄的是不会飞走的。"

的确,它没有飞走,它仍在不停地盘旋,围绕着我们不断地悲啼。从来没有什么痛苦的呻吟,像这只在高空痛不欲生的小动物发出的伤心的呼唤和哀怨的责难更令我心如刀割。

有时,它在追踪着它的飞行路线的猎枪威胁下飞开了,似乎准备继续走它的路,独自凌空飞去。但是它下不了这个决心,总是很快又回头来找它的爱侣。

"把雌的放在地上,"卡尔对我说,"那只雄的马上就会飞过来。"

果然,它不顾危险,飞了过来;这鸟儿对被我打死的那只鸟的爱,让它置生死于度外。

卡尔开枪了;好像把鸟悬挂在空中的绳子突然割断了。我看到一个黑色的东西跌下来;我听见一个东西坠落在芦苇上的响声。皮埃罗随即把它衔来给了我。

我把这一对已经凉了的野鸭放进一个小猎袋……当天,我就动身返回巴黎。

克洛榭特*

有些往事的记忆,真是奇了,它们萦绕在你的心头,总是挥之不去!

我要说的这件往事是那么久远,那么久远,我不明白它怎么还会如此生动、如此执着地留在我的脑海里。从那以后我见过许多凶险、动人或者可怕的事,但令我奇怪的是,没有一天,真的没有一天,克洛榭特大妈的形象不浮现在我的眼前,就像以前,很久很久以前,当我还是个十一二岁的孩子时所见到的那样。

这是个年老的女裁缝,她每周一次,也就是每星期二,到我父母家来做针线活。我父母住在名为城堡、其实只是一座古老的尖顶房屋的乡间住宅里,周围聚集着四五个属于它的

---

* 本篇首次发表于一八八六年十二月二十一日的《吉尔·布拉斯报》;一八八七年收入保尔·奥朗多尔夫出版社出版的莫泊桑小说集《奥尔拉》;一九〇三年收入同一出版社出版的插图版莫泊桑全集《奥尔拉》卷。

农庄。

村子,一个规模颇大的村子,也可以说是一个镇子,坐落在几百米以外,紧紧围绕着教堂;那教堂是红砖筑成的,因为年深日久,红砖已经变成了黑砖。

总之,每逢星期二,克洛榭特大妈在早上六点半到七点之间来到我家,立刻就上楼到藏衣室干起活来。

这是一个又高又瘦的女人,长着胡子,更确切地说是浓毛,因为她满脸都是胡须。那是一种令人惊异、想象不到的胡须,长成一簇一簇的怪诞形状,像是某个疯子在这穿裙子的宪兵的大脸上播种的一揪揪卷毛。鼻子上面,鼻子下面,鼻子周围,下巴上,面颊上都有。她的眉毛浓得出奇,长得出奇,全是灰色的,非常茂密,而且高高竖起,就像两撇长错了位置的八字胡。

她腿瘸,不过不像一般残疾人那样一拐一瘸,而是像一艘抛锚停泊的船。当她把瘦削、歪斜的高大身躯落在那条好腿上,就像那艘船鼓起劲头,攀上巨浪的巅峰;接着,她又向下冲去,陷进地面,就好像那船猛然潜入深渊。她走起路来让人联想到暴风骤雨,因为她的身子也同时剧烈地摇晃。她总戴着一顶硕大的白色便帽,一条缎带在她背后飘扬;随着她的每一个动作,她的脑袋就像在从北向南、从南向北地反复穿越着地平线。

我非常喜欢这位克洛榭特大妈。我起床后就连忙上楼到藏衣室去,发现她已经安顿好,正在做针线活,脚下踩着一个脚炉。我一到,她就逼我把脚炉拿过去,坐在上面,怕我感冒;

因为那房间很大,位于房顶下,里面很冷。

"这样能把血从嗓子引下来。"她说。

她一边用形似钩子但却十分灵巧的长手指补着衣裳,一边给我讲故事。她年纪太大,视力衰退了,戴一副装着放大镜片的眼镜;透过眼镜,我觉得她那双眼睛特别大,特别深,而且是双重的。

从我能回忆起的她给我讲过并打动了我孩子的心的那些故事,可以看出她像许多可怜的妇女一样,有一颗高尚的灵魂。她看事情概括而又简单。她把镇子上发生的趣事讲给我听,其中有一头牛的故事,这头牛从牛棚里逃走,一天早上在普罗斯佩尔·马莱的磨坊前面找到了,它正在看风车的木翼转动呢;有一个鸡蛋的故事,这个鸡蛋是在教堂的钟楼里发现的,但谁也不明白有哪只鸡会到那里下蛋;有让-让·皮拉斯的那条狗的故事,它从离村子十法里的地方找回了主人的裤子,那裤子是他跑路淋了雨、晾在门外被过路人偷走的。这些朴素的偶发事件,经她对我那么一讲,就获得了同那些令人难忘的悲剧和伟大而神秘的史诗一样的宏伟气势;就连母亲晚上给我讲的诗人们创作的那些绘声绘影的故事,也没有这农妇讲的故事那么有滋有味,那么寓意深远,那么打动人心。

有一个星期二,我整个上午都用来听克洛榭特大妈讲故事,下午和仆人到诺瓦普莱农庄后面的阿莱树林采榛子,然后又上楼去找她。就像昨天的事一样,我还清楚地记得当时发生的一切。

我推开藏衣室的门,看见年老的女裁缝躺在她的椅子边的地上,脸朝下,两条胳膊伸开,一只手拿着针,另一只手里是我的一件衬衫;她的一条穿着蓝色长袜的腿,想必是那条好腿,伸到椅子底下;眼镜滚得离她很远,在墙脚闪亮着。

我尖声叫喊着逃出来。有人跑来;几分钟以后,我听说克洛榭特大妈死了。

我无法用言语形容我那颗孩子的心所感受到的深沉、尖锐、强烈的悲哀。我迈着艰难的步子下楼来到客厅,跪在一张巨大的古老的安乐椅里哭泣。我在那里想必待了很长时间,因为天已经黑了。

突然有人端着灯走进来,但是没有人看见我。我听见父母在和医生说话;我听出了医生的声音。

医生是很快就被请来的,他解释了事故发生的原因。不过我一点也听不懂。接着他坐下来,接受了一杯甜烧酒和一块饼干。

他一直说着话;他当时所说的话依然铭刻并将永远铭刻在我的脑海里,我至死也不会忘记!我相信我甚至能够一字不差地复述出他的原话来。他说:

可怜的女人啊!她是我在这儿看的第一个病人。她在我到达的那一天摔断了腿,我当时刚下驿车,还没有工夫去洗洗手,就有人急匆匆地跑来找我,因为情况严重,很严重。

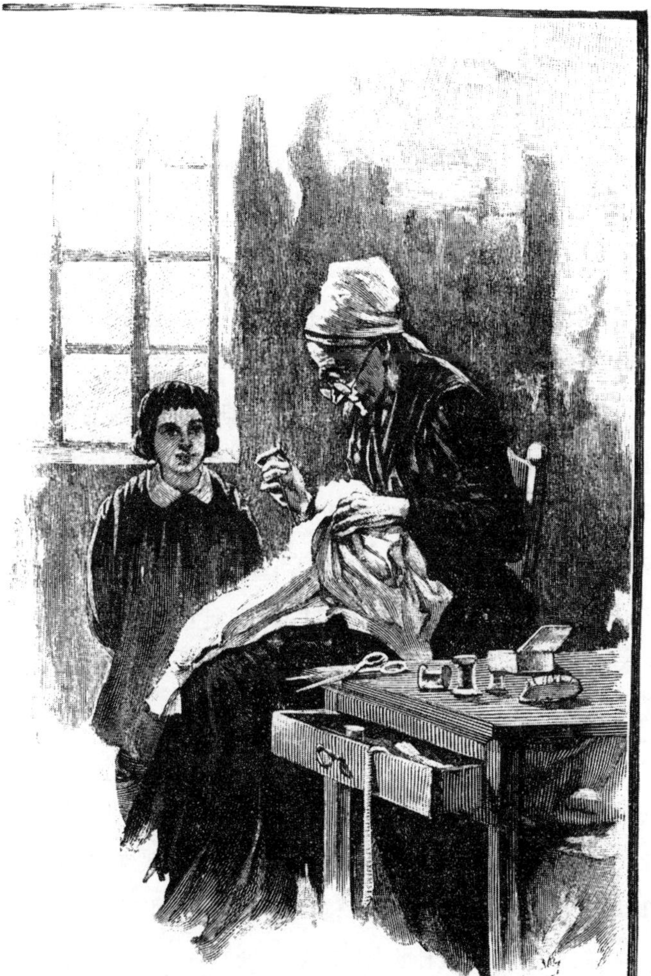

她那时十七岁,是个很美的姑娘,很美,很美!今天有谁会相信呢?至于她的故事,我从来没有对人说过;除了我和一个已经不在此地的人,从来没有人知道。现在她死了,我也不必那么守口如瓶了。

那时候有个年轻的小学助理教师刚在我们镇上落脚,他有一张漂亮的脸蛋儿和一副士官般的优美身材。姑娘们都竞相追求他,可是他却装出目中无人的样子;再说他非常害怕校长,他的上司格拉比老爹。这位老爹可不是每天情绪都很好的。

格拉比老爹当时已经雇美丽的奥斯坦丝做他的裁缝。奥斯坦丝就是刚刚在府上死去的这个女人,人们是后来在她出了那次事故以后才叫她克洛榭特①的。小学助理教师看中了这个美丽的女孩;而她呢,能被这个攻无不克的征服者选中,想必也感到得意。总之她爱上了他,而且他得到她的同意,在她来做针线活的那一天,下工以后,天黑时,到学校的顶楼来第一次幽会。

于是,到了那一天,她从格拉比家出来的时候,装作回家但却并没有下楼梯,而是上了顶楼,藏在干草堆里,等候她的情人。他很快就来和她相会;可就在他开始要对她甜言蜜语的时候,顶楼的门又打开了,校长出现了,并且问:

"您在这上面做什么,希吉斯贝尔?"

这年轻的小学教师感到自己要被捉住了,惊慌失措,笨拙

---

① 克洛榭特(Clochette):本意为铃铛,也戏指瘸子。

地回答：

"我上来在草捆上休息一会儿，格拉比先生。"

这顶楼很大，很宽敞，非常黑暗；希吉斯贝尔把吓坏了的年轻姑娘往里推，一面连声催促："快到里面去，藏起来，我要丢掉我的工作了，快逃，快去藏起来！"

校长听到低语声，又问："这么说您不是一个人在这里？"

"是一个人，格拉比先生。"

"不是，因为您在说话。"

"我向您发誓是一个人，格拉比先生。"

"这我马上就可以知道了。"老人说完就把门关好，仔细锁上，下楼去取蜡烛。

这年轻人是个经常可以遇到的懦夫，看来他昏了头，突然火冒三丈，连声说着："快去藏起来呀，千万别让人找到你。你要害得我一辈子没饭吃了。你会毁了我的前程……快去藏起来呀！"

这时他们听见钥匙又在锁眼里转动。

奥斯坦丝向临街的老虎窗跑去，猛地打开窗户，然后用果断的语调低声说：

"等他走了，你就下楼来搀我。"

说完她就跳了下去。

格拉比老爹没有找到人，大感意外，便下楼了。

一刻钟以后，希吉斯贝尔先生走进我家，对我讲述了她的遭遇。年轻姑娘从三楼跌下去，待在墙脚，爬不起来了。我和他一道去找她。天下着瓢泼大雨，我把可怜的姑娘接到我家，她的右腿有三处骨折,骨头都从肉里戳出来了。她没有怨天尤人,只是以令人钦佩的隐忍的口吻说:"我受到了惩罚,该当的惩罚!"

我找人来帮忙,然后又找来女工的父母,向他们编造了一个故事,说有一辆马车狂驰而过在我的门前撞倒了她,把她撞成伤残。

他们相信了我的话;宪兵队寻找肇事者,找了一个月也徒劳无功。

就这些!我说的这个女人真是个英雄,不愧为完成最伟大的历史业绩的女英雄豪杰中的一员。

这是她唯一的一次爱情。她至死仍然是个处女。她是一个殉道者,一个灵魂高尚的人,一个崇高的奉献者!如果我不是绝对钦佩她,我就不会把这个故事讲给你们听了;她活着的时候我从来不愿对人说起这件事,你们现在明白是为什么了。

医生说完了。妈妈在哭泣。爸爸说了几句话,不过我没有听清楚;然后他们就走了出去。

我依然留在那里,跪在安乐椅上,不停地啜泣;就在这时,我听见楼梯上传来沉重的脚步声和磕碰声交杂的奇怪声响。

人们正在抬走克洛榭特的尸体。

新年礼物[*]

雅克·德·朗达尔在家中独自一人吃完晚饭，就打发贴身仆人出去，自己坐在桌前写几封信。

他每一年都是这样结束的，独自一人，写信或者遐想。他在对去年最后一天以来发生过的事，那些已经完结的事，逝去的事，做一个回顾；随着朋友们的形象浮现在他眼前，他给他们写几行字，送上一个诚挚的新年问候。

他坐下来，拉开抽屉，从里面取出一张女人的照片，端详了几秒钟，又吻了一下。然后，他把照片放在信纸旁边，便开始写起来：

> 我亲爱的伊莱娜，您应该已经收到一件我送给女人的小纪念品；我今晚把自己关在家里，是为了对您说……

---

[*] 本篇首次发表于一八八七年一月七日的《吉尔·布拉斯报》；一九〇〇年收入保尔·奥朗道尔夫出版社出版的莫泊桑小说集《流动商贩》；一九〇四年收入同一出版社出版的插图版莫泊桑全集《米隆老爹》卷。

羽毛笔停下不动了。雅克站起来,开始踱步。

他有一个情妇已经十个月了;那可绝不是一个寻常的情妇,一个社交场、演艺界或者大街上邂逅的那种风流女子,而是一个他爱慕已久、终于获得芳心的女性。虽然他年纪还不算大,但也不是年轻人了,因此他总是以积极和实际的态度严肃地看待人生。

他开始像每年所做的那样,对他的感情生活做一个总结,对逝去的和新交的朋友以及进入他的生活的人和事做一个考量。

在第一阵恋爱的热情平息下来以后,他以商人算账那样的精确,自问对她的感情究竟处在什么样的状况,并且竭力猜测自己将来会怎么样。

在自己对她的爱里,他发现了一种由柔情、感激以及由无数细微的依恋汇成的伟大而又深邃的感情,长久而又牢固的关系通常就是从这种感情中产生的。

一阵门铃声让他吃了一惊。他有些犹豫。开不开门呢?不过他又想,总归是要开门的;在这新年之夜,即使一个过路的陌生人,不管他是什么人,来敲门,也要开门。

于是他拿着一支蜡烛,穿过前厅,取下门闩,转动钥匙,拉开门。只见他的情妇站在那里,面如死灰,两手扶着墙壁。

他结结巴巴地问:

"您怎么啦?"

她反问:

"你一个人在家吗?"

"是呀。"

"仆人们都不在?"

"不在。"

"你不出去吗?"

"不出去。"

她走了进来,就像对这个家轻车熟路的主妇。她一进客厅,就瘫倒在长沙发上,两手捂着脸悲痛欲绝地哭起来。

他跪在她面前,竭力拉开她的手,看着她的眼睛,连声问:"伊莱娜,伊莱娜,您怎么啦?我求您,快告诉我,您怎么啦?"

她一边抽泣一边喃喃地说:

"我再也不能这样生活下去了。"

他还是不懂。

"这样生活下去?……究竟是怎么啦?……"

"是的,我再也不能这样生活下去了……在我家里……你不知道……我从来没有对你说过……太可怕了……我再也受不了了……我太痛苦了……他刚才还打我。"

"谁……你丈夫?"

"是呀……我丈夫。"

"啊!……"

他很惊讶。他从来没有想到那位丈夫会这样粗暴。那是个上流社会,而且是最富有的阶层的人,一个喜爱结社,喜爱骑马、看戏、击剑的活跃人物;他举止彬彬有礼,大家都了解他,经常提起他,对他颇为称赞;他头脑平庸,缺乏有教养的人那样思考问题所必不可少的真才实学,但他还是受到不同见解的人应有的尊重。

就像那些有钱而又出身高贵的人一样,他对妻子似乎还是体贴的。他挺关心她的意愿、她的健康、她的衣着,另外也让她享有完全的自由。朗达尔成了她的朋友以后,跟他握手反而更亲切了,因为他像所有懂得人情世故的人一样,知道应该如何对待妻子亲近的人。后来,做了一段朋友以后,雅克变成了情夫,他和她丈夫的关系也理所当然地变得更加融洽。

他从来没有看到,也没有想到,在这个家庭里会发生什么风暴,所以,出人意料地听到这番隐情,他震惊不已。

他催问:

"告诉我,这是怎么回事?"

她便向他讲述了一段很长的故事,从她结婚之日起的整个生活经历。一点微不足道的小事引起的第一次不和,怎样由于二人性格的对立,致使裂痕一天天扩大,矛盾越来越尖锐。

接着就是不断地争吵,直到完全分居,虽然表面上看不出来,但实际上已经无可挽回。现在,她的丈夫变得又多疑,又粗暴,又爱寻衅。他非常嫉妒,嫉妒雅克。今天,他发了一顿脾气以后,还打了她。

她语气坚决地接着说:"我再也不回到他那儿去。随你怎么安排我吧。"

雅克在她对面坐下,他们的膝盖互相挨着。他抓住她的手:

"我亲爱的朋友,您要做的是一件不可弥补的大蠢事。如果您真要离开您的丈夫,那也要把过错推在他的一边;这样,您作为女人的地位,作为无可指责的上流社会女人的地位,才能完好无损。"

她用焦急的目光看着他,问:

"那么,你说我该怎么办?"

"我说您还是回家去,忍耐着,在那里生活下去,直到能在体面的条件下分居或者离婚。"

"您给我出的主意,岂不是有点太卑劣了吗?"

"不,这样做既明智又合乎情理。您有一个很高的地位,有一个需要维护的姓氏,还有一些要继续交往的朋友和一些需要顾全的亲人。决不能忘记这一点,决不能因为一时的冲动而失去这一切。"

她站起来,激愤地说:"可是,不,我再也受不了啦,一切都结束了,结束了,结束了!"

说完,她把两只手搭在情人的肩膀上,盯着他的眼睛看着:

"你爱我吗?"

"爱。"

"真的吗?"

"真的。"

"那么,就把我留下。"

他大声疾呼:

"把你留下?留在我家?留在这儿?你真是疯了!那就

把你永远毁了,不可挽回地毁了!你真是疯了!"

她像一个深知自己说话的分量的女人那样,严肃地、慢慢地接着说:

"听着,雅克。他不准我再见您,我偷偷跑到您这儿来,可不是为了大闹一场。您必须决定,要么失去我,要么留下我。"

"我亲爱的伊莱娜,如果这样的话,您去办了离婚,我一定娶您。"

"是呀,您一定娶我……可是最早也要等两年以后。您的爱倒真有耐心!"

"喂,您想想吧。如果您留在这里,他明天就会把您抓回去,因为他是您的丈夫,权利和法律都在他那一边。"

"我并不要求您把我留在您家里,雅克,而是把我带到随便什么地方。我原来以为您有足够的勇气这么做。我错了。再见。"

她转身就往门口走,走得很快,快走出客厅时,他才拉住她:

"您听着,伊莱娜。"

她挣扎着,根本不想再听他说话,眼里满含着泪水,断断续续地说:"让我走……让我走……让我走……"

他强使她坐下,又跪在她面前,然后,他罗列了一条条理由和建议,竭力让她明白她的计划是多么疯狂,后果会是多么可怕。为了说服她,该说的话他一点也没有忘,甚至从他对她的柔情中寻找出颇有说服力的动机。

见她仍然一声不响,冷冰冰不为所动,他请求她,哀求她听他的话,相信他,听从他的劝告。

等他说完了,她只是回答:

"您现在可以让我走了吧?放开我,让我站起来。"

"再考虑考虑吧,伊莱娜。"

"您愿不愿放开我?"

"伊莱娜,您的决定就不能改变吗?"

"您愿不愿放开我!"

"您只要告诉我,您的决定,您会痛苦地为之后悔的疯狂的决定,真的就不可改变了吗?"

"是的……请放开我。"

"那么,你留下吧。您很清楚,这儿就是你的家。咱们明天早上就动身。"

不管他怎么说,她站起来,生硬地说:

"不,太晚了。我需要的不是牺牲,我需要的不是献身。"

"你留下吧。该做的我都做了,该说的我都说了。我对你已经尽了自己的责任。我于心无愧了。你说你想怎么样吧,我照办。"

她又坐下,看了他好一会儿,然后用十分平静的语调问:

"那么,你解释一下。"

"什么?你要我解释什么?"

"一切……你怎么这么快就改变主意了,把你所想的一切都说出来。然后,我吗,我再看看我该怎么办。"

"可是我什么也没想过。我刚才不得不提醒你,你要做的是一件疯狂的事。你坚持要这么做。我就要求,甚至请求,分担一份疯狂的责任。"

"这么快就改变主意是不自然的。"

"你听着,我亲爱的朋友。这里既谈不到牺牲也谈不到献身。自从我意识到我爱你的那一天,我就像所有相爱的人在同样情况下都应该说的,内心里对自己这么说:男人爱一个女人,努力征服她,获得她,占有她,也就是面对自己,也面对她,订下了一个神圣的誓约。当然,这里说的是您这样的一个女人,而不是一个浮浅轻薄、水性杨花的女人。

"婚姻,它有很大的社会价值,有很大的法律价值,但是在我看来,它的道德价值却微乎其微,因为它通常都受到许多条件的制约。

"因此,当一个女人受到这种法律关系的束缚,而她又不爱她的丈夫,也不可能爱他,那么她的心就是自由的,她遇到一个让她喜欢的男人,便委身于他;当一个没有家室的男人,在这种情况下占有了这个女人,我认为通过这种互相的而且是自愿的情投意合,他们彼此订下的誓约,比在挂着三色绶带的市长面前喃喃低语的"愿意"更有价值。①

"我要说,如果这两个人都是诚实的人,那么他们的结合,应该比用各种礼仪为其戴上神圣光环的结合更亲密,更牢固,更健康。

---

① 在法国,结婚仪式通常有市长或其代表主持,在主持人询问新人的结婚意愿时,新人须回答"愿意"方可成婚。

"这个女人甘冒一切风险。正因为她知道这一点；正因为她付出了一切：她的心，她的肉体，她的灵魂，她的荣誉，她的生命；正因为她明知会遭到各种痛苦，各种危险，各种灾难；正因为她有勇气做出一个大胆的举动，一个无畏的举动；正因为她已经准备好并且决心经受这一切挑战，她的丈夫可能杀掉她，社会可能摈弃她；因此她对夫妻关系的不忠值得尊敬，因此她的情夫在占有她的时候也应该预见到这一切，爱她胜过一切，不管发生什么事。我没有什么要再说的了。我先前是作为一个有义务提醒您的理智的男人说话，现在我仅仅是一个男人，一个深爱您的男人了。请您下令吧。"

她顿时容光焕发，用自己的嘴唇封住他的嘴，柔声地对他说：

"我刚才说的不是真的，亲爱的，什么事都没有发生，我丈夫什么也没有发觉。只不过我想看看，我想知道你会怎么做，我想得到一些……一些新年礼物……得到你的心……这可是与今天下午的项链大不一样的新年礼物。你现在已经给我了。谢谢……谢谢……天主啊，我真是太高兴啦！"

离　婚[*]

　　邦特朗先生是巴黎颇有名气的律师,十年来他替不大合得来的夫妻打离婚官司,件件都很成功。且说他打开事务所的门,闪开身,让一位新顾客走进来。

　　来者是个身体肥胖、脸色通红、蓄着浓密的金黄色颊髯的男子,一个大腹便便、血气盛、精力旺的男子。他先致了礼。

　　"请坐。"律师说。

　　客人干咳了一声,坐下来:

　　"先生,我是来请您为我打一场离婚官司。"

　　"请说吧,先生,我听您说。"

　　"先生,我是个退休的公证人。"

　　"这么早已经退休了!"

------

[*]　本篇首次发表于一八八八年二月二十一日的《吉尔·布拉斯报》;同年收入康坦出版社出版的莫泊桑小说集《于松太太的贞洁少男》;一九〇二年收入保尔·奥朗道尔夫出版社出版的插图版莫泊桑全集《于松太太的贞洁少男》卷。

"是呀,已经退休了。我今年三十七岁。"

"请说下去。"

"先生,我的婚姻不幸,很不幸。"

"这样的人不止您一个。"

"我知道,我也同情其他不幸的人;不过我的情况非常特殊,我对妻子的不满,性质也与众不同。我还是从头说吧。我这个婚结得很离奇。您相信有危险观念吗?"

"您指的是什么?"

"您相信有些观念对于人的精神,就像毒药对人的身体一样危险吗?"

"是的,有可能。"

"当然有可能。有些观念钻进我们的头脑,蚕食我们,残害我们,让我们疯狂,如果我们不善于抵抗它们的话。这是一种心灵的根瘤蚜虫①。如果我们不幸让这些思想中的一种溜进我们的头脑,如果我们没有从一开始就发现它是入侵者,一个主宰者,一个暴君,它就会一小时一小时、一天一天地扩张,它就会不断地再来,扎下根,排挤掉我们对事物的全部正常的关注,吸引住我们的全部注意力,改变我们的判断的眼光,我们就完了。

"先生,下面就是发生在我身上的事。"

---

① 根瘤蚜虫:十九世纪最后二十五年,这种虫害使法国南部的葡萄园遭受了巨大损失。这个词几乎和霍乱成为同义语。

我刚才跟您说过,我曾经在鲁昂当过公证人,虽然生活有点拮据,还算不上穷,只是手头紧,不能无所顾忌,时刻都得强迫自己省着一点,不得不限制自己的各种爱好,是的,各种爱好!在我那个年纪,这确实是很难受的事。

作为公证人,我很注意阅读报纸第四版上的广告:招聘和求职,小启事,等等;就是通过这种方法,我有好几次为顾客撮成了很合算的婚事。

一天,我读到这样一则启事:

> 未婚女士,美貌,有教养,品行端正,愿嫁一正派男士,并带给他两百五十万法郎现金。谢绝婚介所

这一天我碰巧和两个朋友一起吃晚饭,一个是诉讼代理人,一个是纱厂厂主。我已经记不清谈话怎么落到了婚姻的话题上。我笑着讲起这个有两百五十万法郎的未婚女士来。

纱厂厂主说:"这些女人到底是怎么啦?"

诉讼代理人已经见过几桩在这种情况下缔结的美满婚姻,于是提供了一些细节;然后他向我转过脸来补充说:

"见鬼,干吗不为您自己考虑考虑这件事?好家伙,两百五十万法郎,这可以替您去掉很多烦恼呀。"

我们三个人不约而同地笑了笑,接着就谈起了别的事。

一个钟头以后我回到自己的住处。

这天夜里冷得很。再说我住的是老房子,一个像蘑菇似的外省的老房子。我刚把手搁在楼梯的铁扶手上,一股冰凉的寒气就钻进我的胳膊;我伸出另一只胳膊去找墙,碰到墙的

时候第二股寒气又侵入我的肌体,这股寒气更潮湿,两股寒气汇集在我的胸膛,让我充满了苦闷、伤感和烦躁。我突然想起一件事,嘀咕道:

"好家伙,要是我有那两百五十万多好!"

我的房间很凄凉,那是一间由兼带做饭的女仆收拾出来的鲁昂常见的单身汉客房。那房间,您可以想见它是什么寒酸样!一张没有帐子的大床,一个衣橱,一个五斗柜,一个梳妆桌,没有生火。几件衣服堆在椅子上,地上到处是废纸散页。我偶尔去有歌舞表演的咖啡馆解闷;我随口用在那些地方学会的一支曲调低声哼唱道:

> 两百万,
> 两百万
> 真惬意,
> 外加五十万
> 和娇妻。

说真的,我还没有想过娶妻子;我钻进被窝,一下子想起这档子事来,想个没完没了,过了好久才睡着。

第二天,一睁眼,天还没亮,我记起来我还得在八点钟赶到达内塔尔镇办一件重要的事。所以我必须六点钟就起床——而且天寒地冻。——都怪它,两百五十万!

我大约十点钟回到事务所。里面弥漫着烧红的取暖火炉的气味,旧纸张的气味,陈年诉讼案卷的气味——再也没有比这更难闻的了——还有文书们的气味——靴子、常礼服、衬衫、头发和皮肤、很少洗的冬季的皮肤；这一切都被炉火加温到了十八度。

像每天一样，我午饭吃了一份烧烤的排骨和一块干酪。然后我又工作起来。

就是在这时候，我第一次很认真地想到那个有两百五十万的未婚女士。她究竟是怎样一个人呢？何不写封信去？何不去了解一下呢？

总之，先生，我就长话短说吧。在半个月的时间里，这个念头始终纠缠着我，困扰着我，折磨着我。我一直经受的种种烦恼，种种小小的磨难，过去并不怎么在意，甚至没有发现，此刻却像针扎似的刺痛着我；而且每一次被刺痛，都让我立刻想到那个拥有两百五十万的未婚女士。

就这样，我构想出她的整个故事来。当人们渴望一种事情的时候，先生，人们总是把它想象成自己所希望的那样。

诚然，一个好人家的姑娘，有如此像样的陪嫁，还要登报找丈夫，这不太合乎情理。不过，这姑娘也可能为人可敬，却有着不幸的隐情哩。

首先，这两百五十万法郎的钱财并没有像幻境里的东西一样让我眼花缭乱。干我们这一行的人读过各种各样这类的征婚启事，我们已经习惯了带着六百万、八百万、一千万，甚至一千二百万的陪嫁主动求婚的事。一千二百万这个数目甚至是相当普通的了。它很诱人。我明知道我们不大相信这种许诺的真实性。然而这类广告读多了，这些异想天开的数字还是印进了我们的脑海；由于我们的思想疏于戒备，它们提出的庞大金额已经在一定程度上具有了可信性,我们已经倾向于认为一笔两百五十万的陪嫁是很可能的、在道德上也很说得通了。

比方说,一个年轻的姑娘,暴发户和女仆的私生女,突然从生父那儿继承了一笔遗产,同时也得知了自己出身的污点,为了不向可能爱上她的人透露这一点,便通过一个世人常用的方法向陌生人发出召唤,这种方法本身也包含着对出身上的污点的一种承认。

我的假设很愚蠢。然而我还是乐于信以为真。我们这些做公证人的决不应该读小说;而我偏偏读过,先生。

因此,我以公证人的身份,代一个委托人写了一封信。然后我就等着。

五天以后,下午三点钟左右,我正在事务所工作,首席文书通知我:

"尚特弗利丝小姐到了。"

"请进。"

进来的是一个三十岁左右的女子,稍显肥胖,棕色的头发,神情有些尴尬。

"请坐,小姐。"

她坐下,低声说:

"我来了,先生。"

"不过,小姐,我还不曾有这个荣幸认识您呢。"

"我就是您写信给她的那个人。"

"为一桩婚事吗?"

"是呀,先生。"

"啊!很好!"

"我亲自来了,因为办这种事最好还是本人出面。"

"我同意您的意见,小姐。这么说,您是希望结婚?"

"是呀,先生。"

"您家里还有什么人?"

她犹豫了一下,垂下了眼睛,结结巴巴地说:

"不,先生……我的母亲……和我的父亲……都已经去世了。"

我打了一个激灵。这么说,我猜对了——我心里突然对这个可怜的人产生了一股强烈的同情。我不再追问,免得惹她难过。我接着说:

"您的财产是不带债务的净资产吗?"

这一次,她毫不犹豫地回答:

"啊!是的,先生。"

我全神贯注地观察她;说真的,她并不让我反感,尽管比我想象中的过于成熟了一点。她是一个受看的女人,一个壮实的女人,一个能够持家的女人。我忽然生了一个念头:一旦证实了她的陪嫁钱财并非虚幻,我索性跟她演一出小小的感情喜剧,取我虚构的委托人而代之,变成她的情郎。我于是跟她谈起我的委托人,把他描绘成一个郁郁寡欢的人,正直可敬,可就是有点病弱。

她连忙说:"哎呀!先生,我可是喜欢身体健康的男人。"

"您会看到他的,不过得等上三四天,因为他昨天动身去英国了。"

"啊！真麻烦。"她说。

"天哪,说麻烦,也不麻烦。您急着回家吗?"

"一点不急。"

"那么,就在这儿待几天吧。我会尽量帮您打发这段时间的。"

"您真是太客气了,先生。"

"您住在旅馆里吗?"

她说出鲁昂最好的那家旅馆的名字。

"那么,小姐,您允许您未来的……公证人今晚请您吃饭吗?"

她好像有些担心,不知怎样才好,犹豫不定;后来,她终于下了决心:

"好吧,先生。"

"我七点钟去您的住处接您。"

"好吧,先生。"

"那么,今晚见,小姐。"

"好吧,先生。"

我把她送到门口。

七点钟,我已经到了她的住处。她为我刚刚做了一番打扮,接待我时显得十分娇媚。

我带她到一家我熟悉的饭店,点了一顿令人眼花缭乱的美餐。

一小时以后,我们已经成了好朋友,她跟我讲起自己的身世来。她母亲是个贵夫人,被一个贵绅诱惑生下了她。她被寄放在一个农民家里养大。她继承了父亲和母亲的大笔钱财,现在富有了。不过她不会说出父母的名字,永远也不会。问她父母的名字,那是白费工夫;求她也没有用,她不会说的。我也不是非要知道不可,就问起她的财产的情况。她立刻滔滔不绝地说起来,显示出她是个很有实际经验的女人,对自己信心十足,对数字、对证券、对收入、对利率和投资都了如指掌。她在这方面的精专顿时增强了我对她的信任感,我变得更加殷勤,虽然还有所保留;不过我向她清楚地表现出我对她有兴趣。

她说了些调情的话,不过不失优雅。我请她喝香槟酒,我也喝;美酒下肚,我乱了方寸。我清楚地意识到我就要变得胆大妄为,我担心,担心自己,也担心她,怕她也会有点激动,怕她也会顶不住。为了让自己冷静下来,我又开始跟她谈她的陪嫁;必须以精确的方式对这笔钱财加以证实,因为我的委托人是个做生意的人。

她很痛快地回答:"啊!我知道。我把所有的凭证都带来了。"

"在这儿,在鲁昂?"

"是的,在鲁昂。"

"您放在旅馆里?"

"是呀。"

"您可以让我看看吗?"

"当然可以。"

"今天晚上？"

"当然可以。"

这一下免了我所有的啰唆事。我付了账，我们就返回她的住处。

果然，她把所有的凭据都带来了。我无可怀疑了，因为我正在拿着它们，摸着它们，读着它们。我喜不自胜，顿时萌生出一股拥吻她的强烈愿望。我的意思是说，一股纯洁的愿望，一般人在高兴时会有的那种愿望。就这样我拥吻了她，天哪。一次，两次，十次……以至于……在香槟酒帮助下……我顶不住了……不……不如说……她顶不住了。

啊！先生，发生了这种事以后，我的脸色很难看……她也一样！她哭得泪如泉涌，求我不要辜负她，不要抛弃她。我答应了她的所有愿望。离开的时候我的情绪坏透了。

怎么办呢？我奸污了我的女委托人。如果我真有一个男委托人推荐给她，倒也罢了，可是我没有。我就是那个男委托人，天真的男委托人，被他自己欺骗了的男委托人。多么荒诞的局面啊！不错，我可以撒手不管她。但是陪嫁，那笔诱人的陪嫁，美好的陪嫁，是摸得着、稳可到手的呀！再说，这可怜的姑娘，在我这样出其不意地玷污了她以后，我有权抛弃她吗？可是以后会有多少烦恼哟！

跟一个这么容易屈服的女人在一起，真是太不安全了！

悔恨不迭，神烦意乱，心惊肉跳，我就这样度过了一个犹豫不决的难熬之夜。不过，天亮时，我的头脑清楚了。我穿上一身讲究的衣服；十一点敲响时，我来到她下榻的旅馆。

她看到我时,唰地脸红到耳根。

我对她说:

"小姐,只有一件事可以弥补我的过失。我向您求婚。"

她结结巴巴地说:

"我同意。"

我娶了她。

半年过去了,一切都很好。

我出让了我的事务所,过着吃利息的生活。说真的,对我的妻子,我没有一点可责备的,一点也没有。

不过我渐渐发现,她不时地出去,而且出去的时间挺长。这种情况总发生在固定的日子,一周是星期二,一周是星期五。我以为她有外遇了,于是跟踪她。

这是一个星期二。她在一点钟的光景出门,沿着共和国街往南走,向右拐进了大主教宫后面的那条街,走上大桥街,一直走到塞纳河边,顺着沿河马路一直走到石桥,过了河。从这时起,她好像很不放心,经常回过头来观察过路人。

我穿一身煤炭商的服装,所以她没有认出我。

最后,她进了左岸的车站。我不再怀疑了,她的情人就要乘一点四十五分的火车到站。

我躲在一辆四轮货车后面等着。一声汽笛响……一批旅客涌出来……她走向前,冲过去,把一个乡下胖女人陪着的一个三岁的小女孩紧紧搂在怀里,激动地吻她。接着,她转过身,看见另一个孩子,年龄更小些,看不出是男孩还是女孩,由另一个乡下女人抱着;她扑了过去,使劲搂他,然后,她在两个孩子和两个保姆簇拥下,向幽深凄凉、专供散步的长长的王后大道走去。

我回家了。我惊愕万分,神情沮丧;似乎明白了,却又大感不解,根本不敢再去猜测了。

她回来吃晚饭的时候,我朝她冲过去,大声吼叫:

"那些孩子是怎么回事?"

"哪些孩子?"

"你去圣瑟维尔车站接的乘火车来的那些孩子。"

她大叫一声,昏了过去。苏醒过来的时候,她一边流着眼泪,一边向我供认她有四个孩子。是的,先生,星期二两个,是两个女孩;星期五两个,是两个男孩。

这就是——多么可耻啊!——这就是她的钱财的来源。——四个父亲!……她就是这样积累起她的陪嫁。

"现在,先生,您看我该怎么办?"

律师严肃地回答:

"承认他们是您的孩子,先生。"

奥托父子[*]

1

这是一座半似农庄半似小城堡的混合型的乡村住宅,这类住宅从前几乎都是封建领主的宅邸,而现在全被大农庄主占有。在这座房屋的门前,几条猎犬拴在院子里的苹果树下,看见猎场看守人和几个孩子身背猎物袋走过来,嗥叫着,狂吠着。在厨房兼饭堂的大厅里,奥托父子、收税官贝尔蒙先生和公证人蒙达吕先生,出发打猎以前正在随便吃点什么、喝上一杯,因为今天是开猎的日子。

老奥托很为自己拥有的一切感到骄傲,急不可待地向客人们夸耀着能在他的土地上打到哪些猎物。他是个身材高大

---

[*] 本篇首次发表于一八八九年一月五日的《巴黎回声报》;同年收入保尔·奥朗道尔夫出版社出版的小说集《左手》;一九〇三年收入同一出版社出版的插图版莫泊桑全集《左手》卷。

的诺曼底人,属于这种类型的男子汉:身强力壮,满面红光,膀大腰圆,肩膀能扛起整车整车的苹果。他半是农民,半是乡绅,有钱,受人尊敬,有威信,也难免有些独断专行。他曾经坚持要儿子塞扎尔·奥托上学,成为有教养的人;可是上到三年级,他又突然终止了儿子的学业,因为怕他变成对土地漠不关心的老爷。

塞扎尔·奥托几乎跟他父亲一样人高马大,不过比他瘦一点儿,是个好孩子乖儿子,听话,对一切都心满意足,对老奥托的意志和看法更是佩服、尊重和崇敬到五体投地的程度。

收税官贝尔蒙先生是个矮胖子,通红的面颊上显露出细细的紫色的静脉网,就像地图上江河的支流和迂回曲折的小河道。他问:

"野兔呢?……有野兔吗?……"

老奥托回答:

"您要多少就有多少,尤其是在普依萨吉埃洼地一带。"

"咱们从哪儿开始呢?"公证人又问。这位公证人,整天乐呵呵的,浑身肥肉,脸色苍白,也是大腹便便,上个星期刚在鲁昂买的新猎装穿在身上紧巴巴的。

"那好吧,就从那儿,从洼地开始吧。咱们先把山鹑往平原上轰,再去那里围猎。"

说罢老奥托站起身。其他人也随着站起来,到墙角拿起各人的猎枪,检查一下枪机;脚的热气还没有把皮鞋烘软,就跺跺脚,走起路来稳当些。然后他们就走出去;拴着的猎犬也站起来,扯紧皮带,挥着爪子,发出尖声的吠叫。

他们开始向洼地进发。那是一片不大的谷地,更准确地说是一大块高低不平的贫瘠的土地,也正因为土质不好,一直荒废着,长满了蕨类植物,成了猎物绝好的藏身地。

猎人们彼此拉开了距离。老奥托走在右边,小奥托走在左边,两位客人在中间。猎场看守人和背猎袋的孩子们跟在后面。这是庄严的时刻,大家都等着打响第一枪,心跳得有点厉害,紧张的手指时刻都触着扳机。

突然,第一枪打响了,是老奥托开的。所有人都停下来,只见一只山鹑脱离了振翅飞逃的伙伴们,坠落在一条荆棘丛生的沟壑里。那位兴奋的猎人立刻向前跑去,跨开大步,拨开荆棘,转眼就消失在灌木丛里,去寻找他的猎获物。

几乎立刻又传来第二声枪响。

"哈哈!这个老狐狸,"贝尔蒙嚷道,"他准是在沟里捣毁了一个兔子窝。"

所有人都等着,眼睛紧盯着那堆视线穿不透的枝叶。

公证人把两手拢成喇叭筒,高喊:"您把它们一窝端了吗?"老奥托仍然没有回答。于是塞扎尔转过身去对猎场看守人说:"快去帮帮他,约瑟夫。我们得保持一条横线。不过我们等着你。"

约瑟夫是个枯瘦的老头,所有的关节都像打了结似的成为疙瘩。他不慌不忙地去了,像狐狸一样小心翼翼地寻找着可以钻过去的缺口,就这样下到那条沟里。刚下去,他立刻大声疾呼:

"哎呀!快来呀!快来呀!出事啦!"

所有人都跑过去,钻进灌木丛。老奥托侧身倒在地上,已经昏迷,两只手捂着肚子,一缕缕鲜血透过铅弹射穿的布上装一直流到乱草上。他伸手去捡打死的山鹑时,猎枪滑脱了,掉在地上撞了一下,第二颗子弹射出来,击穿了他的腹部。大家把他从沟里拖出来,脱掉他的衣服,看见一个可怕的伤口,肠子正从里面往外涌。于是,好歹包扎了一下,就把他抬回家,等医生来。已经派人去请医生,而且也去请教士了。

医生来了;他脸色沉重地摇了摇头,转过身来对坐在椅子上啜泣的小奥托说:

"我可怜的孩子,看来情况不妙。"

但是伤口包扎好以后,伤者的手指动了动,嘴张开了,接着眼里射出迷惑、惊惶的目光;然后又好像在寻找记忆,想起来了,也明白是怎么回事了。他喃喃自语:

"他妈的,就这么完蛋了!"

医生握住他的手:

"不,不,休息几天就好了,没有什么大事。"

奥托又说:

"我完蛋了!我的肚子被打穿了!我很清楚!"

接着,他突然说:

"如果我还有时间,我想跟我儿子谈一谈。"

小奥托一边忍不住地流着眼泪,一边像小孩子一样反复说着:

"爸爸,爸爸,可怜的爸爸呀!"

反倒是父亲语气更镇定些:

"好啦,别再哭了,这不是时候,我有话要对你说。坐在这儿,紧挨着我,很快就完,说完我就可以安心些了。你们其他人,请稍等一分钟,劳驾啦。"

所有人都退了出去,留下父亲和儿子。

等只剩下他们俩,父亲就说:

"听着,儿子,你已经二十四岁了,现在可以把这件事告诉你了。再说这件事也没有我们搞得那么神秘。你知道你母亲过世已经七年了,不是吗?而我,现在也不过四十五岁,因为我十九岁就结婚了,不是吗?"

儿子结结巴巴说:

"是,是这样。"

"也就是说你母亲过世七年了,我一直没有再娶。可话又说回来了,像我这样一个人总不可能在三十七岁上就打光棍,是不是?"

儿子回答:

"是,是这样。"

父亲吃力地喘着气,脸色苍白,面部肌肉抽搐着,继续说:

"天哪,好痛呀!这么说,你理解。男人生下来不是为了打光棍的,可是我又不愿意找一个接替你母亲的人,再说我也答应过她不这样做。现在……你明白了吧?"

"明白了,父亲。"

"于是,我纳了一个女孩子,在鲁昂城里,胡瓜鱼街十八号,四楼,第二个门——我全告诉你了,别忘了——这姑娘对我十分体贴、多情、忠实,像个真正的妻子,怎么?你听明白了吗,儿子?"

"听明白了,父亲。"

"因此,要是我走了,我应该给她留下些什么,而且是实实在在留下些什么,让她以后的生活能有个保障。你明白了吗?"

"明白了,父亲。"

"我跟你说她是个好姑娘,真的,一个好姑娘;要不是有你,要不是怀念你母亲,要不是因为这座房子里我们三个人共同生活过,我早就把她接到这里来了,还会娶她做妻子,肯定的……听着……听着……儿子……我本可以立一份遗嘱……但是我没有这么做!我不愿意……因为不应该把事情……这些事情……写下来,这样做对合法继承人损害太大了……另外也会把一切都搞乱……这样做会弄得大家都破产! 你听着,贴印花税票的纸张,不需要,而且永远也不要使用。如果说今天我有点钱,就是因为我一辈子也没有用过那东西。你明白了吧,儿子!"

"明白了,父亲。"

"你听着,听着……好好听着……我没有写遗嘱……因为我不愿意……再说我了解你,你心肠好,你不小气,不斤斤计较,我心里想,还是等我临终的时候,再把事情告诉你,要求你不要忘了那姑娘——卡罗琳娜·多奈,胡瓜鱼街十八号,四楼,第二个门,别忘了。——还有,再听着。等我走了,立刻到那里去——并且要安排得让她想起我的时候没有可埋怨的。——你有钱。——你办得到。——我给你留下的足够了……听着……你平时找不到她。她在莫洛太太的铺子里干活,博瓦希纳街。要星期四去。她总在这一天等着我。六年来这一天都是留给我的。可怜的姑娘,她一定会哭的!……我把这些都告诉你,是因为我非常了解你,我的儿子。这种事是不能公开说的,不能对公证人说,也不能对本堂神父说。这种事情做出来了,大家迟早会知道,但是除非万不得已,不能公开说出去。因此对外人都要保守秘密。除了家里人,不能让任何人知道,因为家里全算起来也只有你一个人。你明白了吗?"

"明白了,父亲。"

"你答应了?"

"是的,父亲。"

"你能发誓吗?"

"是的,父亲。"

"我要求你,我恳求你,儿子,别忘了。这对我很重要。"

"不会忘,父亲。"

"你亲自去。我希望你亲眼去证实这一切。"

"好,父亲。"

"去了你就会看到……你就会看到她怎么向你解释。我,我不能再对你多说了。你发誓这么做了?"

"是的,父亲。"

"好了,儿子。拥吻我吧。永别了。我就要蹬腿了,我敢肯定。去请他们进来吧。"

小奥托呜咽着拥吻了父亲,然后,还是那么听话,打开了门。教士身穿白色法衣,捧着圣油,走进来。

不过垂死的人已经闭上了眼睛,他拒绝再睁开,拒绝回答,甚至拒绝做一个动作表示他听懂了。

这个人呀,他已经说得够多了,没有力气再说了。另外现在他已经安心了,他想平静地死去。既然他已经向他的家人、向他的亲生儿子做了坦诚的交代,还有什么必要向天主的代表忏悔呢?

他在朋友和跪着的仆人中间履行了圣事,涤了罪,得到了赦免,脸上始终没有一个表情显示他还活着。

他在午夜时分死去,在此以前他抽搐了四个小时,可见他经受了难以忍受的痛苦。

2

他星期二就下葬了,开猎的那一天是星期日。塞扎尔·奥托把父亲送到墓地以后回到家里,这个白天的剩余时间都在哭泣。接下去的一夜他只勉强睡了一会儿,醒来时感到悲痛欲绝,甚至自问:他怎么还能继续活下去。

这天一直到晚上他都在想,应该遵照父亲的遗愿,第二天就去鲁昂,看望住在胡瓜鱼街十八号四楼第二个门的名叫卡罗琳娜·多奈的姑娘。为了不忘记,他就像咕咕哝哝念经一样,低声重复着这个名字和地址,数不清有多少次;没完没了念叨的结果,他已经不可能打住,更不可能去想任何别的事了,因为他的舌头和头脑都被这句话完全控制了。

于是，第二天，八点钟左右，他就吩咐把格兰道尔热套在轻便双轮马车上，出发了。这匹壮实的诺曼底马在从安维尔通向鲁昂的大路上一路小跑。他上身穿着黑礼服，头上戴着缎子大礼帽，下身穿着用带子套在鞋底的马裤。考虑到时机不宜，他不愿意在这身漂亮的服装外面套上他那件蓝色罩衫。这种风一吹就会鼓起来的罩衫能保护衣服不沾上尘土和污垢，一般在到达以后，一跳下车就马上脱掉的。

十点钟敲响的时候他就到达鲁昂，像往常一样把马车停在三水塘街的老好人旅店，接受店老板、老板娘和他们的五个儿子的拥抱，因为他们已经得知不幸的消息。接着他不得不向他们讲述了关于这桩意外事故的一些细节，这让他又痛哭流涕一阵；他不得不谢绝这些人的侍候，他们知道他有钱，对他特别地殷勤；他甚至不得不拒绝在他们这里吃午饭，这让他们觉得很没有面子。

他掸了掸帽子上的尘土，刷了刷礼服，揩了揩皮靴，就开始寻找胡瓜鱼街。他不敢向人打听，生怕被人认出来，或者引起别人的猜疑。

可是他怎么也找不到，最后看到一位教士，他相信教会的人出于职业习惯都是守口如瓶的，便上前询问。

只要再走一百步，右边第二条街就是。

他这时反而犹豫起来。在此以前，他一直像一个未开化的人似的只知服从死者的旨意。现在，想到他，做儿子的，就要和那个曾经是父亲的情妇的女子见面，激动之余，不免感到尴尬和屈辱。千百年世代相传的教育在我们感情深处积累下的所有根深蒂固的道德理念,他从上教理课时起就学到的对生活败坏的女人的偏见,男人,即便是娶了一个这样的女人的男人,也对她们怀有的本能的蔑视,他这个农民的全部狭隘的正直观,这一切在他的心里翻腾着,让他踟蹰不前,让他感到羞耻,脸都涨红了。

可是他想:"我已经答应了父亲。那就不应该言而无信。"于是他推开了门牌十八号的那座楼房的虚掩的门,发现一个晦暗的楼梯,爬到四楼,看见一个门,然后是第二个门,找到铃绳,拉响了门铃。

旁边的房子里回响的铃声让他浑身打了个哆嗦。门开了,一个年轻女子出现在他的眼前,她衣着整齐,褐色的头发,脸色红润,用一双惊异的眼睛看着他。

他不知道该对她说什么;她呢,更是大感意外。她等的是另一个人,所以没有请他进去。他们就这样互相注视了半分钟之久。最后还是她问:

"您有什么事,先生?"

他嗫嚅道:

"我是小奥托。"

她吃了一惊,脸色顿时变得苍白,就像认识他已经很久了似的,结结巴巴地说:

"塞扎尔先生?"

"是的……"

"那么……?"

"我父亲要我来和您谈一谈。"

她说了声"啊！我的天主！"便往后退了退，让他进去。他关上门，跟着她往里走。

他看见一个四五岁的小男孩正在和一只猫玩耍，那男孩坐在一个炉子前面，炉子上飘出温着的菜肴的香味。

"请坐。"她说。

等他坐下来……她问：

"有什么事吗？"

他不敢说了，眼睛盯着放在屋子中间的那张桌子，桌子上放着三份餐具，一份是孩子的。他再看那把背朝炉火的椅子，那个座位前面摆着的盘子、餐巾、杯子、一瓶已经斟过的红葡萄酒和一瓶还没有打开的白葡萄酒。这是他父亲的座位，总是背朝炉火！他们正等着父亲。他看见父亲的面包摆在叉子旁边，他一眼就认出来了，因为老奥托的牙不好，总是先把面包的硬皮剥掉。接着，他抬起头，看见墙上挂着父亲的半身像，那是举行博览会那一年在巴黎拍的大照片，跟在安维尔的卧室床头上面挂的是同一张。

年轻女子又问：

"究竟是怎么回事，塞扎尔先生？"

他看着她。焦虑让她的脸色变得煞白，两手紧张得直抖，等着他回答。

他终于鼓起勇气。

"是这样，小姐，星期日开猎的时候，爸爸去世了。"

她是那么震惊，一下子愣了。沉默了好一会儿，她才用低得几乎听不见的声音喃喃地说：

"啊！不可能！"

接着，泪水便猛然涌出她的眼眶，她抬起两手捂住脸痛哭起来。

这时，小男孩转过头，见母亲在哭，就喊叫起来。接着，他明白了母亲伤心是由这陌生人引起的，便冲向塞扎尔，一只手揪住他的马裤，另一只手使劲敲打他的腿。塞扎尔置身在这个为他父亲哭泣的女人和这个保护自己母亲的孩子之间，不知所措，又深受感动。他觉得自己也被这激情的场面感动了，悲伤得眼里满含泪水；为了恢复平静，他开始讲起来：

"是的，"他说，"不幸的事情发生在星期日早上，八点钟光景……"就好像她在听似的，他叙述着，不遗漏任何细节，以农民惯有的精细说着哪怕是最微不足道的小事。小男孩还在打他，甚至踢起他的踝骨来。

当他讲到老奥托谈到她的时候，她听见自己的名字，便露出脸来，说：

"对不起，我没有听清楚，我希望知道……如果不太麻烦您的话，请您重说一遍。"

他于是用同样的措辞重新说起来："不幸的事情发生在星期日，八点钟光景……"

他把事情从头到尾慢慢道来，有逗有句，有条不紊，不时还加上他自己的想法。她聚精会神地听着，以女性的敏感领会着他叙述的每一个意想不到的波折，吓得浑身战栗，时而喊一声："啊，我的天主！"那男孩子以为她已经没事了，也就不再打塞扎尔，走过去拉着母亲的手，也听起来，好像听得懂似的。

小奥托叙述完事情的经过,接着说:

"现在,咱们就按照他的愿望一起安排一下吧。您听着,我生活挺宽裕,他给我留下了财产。我不希望您将来有什么可埋怨的……"

但是,她激动地打断了他的话。

"啊!塞扎尔先生,塞扎尔先生,别在今天。我的心都碎了……下一次,改一天吧……不,别在今天……即便我接受,您听着……那也不是为了我自己,不,不,不,我向您发誓。那是为了孩子。再说,那笔钱会存在他的名下。"

听到这里,塞扎尔一脸惊愕,他猜测着,结结巴巴地问:

"这么说……这孩子……是他的?"

"是呀。"她说。

小奥托带着复杂、强烈和痛苦的感情看着他的弟弟。

他们沉默了好一会儿,她又哭了起来,塞扎尔感到十分尴尬,就说:

"那么,好吧,多奈小姐,我就走啦。您希望咱们什么时候谈这件事呢?"

她大声说:

"啊!别,别走,别走,别把我一个人和埃米尔撇在这儿!我会伤心死的。除了我的孩子,我什么人也没有了,什么人也没有了。啊!太可怜了,太可怜了,塞扎尔先生!嗯,来坐下。您再跟我说说。请告诉我,他整个星期在那边都做些什么。"

塞扎尔就坐了下来,他已经习惯于服从了。

她为自己搬了一张椅子放在还温着菜的炉子前面,靠近他的椅子;她把埃米尔抱在膝头,接二连三问了塞扎尔许许多多关于他父亲的事,从所问的这些家常小事就能看出,不假思索也能感到,她是一片至诚地用她那颗女人的可怜的心深爱着奥托。

他的思想并不丰富,一环接一环说下去,自然而然地又回到那件意外事故上,他重新一个细节不漏地叙述起来。

当他说道:"他肚子上打出一个窟窿,能伸进去两个拳头"的时候,她失声大叫,又开始鼻涕眼泪地啜泣。这时,塞扎尔受到感染,也哭起来。眼泪总是能够让人的心变得更加温柔,他向额头本来就离他的嘴不远的埃米尔俯下身去,亲吻他。

母亲稍稍恢复了平静,喃喃地说:

"可怜的孩子,他成了孤儿了。"

"我也是呀。"塞扎尔说。

他们都不再作声了。

突然,家庭主妇那惯于把一切都想得很周到的持家的本能,在这年轻女子的身上觉醒了。

"您大概一早上什么也没吃吧,塞扎尔先生?"

"没有,小姐。"

"啊!您一定饿了。您吃一点吧。"

"谢谢啦,"他说,"我不饿,我太难过了。"

她回答:

"不管多么难过,还是要活下去呀,您就别拒绝我啦!然后您再多待一会儿。您要是走了,我真不知道我会怎么样。"

他又推辞了一番,终于让步了,背朝炉火,在她的对面坐下。他吃了一盘在炉子上噼啪炸响的爆牛肚,喝了一杯红葡萄酒。他坚决不让她再开那瓶白葡萄酒。

小男孩下巴上沾满了菜汁,他给他擦了好几次嘴。

他起身准备离开了,问:

"您希望我什么时候再来商谈这件事呢,多奈小姐?"

"如果您方便的话,下星期四吧,塞扎尔先生。这样的话我也不会耽误时间。我每个星期四都有空。"

"对我也合适,下星期四见。"

"您来吃午饭,是不是?"

"哦!这个嘛,我就不能答应了。"

"这样咱们可以安心地谈一谈。时间也充裕一些。"

"那么,好吧。就中午十二点。"

他再次亲吻了小埃米尔,又同多奈小姐握了手,就走了。

3

这一个星期对塞扎尔·奥托来说似乎十分漫长。他从来也没有感到过孤单,到现在他才觉得孤寂得无法忍受。在此以前,他一直生活在父亲身边,像父亲的影子一样,跟随父亲去田间,监督父亲的指令执行的情况,即使离开父亲一会儿也会在吃晚饭时又见到他。每天晚上他们面对面抽着烟斗,絮叨马、牛和羊的事;一觉醒来握手就好像在交流深厚的亲情。

现在塞扎尔是孤独一人了。他在秋天的耕地里徘徊,依然期待着父亲那指手画脚的高大身影会出现在田野的尽头。为了挨磨时间,他走进一个又一个邻居家,向所有还未听过的人讲述那个意外事故,有时甚至向听过的人也要重复一遍。然后,等到再也没有什么可做、再也没有什么可想了,他就会在大路边坐下,自己问自己:这样的生活是否会长久持续下去。

他常常想到多奈小姐。他很喜欢她。他觉得她很得体,就像父亲说的,是个温柔、正派的姑娘。说到正派的姑娘,这真正是一个正派的姑娘。他决定要慷慨大度地行事,给她两千法郎的年息,本金归在孩子的名下。想到下星期四就能再见到她,和她一起安排这件事,他甚至感到某种说不出的喜悦。此外,想到这个弟弟,这个五岁的小家伙,他有点困扰,有点烦乱,同时也有些激动。这个永远也不会姓奥托的私生子,是他的血亲,一个不管他接受或者抛弃、但永远让他想起父亲的血亲。

因此星期四早上,当格兰道尔热伴着铃声快步小跑拉着他奔驰在前往鲁昂的大路上时,他感到自从不幸的事故发生以来心里还不曾这样轻松过,不曾这样平静过。

他走进多奈小姐的那套房子时,看到饭桌已经像上星期四那样摆好,唯一的区别是面包皮没有剥掉。

他握过年轻女子的手,亲吻过埃米尔的双颊,就坐下,有点像在自己家里一样,不过心情依然有些沉重。他发现多奈小姐好像瘦了一点,苍白了一点。她一定哭得很厉害。此时她在他面前显得有些拘谨了,好像她意识到上个星期在不幸事件突如其来的冲击下自己没有感觉到的东西;她以过分的敬重、痛苦的谦卑和感人的照料接待他,似乎要用关切和忠诚来报答他对她的善意。他们午饭吃得时间很长,一边吃一边谈着他这次来要办的事。她不愿意要那么多钱。那太多了,实在太多了。她挣的钱够维持生活,她只是希望埃米尔长大的时候能给他准备下几个钱。塞扎尔坚持要给,甚至还因为她有丧事而额外给她一千法郎的礼金。

他喝过了咖啡,她问:

"您抽烟吗?"

"抽……我有烟斗。"

他在口袋里摸了摸。见鬼。他忘了带!他正在感到遗憾,她把放在橱柜里的他父亲的一根烟斗递给他。他接受了,拿过来,认出了,闻着,声音激动地称赞它的质量,装上烟草,点着了。然后,他让埃米尔骑在他的腿上玩骑马。这时她收拾饭桌,把脏的餐具放到碗橱的底格,等他走了以后再洗。

三点钟左右,他不情愿地站起来,想到要走了,心里十分懊丧。

"好吧,多奈小姐,"他说,"祝您晚安。很高兴发现您是这样一个人。"

她站在他面前一动不动,脸通红,很感动,看着他,不由得想起另一个人。

"咱们不再见面了吗?"她说。

他直截了当地回答:

"见呀,小姐,只要您乐意。"

"当然乐意,塞扎尔先生。那么,下星期四,您看行吗?"

"行,多奈小姐。"

"您来吃午饭吧,当然啦。"

"这个……如果您愿意的话,我不拒绝。"

"就这么说定啦,塞扎尔先生,下星期四,中午,像今天一样。"

"星期四中午,多奈小姐!"

布瓦泰尔*

献给罗贝尔·潘松①

安托万·布瓦泰尔大叔在整个这一带是专门干脏活的。人们要清理一个坑、一厩肥、一口污水井,或者要掏一个阴沟、一洼烂泥什么的,总是去找他。

他带着掏污的工具和脏兮兮的木鞋来了;一开始干活,他就唉声叹气地抱怨起自己的行当来。如果有人问他:既然如此,何必还要干这让人厌恶的营生?他会无可奈何地回答:

"敢情,我有一大堆孩子要养活哟。干这个总比干别的

---

* 本篇首次发表于一八八九年一月二十二日的《巴黎回声报》;同年收入保尔·奥朗道尔夫出版社出版的莫泊桑小说集《左手》;一九〇三年收入同一出版社出版的莫泊桑全集《左手》卷。

① 罗贝尔·潘松(1846—1925):莫泊桑的好友,曾演过莫泊桑青年时的剧作,与莫泊桑一起在塞纳河划船。后任鲁昂图书馆馆长,为莫泊桑的小说创作提供过一些故事素材。

挣得多一点。"

确实,他有十四个孩子。要是人家问起他们现在怎么样,他总是漫不经心地说:

"还剩八个在家里,一个在服兵役,五个已经成家。"

可是如果有人想知道那些孩子的婚姻美满不,他就会情绪激动地回答:

"反正我没有反对过他们。我在任何事情上都没有反对过他们。他们喜欢跟谁结婚就跟谁结婚。爱好是不能反对的,否则会坏事。我如今为什么是干脏活儿的,就是因为父母当年反对我的爱好。要不,我也许已经跟别人一样当上工人了。"

咱们来看看当年他父母是在什么事情上阻挠他的爱好的。

他当时在当兵,驻扎在勒阿弗尔。他不比别人笨,也不比别人机灵,只是有点儿过于单纯。自由时间,他的最大乐趣就是去码头上溜达;那里聚集着一些卖鸟的商贩。他有时独自一人,有时和一位同乡结伴,沿着一个个鸟笼子不慌不忙地走。笼子里有绿背黄头的亚马孙流域鹦鹉,灰背红头的塞内加尔鹦鹉,看似在温室里培育出的硕大的南美大鹦鹉,个个羽色华丽、翎羽壮观、冠毛高耸,还有大大小小的就好像由擅长微缩艺术的善良天主精心着色的虎皮鹦鹉,以及一些红色、黄色、蓝色和五色斑斓的爱蹦爱跳的小的、很小的鸟儿。这各种各样的鸟儿,把它们的啼声跟码头的嘈杂声交织在一起,给卸货船只、行人和车辆的扰攘增添了遥远而神奇的森林才有的响亮、尖锐、叽叽喳喳、震耳欲聋的喧闹声。

布瓦泰尔不时地停下来。他兴致勃勃,睁大了眼睛,张大了嘴,向囚笼里的白鹦鹉露出他的牙齿;这些鹦鹉则用它们白色或黄色的羽冠,朝他的红色短套裤和裤带的铜扣子频频点头致意。每当他遇到一只会讲话的鸟,便向它提问;如果这只鸟这天肯于回答他并且和他对话,他会一直到晚上都感到高兴和满足。看猴子他也乐不可支。他简直不可想象,除了像养猫养狗一样拥有这些鸟儿,一个有钱人还能有什么更奢华的享受。他这种爱好,这种对异国事物的爱好,是生来就有的,就像有些人爱打猎、有些人爱行医或者传教。总之,每次兵营大门一开,他就急不可待地来到码头,仿佛有一股强烈的欲望吸引着他似的。

有一天,他几乎陶醉了似的站在一只奇大无比的金刚鹦鹉前面,看那鹦鹉蓬起羽毛,身子俯下又挺起,就像在鹦鹉国的朝廷上行大礼。就在这时,只见与鸟店毗邻的一家小咖啡馆的门开了,一个扎着红头巾的黑人姑娘走出来,把店堂里的瓶塞子和灰沙扫到街上。

布瓦泰尔对动物的注意力马上分了一半给这个女子;他甚至弄不清,他此刻最惊喜交加地注视着的,是这两种生物中的哪一种。

黑姑娘把咖啡馆里的垃圾扫出来以后,抬起头,看见这身士兵的制服,也好一阵子眼花缭乱。她面对他站着,手拿扫帚,就像在向他举枪致敬;而这时那只金刚鹦鹉还在继续鞠躬行礼。过了一会儿,这当兵的被看得不好意思了,便迈着小步走开了,免得像是落荒而逃。

不过他后来又来了。他几乎每天都要从科洛尼咖啡馆前面经过,而且经常隔着玻璃窗看到这个黑皮肤的小个子女侍给港口的水手们端啤酒或者烧酒。看见他,她也经常走出门来。很快,虽然他们还没有说过话,可是已经像熟人似的互相微笑致意。看到姑娘深色的双唇间突然露出闪亮的牙齿,布瓦泰尔的心就激动起来。一天,他终于走进去;发现她和大家一样在讲法语,他大为惊讶。他要了一瓶柠檬水,请她喝一杯,她接受了,这成了他记忆中永远难忘的最甜美的一瓶柠檬水。他甚至养成了习惯,常去这家港口小咖啡馆喝各种他的收入允许的软性饮料。

看这小女侍的黑手往他的杯子里倒什么,看她露出比眼睛还明亮的牙齿,成了他节日一样的欢乐时刻,朝思暮想的一种幸福。经过两个月的交往,他们成了好朋友。布瓦泰尔惊奇地发现,这黑女人的想法和本地女子的正统想法完全一致,也节俭、勤劳、虔诚信教、循规蹈矩,就越发爱她了,甚至爱到要娶她。

他把这个计划告诉了她,她高兴得手舞足蹈。而且她还有一点钱,是一个收养过她的卖牡蛎的女贩子留给她的。她当初被一个美国船长搁在勒阿弗尔的码头上。那船长是在船开出纽约数小时以后才发现她的,当时她才六岁,蜷缩在船舱里的棉花包上;船到勒阿弗尔,他就把这个不知被谁、也不知怎样藏在他船上的小黑娃儿丢给这个好心的卖牡蛎的女人照管。卖牡蛎的女商贩死了,年轻的黑姑娘就成了科洛尼咖啡馆的女侍。

布瓦泰尔又说:

"如果我父母不反对,就这么办。不过你要知道,我无论如何不能违背他们的意思,那是绝对不能的!我下次回家就争取让他们同意。"

果然,接下来的一个星期,他获准休假二十四个小时,就回家了。他父母在依弗托附近的图尔特维尔务农,有一个小庄园。

他等待着饭后喝咖啡,那时候说话都比较坦率,最适合告诉父母他找到一个合他心意、各方面都合他心意的姑娘,在这个世界上也许再也没有这么让他称心满意的姑娘了。

两个老人,一听到这个话题,马上变得谨慎起来,要他说详细些。他什么也没隐瞒,除了她皮肤的颜色。

她是个女侍,财产不多,可是勤劳、整洁、品行端正,而且是个好参谋。所有这些比一个不会过日子的女人的钱更有价值。再说,她还是有一点钱的,那一小笔钱,也差不多相当于一份嫁妆了,明说了就是一千五百法郎的储蓄。二老被他说服了;他们相信他的判断,所以逐渐退让。这时他该谈到那棘手的一点了。他有些勉强地笑了笑,说:

"只有一件事,也许不合你们的心意:她长得不白。"

他们不解其意;为了不引起他们的嫌恶,他不得不费了很长时间字斟句酌地向他们解释,说她属于一个深肤色的种族,这样的人他们只在埃皮纳尔①的画片上看到过。

这时他们不安起来,有些困惑,甚至有些惊慌了,仿佛他向他们提出要和魔鬼结亲似的。

"黑?多黑?浑身都黑吗?"

他回答:"当然啰,全身都黑,就像你全身都白一样。"

父亲接着说:"黑?是不是像锅底那么黑?"

他回答:"也许稍微好一点!不过黑得一点也不让人讨厌。本堂神父的教袍也是黑的,可是并不比白色的宽袖法衣难看呀。"

父亲说:"在她本国,还有比她更黑的吗?"

儿子深信不疑地说:

"当然有!"

但是那老人却摇了摇头。

"那一定很让人讨厌。"

儿子说:

"并不比别的东西让人讨厌,用不了多久就习惯了。"

母亲问:

"这种皮肤,不会弄脏内衣吗?"

"不会的,跟你的皮肤一样,因为那只是她的肤色。"

总之,在又提了很多问题以后,大家商妥:在见到那姑娘以前,二老先不做任何决定;小伙子下月就服役期满,到时候把她带回来仔细瞧瞧,商量一下再决定她是不是黑到不能进

---

① 埃皮纳尔:法国市镇,孚日省省会,当地民间版画素负盛名。

布瓦泰尔家的程度。

于是,布瓦泰尔宣布:五月二十二日,星期日,他将带女朋友一起到图尔特维尔去。

为了这趟前往情郎父母家的旅行,她穿上了以黄、红和蓝为主色的最美、最耀眼的衣服,就像为国庆节而张起的一面彩旗。

从勒阿弗尔动身的时候,在车站里,很多人都看她;布瓦泰尔胳膊上挽着一个如此引人注目的姑娘,很觉自豪。后来,进了三等车厢,她坐在他旁边,农民们更是大为惊奇,连相邻车厢的人也登上长凳从隔板上面看她。看到她的样子,一个小孩吓哭了,另一个小孩把脸躲进母亲的围裙。

不过直到终点站都一切顺利。只是车快到依弗托减速前进的时候,安托万不自在起来,就好像军事理论课还没有温习好,却就要面临考核。过了一会儿,他从车门探出身,远远地认出拉着驾车马的缰绳的父亲,和一直挤到拦住看热闹的人的栅栏前的母亲。

他第一个下车,把手伸给女朋友,然后,像护送一位将军似的,向家人走去。

母亲见这个穿得花里胡哨的黑女人由儿子陪伴着走过来,惊讶得半天说不出话来;而父亲好不容易才稳住那匹不知让火车头还是让黑女人惊得连连直立的马。不过布瓦泰尔呢,又见到二老,由衷地高兴,猛扑过去,亲了母亲,又亲父亲,也不管那匹小马多么惊骇。然后,他转身朝着正被异常惊奇

的路人驻足观望的女伴,解释道:

"她来了。我对你们说过,乍一看,她是有点儿让人受不了,可是一旦了解了她,千真万确,世上没有比她更讨人喜欢的了。向她问个好,免得她紧张。"

布瓦泰尔大妈已经吓得没了主张,连忙做了个像屈膝礼的动作;大叔则摘下鸭舌帽,低声说了句:"祝您万事如意。"接着,他们没有再耽搁,就爬上小马车。两个妇女坐在后面的椅子上,路上遇到一个坎儿,她们就颠得蹦几下。两个男人在前面,坐在一条长凳上。

谁也不言语。忐忑不安的布瓦泰尔用口哨吹着一首兵营里的曲子。父亲拿鞭子抽打着小马。母亲不时用打量的目光瞅一眼那个黑姑娘。黑姑娘的脑门儿和颧骨像刚擦了油的皮鞋在阳光下闪亮。

安托万决意打破坚冰,他回过头:

"我说,怎么不聊点儿什么?"

"慢慢来呀。"母亲回答。

他又说:

"要不,你给小姑娘讲讲一只母鸡八个蛋的故事吧。"

这是个家里人都知道的笑话。可是母亲心烦意乱得连动弹的力气也没有了,始终一言不发;因此他就亲自动口讲这个难忘的奇遇故事,一边讲一边乐。父亲已经把这个故事熟记在心里,刚听了开头就笑逐颜开。他妻子也紧跟着露出了笑容。连那个黑姑娘,听到最逗乐的段落时,也突然放声大笑;笑声很响,像车轮隆隆,像湍流汹涌,把马激得一阵狂奔。

大家熟悉了,就交谈起来。

到了家,众人下了车,布瓦泰尔把女友领到屋里脱掉连衣裙,免得弄脏,因为她要做一道拿手的菜,以口腹之惠赢得二老的欢心。然后他把父母拖到门外,心里直打鼓,但还是问:

"嗳,你们说怎么样?"

父亲不吭声。母亲胆子大些,表示:

"她太黑了!不行,真的,太黑了。我都吓坏了。"

"您会习惯的。"安托万说。

"可能吧;不过现在还不习惯。"他们走进屋。好心的女人看到黑人姑娘正在做菜,很感动,于是撩起裙子帮着干起来,而且不顾自己年纪大,干得很起劲。

这顿饭很香,吃了很久,吃得很愉快。接着他们又到屋外去兜一圈,安托万乘机把父亲拉到一边,问:

"喂,爸,您说怎么样?"

这农民还是不肯表态。

"我什么意见也没有;去问你妈。"

于是安托万又去找他母亲,把她拖到后面:

"嗳,妈,您说怎么样?"

"我可怜的孩子,真的,她太黑了。哪怕少许不那么黑,我也不会反对,可是她太黑了。简直像撒旦①。"

他不再央求,因为他知道老娘固执;可是他感到一阵悲伤像暴风雨般袭上心头。他寻思自己该做什么,还能想出什么

---

① 撒旦:《圣经》故事中的魔鬼。

招儿来;而另一方面他又奇怪她怎么没有能征服二老,既然她曾经让自己一见钟情。他们四个人慢步穿过麦田,又渐渐沉默下来。当他们沿着一道篱笆走时,庄园主人都出现在栅栏门边,顽童们爬上高坡,所有人都涌到路边,看布瓦泰尔家的儿子带回来的"黑女人"经过。老远就可以看到人们穿过田野跑过来,就像听到击鼓宣布怪物表演赶来观看似的。布瓦泰尔大叔和大妈见他们每到一处都引起这么大的好奇心,吓坏了,连忙肩并肩加快脚步,远远地走在儿子前面;这时候儿子的女伴正在问他,他父母对她有什么看法。

他吞吞吐吐地说他们还没有做出决定。

可是在村政府的广场上,兴奋的人们从各家各户蜂拥而出;面对粗鲁的人群,两位老人连忙逃跑,一直跑到家;怒气冲冲的安托万挽着他的女朋友,在惊讶得目瞪口呆的乡邻面前,高视阔步地前进。

他明白这件事算吹了,再也没有希望了,他娶不了他的黑姑娘了。她也明白了。快到他家庄园的时候,他们两人都痛哭起来。他们一到家,她就脱掉连衣裙帮大妈干活;大妈走到哪儿,她就跟到哪儿,去乳品房,去牲口棚,去家禽场,拣最重的活儿干,不断地说:"让我来吧,布瓦泰尔太太。"以致到了晚上,老太太深受感动,虽然她依然毫不容情。她对儿子说:

"不管怎么说,她是个好姑娘。很可惜,她长得这么黑,真的,她太黑了。我没法习惯;她一定得回去,她太黑了。"

于是儿子对他的女朋友说:

"她不愿意,她觉得你太黑了。你只能回去了。我把你送上火车。没关系,别难过。你走了以后我再跟他们谈。"

他于是把她送到车站,说了些让她还抱着希望的话;拥吻了她以后,他扶她登上车厢,泪水汪汪地目送列车远去。

他徒劳地哀求双亲。他们无论如何也不同意。

每次安托万·布瓦泰尔讲完这个尽人皆知的故事,总是补充说:

"从那以后,我就对什么都没有心思了,压根儿没有心思了。什么行当都提不起我的兴趣,我就变成了现在这个样子:一个干脏活的。"

常有人对他说:

"可您还是结婚了呀。"

"没错,我不能说不喜欢我老婆,既然我已经生了十四个孩子;可是她跟另一个根本不一样,啊,不,肯定不一样!另一个,嘿,我的黑女人,只要她看我一眼,我就神魂颠倒……"

橄 榄 园[*]

1

普罗旺斯①地区有个名叫加朗杜的小海港,位于马赛②和土伦③之间,皮斯卡湾的深处。一天,海港上的人们远远望见维尔布瓦神父的船打鱼回来,便走下海滩帮他把船拉上岸。

船上只有神父一个人。他虽然已经五十八岁了,却少有地身强力壮,像一个真正的水手一样划着桨。他的袖子在肌

---

* 本篇首次发表于一八九〇年二月十九日至二十三日的《费加罗报》;同年收入维克多·阿瓦尔出版社出版的莫泊桑小说集《无用的美貌》;一九〇四年收入保尔·奥朗道尔夫出版社出版的插图版莫泊桑全集《无用的美貌》卷。
① 普罗旺斯:法国东南部的一个地区,历经变迁,现为普罗旺斯-阿尔卑斯-蓝色海岸大区的一部分。
② 马赛:法国东南部濒地中海港城,普罗旺斯-阿尔卑斯-蓝色海岸大区和罗纳河口省省会。
③ 土伦:法国市镇,瓦尔省省会,濒临地中海的著名军港。

肉发达的胳膊上高高挽着,道袍的下摆卷起夹在两膝之间,胸前的纽扣解开了几个,三角帽放在身边的坐板上,头上戴一顶白帆布面的软木铜钟帽。他这副外表倒像是一个热带来的结实而又古怪的传教士,天生是搜奇探险的,而不是念经礼拜的。

他不时地向身后望一眼,好辨清靠岸点;接着又开始有节奏、有章法而又很有力度地划起船来,再一次向那些蹩脚的南方水手显示一下北方人如何荡桨。

猛冲过来的小船触到沙地,在上面滑行,仿佛要用扎进沙里的龙骨爬越整个沙滩。接着它戛然而止。一直望着本堂神父划过来的那五个人马上围过来,他们个个都热情亲切、高高兴兴,对教士十分友善。

"喂,"其中一个人带着浓重的普罗旺斯口音说,"打了很多鱼吧,神父先生?"

维尔布瓦神父归置好船桨,摘下铜钟帽,换上三角帽,捋下胳膊上卷着的袖子,扣好道袍的纽扣,直到恢复了乡村住持教士的穿着和仪表,这才扬扬得意地回答:

"是呀,是呀,收获不小,三条狼鲈,两条海鳝,还有几条魮鱼。"

这时五个渔夫已经走到小船旁边;他们俯身在船帮上,带着行家里手的神气,端详着那些死鱼:膘厚肉肥的是魮鲈;脑袋扁平的是海鳝,一种非常丑陋的海蛇;紫色带有橘皮样金黄色"之"字条纹的是魮鱼。

他们中间的一个说:

"我帮您把这些鱼送到您的小别墅去吧。"

"谢谢,我的朋友。"

神父跟他们握了手就上路了,一个人随他同去,其他人留下来收拾他的小船。

他迈着大步缓慢地行走,显得壮健而又庄重。刚才划桨使了那么大的力气,他还有些热,所以每走到油橄榄的稀疏的树荫下就摘下帽子,让满头短直白发的方脑门,那不像教士倒更像军官的脑门透透气。傍晚的空气依然热烘烘的,不过已经被海上吹来的微风稍稍缓和了一点。村庄出现了,它坐落在一个山冈上,下面是广袤的山谷,一马平川,向大海伸展下去。

这是七月的一个傍晚。绚烂夺目的夕阳已经接近远方群山的锯齿形的峰峦,把教士的身影投射在灰尘覆盖的白色的路面上,长长的,几乎没有尽头;他的硕大无朋的三角帽在旁边的田野里移动,像一个大块的阴影在做游戏,遇到一棵油橄榄树就敏捷地攀上去,接着又同样敏捷地跳下来,在树与树之间的地上爬行。

普罗旺斯地区的道路在夏季总是蒙上一层细微的尘埃。维尔布瓦神父脚下扬起的细灰在道袍周围形成一团烟尘,落在下摆上,给下摆染上一层越来越分明的灰色。他现在凉爽些了,走路的时候两手插在兜里,以一个往上坡走的山里人惯有的姿态,步伐慢而有力。他平静的目光注视着那个村庄,他当了二十年本堂神父的村庄;这村庄是他亲自选定的,经特别照顾才派给他,他希望能在这里终其天年。教堂,他的教堂,兀立在周围鳞次栉比的房屋构成的巨大圆锥之上,有棕色石头砌成的一大一小两个方形钟楼。钟楼的古老身影耸立在这秀美的南方山谷中,与其说是一座教堂的钟楼,倒更像是一座城堡的碉楼。

神父很高兴,因为他捕到了三条狼鲈、两条海鳝和几条舥鱼。

他很受人们的敬重,最重要的原因是,尽管他已经到了这把年纪,他却是当地最身壮力强的人。现在他又有一个新的小小的胜利,可以在教民们面前夸耀了。这类于人无害的小小的虚荣心,是他最大的乐趣了。他擅长手枪射击,能够射断花茎;他偶尔和隔壁的烟铺老板比试一下击剑,此人曾在军队里任过击剑教官;他的游泳本领在这一带海岸谁也比不上。

其实他曾是一个上流社会的人物,大名鼎鼎,风流倜傥,人称维尔布瓦男爵;在爱情生活中遭遇了一件伤心事以后,他在三十二岁上出家当了教士。

他出身于庇卡底①地区一个拥戴王室、笃信宗教的古老家族。几百年来,这个家族的许多子弟曾献身于军队、政府和教会。最初他想依照母亲的劝告进入教会,后来由于父亲坚持,才决定到巴黎攻读法律,以便将来在法院找个重要一点的职务。

但是就在他完成学业的时候,他的父亲去沼泽打猎得了

---

① 庇卡底:法国北方的一个旧大区,含瓦兹省、埃纳省和索姆省。二〇一六年与北部-加来海峡合并为上法兰西大区。

肺炎,去世了;他的母亲伤心过度,不久也死了。于是,在突如其来地继承了一大笔财富以后,他放弃了从事任何职业的计划,而满足于安享阔人的生活。

小伙子长得很帅,人又聪明,只是思想受到宗教信仰、传统观念和旧习陈规的限制,而这一切都是祖宗传下来的,就像他那庇卡底乡绅的发达的肌肉一样。不过尽管如此,他还是很讨人喜欢的,在正经的上流社会获得了一定的成功,领略了年纪轻轻就过上古板、阔绰而又受人尊敬的生活的滋味。

后来他在一个朋友家认识了一个年轻的女演员,一个音乐学院的十分年轻的学生,这女子刚在奥德翁剧院①出道就大放光彩;只和她会了几次面,他就坠入爱河。

他爱她爱得非常热烈;一个生来就笃信绝对观念的人,做事总是这样狂热。她第一次面对观众就大获成功,而他就是看了她演的那个浪漫角色而爱上了她。

她长得漂亮,可是天生邪恶,虽然生就一副天真烂漫的孩子般的外表,被他称作"天使的模样"。她把他完全征服了,把他变成了痴迷的疯子、狂热的膜拜者,这女人看他一眼或者向他亮一亮裙子,都会点燃他的致命的情欲的干柴。他于是收她做了情妇,让她离开舞台,在四年时间里,对她的爱与日俱增。可以肯定,要不是有一天他发现,她早就跟把她介绍给他的那个朋友有了奸情,他早晚会不顾家族的名声和传统娶她为妻子。

---

① 奥德翁剧院:一座历史悠久的剧院,位于巴黎第六区。

这出悲剧更可怕的是,她这时已经怀孕,他正等着孩子一出生就同她结婚。

当他意外地在抽屉里发现那些信件、手里拿到了证据的时候,他责怪她不忠、背信弃义、寡廉鲜耻,他那半开化的人的粗暴一股脑儿发作了。

但是她呢,本来就是个在巴黎人行道上长大的孩子,既不知羞耻也不懂贞洁;她肯定:如果这个男人不要她,还会有别的男人要她;另外,她还像动辄走上街垒的鲁勇的平民女子那样天不怕地不怕,不但顶撞他,而且辱骂他。他举手要打她时,她竟把肚子挺了过来。

他只好停住手,不过脸气得煞白,想到他的一个后代居然在这被玷污的肉体里,在这卑贱的皮囊里,在这令人厌恶的躯体里!于是他向她扑过去,准备把两个生命一起毁灭,将双重的耻辱一举荡涤。她害怕了,感到这一下要完蛋了,在他的拳头下滚来滚去。见他举起脚要踢她怀着胎儿的大肚子,她一边伸出两手去挡,一边叫喊:

"别弄死我,这不是你的,是他的。"

他霍地向后跳了一步;他是那么震惊,那么诧异,以至他的怒气和脚跟都悬着不动了。他结结巴巴地问:

"你……你说什么?"

她呢,从这个男人的眼睛和姿势里看到自己死在眼前,一下子吓疯了,又说了一遍:

"不是你的,是他的。"

他顿时泄了气,从紧咬的牙关里低声问:

"你是说孩子?"

"是呀。"

"你撒谎!"

说着,他重新做起举脚的动作,好像就要踩下去。这时他的情妇已经爬起来跪着,一面试图往后躲,一面结巴着说:

"我已经对你说过了,是他的。如果是你的,我不早就告诉你了吗?"

这个论据一语破的,打动了他。人们在思想豁然开朗的瞬间,常会觉得一切理由都显而易见、精确无误、无可辩驳、足以定论、不可抗拒。他此刻就是这样,顿时被说服了,深信自己不是她怀着的那个倒霉的孽种的父亲,于是松了一口气,如释重负,几乎顿时恢复了镇定。他不再想杀掉这个无耻的女人。

他用稍微平静了一点的声音对她说:

"起来,滚吧,再也别让我看见你。"

她服从了,认输了,走了。

他再也没有见过她。

他也出发了。他向南方、朝着太阳走,最后在一个村庄停下。这个村庄伫立在地中海边的一个小山谷里。他看中了一家可眺见大海的小旅店,要了一间房就住下来。他在这里一待就是十八个月,悲伤,绝望,完全与世隔绝。他生活在对那个邪恶女人的万般痛苦的回忆中,回忆她的妖冶、她的笼络手段、她那令人难以启齿的魅惑人心的伎俩;一面又惋惜再也看不到她的身影,得不到她的温存。

他在普罗旺斯地区的众多小山谷里，在淡灰色的油橄榄树叶洒下的柔化了的阳光下游荡，希望化解可怜的脑袋里撇不开的往事的苦恼。

不过，在这痛苦的孤独中，他以往的宗教观念，他的已经淡薄了一点的最初的信仰热忱，又慢慢地回到他的心里。昔日宗教是他逃避未知生活的避难所，而今它成了他摈弃充满骗局和磨难的生活的避难所。他本来就保持着祈祷的习惯。在悲痛中他对祈祷更加热诚，黄昏时，经常在教堂里跪祷。教堂里一片昏黑，只有祭坛深处的那点灯火在闪耀，那盏灯是圣所的神圣卫士，天主常在的象征。

他向这位天主，他的天主，倾诉他的痛苦；把自己的不幸全部告诉他。他请求天主指点他，怜悯他，帮助他，保护他，安慰他。在他一天比一天更虔诚的祷词中，他注入的激情也一次比一次更强烈。

他那颗被一个爱过的女人伤害、摧残过的心，本来仍旧敞开着、悸动着，总在渴望着柔情；逐渐地，由于殷勤祈祷，由于在隐居生活中养成了越来越多的虔诚的习惯，由于忘情地潜心于虔信者和安慰、吸引受苦人的救世主的神秘沟通，对天主的神秘的爱深入了他的心灵，克服了另一种爱。

于是他重拾早年的计划，决定把自己饱受创伤的生命献给教会；他本可以献给它一个童贞之身，只是当年错过了机缘。

他于是当了教士。通过家庭，通过关系，他获得委任，成为普罗旺斯地区的这个村庄的住持教士，既然命运把他抛到了这里。他把家产大部分捐给了各种慈善事业,只留下一小部分,以便终其余生都能救济和帮助穷人。他从此遁入奉行教规和献身人类的平静生活。

他是个眼界狭窄但是心地善良的神父,一个有着军人气质的宗教向导。我们的本能、趣味、欲望,犹如森林里那一条条容易让人误入歧途的小径,他这位宗教向导尽力把在森林里徘徊和迷失方向的人引回正道。但是旧日的他的许多东西还活跃在他的身上。他从未停止对激烈运动、高尚竞技和各种兵器的爱好。不过他厌恶女人,所有的女人,就像儿童面临一种神秘的危险一样对她们深怀恐惧。

2

跟着教士的那个水手完全是南方人的习性,舌头痒痒的,一直想拉拉家常。可他又不敢,因为本堂神父在教民心目中有很高的威望。最后,他还是斗胆试一下。

"我想,"他说,"您住在那小别墅里一定挺舒适吧,神父先生?"

这所谓的小别墅,其实是普罗旺斯地区城里人或村里人夏天为了乘凉而去暂住的一种微型房屋。神父的专用住宅紧挨着教堂,挤在教区中央,小得像个牢房,所以他租下了这座乡野小屋,离他的住宅只有五分钟的路。

不过即使在夏天,他也不常住在这乡间别墅;他只是偶尔去那里过几天,领略一下绿色大自然中的生活,练一练手枪射击。

"是呀,我的朋友,"神父说,"我在那儿住得挺舒适。"

那所矮矮的房子出现了;它建在树丛中,漆成玫瑰色,透过油橄榄树的枝叶看去,房子好像被锯成长条,剁成碎末,切成小块;在这片位于阔野、没有藩篱的橄榄园里,它就像从地下冒出来的一株普罗旺斯的蘑菇。

远远的还看得见一个高个儿女人在那房子的门前走动;她正在布置一张小饭桌,每次走回来,只是慢条斯理、很有章法地摆上一份刀叉、一个盘子、一块餐巾、一块面包、一个酒杯。她戴一顶阿勒①女人特有的小软帽,黑绸或者黑绒面儿的圆锥形帽顶,尖儿上缀着一个白色圆球,像盛开的花朵。

走到声音可以听得见的距离时,神父对她高喊:

"喂!玛格丽特!"

她停下脚步打量,认出是她的主人。

"是您吗,神父先生?"

"是呀。我给您带来好多鱼,您马上就给我煎一条狼鲈,一条黄油煎狼鲈,什么都不加,只用黄油。听见了吗?"

那女仆走到两个男人身边,用内行的眼光审视着那个水手拎来的鱼。

"可是我们已经做了米烧鸡肉了。"

"管它去!隔日的鱼总没有刚出水的香。我要小小地美餐一顿,这也是难得一回;再说,即使是罪过,也不算大。"

---

① 阿勒:法国南部罗纳河口省一城市,历史悠久。

那女仆挑选了一条狼鲈,正要走开,又转过身来:

"啊,神父先生,有一个男人来找过您三趟。"

他不甚在意地问:

"一个男人!什么样的人?"

"看样子是个不大靠得住的人。"

"什么!一个乞丐吗?"

"也许是吧,我说不定。我看更像是一个'马乌法唐'。"

"马乌法唐"这个普罗旺斯土语指的是坏人、流浪汉,维尔布瓦神父听了哈哈大笑,因为他知道玛格丽特胆小;她住在这个别墅里,每一天,特别是夜晚,都想着会有人来杀他们。

他赏给那水手几个苏,水手走了。他还保留着昔日上流社会注重整洁和卫生的习惯,说了声:"我去洗洗脸,洗洗手。"这时玛格丽特正在厨房里用刀戗着鳞刮狼鲈的脊背,沾着血的鱼鳞像银屑似的纷纷落下。她突然对他大喊:

"瞧呀,他又来啦!"

神父转身向着大路,果然看见一个男子,远远望去衣着很不得体,正迈着小步向这房子走来。神父等着那个人,脸上还带着看到女仆恐慌的模样露出的微笑,不过他心里已经在想:"说实话,我相信她说的有道理,这人确实像个'马乌法唐'。"

陌生人两手插在裤兜里,眼睛看着神父,不慌不忙地走过来。他年纪还轻,却蓄着一大把蜷曲的金黄色的胡子,软毡帽底下露出的几揪头发打着卷儿;那顶帽子脏兮兮的,已经破了,谁也猜不出它最初是什么颜色、什么形状。他穿一件栗色的长外套、一条裤脚已经磨得像锯齿似的裤子;脚上穿一双绳底帆布鞋,走起路来软软的,悄无声响,令人不安。他走路也是流浪汉那种让人神不知鬼不觉的步法。

走到离神父只有几步远的时候,他摘下那顶遮住脑门的破帽子;他像做戏似的脱帽行礼的时候,露出一张酒色之徒的憔悴但依然好看的脸;头心已经光秃,那是过度疲劳或者过早放纵的标志,因为这个人肯定不超过二十五岁。

教士也马上脱帽致意;他猜想并且感觉到这不是一个寻常的流浪汉、失去工作的工人,也不是那种经常出入监狱、只会用苦役犯的暗语说话的惯犯。

"您好,神父先生。"那个人说。

教士只回答:"您好。"他不愿意称呼这个来路不明、衣衫褴褛的过路人"先生"。他们目不转睛地互相打量着。这流浪汉的目光让维尔布瓦神父越来越觉得惶惑和慌乱;好像面对一个还不知底细的敌人,他内心深处突然充满了让人浑身打寒战的不安之感。

终于,流浪汉又说话了:

"好呀!您认出我来了?"

教士大吃一惊,回答:

"我?没有,我根本不认识您。"

"哦,您根本不认识我。那么再仔细看看我!"

"再看也没用,我从来就没有见过您。"

"这个嘛,倒是真的,"对方带着嘲讽的语气说,"不过我这就给您看一个您更熟悉的人。"

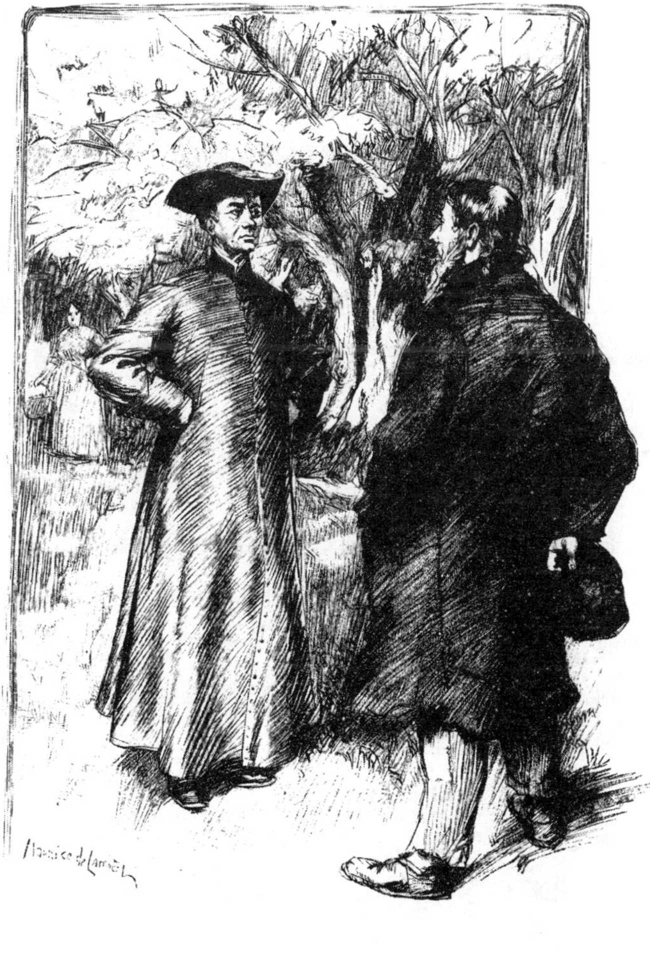

他把帽子又戴上,解开上衣的纽扣,里面是赤裸的胸膛;一条红色裤腰带束在干瘦的肚子周围,把裤子系在胯骨以上。

他从衬里的衣袋里掏出一个信封。那个信封上各种各样的污迹应有尽有,简直不像个信封了;那种信封是游荡的乞丐们通常装在衣服夹层里,里面放着真真假假、偷来的或者合法的乱七八糟的证件,遇到宪兵时作为捍卫自身自由的法宝的。他从这信封里抽出一张照片,是从前时兴过的一种信纸大小的贴照片的硬纸板,因为长期揣着东奔西颠,已经又黄又皱;因为紧贴着肉放着,还热乎乎的,不过早已被他的体温焐得失去光泽。

然后,他把这照片举到自己的脸旁,问:

"这个人,您认识吗?"

神父向前凑近两步,仔细一看,顿时脸色煞白,神情慌乱;因为那正是他自己的照片,还是在那遥远的年代,当他还在热恋中时,为"她"而拍的。

他没有回答,因为他不明白究竟是怎么回事。

那流浪汉重复道:

"这个人,您认出来了吗?"

神父结结巴巴地说:

"认出来了。"

"是谁?"

"是我。"

"真是您?"

"当然了。"

"好！现在请看看我们,我们俩,您的照片和我。"

这可怜的人呀,他已经看见了,看见这两个人,照片上的和在旁边笑着的,就像亲兄弟一样酷似,但他还是不明白是怎么回事。于是他结结巴巴地说:

"您到底要干什么?"

这时那个乞丐恶狠狠地说:

"我要干什么?我要您先承认我。"

"您到底是谁呀?"

"我是谁?您到大路上去问问随便哪一个人,问问您的女仆,如果您愿意的话咱们也可以去问问本地的村长,把这个给他看;我敢担保,他一定会笑出声来的。啊!您不愿意承认我是您的儿子吗,神父爸爸?"

听到这里,老人举起双手,做了个在绝望中乞求天主的手势,呻吟着说:

"这是没有的事。"

年轻人走到他跟前,紧挨着他,脸冲着脸:

"啊!这是没有的事!啊!神父,别再撒谎了,您听见了吗?"

他脸上的表情咄咄逼人,挥舞着紧握的拳头。他讲话时那么信心十足,教士一面不住地往后退,一面思忖:此时此刻,他们俩究竟谁搞错了。

尽管纳闷,他还是再一次肯定地说:

"我从来没有过孩子。"

那个人反讽道:

"也没有过情妇,是吧?"

老人断然地回答,骄傲地承认:

"有过。"

"那么您把这个情妇赶走的时候,他是不是怀着孕?"

二十五年前强压下去的怒火,其实并没有熄灭,而是封闭在这痴情男子的心底,上面加盖了信仰、顺天听命的虔诚和弃绝红尘的拱顶;此刻这昔日的怒火突然爆发,冲破了这个拱顶,他义愤填膺,大喊道:

"我赶走她,因为她欺骗了我,因为她怀上别人的孩子;不然,我早把她杀了,先生,连她带您一起杀了。"

年轻人犹疑了一下,现在轮到他因神父的由衷愤怒而感到惊讶了。接着,他用稍微和缓的声调问:

"谁告诉您那孩子是别人的?"

"是她,她本人,跟我吵架的时候。"

流浪汉对这个说法并不表示异议,而是用泼皮无赖评判一件争议时那种无所谓的语气说:

"好吧!那就是妈妈嘲弄您的时候,她自己也弄错了,如此而已。"

一阵盛怒过去以后,神父比较能够控制住自己了,现在他询问起来:

"那么是谁告诉您,您是我的儿子呢?"

"她,在临死的时候,神父先生……还给了我这个。"说着他把小照片伸到教士的眼前。

老人接过照片,慢慢地、久久地对这陌生的过路人和自己从前的形象做着比较,心潮起伏;他不再怀疑,这个人确实是自己的儿子。

他感到一阵撕心裂肺的剧痛,那是一种难以言表的非常痛苦的感情,仿佛在为往昔的一件过错悔恨。他现在明白了一点,剩下的也猜到了。那个暴烈的分手场面又呈现在他眼前。在遭到侮辱的男人的威胁下,那个女人,那个不忠不义的女人,为了救自己的命,向他抛出了这个谎言。谎言成功了,一个他的孩子出生了,长大了,变成这个龌龊的流浪汉,像山羊散发膻味一样散发着堕落的气息。

他低声说:

"您愿意跟我走几步吗?咱们好好谈谈。"

那个人冷笑了一声:

"啊,当然!我来这里就是为了这个。"

他们一起在橄榄园里走起来,肩并着肩。太阳已经落山。南方黄昏的强烈凉气,为田野披上一件看不见的寒冷外衣。神父打着哆嗦;他突然做出一个当主祭习惯了的动作,举目四望,只见到处都有圣树①的淡灰色小叶在空中瑟瑟发抖;就是在这圣树的稀疏树荫下,基督经受了他一生中最大的痛苦,也流露了他一生中仅有的一次软弱。②

他发自内心地祷告了一声,那是绝望中发出的一声简短

---

① 圣树:在基督教《圣经》中,橄榄树被视为和平的象征,也是圣树。
② 据《新约全书》记载,耶稣到耶路撒冷以后,白天在神殿传教,晚上回橄榄园,后被捕,钉死在十字架上。被捕前夕,他在园内对门徒表示:"我心里甚是忧伤,几乎要死。"

的祷告,完全不出口的心声,信徒们总是用这样的话哀求天主:"我的主啊,救救我吧!"

然后他转脸对着儿子:

"这么说,您母亲死了?"

在说"您母亲死了"这句话的时候,旧日的悲伤又苏醒了,他心如刀绞;那是一个从来没有完全忘记往事的人肉体上不可言状的痛苦,是他经受过的折磨的残酷回响;也许还不止于此,因为她已经死了,那还是青年时代令人发狂的短暂幸福的悸动,只可惜除了回忆的创伤以外,这幸福已经荡然无存了。

年轻人回答:

"是呀,神父先生,我母亲已经死了。"

"很久了吗?"

"是的,已经三年了。"

神父又起了疑心。

"那您为什么没有早来找我呢?"

那个人踌躇了一下。

"我没有办法。我遇到了一些麻烦……不过,这些内情,请原谅我暂时不谈,以后我会讲给您听的,您要多么详细都行。现在我要告诉您的是:从昨天早上到现在,我还什么东西都没吃呢。"

一阵强烈的怜悯之情让老人大为震动,他突然伸出双手。

"啊!我可怜的孩子!"他说。

年轻人接受了那双伸过来的大手;他的比较细长、不冷不热、有些发烫的手指被那双大手紧紧包住。

然后他带着常不离嘴的打哈哈的口气说：

"太棒啦！真的，我开始相信咱们总会谈得拢啦。"

神父迈步走起来。

"咱们去吃饭吧。"

他忽然感到一阵小小的得意，这感觉说不清、有些古怪，但却是出自本能的，因为他想到刚打来的鱼，再加上米烧母鸡，这一天，这可怜的孩子吃得上一顿丰盛的晚餐了。

那个阿勒的女人却很不放心，嘴里发泄着不满，在门口等着。

"玛格丽特，"神父喊道，"把桌子搬进去，放到客厅里，赶快，赶快，摆两份餐具，要赶快。"

女仆想到主人要跟这个坏蛋一起用餐，吓得只顾发呆。

于是，维尔布瓦神父就亲自动起手来，把给他预备的那份餐具撤下来，拿到楼下仅有的那个房间去。

五分钟以后，他已经和那个流浪汉面对面坐下，面前放着满满一盆白菜浓汤①，两人之间腾起一片热气。

3

各人的盘子盛满以后，那个流浪汉就饿虎扑食般地一调

---

① 浓汤（la soupe）：法国人的浓汤通常都加有洋葱、土豆、白菜、面包等实料。

羹紧接一调羹大口吃起来。神父已经感觉不到饿了,只是慢吞吞地吃着香喷喷的浓汤,面包都留在盘底。

他忽然问道:

"您叫什么?"

那个人笑了一声;他已经不饿了,感到很满意。

"不知道父亲是谁,"他说,"不能姓别的,只好随母亲的姓,这个姓您大概还没有忘记吧。我有个复名,不过顺便说明一下,这个复名对我很不合适,叫菲利普-奥古斯特。"

神父顿时脸色煞白,喉咙哽咽,问:

"为什么给您起个复名呢?"

那流浪汉耸了耸肩。

"您应该猜得到。妈妈离开您以后,曾经希望让您的情敌相信我是他生的,一直到我十五岁以前,他都几乎信以为真。可是从那以后我的相貌实在太像您,这个浑蛋就不再承认我是他的孩子了。但是已经给我起了他的复名菲利普-奥古斯特,如果我走运,谁也不像,或者我是第三个没有露过面的浑蛋的种,那么我今天就可以叫菲利普-奥古斯特·德·普拉瓦隆子爵,是那位同名同姓的伯爵和参议员追认的公子了。所以我呢,我给自己起的名叫:'不走运'。"

"这一切,您是怎么知道的?"

"因为他们经常当着我的面争吵,并且吵得很凶,唉!就是这么着,我明白了什么是生活。"

神父半个小时以来所感受和经受的一切让他难受,让他痛苦,但是还有某种东西更让他透不过气来。他开始感到憋闷,而且越来越厉害,简直要把他憋死;这倒不是全因为刚才听到的那些事,而主要是因为讲述的方式和那个讲述的无赖的下流嘴脸。在这个人和他之间,在他的儿子和他之间,他开始感觉到有一个充满道德污秽的臭坑,而对于某些人的心灵来说,这些肮脏的东西无异于致命的毒药。这家伙真是他的儿子吗?他还不能相信。他需要所有的证据,所有的;他需要知道一切,了解一切,什么都听一听,什么都忍耐一下。他重又想到环绕小别墅的那些油橄榄树,于是再一次喃喃祷告:"啊!我的主呀,救救我吧。"

菲利普-奥古斯特吃完浓汤,又问:

"没有别的吃了,神父?"

厨房在这所房子的外面,一个附属建筑里,玛格丽特听不到神父的叫声。他有什么需要,就在挂在身后墙上的一面中国铜锣上敲几下,通知她。

他于是拿起皮头的锤子在那圆形铜片上轻轻敲了几下。锣声开始很弱,随后大起来,响亮起来,颤巍巍,尖锐,非常尖锐,仿佛挨了打的铜器在发出凄厉的哀诉。

女仆来了。她紧绷着脸,频频怒视着这个"马乌法唐",好像她那忠实的狗一般的本能,已经预感到正降临在主人头上的悲剧。她手里端着的煎狼鲈,发出熟黄油的香味。神父用调羹把鱼从头到尾分成两半,把鱼背那一半让给他青年时代生下的儿子。

"这是我刚打的。"他带着痛苦中残留的一点得意的神情说。

玛格丽特还没有走开。

神父又说：

"拿酒来，要好的，科西嘉角的白葡萄酒。"

她差一点做出反抗的表示。他只好板起面孔再说一遍："去呀，拿两瓶。"

请人喝酒是他难得的乐趣，因此他总要也请自己喝一瓶。

菲利普-奥古斯特听了顿时容光焕发，喃喃地说：

"妙极了！好主意。我很久没这么吃过了。"

两分钟后女仆回来了。神父却觉得这两分钟就像两个无限长，因为他心急火燎地需要了解情况，这种需要就像地狱中的烈火一样煎熬着他。

打开了酒瓶，可是女仆还待着不走，两眼死死盯着那个人。

"您去吧。"神父说。

她假装没听见。

他几乎用斥责的口吻说：

"我已经吩咐您走开。"

她这才走出去。

菲利普-奥古斯特狼吞虎咽地吃着鱼。他父亲看着他。在这张和自己如此酷似的脸上发现的种种卑俗的表情，让他越来越感到惊讶和痛心。维尔布瓦神父送到唇边的小鱼块停留在嘴里，因为嗓子眼发紧难以下咽，他久久地咀嚼着，一边寻思：在涌到脑海的各种各样的问题中，哪一个是他希望最先得到答案的。他终于低声问：

"她是得什么病死的？"

"肺病。"

"病了很久吗？"

"差不多一年半。"

"怎么得的这个病？"

"不知道。"

他们都沉默了。神父在思索。这么多事情压在他心头，他都想知道，因为自从破裂的那天起，自从差点儿把她打死的那天起，他就再也没有听到过她的任何消息。当然他也没有想去知道，因为他早已毅然决然把她以及自己有过的幸福时光都抛进忘却的深沟。可是她现在已经死了，他突然萌生了了解一下的热望，一种含有妒意的热望，几乎可以说是一个情人的热望。

他接着问：

"她不是一个人过，对不对？"

"对，她一直跟他在一起。"

老人打了个哆嗦。

"跟他！跟普拉瓦隆？"

"当然啰。"

这个当年遭人背叛的人计算了一下，欺骗了她的那个女人跟他的情敌过了三十多年。

他几乎情不自禁地吞吞吐吐地问：

"他们在一起幸福吗？"

年轻人冷笑了一下，回答：

"当然啰,不过有时好些,有时坏些。如果没有我,也许会更好。都怪我,把一切都弄糟了。"

"怎么会?为什么?"神父说。

"我已经跟您说啦。我十五岁以前,他一直以为我是他的儿子。不过这老头子,他并不傻,他发现我像谁以后,就经常争吵。我呢,在门外偷听。他责怪妈妈让他上了圈套。妈妈就反驳说:'难道怪我吗?你要我的时候,十分清楚我是别人的情妇。'那个别人,就是您。"

"啊!这么说,他们有时也谈起我?"

"是呀,不过他们从没有当着我的面说出您的名字,只是到后来,直到最后,妈妈临死前几天,觉着不行了,才说出来。不管怎么样,他们还是有顾忌的。"

"那么您……您很早就知道您母亲的情况是不正常的吗?"

"当然知道!我又不傻,从来也不傻。人开始了解世事以后,这种事不说也马上就猜得出。"

菲利普-奥古斯特一杯接一杯地自斟自饮。他两眼通红;饿得太久,所以醉得也快。

神父看出他醉了;他差一点要劝阻他,后来闪出一个念头:醉酒会让人口无遮拦,喜欢唠叨;于是又给年轻人斟满一杯。

玛格丽特端上米烧母鸡。她把菜搁在桌子上,又瞪了那流浪汉一眼,然后气鼓鼓地对主人说:

"您倒是看看呀,他都烂醉了,神父先生。"

"别管我们,您去吧。"

她使劲把门一甩,走了出去。

他问:

"您母亲,她都说我什么来着?"

"还不是一般女人说她丢掉的男人的那套话,什么您不随和啦,让女人讨厌啦,顺了您的意思女人就没法活啦。"

"她经常这么说吗?"

"是呀,只是有时候拐弯抹角,想让我听不懂。不过我全都猜得出。"

"您呢,在这个家里他们待您怎么样?"

"起初待我很好,后来就很坏了。妈妈看出我在坏她的事,就把我扫地出门了。"

"怎么会这样呢?"

"怎么会这样!这很简单,十六岁那年,我干了些荒唐事,这些坏蛋,为了甩掉我,就把我送进了教养所。"

他两肘往桌子上一杵,两手托着脸。他完全醉了,神志已经被酒彻底颠覆,却忽地生出一种不可抗拒的自我炫耀的欲望;正是这种欲望,让醉鬼们都成了口若悬河的富于奇想的牛皮大王。

他温柔地微笑着,嘴唇带几分女性的媚气;那是一种邪恶的媚气,教士一眼就认出来了。他不仅认出了这媚气,而且感觉到了,它是那么可恨而又让人愉悦,因为这媚气曾经征服并葬送过他。这孩子现在更像他的母亲,不仅是长相,而是那迷人的虚伪的眼神,尤其是那骗人的微笑的诱惑力。那微笑仿佛通过嘴为满腹的寡廉鲜耻打开了大门。

菲利普-奥古斯特讲起来：

"哈！哈！哈！自从我进过教养所，我过的那个生活哟，真是一种奇特的生活，一个伟大的作家肯定会出大价钱买的。大仲马在他的《基督山伯爵》里写的，也没有发生在我身上的那些事离奇。"

他说到这里沉默了一会儿，露出醉酒的人思考时那副哲学家般的严肃神态，然后又慢慢说起来。

"要想让一个孩子变好，不管他干了什么事，千万别把他往教养所送，因为那里见识的东西太多了。我呀，我就是因为学了一个妙招儿，结果惹出大祸。一天晚上，我跟三个同学在靠近渡口的大路上闲逛，四个人都有点醉了，我忽然看见一辆马车，赶车的人跟坐车的那一家人都睡着了，他们是玛蒂尼翁人，从城里吃了晚饭回家。我抓住马缰绳，把马牵上渡船，把船往河心一推，发出的响声弄醒了赶车的，他什么也没看清，就挥了一鞭；马拔腿就走，连车一起跌进了河里。全部淹死！同学们揭发了我。可他们看见我开玩笑的时候起初还大笑哩。说真的，我们没想到事情结果会这么糟。我们原来只希望让他们洗个澡，开个玩笑而已。

"那以后，我还干过不少更厉害的事，为第一桩事报仇。凭良心说，就因为那一桩事犯不着送我去教养。不过这些也不必一一跟您讲了。我只把最后一桩给您说一说，因为这一桩您听了一定高兴。我替您报了仇啦，爸爸。"

神父惊恐地看着儿子，他什么也吃不下去了。

菲利普-奥古斯特正准备说下去。

"别,现在先别说,等会儿。"神父说。

他转身敲了一下,那中国铜锣发出刺耳的尖叫声。玛格丽特马上就走进来。

神父吩咐:

"把灯和您准备好的吃的东西都给我们拿来;然后,我不打锣你就不要再进来了。"

主人的声音那么严厉,她吓坏了,低下头,乖乖地服从。

她走出去,接着拿来一盏绿罩的白瓷灯,一大块干酪,还有水果,放在桌子上,又走了。

神父决然地说:

"现在,我听您说下去!"

菲利普-奥古斯特不慌不忙地往自己的盘子里装满水果,又斟满了酒。第二瓶几乎已经光了,虽然神父一点也没碰。

他口里含着食物,又喝醉了酒,嘴已经发僵了,结结巴巴地接着说:

"最后一桩嘛,是这样的。那可是一桩了不起的事。我回到家里……就赖着不走了;他们也无可奈何,因为他们怕我……怕我。啊!我呀,千万别把我惹恼了,要是惹恼了我,我什么事都干得出来……您知道,他们在一起过,也不在一起过。他有两个住家,一个是参议员的家,一个是情人的家。不过他在妈妈这儿的日子要比在自己家多,因为他已经离不开她。啊!妈妈……她真是个聪明、能干的女人……她呀,她真善于笼络男人！她把他的身和心全拴住了，一直到死都不放松。男人们，多傻啊！总之，我回到家里，他们怕我，我把他们管得服服帖帖的。我呀，我机灵着呐，必要的时候，使坏，耍心计，还有动拳头，我谁也不怕。后来妈妈病倒了，他把她安置到他在莫朗附近的一处很漂亮的房子里，那房子在一个花园里，花园有森林那么大。她病了将近一年半……我已经跟您说了。后来我们感觉到她不行了。他每天都从巴黎赶来看她，很悲伤，唉，那可是真的。

"一天早晨，他们在一起叽里呱啦地议论了将近一个钟头，我正寻思他们究竟在谈什么，谈了这么久，他们把我叫了进去。妈妈对我说：

"'我快死了，有一件事我要告诉你，就是你父亲的名字，虽然伯爵不同意。'她提到他时，总是称呼他'伯爵'。'就是你父亲的名字，他还活着。'

"我曾问过她不止一百次……不止一百次……我的父亲叫什么名字……不止一百次……她总是不肯说。我好像记得有一天，为了让她开口，我还打了她几个耳光，可是毫无用处。后来为了免得我纠缠，她就对我说您已经死了，一个子儿也没留下，您是个窝囊废，她年轻时犯下的一个错儿，未经世故的女孩子干的一件蠢事，等等。她说得那么真切，我也就天真地相信了，完全相信您死了。

"总之，她对我说：

"'我要告诉你的就是你父亲的名字。'

"那一位坐在一把扶手椅上，一连说了三遍：

"'您不该说,不该说,不该说,萝塞特。'

"妈妈坐在床上,颧骨通红,眼睛发亮;她好像还在我眼前,因为无论怎样,她毕竟是很爱我的。她对他说:

"'您就帮他一点忙吧,菲利普!'"

"直接对他说话时,她叫他菲利普,我呢,她叫我奥古斯特。

"他像疯子似的叫嚷:

"'帮这个坏蛋,休想;帮这个无赖,这个惯犯,这个……这个……这个……'

"他找出一堆词儿来称呼我,好像他这一辈子尽在搜集这些词儿。

"我正要发作,妈妈拦住我,对他说:

"'这么说,您是想叫他饿死;我呢,我是一个钱也没有。'

"他不慌不忙,回答:

"'萝塞特,三十年来,我每年给您三万五千法郎,这就是一百多万了。您靠着我,过的是有钱的女人,被爱的女人,我敢说也是幸福的女人的生活。我们最近几年都让这个坏蛋给毁了,我不欠他任何东西了,他休想得到我的任何帮助。用不着再争辩了。您愿意把那个人的名字告诉他,随您的便。我表示遗憾,不过我从此洗手不管了。'

"于是妈妈朝我转过脸来。我心想:'好……终于找到我真正的父亲了……如果他是个有钱的,我就得救了……'

"她接着说:

"'你的父亲德·维尔布瓦男爵,现在叫维尔布瓦神父,

是土伦附近加朗杜村的本堂神父。在我离开他跟了这个人以前,他是我的情夫。'

"于是她把一切都告诉了我,就是没提她在怀孕的事上欺骗了您。您瞧呀,女人是从来不说实话的。"

他一面讪笑,一面不知不觉地把脏东西一股脑儿抖搂了出来。他仍在喝酒,脸上总是笑眯眯的,接着往下说:

"两天……两天以后,妈妈就死了。他和我,我们俩跟在灵柩后面,把她送到墓地……您说说看,这滑稽不滑稽,他和我……还有三个仆人……再也没有别人。他号啕大哭……我们并排走着……真像是老子带着他的宝贝儿子。

"完事了,我们回到家。只剩下我们俩。我心想:'非走不可了,可是一个子儿也没有。'我满打满算只有五十法郎。我能想个什么法子报仇呢?

"这时他碰了碰我的胳膊,对我说:

"'我有话要跟您说。'

"我跟他进了他的书房。他在桌子前面坐下,然后强忍着眼泪对我说,他并不想像他对母亲说的那样狠心对我,他劝我不要来打扰您,'这……这是您跟我,咱们俩之间的事。'……他给了我一张一千法郎的钞票……一千……一千……我……像我这样的人,一千法郎能干什么?我看见抽屉里还有钞票,好大一摞。看见这么多钞票,我顿时起了杀心。我伸手去接他给我的那一张,可是我并没有真去接他的施舍,而是向他一下子扑过去,把他摔倒在地上,然后掐住他的脖子,直到他翻白眼;后来,我看他快死了,才松手,拿东西塞住他的嘴,把他捆上,剥掉他的衣裳,把他翻过身去,然后……哈!哈!哈!……这个仇我替您报得真痛快……"

菲利普-奥古斯特直咳嗽,他高兴得喘不过气来;在他那带着残忍的得意神情的微微上翘的嘴角上,维尔布瓦神父又看到了曾经令他神魂颠倒的那个女人的微笑。

"后来呢?"他问。

"后来……哈!哈!哈!……壁炉里火正旺……妈妈死的时候……是十二月……天很冷……生着很旺的炭火……我拿起火钩子……把它烧得通红……然后在他背上烙了几个十字,八个,还是十个,我记不清了;然后我把他翻过身来,在肚子上也烙了同样多的十字。这好玩不,嗯,爸爸!从前就是这样给苦役犯烙印记的。他的身子像鳗鱼似的扭来扭去……不过我把他的嘴塞得严严实实,他想叫也叫不出声来。然后我拿起那些钞票,——十二张,加上我那一张,一共十三张……这数字没给我带来过好运。临逃走,我还吩咐仆人们,伯爵先生在睡觉,晚饭以前不许打扰他。

"我原以为他是参议员,怕丢脸,不会声张。我错了。四天以后,我在巴黎一家餐馆里被人逮住。我蹲了三年牢。就是这个缘故,我没能早来找您。"

他又喝了几大口,发音已经含含糊糊了,只能嘟嘟哝哝地说下去:

"现在……爸爸……神父爸爸!……有个神父爸爸,这真是滑稽!……哈!哈!对小乖乖,一定要好,要很好,因为小乖乖可不是一般人,他已经干过一桩了不起的……不是吗……一桩了不起的事儿……搞那个老头儿……"

面对这个十恶不赦的人,当年在朝三暮四的情妇面前让他勃然变色的怒火,此刻又在维尔布瓦神父的心头燃烧。

对忏悔者神秘地低声供认的罪恶隐情,他曾以天主的名义宽恕过那么多,现在该他以自己的名义给以包容了,他却毫不留情;他不再向慈悲为怀、乐于助人的天主求援,因为他明白,那些在世上遭到如此不幸的人,无论天上还是人间的庇护都没法拯救。

他那热情的心灵和狂暴的血性,原已在神职生涯的磨砺中收敛了,此刻却猛然觉醒,化为一腔无法抑制的愤懑。他痛恨这个偏偏是他的儿子的万恶之徒;痛恨他的长相那么像自己,也像那个把他孕育得和她自己一样坏的不堪为人母的母亲;痛恨命运又把这恶棍像苦役犯拖着的铁球一样扣在他为父的脚上。

这冲击把他从二十五年虔诚的沉睡和宁静中唤醒,他忽地心明眼亮,不但看得清发生的一切,而且预见到可能发生的一切。

他突然觉得必须说话强硬才能让这个坏蛋害怕,一开始就要震慑住对方,因此他摆出气得咬牙切齿的样子,也不管他

是不是喝醉了,对他说:

"您该对我说的都说了,现在该您听我说了。您明天早上就走。您以后就住在我给您指定的地方,没有我的命令不许离开。我给您一笔费用,够您生活的,不过数目很小,因为我并没有钱。您只要有一次违抗我的命令,那就一切全完,我要跟您算账的。"

菲利普-奥古斯特虽然被酒弄得昏头昏脑,但这番威胁的话他还听得懂;潜伏在他身上的那个罪犯一下子显露原形。他一边打着酒嗝,一边吐出这样几句话:

"啊!爸爸,别跟我来这一套……您是本堂神父……您捏在我手里……您也会像别人一样,服服帖帖的!"

神父吃了一惊。这年老的大力神的肌肉里顿时感到一种难以克制的需要:抓住这个恶魔,把他像小棍儿一样折断,让他知道必须就范。

他一边晃动着桌子向那人揉过去,一边嚷道:

"啊!您要当心,您要当心……我呀,我什么人也不怕……"

醉鬼失去了平衡,在椅子上晃悠了一下。他感到自己就要跌倒,已经在教士的控制之下,便把手向搁在桌布上的一把刀伸去,眼里露出杀人犯的凶光。维尔布瓦神父看到这个动作,猛地一推桌子,他的儿子便仰天倒在地上。灯也滚下去,熄灭了。

在几秒钟的时间里,先是玻璃杯撞碎的清脆响声在黑暗里回旋;接着是柔软的躯体在石板上爬动的声音;然后就什么声音也没有了。

灯碎以后,突然再现的夜色笼罩了他们,那么迅疾,那么出其不意,那么深沉,他们都愕然了,仿佛发生了什么可怕的事。醉鬼蜷缩在墙根,不再动弹;教士呆坐在椅子上,沉浸在黑暗中,这黑暗也湮灭了他的怒气。落在他身上的这道夜幕打断了他的震怒,也镇定了他心灵的肝火。他生出另外的念头,不过这些念头就像这夜色一样,阴郁而又凄惨。

一片寂静,一片墓穴一样的死寂,好像不再有任何的气息和生机。也没有任何声息从外界传来,无论是远处车辆的滚动,还是一声狗吠,哪怕是掠过枝丫或者墙头的一丝微风。

这种情形延续了很久,很久,也许有一个小时。后来,铜锣突然敲响。只敲了一下,又重,又干脆,又响亮;紧跟着是什么东西摔倒和一把椅子翻倒发出的一阵奇怪的巨响。

一直注意着动静的玛格丽特连忙跑来;可是她一开门,只见漆黑一片,吓得直往后退。然后,她战栗着,心跳得怦怦的,上气不接下气地低声喊道:

"神父先生,神父先生!"

没有人回答,也没有任何动静。

"天啊,天啊,"她心里嘀咕着,"他们干什么来着?出了什么事?"

她不敢再往前走,也不敢回去拿灯;她一心只想逃命,想逃跑,想号叫,虽然她感到两腿发软,几乎要跌倒。她一遍又一遍地喊着:

"神父先生,神父先生,是我,玛格丽特。"

尽管她十分害怕,她那备受惊骇的心里却突然涌出一个本能的救主的愿望,一股有时会激励妇女成为英雄的女性特有的勇气;她跑到厨房,端回一盏油灯。

走到客厅门口,她停下了。她首先看到那个流浪汉,直挺挺挨着墙躺着,睡着了,至少像是睡着了;然后是摔破的灯;然后是桌子下面维尔布瓦神父穿着黑色长袜的脚和腿;想必在向后跌倒的时候,他的头碰到了那面铜锣。

她吓得心怦怦跳,两手直打哆嗦,一遍遍地说:

"天啊,天啊,这是怎么啦?"

她一小步一小步地往前走,不意踩在什么油腻的东西上滑了一下,差点儿摔倒。

于是她弯下腰,只见在红石板上,一种也是红色的液体在流动,在她两脚的四周蔓延,并且向门口快速流去。她猜那是血。

她简直吓坏了,转身就逃,把灯也扔掉了,什么也不想看了。她穿过田野向村子奔去。她一边往前跑一边大呼小叫,眼睛只顾看远处的灯火,有好几次撞在树上。

她尖锐的嗓音犹如猫头鹰的凄厉的叫声,在黑夜里散开,不停地喊着:"马乌法唐……马乌法唐……马乌法唐……"

当她跑到最近的几座房子时,几个惊愕的男子走出来,围着她;可是她一味地挣扎,也不回答,因为她已经神昏意乱。

人们好不容易才弄明白,原来是本堂神父的乡间别墅里发生了不幸,于是一群人带了武器赶去援助他。

橄榄园中间的那座漆成玫瑰色的小别墅,在深沉而又寂静的黑夜里变成漆黑一团,几乎无法辨认了。自从照亮窗口的唯一一点灯光像闭上眼睛似的熄灭以后,小别墅就淹没在夜色中,消失在黑暗里,若不是本乡人,谁也找不到它。

不多时,几点灯火贴着地面,穿过树丛,向这座小别墅走来。灯火在太阳晒枯的草地上移动着一条条长长的黄色亮光;在移动不定的亮光映照下,油橄榄树的弯曲的躯干有时像怪物,有时像纠缠在一起的七弯八绕的地狱之蛇。射得远的灯光突然在黑暗中照见一个隐隐约约的灰白色的东西;随后,在几盏风灯的照耀下,小别墅的四方形的矮矮的墙壁又变成玫瑰色。几个农民手提风灯,给两个握着手枪的宪兵、护林人、村长和玛格丽特照着亮;几个男子架着玛格丽特,因为她已经支持不住了。

来到依然开着的令人恐怖的房门口,人们不禁忧郁了一会儿。还是宪兵班长,抓过一盏风灯,率先走进去,其他人才跟随而入。

女仆没有撒谎。血现在已经凝固,像地毯似的覆盖着石板。它已经一直淌到流浪汉身边,把他的一条腿和一只手都浸在血泊里。

父亲和儿子都睡着了,一个,喉咙割断了,长眠不醒;另一个,烂醉如泥,正在酣睡。两个宪兵向这个醉鬼猛扑过去,他酒还没醒,就把镣铐套在他的手腕上。他揉了揉眼睛,目瞪口呆,还醉得昏头昏脑;看见教士的尸体,他好像十分恐怖,而且困惑不解。

"他怎么没有逃跑呢?"

"他醉得太厉害了。"班长回答。

大家都同意他的看法,因为谁也不会想到维尔布瓦神父会自杀。

无用的美貌*

1

一辆十分雅致的四轮敞篷马车,套着两匹矫健的黑马,等候在宅邸的台阶前。这是六月末的一天,下午五点半钟的光景,在环绕着庭院的屋顶之间,天空光明灿烂,热浪翻腾,充满生机。

德·马斯卡雷伯爵夫人出现在台阶上的时候,她的丈夫正从外面回来,迈进院门。他伫立了好几秒钟,打量着妻子,脸色不禁变得有点苍白。她是那么娇媚、苗条,长而椭圆的面庞,象牙般白里透金的皮肤,灰色的大眼睛,乌黑的头发,都显

----

* 本篇首次发表于一八九〇年四月二日的《巴黎回声报》;同年收入维克多·阿瓦尔出版社出版的莫泊桑小说集《无用的美貌》;一九〇四年收入保尔·奥朗道尔夫出版社出版的插图版莫泊桑全集《无用的美貌》卷。

露出雍容华贵。她径自登上马车,仿佛根本没发现他似的,看也不看他一眼。她的气质是那么典雅,卓尔不群,长期以来折磨着他的卑劣的妒意,又开始吞噬他的心。他走上前,一边致礼一边问:

"您这是去兜风吗?"

她唇边带着鄙夷的神气吐出四个字:

"明知故问!"

"是去树林吗?"

"可能吧。"

"我可以奉陪吗?"

"车是您的。"

他对这种语气已经见多不怪,便登上马车,坐在妻子身旁,然后吩咐道:

"去树林。"

仆从跳上车夫旁边的座位,两匹马便习惯性地跺着前蹄,颠着脑袋,神气活现地前行,直到拐上大街。

夫妻俩并肩坐着却互不搭腔。他寻思着怎样找个话头,但是她始终板着面孔,弄得他也不敢开口。

终于,他悄悄地把一只手溜过去,像是无意似的轻触了一下伯爵夫人戴着手套的手。但是她立刻把手缩回去,动作之快,说明她对他已经厌恶到极点。尽管他惯于专横跋扈,也仍然是一筹莫展。

无奈,他只好低声低气地说:

"加布里埃尔!"

她头也不回地问：

"干什么？"

"我觉得您很可爱。"

她根本不屑于回答，一动不动地倚靠在座位里，像个被冒犯了的王后。

他们正沿着香榭丽舍大街向星形广场中央的凯旋门驶去。长街尽头的那座宏伟建筑，向晚霞染红的天空张开它巨大的拱门。太阳仿佛正对它直落下来，在天际洒下火一般的尘阵。

车辆的江河，溅满了马具和车灯上的铜饰、银饰、晶体玻璃的反光，形成去树林和回城的两股车流。

德·马斯卡雷伯爵又说：

"亲爱的加布里埃尔。"

这时，她再也忍不住了，恼火地回答：

"哎呀！让我清静一会儿吧，我求求您了。现在，我连一个人坐在自己马车里的自由也没有了。"

他装作没有听见，继续说：

"您从来也没有像今天这样漂亮。"

她想必是忍无可忍，怒不可遏地回答：

"您发现这一点也是白费力气；我向您发誓，我再也不会任您摆布。"

他一定是大为惊讶，乱了方寸，一贯的粗暴本性又占了上风。他嚷道："这话是什么意思？"这一声大吼透露出的不是一个柔情的夫君，而是一个暴虐的主人。

尽管在车轮的隆隆声中仆人们根本听不见,她还是压低了声音重复道:

"啊!这话是什么意思?这话是什么意思?我可算是又看到您的真面目了!您真要我告诉您吗?"

"是的。"

"全告诉您?"

"是的。"

"把我成为您的残忍的自私自利的牺牲品以来心中的全部感受都告诉您?"

他又是惊讶又是恼怒,脸涨得通红,咬牙切齿地咕哝道:

"是的,说吧!"

他高身材,宽肩膀,蓄着红棕色的大胡子,是一个美男子,一个翩翩绅士,一个上流社会人物,一个在人们眼中完美的丈夫和优秀的父亲。

自从驶出家门,她还是第一次转过脸来正面瞧着他,说:

"好吧!不过您将要听到的可都是些令您不愉快的话。反正我已经做好了一切准备,我会面对一切,我什么也不怕;时至今日,我谁也不怕,更不怕您。"

他已经气得发抖,也和她双目对视,一边喃喃地说:

"您疯了!"

"我没有疯,但是我再也不愿接受您十一年来强加给我的不断生育的磨难,再也不愿充当这难以忍受的苦刑的牺牲品。总之,我要像社交场上的妇女们一样生活,我有这个权利,所有的妇女都有这个权利。"

他的脸突然又变得煞白,结结巴巴地说:

"我不明白。"

"不,您明白。我生下最后一个孩子已经三个月了;由于我仍然很美,而且无论您如何摧残也没能损害我的体型,就像您刚才看到我在台阶上时所承认的那样,您一定认为又是让我怀孕的时候了。"

"您胡说八道!"

"一点也不。我今年三十岁,结婚十一年已经生了七个孩子;可您还希望让我继续再生十年,直到您不会再嫉妒我。"

他抓住她的胳膊,紧紧地掐她:

"我不许您再这样对我说下去。"

"可我偏要说到底,直到把我想说的话说完;您要是试图阻止我,我就提高嗓门,让坐在前面的两个仆人都听见。我让您上车就是这个原因,因为我的这些证人在旁边可以迫使您听我说话,收敛一下自己。您听我说下去。先生,我一直对您很反感,也一直表现出我对您的反感,因为我从来不会装假。您不顾我的反对娶了我,您逼着我境况拮据的双亲把我许配给您,因为您很有钱。他们逼着我嫁给您,我只有伤心流泪。

"您就这样把我买了下来。可是一旦我落入您的手掌,一旦我开始成为您的伴侣,准备和您相依为命,准备忘掉您使用过的那些恫吓和强制的手段,而只记得应该做一个忠实的妻子、尽我的一切可能去爱您的时候,您却变得鼠肚鸡肠,嫉妒心比任何一个男人都重。那是一种密探般卑鄙、下流、无耻的嫉妒,对您来说是一种堕落,对我来说是一种侮辱。我结婚还不到八个月,您就怀疑我做了各种各样伤风败俗的事。您甚至话里有话地说给我听。真是太羞辱人啦!您发现这样奈何不了我,既妨碍不了我的美貌和受人喜爱,也挡不住人们在沙龙里和报纸上称我是巴黎最漂亮的女人之一,便挖空心思寻找让爱慕我的人远离我的办法,于是想出了一个阴损的招儿,让我在没完没了地怀胎生育中过日子,直到所有的男人都讨厌我。啊!您别抵赖!在很长时间里我竟然根本没有发觉,直到后来我才猜到了。您甚至还对您姐姐自吹自擂,她都告诉我了,因为她喜欢我,而且对您像村夫一样粗俗非常气愤。

"哦!您回想一下吧,我们三天两头争吵,多少次摔坏了门、砸坏了锁!十一年来您强迫我过的是一种什么样的生活啊,那简直就是一头被关在种马场里的种母马的生活。后来,一旦我怀了孕,您,您自己也厌恶我了,我就经常一连几个月再也见不到您。我被打发到乡下,祖传的古堡里,去吃草,去放青,下崽儿。不过当我又出现的时候,我还是容貌姣好,楚楚动人,不减当初,依然受到男人们的青睐。可就在我希望终于能够过一段社交场上的有钱少妇的生活时,您又醋意大发,用您那卑鄙而又恶毒的欲望,重新开始折磨我。我敢说,此时此刻,您坐在我身边,正经受着这种欲望的磨难哩。不过那不是要占有我的欲望,如果您只是想占有我,我是不会拒绝的,而是要把我变得丑陋的欲望。

"除此以外,甚至还有这种可恶透顶、简直不可思议的事情,这是我过了很久以后才琢磨出来的。我现在已经变得精明了,您的行为和思想我看得一清二楚:您那么想要孩子,是因为只有我肚子里怀着孩子您才感到安全。您对孩子的喜爱里,充满了对我的仇恨,充满了只是暂时获得缓解的卑怯的恐惧,以及看到我大肚子时的窃喜。

"哦!这种窃喜的心情,我已经在您的身上感到,在您的眼睛里看到,或者猜到过不知多少次了。至于您的那些孩子,您爱他们并不是因为他们是您的血肉,而是把他们当作您的胜绩。也就是说,是您战胜我,战胜我的青春,战胜我的美貌,战胜我的迷人,战胜人们对我的赞美,战胜那些在我周围窃窃私语而没有大声说出爱慕我的人的标志。您以有这些孩子为骄傲,您带他们去炫耀,您带他们乘敞篷马车去布洛涅树林或者骑着驴子去蒙莫朗西①兜风。您领他们去剧院看日场演出,就是为了让别人看见您和他们在一起,让人说:'多好的父亲啊',让人都这么夸奖您……"

他粗暴地抓住她的手腕,狠命地捏,;她痛得说不出话来了,仅仅从喉咙里发出一声嘶哑的呻吟。

而他压低嗓门对她说:

"我爱我的孩子,您听着!您刚才对我说的那些话,对一个做母亲的来说是可耻的。您属于我。我是主人……您的主人……只要我乐意,我可以要求您做我所要的任何事……而

---

① 蒙莫朗西:巴黎北面一城市,位于同名的树林旁。此处应是指蒙莫朗西树林。

且法律……也是站在我一边的。"

他用肌肉发达的手腕像铁钳一样夹住她的手,恨不得捏碎她的手指。她痛得脸色苍白,使尽气力也无法把手从这紧箍着她的老虎钳中挣脱出来;她痛苦得喘不过气,眼泪都流出来了。

"您看得很清楚,"他说,"我是主人,我是强者。"

他把捏住她的手稍稍放松了一点。她又说:

"您认为我是个虔诚的教徒吗?"

他有些意外,结结巴巴地说:

"当然了。"

"您认为我相信天主吗?"

"当然了。"

"如果我在一个存放着基督圣体的祭坛前向您发誓说出一件事,您还会认为我可能是在撒谎吗?"

"不会。"

"您愿意陪我去一下教堂吗?"

"去做什么?"

"您到时候就知道了。您愿意吗?"

"如果您坚持要去,那好吧。"

她提高嗓门喊了声:

"菲利普。"

车夫眼睛没有离开他那两匹马,只微微歪了一下脖子,就好像只把一个耳朵转向女主人。女主人接着说:

"去圣菲利普·狄鲁勒教堂①。"

快到布洛涅树林入口的四轮敞篷马车,又转回头向巴黎驶去。

在这段新的行程中,妻子和丈夫再也没有说一句话。后来马车停在教堂门口,德·马斯卡雷伯爵夫人先跳下车,走进去。伯爵滞后几步,也跟了进去。

她不停步地一直走到祭坛的栅栏前,扑通跪在一张祈祷矮椅上,两手捂着脸,祈祷起来。她祈祷了很久;而他,站在她身后,终于发现她在哭。她无声地哭泣,就像悲伤欲绝的女人们那样哭泣着。她的整个身体起起伏伏,最后发出的低低的抽噎,窒息在手指下。

不过,德·马斯卡雷伯爵却认为这个场面持续得太久,碰了碰她的肩膀。

这轻轻一触,就像灼伤一样唤醒了她。她站起身,目不转睛地看着他。

"我要对您说的就是:我什么也不怕,您爱怎么办随您的便。您乐意的话,就把我杀了。您的孩子中间,有一个不是您的。我当着上帝的面向您发誓这是真的。这是我对您、对您公兽般的可恶的暴虐、对您强加给我的不断生儿育女的苦役,唯一能够做出的报复。我的那个情夫是谁?您永远也不会知道!您去怀疑所有的人吧,但您绝对发现不了是谁。我委身

---

① 圣菲利普·狄鲁勒教堂:位于巴黎第八区的一座天主教教堂,建于十九世纪末。

于他,不是出于爱情,也不是为了快乐,仅仅是为了欺骗您。而他,让我生了孩子。他的孩子是哪一个?您永远也不会知道。我有七个孩子,您就去找吧。这件事,我原打算以后,很久以后再告诉您,因为要想用欺骗的方法报复一个男人,必须让他知道受了骗。今天您逼着我对您说实话,我说完了。"

说完,她便穿过教堂,向朝着街的那扇门逃去,心想一定会听到受到挑战的丈夫在她身后急促的脚步声;自己一定会被他一拳打晕,瘫倒在铺路石上。

但是她什么声音也没有听到。她走到马车边,一步登上马车,满脸凄楚,紧张得喘不过气来,对车夫喊了一声:

"回公馆!"

两匹马大步疾驰地出发了。

2

德·马斯卡雷伯爵夫人把自己关在房间里,等待着开晚饭的时刻,就像被判了死刑的犯人等待着行刑时刻的到来。他会怎么办呢?他回来了吗?这个发起火来什么凶狠粗野的事都干得出来的暴君,又谋划了什么,预备了什么,决定了什么?宅邸里一片寂静,她频频地看着挂钟的时针。女侍来帮她换完晚上的装饰,又走了。

八点的钟声响起,几乎就在这同时有人敲了两下门:

"进来。"

膳食总管走进来,说:

"伯爵夫人,请用餐。"

"伯爵回来了吗?"

"回来了,伯爵夫人。伯爵先生已经在餐厅了。"

她曾有几秒钟的时间想过带上一把小手枪,那是不久以前她内心深处预见到会发生这场悲剧时买的。不过她想到孩子们都会在那儿,便什么也没带,只拿了一小瓶嗅盐①。

她走进餐厅时,丈夫正站在她的座位旁等候。他们轻声互相致意,然后各自坐下。接着,孩子们也各就各位。三个儿子和他们的家庭教师马兰神父坐在母亲的右边;三个女儿和英国女教师史密斯小姐坐在她的左边;最小的孩子,一个只有三个月大的男孩,单独跟奶妈待在房间里。

三个女儿都是金黄色的头发,年龄最大的才十岁。她们全都穿一身镶白色小花边的蓝衣裳,就像一群精美的玩具娃娃。最年幼的还不到三岁。三姐妹年龄虽小却个个长得俊俏,看得出将来一准会像她们的母亲一样美貌。

三个儿子,两个是栗色头发,最大的一个九岁,头发已变成褐色,似乎预示着将来都是身强力壮的男子汉,身材魁梧,膀大腰圆。整个家庭就仿佛源出于同一个强劲而又旺盛的血脉。

神父就像没有客人时那样照例念诵起饭前经,因为如果有外人在,孩子们是不上桌的。念完经,大家便开始进餐。

---

① 嗅盐:一种由碳酸铵和香料配制成的药品,人闻后有恢复或刺激作用,特别用来减轻昏迷或头痛。十九世纪西方贵族妇女穿紧身服装,会造成呼吸困难,故有随身携带嗅盐的习惯。

伯爵夫人被一阵完全没有预料到的感情折磨着,始终低着眼睛。伯爵则时而审视三个儿子,时而打量三个女儿,把满眼狐疑、闷闷不乐的目光不停地从一个面孔移向另一个面孔。突然,他把高脚玻璃杯往自己面前一杵,杯子碎了,红色的酒洒满桌布。这轻微的事故发出的轻微声响,让伯爵夫人吃了一惊,从座椅上跳了一下。他们的目光这才第一次相遇。而后就不时地,尽管他们情不自禁,尽管每一次对视都会令他们慌乱、让他们心惊肉跳,他们的目光再也没有停止过像手枪枪管似的互射。

神父感到气氛有点尴尬,却又猜不出是什么原因,便尽力东拉西扯地找些话题。可是任凭他口若悬河,他的徒劳的尝试也没能调起一点兴味,引出一个话头。

出于女性的直觉和社交场妇女的本能,伯爵夫人有两三次曾经想回应神父,但无济于事。她正处在精神错乱之中,根本找不到合适的话;而且偌大的餐厅很肃静,只有银质刀叉轻轻磕碰盘子的声响,她讲话的声音会让她自己都害怕。

突然,她丈夫向前俯过身来,对她说:

"此时此地,当着您孩子们的面,您敢对我发誓,您刚才对我说的话是当真的吗?"

已经在她心中躁动着的仇恨突然让她怒不可遏,就像她刚才对伯爵以眼还眼一样,她以同样无情的方式回答他的这个问题:她举起双手,右手伸向儿子们的额头,左手伸向女儿们的额头,以坚定、决绝、毫不示弱的语调说:

"以我孩子们的脑袋发誓,我刚才对您说的全都是真的。"

他站起来,气急败坏地把餐巾往桌子上一摔,转身把椅子向墙根一推,一言不发地走了出去。

而她呢,就像初战得胜一样,长长地舒了一口气,然后用恢复了平静的语气说:

"没有什么大事,心肝宝贝们,你们的爸爸刚才遇到一件非常伤脑筋的事。他现在还很痛苦,不过再过几天就好了。"

接着,她就跟神父,继而又跟史密斯小姐叙谈。她还跟每一个孩子都说了些温存的话,做了些亲昵的表示,并且用那些母亲擅长的甜蜜宠爱让他们幼小的心里充满欢乐。

吃完晚饭,她就带领全家人来到客厅。她任随大孩子们去畅所欲言,而自己给最小的几个孩子讲故事。到了通常该就寝的时候,她就久久地和孩子们吻别,让他们各自回去睡觉,然后才独自回到自己的卧室。

她等待着,因为她毫不怀疑他会来。现在孩子们都不在她身边,她决心捍卫自己作为一个人的身体,就像她一直以来捍卫自己作为社交界妇女的生活一样。她把几天前买的那把小手枪装上子弹,藏到睡袍的口袋里。

时间一小时一小时过去,时钟一次又一次敲响。宅邸里的一切都已归于平静,只有大街上还在行驶的马车透过墙帷传来隐约、轻微、远远的车轮声。

她神态坚决、情绪紧张地等待着。她现在对他已无所畏惧,做好了面对一切的准备,并且几乎是胜利在握,因为她找到了一种让他这一辈子时时刻刻受折磨的酷刑。

但是,晨曦已经从窗帘下摆的绒穗间溜进来,他还没有走进她的房间。这时,她惊讶地意识到他不会来了。她锁上门,推上特意叫人安装的门闩,然后上了床,躺在那里,睁着眼睛思忖。她不明白怎么会这样,更猜不出他会出什么招。

女仆给她送茶来的时候,递给她一封丈夫的信。他向她宣布自己要去做一次相当长的旅行,并在 post-scriptum① 中通知她,他的公证人会提供给她所有的生活开支。

3

这是在巴黎歌剧院,《魔鬼罗贝尔》②幕间休息的时候。正厅前座,男人们都站了起来,头上戴着礼帽,坎肩的胸口宽宽地敞开着,露出雪白的衬衫,衬衫上黄金宝石的纽扣光闪熠熠。他们仰望着坐满包厢的贵妇淑女。她们穿着袒胸露肩的华服,装饰着珠光宝气,就像这灯火辉煌的花房里盛开的花朵;而她们面庞的娇艳和肩膀的光彩,就像是为了供人们在音乐和喧哗声中观赏而绽放。

两个朋友,背向乐池,一边交谈一边手持观剧镜,羡慕地巡视着这红粉朱颜竞相争艳的画廊,这些环绕大剧场展示的所有那些真真假假的华饰、珠宝和自命不凡的神态。

其中的一个人,罗瑞·德·萨兰,对他的伙伴贝尔纳·格

---

① post-scriptum:拉丁文,意为"信末附言"。
② 《魔鬼罗贝尔》:德国作曲家雅克布·梅耶贝尔(1791—1864)根据法国作家斯克里布和德拉维涅的脚本创作的五幕歌剧。

朗丹说：

"你看德·马斯卡雷伯爵夫人，她总是那么美。"

另一个也举起观剧镜细瞧。在正对面的包厢里，一个身材修长的女子，看来还很年轻，风姿绰约，吸引着剧场各个角落的目光。她皮肤白皙，有着象牙般的光泽，赋予她雕像般的风采。而她那夜色般漆黑的秀发上，戴着一个细长的彩虹形的冠冕式的头饰，镶满了钻石，像天上的银河在闪烁。

贝尔纳·格朗丹打量了一会儿，用调皮的语气回答，不过内心却是深信不疑：

"我服了你了，她的确很美！"

"她现在有多大年纪了？"

"等等。我这就准确地告诉你。她还是孩子的时候我就认识她了。我看到她初涉社交场的时候，她还是个少女。她现在……三十……三十……三十六岁。"

"这不可能。"

"我可以肯定。"

"她看上去才二十五岁。"

"而且她生过七个孩子。"

"真叫人难以置信。"

"而且七个孩子都活得很好，她是个非常善良的母亲。我偶尔去他们家，这是个令人愉快的家庭，很安宁，很和睦。在上流社会里，她实现了持家有方的奇迹。"

"这岂不是太匪夷所思了？难道就从来没有人说过她的闲话？"

"从来没有。"

"那么,她的丈夫呢?他一定是个很奇特的人,是不是?"

"说奇特也不奇特。他们夫妻之间也许有过小纠纷,可以想见的夫妻间的那种小纠纷。你永远弄不清是怎么回事,不过能多多少少猜测到一点。"

"什么纠纷?"

"我,我也不知道。马斯卡雷如今是个非常放荡的人,但他曾经是个完美无缺的丈夫。只不过当他是个好丈夫的时候,他的脾气坏透了,多疑而且易怒。自从他开始寻欢作乐,他变得大不一样;不过,好像有一桩心事、一个隐痛、一个遗憾在折磨他似的,他,他老了许多。"

说到这里,两个朋友又就这些难以弄清的隐秘的伤痛理论了几分钟。性格的差异,甚至最初没有觉察到的外貌上的反感,都可能在一个家庭里萌生出隐秘的痛苦。

罗瑞·德·萨兰一边用观剧镜继续审视德·马斯卡雷伯爵夫人,一边接着说:

"这个女人居然生过七个孩子,真让人难以理解。"

"是的,在十一年的时间里。这以后,她就在三十岁那年结束了生育期,进入了再度风采照人的时期,而且这新时期似乎还意犹未尽。"

"这些可怜的女人啊!"

"你为什么还替她们叫屈?"

"为什么?啊,我的朋友,你想想看啊!叫一个这样美貌的女人频频地怀胎生育达十一年之久!这简直就是地狱的生活!她的全部青春、全部美貌、全部成功的希望,她对闪光生活的全部富有诗意的憧憬,全都由于这可憎的生殖法则而牺牲了,这法则简直把一个正常女人变成了单纯用来生娃娃的机器。"

"你又能怎么办呢?这就是自然!"

"是的,不过我要说这自然是我们的敌人,必须永远和这自然做斗争,因为它总在不停地把我们降低到动物的水平。地球上所有纯洁、美丽、优雅、理想的东西,都不是天主的安排,而是人类,人类的大脑创造的。是我们人类在赞美自然、演绎它,作为诗人欣赏它,作为艺术家把它理想化,作为学者诠释它。学者即便有时弄错,也常能为现象找到富有创造精神的理由,在创造里引入一点儿雅致、一点儿美、一点儿未曾有过的魅力和一点儿神秘。天主只创造出一些浑身充满疾病胚芽的粗野的人;这些粗野的人像禽兽那样发育几年以后,就会在残疾中衰老,显露出衰败的人类的各种丑态和全部无能。似乎天主创造他们仅仅是为了肮脏地繁衍,随后便任其消亡,就像夏夜短命的飞虫。我刚才说'为了肮脏地繁衍';我坚持我的说法。事实就是这样,还有什么比繁殖后代这猥亵、可笑的动作更无耻、更令人恶心的呢?难怪所有高尚的灵魂对这种行为都深恶痛绝,而且永远深恶痛绝。既然善于精打细算而又不怀好意的创世主发明的所有器官都有两种用场,为什么他没有选择别的不那么肮脏和龌龊的器官来完成人类职责中最高尚、最令人激动的神圣使命呢?嘴吃下物质食粮既能供给全身营养,也能传播语言和思想。肌肉能自我恢复,同时也能交流思想。鼻子供给肺维持生命的空气,也为大脑提供世界上所有的芳香,包括花卉、树木和大海的气息。耳朵让我们能和同类沟通,帮我们创造出音乐、梦幻、幸福、无限,甚至从声音中获得感官的愉悦!但是阴险无耻的创世主好像一心要阻止男人和女人的接触变得高尚、美好和理想。不过人类还是发现了爱情,这是对诡诈的天主的挺不错的反击。人类用诗一般的文学语言把爱情装扮得那么美妙,以至女人经常忘记自己被迫进行的是怎样一种接触。我们中间那些无法通过自我赞扬来自我欺骗的人,发明了罪恶,把放荡美化成优雅,这又是一种嘲弄天主、向美致敬——一种恬不知耻的致敬的方式。

"可是正常人都会生儿育女,就像根据自然法则交配的禽兽一样。

"瞧这个女人!这颗珠宝,这粒生来就绚丽,备受人们爱慕、追捧和崇拜的珍珠,十一年的生命都在为德·马斯卡雷伯爵生产继承人中度过,一想到这里,岂不令人憎恶?"

贝尔纳·格朗丹笑着说:

"你说的话里确有很多是实情;只不过很少有人能理解你。"

萨兰越来越兴奋。

"你知道我把天主想象成什么样子吗?"他说,"就像一个我们还不了解的具有创造力的庞大器官,他在空间播撒下亿万个世界,就像一条独一无二的鱼在大海里产卵。他创造,因为这是他作为天主的职能。但他并不知道自己在干什么,只是在浑浑噩噩地大量繁殖,而对自己散播的无数胚芽的各种各样的组合全无意识。人类的思想只是他大量繁殖的产物当中偶然发生的一个幸运的小意外,一个局部、短暂、没有料到的小意外,注定要和地球一起消亡,也许在这里那里,以相同或不同的形式和永远重新开始的新组合一起重新出现。正是由于智力的这个小意外,我们生活得很糟糕,因为这世界本来就不是为我们而创造的,不是为了接待、安置、养活和满足会思想的人而准备的。正由于这个小意外,既然我们成了真正机智和文明的人,我们就必须不停地对人们仍然称为'天意'所愿的东西做斗争。"

聚精会神听着他讲话的格朗丹,早就领教过他的怪诞不经的高论,问:

"这么说,你认为人类的思想是天神盲目分娩的自发产物啦?"

"当然!它是我们大脑的神经中枢的一个偶然发生的功能,就像新的混合物产生的意想不到的化学作用,就像摩擦和意外的接近发出的电,就像有生命的物质无限而又富有繁殖力的发酵产生出的各种现象。

"而且,我亲爱的朋友,不论是谁,只要往周围看一眼,证据就一目了然。如果人类的思想是一个有智慧的造物主所希望的那样,当初就像它今天变成的这样,如此有别于动物的思想,有别于动物的听天由命,勇于进取,善于探索,热爱行动,辗转思变,创造出来接待今日之我们的世界怎会是这样的呢?这世界提供给我们的只是那像供给小动物居住的不舒适的小园子,那生菜地,那野果林,那岩石密布的圆球;而你们那缺乏远见的'天意'就规定我们赤身裸体地生活在岩洞或树林里,吃虐杀的动物——我们的兄弟的肉,吃阳光和雨水下滋生的野菜。

"所以只需思考一秒钟就能明白,这世界并不是为我们这样的造物而创造出来的。思想通过我们脑细胞的神经性的奇迹而绽开和发展,尽管它是而且将永远是那么无能、无知而又混沌,却把我们所有人,特别是知识分子,变成这地球上永恒而又可怜的流放者。

"你放眼看看这地球,天主给住在这儿的生灵准备的地球吧!荒草漫野、林木滥生的地球,不就显而易见是专门为动物安排的吗?有什么是为我们而设的?一点也没有。而动物需要的却应有尽有:洞窟、树木、叶子、泉水、巢穴、饲料和饮料。因此像我一样爱挑剔的人永远也不可能在这里生活得舒畅。只有心甘情愿向动物靠拢的人才会高兴和满意。而其他人,诗人,讲究的人,富于梦想的人,勇于探索的人,不安于现状的人!……啊!这些可怜的人啊!

"我吃包心菜和胡萝卜,见鬼,还有洋葱、萝卜和红皮小萝卜,因为我们已经被习惯于吃这些东西,甚至吃出了甜头,因为不生长别的东西;而这些东西本应是兔子、山羊的食物,就像草和苜蓿是马和牛的食物一样。我看着一片地里成熟的麦穗儿,会毫不怀疑这原是为了麻雀和云雀的喙,绝不是为了我的嘴而从泥土中长出来的。当我咀嚼面包的时候,我实际上是在盗窃鸟儿们的食物,就像我吃鸡肉的时候,是在盗窃鼬鼠和狐狸的口粮。鹌鹑、鸽子、山鹑岂不更应是鹰鹞的天然猎物？绵羊、松鼠和牛岂不更应是大型食肉动物的口中食？它们的肉不应该是让我们养肥了，烧烤，就着猪特地为我们从泥土里拱出来的块菰①享用的。

"不过，我的朋友，动物在这个世界上除了活着并不需要做任何事。它们是适得其所，有吃有住，只需依随它们的本能吃草、捕杀别的动物和互相吞噬，因为天主从来也没有预见过温柔和平的习俗，他只预见过互相残杀、互相吞食的生物的死亡。

"而我们则大不相同！啊！啊！我们必须工作、努力、有耐心、有创造力、有想象力、有技艺、有才干和天分，才能让这个布满树根和石头的土地变得勉强能够居住。请想想，为了能够好歹安顿在一个几乎说不上干净、说不上舒适、说不上精致、仍然和我们不相称的环境里，我们做了多少违背大自然、对抗大自然的事啊！

"我们越有文化、越有智慧、越优雅，就越得克服和驯顺我们身上体现天主意志的动物本能。

"请想想，我们必须创造出包括那么多、那么多形形色色事物的文明，从袜子到电话。请想想你每天看到的这一切，以各种各样的方式为我们所用的一切。

"为了改善我们的原始人的命运，我们发明和创造出了

---

① 块菰：亦称松露，一种一年生的天然真菌类植物，是极为珍贵的调味品。法国民间常利用猪寻找和拱出泥土下的块菰。

一切,起先是房子,然后是美味的食品、糖果、糕点、饮料、酒、布、衣服、首饰、床、床蹦、汽车、铁路、不计其数的机器;此犹不足,我们还发明了各种科学和艺术、写作和诗歌。是的,我们创造了艺术、诗歌、音乐、绘画。一切理想的东西都来自我们,生活中一切优美的事物也一样,例如女人的装束和男人的才干;它们总算通过少许的点缀,让神圣的天意注定我们过的简单繁殖的生活变得不那么赤裸、不那么单调、不那么苦涩。

"请看看这剧场吧!这里不就是一个由我们创造的人类世界吗?这是永恒的命运之神没有预见到的,也是他不了解的,只有我们人类的头脑才能理解它。这是一种既感性又理性的风流多情的娱乐,专门为我们这些不知足和不安分的小动物而发明,而且是由我们创造的。

"请看看这个女人,德·马斯卡雷夫人。天主创造出她,本来是让她生活在洞穴里,赤身露体或者裹着兽皮的。她现在这样不是更好吗?不过,既然又讲到她,有没有人知道,她那畜生般的丈夫,身边有这样一个伴侣,特别是相当粗野地让她做了七次母亲以后,为什么,又怎么会,突然撇下她,去寻花问柳的?

格朗丹回答:

"喂!我的朋友,唯一的理由也许就在这里。他最后发现总睡在自己家里代价太大。他是出于节约家庭开支的考虑,得出你像哲学家一样提出的原理的。"

这时钟敲三下,最后一幕就要开始。两个朋友转回身去,脱下礼帽,坐了下来。

4

看完歌剧院的演出,德·马斯卡雷伯爵和伯爵夫人在回家的双座马车里默不作声地并肩坐着。丈夫突然对妻子说:

"加布里埃尔!"

"干什么?"

"您不觉得这件事拖得太久了吗?"

"什么事?"

"这六年以来您让我受到的可怕的折磨。"

"有什么办法呢?我丝毫无能为力。"

"时至今日,请告诉我究竟是哪一个吧!"

"决不。"

"请您想想,每当我看到自己的孩子,感到他们在我周围,这疑问就让我心如刀割。请告诉我是哪一个,我向您发誓我一定会原谅,我会像对待其他孩子一样对他好。"

"我没有这个权利。"

"您难道看不出,我再也不能忍受这样的生活了,这个疑问在蚕食我;每当我看着孩子们,我就不停地向自己提出这个疑问,这个折磨我的疑问。我都快发疯了。"

她问:

"这么说,您真感到痛苦了?"

"痛苦极了。否则,我怎么能忍受在您身边生活的恐怖,怎么能忍受更大的恐怖:感觉到、明知道他们中间有一个不是我的,虽然弄不清哪一个,却妨碍我爱其他的孩子。"

她再一次问:

"这么说,您真的很痛苦了?"

他用克制不住的痛苦声音回答:

"当然了;我不是每天都在对您抱怨,这对我是难以忍受的酷刑吗?如果我不爱他们,我怎么还会回这个家,待在这座房子里,跟您和孩子们在一起?啊!您对我的态度真是太残酷了。我一心一意爱我的孩子们;您是知道的。对他们来说我是个旧时代的父亲,就像对您来说我是个旧时代家庭的丈夫,因为我依然是一个按照本能行事的男人,一个自然的男人,一个旧时代的男人。是的,我承认,您让我非常嫉妒,因为您是一个素质和灵魂都与众不同的女人,连您的需求都与众不同。啊!您跟我说过的那些话,我永远也忘不了。不过,从那一天起,我对您已经无所谓了。我没有杀掉您,只是因为如果杀了您,这世上就再也没有办法弄清我们的孩子……不,您的孩子当中,哪一个不是我亲生的了。我一直在耐心等待,不过我受的痛苦是您想象不到的,因为我再也不敢爱我的孩子们,也许两个最大的除外;我再也不敢看他们、叫他们、吻他们,我再也不能把一个孩子放在膝头而心里不在嘀咕:'会不会是这一个呢?'六年以来,我对您的态度可谓得体,甚至和蔼和殷勤。请您把真相告诉我吧,我发誓绝不会伤害任何人。"

尽管马车里光线很暗,他还是猜想她一定受到感动,感到她终于要开口了:

"我求您,"他说,"我恳求您啦……"

她喃喃地说:

"我以前所做的也许比您想象的更应该受到谴责。但是我不能,确实再也不能继续那种无休止怀孕的令人厌恶的生活了。我只有一个办法把您从我的床上赶走。我在天主面前说了谎,我把手举到孩子们头上说了谎,因为实际上我从来也没有做过对您不忠的事。"

就像他们在树林散步那个可怕的日子一样,他在昏暗中紧紧抓住她的胳膊,低声追问:

"真的吗?"

"真的。"

可是他,依然伤心不已,悲叹:

"唉!我又要陷入没完没了的新的疑问中了!您究竟哪一天是说谎呢?以前还是今天?现在怎么还能相信您呢?在发生了这些事情以后,怎么还能相信一个女人呢?在发生了这些事情以后,我再也不知道该怎么想了。我更希望您干脆告诉我'是雅克或者是雅娜'。"

马车驶进宅邸的院子。马车停在台阶前面的时候,伯爵先下车,像平常一样把胳膊伸给妻子,挽着她登上阶梯。

上到二楼,他问:

"我可以再跟您说一会儿话吗?"

她回答:

"好呀。"

他们走进一个小客厅,一个仆人有点诧异,连忙点亮蜡烛。

等只剩他们两个人的时候,伯爵接着说:

"怎么才能知道事情的真相呢?我千百次求您告诉我,您总是守口如瓶,滴水不漏,毫无反应,丝毫不讲情面,而今天您又对我说您过去是说谎。在过去六年的时间里,您已经让我深信的确发生过这样的事!不,您今天说的是谎话,我不知道为了什么,也许是出于对我的怜悯吧?"

她态度真诚而又不容置疑地回答:

"可是如果我以前不那么做,六年里我又得生四个孩子。"

他大嚷:

"这是一个母亲说的话吗?"

"啊!"她说,"我丝毫不认为我是没有出生的孩子的母亲;对我来说,做好我已有的孩子们的母亲,全心全意地爱他们,这就足够了。我是,我们是文明世界的妇女,先生。我们不再是,而且拒绝做仅仅为布满地球而繁殖的雌性动物。"

她站起来;但是他抓住她的两手。

"一句话,只要一句话,加布里埃尔,请告诉我真实的情况好吗?"

"我刚才已经对您说了,我从来没有做过对您不忠的事。"

他正面凝视着她。她是那么美,那双灰色的眼睛像天空一样冷静。在她那一头乌发,像沉沉夜色一样的乌发里,缀满钻石的冠冕式的发饰熠熠闪烁,犹如一弯银河。这时,他通过直觉,突然感到眼前的这个生灵已经不仅仅是赓续他的家族的女人,而是许多世纪以来积累在我们身上的各种复杂欲望的奇特而又神秘的产物;这些欲望脱离了原始和神定的目标,在彷徨中追求一种神秘、隐约可见而又可望不可即的美。就这样,她们成为这样一些女性,文明用它能够摆放在女人周围的全部诗歌、理想的奢华、娇媚和美学的魅力来装饰她们,她们成为仅仅为我们的梦想而绽放的花朵。女人啊,这肉体的雕像既能扇旺肉欲的烈火,也能激起非物质的欲望。

丈夫被这迟到的模模糊糊的发现惊呆了,一动不动地站在她面前。他似乎隐约地意识到自己以往嫉妒的原因,但还难以理解这一切。

他终于说:

"我相信您。我感觉到您现在没有说谎,而以前在我看来,您一直对我说谎。"

她向他伸出手,说:

"这么说,我们是朋友了?"

他握住她的手,吻了一下,回答:

"我们是朋友了。谢谢,加布里埃尔。"

说罢,他就向外走去,不过眼睛还一直看着她。他惊奇她还是那么美,内心不禁生出一种也许比过去的单纯爱情更强烈的奇特的激情。